中国2023 生态文学 年选

李青松 主编

中国生态文学

天津出版传媒集团

百花文艺出版社

图书在版编目（ＣＩＰ）数据

中国 2023 生态文学年选 / 李青松主编. -- 天津：
百花文艺出版社，2024.1
ISBN 978-7-5306-8713-0

Ⅰ. ①中… Ⅱ. ①李… Ⅲ. ①散文集-中国-当代
Ⅳ. ①I267

中国国家版本馆 CIP 数据核字(2024)第 003912 号

中国 **2023** 生态文学年选

ZHONGGUO 2023 SHENGTAI WENXUE NIANXUAN

李青松　主编

出 版 人：薛印胜
责任编辑：王　燕　徐　姗　**装帧设计**：彭　泽
出版发行：百花文艺出版社
地址：天津市和平区西康路 35 号　　**邮编**：300051
电话传真：+86-22-23332651（发行部）
　　　　　　+86-22-23332656（总编室）
　　　　　　+86-22-23332478（邮购部）
网址：http://www.baihuawenyi.com
印刷：山东临沂新华印刷物流集团有限责任公司
开本：787 毫米×1092 毫米　　1/16
字数：300 千字
印张：21.75
版次：2024 年 1 月第 1 版
印次：2024 年 1 月第 1 次印刷
定价：58.00元

如有印装质量问题，请与山东临沂新华印刷物流集团有限
责任公司联系调换
　地址：山东省临沂市高新技术产业开发区新华路 1 号
　电话：(0539)2925886　　邮编：276017

生态文学的根脉

◎ 李青松

一般而言，一棵树的主体都是由三部分构成——树干、树冠和树根。然而，在我们的视野中，我们注意到的只有树干和树冠，树根往往被忽略了。

这不是我们的问题，因为树根在地下，在土壤中，眼睛是看不见的。但树根是存在的，树有多高，根就有多深；树冠有多茂盛，根系就有多发达。

今天，在中国大地上，如果说生态文学已经长成了一棵树的话，那么其树干及其树冠自然构成了独特的景观。可是，我要怯怯地问一句，这棵树的根脉在哪里？当然，不会有人回答这个问题。直到二〇二三年四月，我来到三门峡函谷关——那间并不奇异的馆舍告诉了我答案。

就是在这里，两千五百年前的老子撰写了《道德经》。这部五千字的书稿，谈不上是皇皇巨著，但可以称得上是一部精微的百科全书，涉及治国、伦理、军事、民生、自然等多个领域。《道德经》的要义共三条：其一，无为；其二，不争；其三，道法自然。从生态文学的角度来看，无为和不争都是指人对待自然的态度，而道法自然恰恰则道出了在人与自然的关系中，人应该遵循的原则。

老子是一位奇人。老子，名李耳，又称老聃。史书上是这样描述他的：身高八尺八寸，长耳大目，面部饱满，阔额疏齿，方口厚唇，眉毛银白，美髯飘逸。他是倒骑着一头青牛来到函谷关的。青色属木，代表着东方；而青牛，则代表着东方农耕文明。倒骑何意呢？倒者，道也。顺其自然，青牛往哪里走，人往哪里去，自然而然。

在那间馆舍里，老子写完《道德经》这部书稿之后，便西出函谷关，倒骑着那头青牛不见了踪影。

比尔·盖茨最敬佩的人就是老子。他说，假如时光能够倒转，回到两千五百年前的话，让他做一次老子的学生，那是多么幸福的事。孔子是圣人，圣人崇敬的人不多。但孔子一生三次向老子讨教，问礼问仁问道，千里迢迢，坐着马车，一路颠簸，不可谓心不诚也。说到对老子的印象，孔子说："鸟长着翅膀能在空中飞，鱼长有鳍能在水中游，野兽长有四肢能在地上跑。鸟能用弓箭射中，鱼能用钩钓到，兽可以用网捕到。而龙呢？我不知道怎样才能束缚它，它能乘风御云飞到天上去。老子的思想驰骋于天地之间，遨游于九州之上，用龙来比喻老子是再恰当不过了。"

老子认为，礼不过是前人留下的脚印，脚印不是脚。不要用脚印束缚了脚，但脚印可以借鉴，不至于走错路。而走路，还要靠脚。在老子看来，白天鹅不需要天天沐浴，毛色自然还是洁白；乌鸦不需要每天浸染，羽毛自然乌黑。天鹅的白和乌鸦的黑都是自然的本色，没有优劣之分，没有好坏之别。名声和荣誉都是外在的东西，不足以播撒张扬。

对于水的认识，或许没有人能超越老子。他说："上善若水，水善利万物而不争""夫唯不争，故无尤""以其不争，故天下莫能与之争"。他还说："六合之中，天地人物存焉。天有天道，地有地理，人有人伦，物有物性。有天道，故日月星辰可行也；有地理故山川江海可成也；有人伦，故尊卑长幼可分也；有物性，故长短坚脆可别也。"

老子的自然观体现了对生命的尊重。他说，鸟不厌天高，兽不厌林密，鱼不厌水深，兔不厌洞多。天高，鸟可以翔之；林密，兽可以隐之；水深，鱼可以藏之；洞多，兔可以逃之。他还认为，土蜂不能孵出燕子，雄鹰不能孵出鲲鹏，各有所能，各有所不能。无为的目的，是使人神静心清。

在老子看来，人的内心是有污垢的，或多或少。心之所垢，一为物欲，一为知求。去欲去求，则心中坦然，心中坦然，则动静自然。其实，生态文学的重要使命就是要洗掉人的内心的污垢——内外两除，进而，内外两忘也。内者，心也；外者，物也。内外两除，就是内去欲求，外除物诱也。内外两忘者，内忘欲求，外忘物诱。由除至忘，则内外一体，皆归于自然，于是达于大道矣。

这正是生态文学追求的境界。

生态文学是一个现代词汇，生态文学是因之生态问题而催生出来的一种文学现象。在这个意义上来看，老子的《道德经》还不能说是最早的生态文学作品，但是，我们可以坚定地相信，生态文学的根脉一直在中国大地上活着，活在中华传统文化里，活在《道德经》的字里行间，活在中华民族每个个体的基因中。

是的，当我们注视生态文学这棵树的时候，不可仅仅欣赏树干及树冠构成的景观，其根脉也是不可忽略的。因为，根脉的存在及其坚韧的生命力，决定着这棵树的长势，亦决定着这棵树的走向和未来。

目 录

北京雨燕以及行者

——对理想作家的比喻，在北京"十月文学之夜"的演讲及延伸

◎ 李敬泽

在北京的中轴线上，从永定门走向正阳门，一直走下去，直到钟鼓楼，一代一代的北京人都曾抬头看见天上那些鸟。很多很多年里，那些城楼都是北京最高的建筑，也是欧亚大陆东部这辽阔大地上最高的建筑，你仰望那飞檐翘角、金碧辉煌，阳光倾泻在琉璃瓦上，那屋脊就是世界屋脊，是一条确切的金线和界限，线之下是大地，是人间和帝国，线之上是天空、是昊天罔极。线之下是有，线之上是无。

然而，无中生有，还有那些鸟。那些玄鸟或者青鸟，它们在有和无的那条界限上盘旋，一年一度，去而复返，它们栖息在最高处，在那些城楼错综复杂的斗拱中筑巢，它们如箭镞破开蓝天，挣脱沉重的有，向空无而去。这些鸟，直到一八七〇年才获得来自人类的命名，它们叫北京雨燕。

北京雨燕，这是唯一以北京命名的野生鸟类。此鸟非凡鸟，它精巧的头颅像一枚天真的子弹，它是黑褐色的，灰色花纹隐隐闪着银光，它披着华贵的披风，在天上飞。我们一直不知道它从哪儿来，到哪儿去。现在我们知道了，那是令人惊叹、令人敬畏的长征：每年四月，春风里它们来到北京，在高耸的城楼上筑巢产卵，然后，到了七月，它们出发了，向西北而去，此一去就要飞过欧亚大陆，直到红海，在那里拐一个弯，再沿着非洲大陆一直向南，飞到南非，这时已经是十一月初了，北京已入冬天，北京雨燕却在南部非洲盛大的春天里盘旋，直到第二年的二月，它们该回来了，它们穿过非洲大陆、欧亚大陆，向着北京，向着安定门、正阳门而来。

这一来一去，大约三万八千公里。赤道周长四万公里，也就是说，北京雨燕，它每年都要绕这个星球差不多飞上一圈儿。但这种鸟的神奇并不在这里，而在于，七月的某一天清晨，当它从正阳门飞起，扑到蓝天里，它就再也不停了，它就一直在天上飞。没想到吧？日复一日，它毫不停歇地飞，它在天上睡觉，在飞翔中睡觉，在飞翔中捕食飞虫，在飞翔中俯冲下去，掠取大河或大湖中溅起的水滴，甚至在飞翔中交配。在北京雨燕的一年中，除了雌鸟必须孵育雏鸟的两三个月，它们一直在天上，一直在飞。

——我都快忘了今天的主题是文学。我确实更喜欢谈鸟，但我不得不落回地面，回到主题。如果让我找一种动物、找一种鸟来形容来比喻我理想中的作家，那么他就是北京雨燕。在北京，你沿着中轴线走过去，那些宏伟的建筑都在召唤着我们，引领我们的目光向上升起。安定门、正阳门、天安门、午门、神武门、钟鼓楼，城楼拔地而起，把你的目光、你的心领向天空。北京雨燕把你的目光拉得更远，如果它是一个作家，他就是将天空、飞翔、远方、广阔无垠的世界认定为他的根性和天命。作为命定的飞行者，他对人的想象和思考以天空与大地为尺度；他必须御风而飞，他因此坚信虚构的意义，虚构就是空无中的有，或者有中的空无，通过虚构，他将俯瞰人类精神壮阔的普遍性。他必定会成为心怀天下的人，心事浩茫连广宇，无数的人、无尽的远方都与我有关，这不是简单地把自己融入白昼或黑夜、人间与世界，而是，一只孤独的北京雨燕抗拒着、承担着来自大地之心的引力，不让大地把它拘禁在此时此地、此身此心。

比如曹雪芹。以曹雪芹为例已经成了我的习惯，任何事我都能扯到他身上。这某种程度上是因为，我们对他所知甚少，惊鸿一瞥，白云千载空悠悠。但尽管直接证据有限，我们确信他曾经飞过，他曾经在此筑巢，我们在接近空无中想象他，他是无中的有，他在有无之间。在这个意义上，他成了后世小说的元问题之所在，一切问题都可以追溯到他，都可以在我们的猜测中得到回应。

《红楼梦》第七十回，在那个春日，"林黛玉重建桃花社　史湘云偶填柳絮词"，心中蓝天丽日，雪芹兴致大好，安排宝玉和姑娘们放风筝，一大段文章摇曳生姿。这不是曹雪芹第一次写到风筝，第五回，贾宝玉梦游太虚幻境，翻看金陵十二钗正册，只见画的是"两人放风筝，一片大海，一只大船，船中有一女子掩面泣涕之状"，有四句诗写道："才自精明志自高，生于末世运偏消，清明涕送江边望，千里东风一梦遥。"大家都知道，这说的是探春的命，但我所留意的是那只风筝，指向大海、远方、乘千里东风而西去的风筝。

现在，我要问一个无聊的问题，那幅画里的风筝是一只什么样的风筝？好吧，你们都猜到了，那是燕子。我认为那是北京雨燕。

二十世纪四十年代中期，曾有一部据说是曹雪芹遗稿的《废艺斋集稿》面世，后来又没了下落。其中的一种是关于风筝的书，部分文字和图谱经由当时人的摹写和回忆留了下来。这件事真真假假，在有无之间，反正原书是找不到了，信其有还是信其无，不是事实判断而是情感判断，我宁愿相信这本书是有的，因为这很像雪芹干的事，他就是这样的一个人。这本题为《南鹞北鸢考工志》的书，记叙了风筝怎么扎、怎么糊、怎么描绘图案、怎么放飞，所谓"扎、糊、绘、放"。关于风筝制作工艺的书，据我所知，只有一部宋代的《宣和风筝谱》，然后就是清代乾隆年间的这一本，所以，应该给曹雪芹颁发证书，宣布他是非物质文化遗产传承人。

在现存的《南鹞北鸢考工志》中，所有的风筝都是燕子。当然，风筝的形制多种多样，就像第七十回写的，可以是个美人，可以是大鱼、螃蟹，放个美人到天上，那是以天为纸在画画，放个大鱼、螃蟹上去，这就是以云为水。但在这本书中，燕子是模板是原型，又分为肥燕、瘦燕、比翼燕、半瘦燕、小燕、雏燕、燕爷爷、燕奶奶、燕夫妻、燕兄妹，一大家子在天上聚会。这很可能是当时风筝这个行当的惯例，从制作到售卖，燕子是基本款，甚至有人认为，北京风筝以"扎燕"为本，就是从雪芹开始。总之在雪芹这里，笼而统之，风筝就是燕子，燕子就是风筝。所以，第五回探春命里的那只风筝是什么形状？现在我告诉你，那是一只燕子。

那么，这只燕子是北京雨燕吗？"昔日王谢堂前燕，飞入寻常百姓家"，这句诗大家都很熟悉，盛衰兴亡之叹，这是古老的中国文明最深刻、最基本的一种情感，在周流代谢的人事与恒常的山川、自然之间回荡着这么一声深长的叹息。这种兴亡之叹也是曹雪芹在《红楼梦》里反复弹拨、他和他生前的读者最能共鸣同感的那根琴弦。但是，无论王谢堂前，还是寻常百姓家，一年一度来去的燕子，应该都不是北京雨燕，而是家燕。它们都叫燕，远看长得也像，但在动物学分类中，我们熟悉的家燕是雀形目燕科，而北京雨燕属于夜鹰目雨燕科，家燕和麻雀是亲戚，北京雨燕和夜鹰是亲戚，它和家燕反而没什么关系。顺便说一句，夜鹰和我们熟知的老鹰也没什么关系，所以夜鹰不是鹰，雨燕也不是燕。在寻常百姓家的屋檐下飞进飞出的燕子如果真的是昔日王谢堂前的燕子，那么，它肯定是家燕，绝不是雨燕。北京雨燕必须栖息在高峻之处，这样才有足够的高度让它飞起来，如果是寻常的屋檐，它来不及飞起就会栽到地上，这也是它们喜欢中轴线上那些高大城楼的原因。

曹雪芹扎糊绘制的那些燕子，究竟是家燕还是雨燕？这个问题是无解的。那些风筝的图案并不是写实的，而是拟人的、符号化的，赋予了各种各样的吉祥寓意。雪芹固然不知家燕和北京雨燕在动物学上的科目区别，但他是北京人，童年来到北京，在这里长大，他大概从来没有进入过我们现在称为故宫的地方，没有走进过天安门、午门。但是，正阳门和他家附近崇文门的天空上，每年晚春和初夏盘旋着的雨燕，必定是他眼中、心中的基本风景。那个时代的北京人，抬头就会看见那些燕子，然后低头走路。但有一个人，一定曾经长久注视那些燕子，那些盘旋在人间和天上的分界线上的青鸟，他就是曹雪芹，他是望着天上的人，是往天上放飞了一只又一只飞燕风筝的人，他的命里有天空、有永远高飞而不落地的鸟。

——那就是北京雨燕。然后，这样的一个作家会有一种奇异的尺度感，他把此时此地的一切都放入永恒大荒，无尽的时间和无尽的空间。他获得一种魔法般的能力，他写得越具象，也就越抽象，他写得越实，也就越虚。雪芹的前生是一只北京雨燕，他在未来再活一遍会是一个星际穿越的宇航员。说到底，他是既在而又不在的，天空或太虚或空无吸引着他，让他永久地处于对此时此刻的告别之中，是无限眷恋的，但本质上是决绝的，他痴迷于不断超越中的飞翔。

这样一个北京雨燕式的作家，会本能地拒绝在地性。比如曹雪芹，他和很多很多当代中国作家不同，他从未想过指认和确证他所在的地方。我曾经在一篇文章中谈过，曹雪芹成长于北京，《红楼梦》是北京故事，但是，在《红楼梦》中，他从未确切地描述过这座城市，我们可以推导出贾府和大观园的空间分布图，但在这部书中，你对整座城市的地理空间毫无概念，似乎是，这个人让大观园飘浮在空中，让飘浮在空中的大观园映照和指涉着广大世界、茫茫人间。

所以，如果让我为我理想中的作家选一个吉祥物、选一个LOGO，我选北京雨燕。但是，任何比喻都是有限的、矛盾的，比如水，上善若水，这水就是好水，以柔克刚、化育万物；水性杨花，这就不是好话，这水就是放荡的水。钱锺书把这叫作"比喻之两柄"，他在《管锥编》中引用希腊斯多噶派哲人的话："万物各有二柄"，好比阴阳二极，而人会抓住其中一个把柄来作比喻，抓哪一头取决于人想说什么。北京雨燕作为比喻，也有另外一头的把柄：它不能落地。它在民间有一个诨号，叫"无脚鸟"，它和家燕不同，家燕的脚是三趾前、一趾后，在地面上蹦蹦跳跳，后趾一蹬就起飞；但北京雨燕完全为飞行而生，根本没有计划落地，它的四趾全部朝前，只适合抓住高处的树枝或梁木，所以有脚等于无脚，落到地上既不能走也不能飞，被风雨或伤病打落在地，那就是死亡。

这让我想起另一个飞行家，说来大名鼎鼎，就是齐天大圣、行者悟空。孙行者法号悟空，名字不是白起的，它从石头缝里蹦出来，向着天空而去，他的事迹也是一部"石头记",是在石头中、在山的重压下、在无限的沉重中向着无限的轻、无限的远、无限的空无。一个筋斗十万八千里,大地管不住他,人间的权力和琐碎管不住他。就是这样一只猴子,戴上了金箍,跟着唐僧去取经,九九八十一难还差一难,终于望见了西天灵山。《西游记》第九十八回,唐僧师徒在玉真观歇脚,第二天启程上灵山,金顶大仙要给他们指路,悟空嘴快,说:"不必你送,老孙认得路。"大仙道:"你认得的是云路,当从本路行。"悟空笑道:"这个讲得是,老孙虽走了几遭,只是云来云去,实不曾踏着此地。"

这段话我以为是《西游记》的一处根本所在。小时候读《西游记》,总有一个大疑惑,既然目的就是取经,孙悟空那么能飞,而且自带导航熟门熟路,一个筋斗飞过去,把经书拎回来交给师父不就得了吗?悟空快递,使命必达,何必费那么大劲呢?看到第九十八回,作者才作出了回答,飞在天上、走"云路"能解决的问题就不是问题,人之为人的问题是,他必须走"本路",他无法直接抵达终极。人总是要死的,但日子还得一天一天过,人是在向死而去的一天一天里,由"本路"、在地上的路获得他活着的意义。所以,"云路"上取的经不是真经,在大地上用双脚一步一步走过去,在人世的苦、人生的难中走过去,这才是道成肉身,才算得了真经。

孙悟空,这伟大的行者,他的本性是飞,他也终于学会了落地,学会了在地上一步一步走,走过万里长路而成佛。现在,话说到这儿,我心里马上就有了一个像行者那样的作家,他就是杜甫。

年轻时的杜甫是凤凰,心高万仞,壮志凌云,在传世最早的那首《望岳》中,他写道:"荡胸生层云,决眦入归鸟。会当凌绝顶,一览众山小。"那时是开元二十四年,杜甫二十四岁,壮游山东、河北,"放荡齐赵间,裘马尽清狂",遥望泰山,他的目光随飞鸟而上,他的心凌绝顶而小天下。这时的杜甫,笔下是骏马、是鹰,是千里万里的风:

胡马大宛名，锋棱瘦骨成。

竹批双耳峻，风入四蹄轻。

所向无空阔，真堪托死生。

骁腾有如此，万里可横行。

（《房兵曹胡马》）

这样的速度和激情，这样的一往无前、万里横行，这样杀人如草不闻声的豪气，不是杜甫了，是李白了，这样的诗完全可以编到李太白集里。在人生的这个时节，杜甫在天宝三载认识了李白，那一年李白四十四，杜甫三十三。第二年，他们同游齐赵，杜甫写下了《赠李白》："痛饮狂歌空度日，飞扬跋扈为谁雄"，这完全就是李白的句子。浦起龙《读杜心解》评论这首《赠李白》和另一首《画鹰》："自是年少气盛时作，都为自己写照。"杜甫写的是李白，也是自己，杜甫此时的自己，其实就是李白。

李白这个人，真是"太白"啊，他光芒四射，从路人直到天子，很少有人不被他的光芒所震慑。我相信，这个人走到哪里，都是中心都是焦点，他是诗界的"克里斯玛"人格，是诗界的皇帝和神，他生前就活在世人的仰望中，如果今晚无人，他就提一壶酒仰望自己热爱自己。

花间一壶酒，独酌无相亲。

举杯邀明月，对影成三人。

月既不解饮，影徒随我身。

暂伴月将影，行乐须及春。

我歌月徘徊，我舞影凌乱。

醒时相交欢，醉后各分散。

永结无情游，相期邈云汉。

（《月下独酌》其一）

这首诗写尽了他的一生,这样一个人,他永远是少年,希腊神话里的美少年那喀索斯看着水上的影子自恋,比起李白他真是弱爆了,李白是以天地为镜,只照见自己,对影而戏、对影而歌。他和杜甫同样经历了安史之乱,天崩地裂狼狈不堪,但在李白的诗里你看不出来,白衣胜雪,归来仍是少年,他根本不会被人世的离乱与浑浊所改变。

李白才是真正的、纯粹的北京雨燕,比曹雪芹更纯粹。他毕生不落地,他是"无脚鸟",他是"谪仙人",他只活在他自己那空阔无边的尺度里。无情最是李太白,他的伟大,他让杜甫、让后来人身不能至、心向往之的高格,就在于他真是不累,真是不牵挂,真是在飞,他在人世、在红尘中如此一意孤行如此飞扬跋扈放浪轻狂。据说金庸有名言:人生就该是"大闹一场,悄然离去",金庸如果真这么说了,他心中所想的必是李白,而绝不是杜甫。李白在心里和笔下兀自大闹,他走的一直是"云路",他就是那个大闹天宫的齐天大圣,他一生都在飞,喝醉了就高速醉驾,牛皮吹得更大,飞得更远更高。"决眦入归鸟",杜甫眼巴巴地望着,李白就是杜甫眼里的那只鸟。杜甫一生都深情地遥望着怀想着李白,他那么爱李白,放不下李白,他爱的其实是他心中那个曾经的自己,那个青春勃发飞在"云路"上的自己。

但一定有一个时刻,生命里的关键时刻,也是中国诗歌和中国精神的一个关键时刻,杜甫忽然想明白了,他不是李白,他做不成李白,他注定要在这泥泞的人间踽踽独行,他的路就是人的"本路",历经横逆、失败、劳苦,艰辛地为一餐饭、一瓢饮而奔忙,为夜雨中的一把春韭、为人和人的一点儿温情而感动,他如此卑微,"残杯与冷炙,到处潜悲辛",他才是卑微到了泥土里。但也就是在泥土与泥泞中,在漫漫长路上,他才看得见"三吏"、看得见"三别",在生命和生活的根部、底部,在寒冷、逼仄中,他的心贴向别人的心,他的妻子、他的孩子、他的朋友、路上那些陌生的受苦的人们。

他终究不是仙人，他成为负重前行的行者，背负起人世的沉重，成为诗歌中的圣人。他的路太难了，李白写《蜀道难》，难于上青天，上青天对李白又有何难？背负青天朝下看，如雨燕如苍鹰，一篇《蜀道难》滚滚而下，东流到海。而杜甫，你读一读他生命中期以后、在安史之乱爆发后的诗吧，那些诗大多写在路上，是行者之歌跋涉者之歌，是荒野之歌漫漫"本路"之歌。哪里有什么"飞扬跋扈"，哪里有"所向无空阔"，而是一步一步、步步惊心，战栗着喘息着，流淌汗水和泪水，从极度劳顿的身体中提炼出来句子。"沉郁顿挫"，这是后世对杜甫诗风最通行的直观概括，怎么能不"顿挫"，那是一个行者一个登山者的顿挫喘息，那就是生命之累之艰难苦恨。

——杜甫之伟大就在于，他竟能把一切提炼为精悍的韵律、提炼为诗。他该有多么强韧的肺，多么炽热的心。他是中国文学中最伟大的行者，在他之前，只有屈原，但屈原更像是北京雨燕落在了地上，屈原的诗是雨燕落地后的悲歌绝唱。而杜甫，他是第一个走过并且写出"本路"的诗人，第一个直接面对累和喘息的诗人，第一个在累和喘息中为生命唱出意义的诗人。鲁迅说，"无穷的远方、无数的人，都与我有关"，杜甫走向远方、走进无数人，取经的行者心中觉悟，这经不是在天上写好了等他来取，这经就是他一步一步地行走在大地上写出来的。

杜甫晚年，写下《登高》，这时，杜甫五十六岁，快走不动了。留在世人眼中的杜甫形象从《望岳》开始，经过漫漫长路，最终定格于《登高》。

风急天高猿啸哀，渚清沙白鸟飞回。

无边落木萧萧下，不尽长江滚滚来。

万里悲秋常作客，百年多病独登台。

艰难苦恨繁霜鬓，潦倒新停浊酒杯。

他站到了山顶上，但他不是飞上去的，他艰难地独自登上去爬上去，万里作客、百年多病，在天地山川里，在绝对的无限中，他找到了那个有限的苍老的自己，他不再是"一览众山小"，他是坦然回到了自己的"小"。他从此为中国文学确立了一个根本的标高，他走了一路，白发浊酒，站在那里，最终，所有的中国人可能在旅途中、在路上看见他、看见自己。

后来，到了北宋，王安石编《四家诗选》，选四个唐宋大诗人，杜甫第一、韩愈第二、欧阳修第三、李白第四。有人问他，为什么李白才第四？他说，"白豪放飘逸，人固莫及。然其格止于此而已，不知变也。至于甫，则悲欢穷泰发敛抑扬疾徐纵横无施不可……"（《渔隐丛话》卷六引《遁斋闲览》）王安石是"拗相公"、是一头倔驴，非要给李杜排座次分高下，但他看李杜的分别真是目光如炬。王安石又曾说，李白词语迅快，无疏脱处。这说的就是李白的速度李白的"飞"，飞流直下三千尺，飞得快、飞得流畅，这当然很"爽"，有人喜欢"爽"，可乐加冰，有人却喜欢苦茶或咖啡，在"不爽"中领会五味杂陈。李白的诗是"爽诗"，相比之下，杜甫就是"不爽"。

现在，我们有了两个比喻，北京雨燕和行者。有的作家，比如李白和曹雪芹，他们是雨燕。有的作家，比如杜甫，他是行者。但是我刚才说过，比喻有用、也有限。任何比喻，总是聚焦和照亮了所比事物的某种特性，同时也忽略了另外一些特性。李白是纯粹的雨燕，他的持久魅力也正在这份常人没法模仿、不可企及的纯粹。而杜甫曾经是雨燕，后来落了地，他竟在地上长出了脚，一步一步走过去，这何其难啊，李白和王维那样绝顶的心智都做不到。但是，现在让我们重读一遍《登高》，杜甫身体里的那只雨燕真的飞走了吗？没有，还在，他翱翔于天之高、地之阔、江河万古，然后，他缓缓地落下，落到此时此刻、此人此心。我刚才也是越说越爽，强调杜甫作为行者的艰难苦累，但艰难苦累并不能使一个人成为诗人，我们的幸运在于，这个人是杜甫，他也是雨燕，哪里有"所向无空阔"，杜甫的生命中竟然真的一直有，在绝对的重中依然能轻，在石头缝里望见了明月，他是悲、他是欢，他是穷途末路、他是通达安泰，他能收能放能屈能伸能快能慢，由此，他才能把艰难苦累淬炼成诗。

当这么谈论杜甫时，我还掉过头去重新想到了曹雪芹。曹雪芹，我刚才说他是雨燕，但他其实同时也是行者。这个人作为作家的横绝古今，正在于他既飞在"云路"上又走在"本路"上，他的路既是"本路"又是"云路"，这不仅体现于他的实则虚之虚则实之，而且，站在他戛然而止的地方，我们已经能够隐约看出他将要前去的方向：走着走着，世间的大路走成了小路，小路走成了荒野，茫茫人海走成了孑然一人，一切有变成了一切无，飞向无限的空。《红楼梦》没有写完，实在是一大恨事，因为此情此景，古代小说里没有，后来的小说里也没有。我甚至大逆不道地怀疑，《红楼梦》写不完，其实是真的写不下去了，"云路"和"本路"越走越合不到一起，雪芹之死是把自己活活难死。

当我这么谈论杜甫和曹雪芹时，我心里想的其实是苏东坡，还有……好吧，留给你们去想吧，记起你们见过的雨燕、你们遭遇的行者。这些伟大的灵魂，在往昔的日子、现在的日子里一直陪伴着我们，他们是我们的理想作家，我们信任他们，我们确信，天上地下的路，他们替我们走过，他们将一直陪伴着我们，指引着我们。

然后，明年，春风里，去正阳门下，抬起头，迎着蓝天，去辨认杜甫、苏东坡、曹雪芹，当然，还有李白。

2022 年 10 月 28 日北京"十月文学之夜"演讲

据记录稿增补，11 月 28 日改定

谁在月夜哭泣

◎ 陈启文

一

　　长江从我家乡江南谷花洲一带流过，这一带位于长江和洞庭湖交汇后的中游，长江穿越洞庭，洞庭化入长江。江在湖中，湖在江中，人在江湖，我是从来没有看清过这片水域，天地间一派烟波浩渺，感觉整个世界都在流淌。我童年时，江面还很少有轮船，一叶叶随风飘行的白帆船带着缓慢而悠然的节奏，仿佛把一条长江拉得更长了。那时江水一碧万顷，在波纹清晰的脉络中，我看见了自己像蚂蚁一样黑黝黝的身体、黑黝黝的影子和两个乌黑发亮的眼珠子。

　　江边的孩子从小就练就了一身好水性，也养成了冒险的天性，一看见那白花花的波浪荡漾开去，你就想一头扎下去，那是谁也抵挡不住的诱惑。每年夏天的傍晚，我都会跃入长江畅游一番，江南那漫长而炎热的夏天我都是在长江里游过的。那还是属于我的赤子岁月，每次下水之前，我都会脱得光溜溜的，在江岸边的水杨树上挂上裤衩，这是我下水的标志。如果我没有回来，那就永远也不会回来了。这没什么，我们从小就把这条小命交给了大江，而这条小裤衩或许就是我留在这世间最后的牵挂，也是家人在这浩渺的大江里寻找我的唯一依据。

　　每当我游得浪花四溅，漫天的霞光纷纷落在波浪上，浪花里时不时有一些活泼的身影涌现而出，那是江豚。这是和我在同一条大江里追逐嬉戏的玩伴，也是我儿时最鲜活的记忆，我甚至觉得自己就是和江豚一起长大的。我们乡下人，对这种水生动物是分不太清的，只能从最直观的颜色来区分。一种是黑的，老乡们都叫"江猪子"，看上去，它们还真像一群在长江里游泳的猪。还有一种是白的，老乡们叫"江珠儿"，一听这名字就挺美的，像女孩儿的名字。很长一段时间，我一直以这黑的白的都是江豚，只是颜色不同而已。后来我才慢慢知道，这是两个相似而不同的物种，黑的才是正儿八经的江豚，白的则是一种比江豚更加古老的水中精灵——白鱀豚。它还有几个别的名字，江马、白旗、中华江豚，无论叫什么，它们都是长江中最早的原住民之一，比人类不知要早多少年。

滚滚东逝的长江水，迄今已在地球上流淌一亿四千万年，至少在四千万年前的中新世和上新世，白鱀豚就出现了。据化石考证，在地壳运动形成的海陆变迁中，白鱀豚最早由陆生动物进入海洋；大约在两千五百万年前，它们又从海洋进入长江。这是中国特有的一种小型淡水鲸，因而又称"中华白鱀豚"。尽管经历了漫长的进化，但现代白鱀豚基本上保留了祖先的原始形态。这是典型的活化石。如今在地球上生存了约八百万年大熊猫被誉为活化石，白鱀豚则堪称活化石中的活化石。若从科学定义看，但凡能够称为活化石的动植物都是孑遗生物，如白鱀豚、江豚、扬子鳄、中华鲟、白鲟等，从海陆变迁、沧海桑田的地质大灾变一直延续下来，既是经历过九死一生的幸存者，也是地球上漫长而又顽强的生命。这多亏了长江的庇护，长江流域以其优越的自然地理环境，为这些世界罕见的孑遗生物提供了长久的避难所。

最早的人类大约在距今三四百万年之前才出现，同白鱀豚相比，人类简直还是一个刚刚睁开眼睛的婴儿。而人类对白鱀豚的最早记载，源自大约两千多年前的辞书之祖《尔雅·释鱼》："鱀，是鱁。"东晋郭璞注释："鱀，大腹，喙小，锐而长，齿罗生，上下相衔，鼻在额上，能作声，少肉多膏，胎生，健啖细鱼，大者长丈余，江中多有之。"这表明从战国、两汉到东晋年间，白鱀豚在长江流域还是一个广泛分布、数量众多的物种。不过，这个

"鱀"在古代也可能泛指江豚和白鱀豚,那时候人们对这两个物种的区分还是比较模糊的。到了北宋年间,人们对这两个物种才有了明确的辨别。一位名叫孔武仲的士大夫还写过一首《江豚》诗:"黑者江豚,白者白鱀。状异名殊,同宅大水。"白鱀,就是白鱀豚的另一古名,它与"同宅大水"的江豚确实是"状异名殊"的两种水生动物。而在进入现代后,白鱀豚依然是一个广泛分布却已为数不多的物种。据专家考察,二十世纪七十年代,长江中白鱀豚大约还有一千多头。哪怕一直维持这个数量,白鱀豚也是中国极为珍稀的野生动物和世界上所有鲸类中数量最为稀少的一种。

同喜欢抛头露面的江豚相比,白鱀豚总是神龙见首不见尾,它们天生就善于隐藏自己。白鱀豚的外表并非纯粹的白色,其背面呈浅青白色,肚皮为洁白色,这样的颜色恰好与长江的环境色相符,甚至能呈现季节的变化。当你从水面向下看时,其背部的青白色和江水混为一体。当你由水底朝上看时,那白色的肚皮和水面反射的光泽也难以分辨。在这种天然的隐蔽下,它们可以隐身隐形,在逃避天敌和接近猎物时,对方很难发现它们的踪影。但白鱀豚又难以一直深藏不露,它是一种用肺呼吸的哺乳动物,每隔不久就要浮出水面换气一次。一呼吸,一出声,这神秘的精灵就藏不住了。那时我的眼睛还没有像现在这样高度近视,远远地就能看见。它们呼吸时,先是将头顶和嘴鼻露出水面,那又窄又长的嘴巴像鸭嘴兽般向前伸出,又像鸟喙一样微微向上翘起。最突出的还是那隆起的额头,这家伙的鼻孔竟然长在头顶上。随后,它们又露出了三角形的背鳍,这奇异的背鳍是白鱀豚最典型的特征,鳍肢较宽,末端钝圆,那尾鳍像一弯银辉闪烁的新月。白鱀豚换气的频率很短,那时我的耳朵还很灵敏,远远就能听见它们的呼吸声。"嘘哧,嘘哧",这是江珠儿的声音,像是女性的喘息。"呼哧,呼哧",这是江猪子的声音,像一个粗犷的汉子在大口喘气。江珠儿在呼吸时还会喷出一股亮晶晶的水珠子,当这飞溅的水珠被朝霞或夕阳照亮,宛若一道斑斓的彩虹。

一条大江里有了这优美而神秘的精灵，越发显得优美而神秘了。

后来我还慢慢发现，这神秘的精灵也有其自然活动规律，它们最喜欢在早上或傍晚浮出水面。早上，在晨雾刚刚散去的浪头上，你会发现它们对着日出的方向出神地仰望，就像一群受神灵控制的精灵，那仰望的姿态，仿佛有一种灵魂深处的渴望。老乡们说那是江珠儿拜日，沉睡的太阳每天都是被它们唤醒的。傍晚，它们又在太阳落水时追逐着漫江霞光，这是长江每天最美的时分，也是我观察白鳘豚的最佳时机。那体形为优美的流线型，胸鳍宛如两只划水的手掌，扁平的尾鳍从中间分叉，像分开的燕羽一样。白鳘豚的皮肤也是我见过的最光滑细腻的皮肤，在阳光的照耀下闪烁着漂亮的光泽，一看就充满了弹性，像是穿着一身天然的游泳衣，漂亮，太漂亮了。几近完美的体形又岂止是漂亮，这有利于它们在水中遨游时掌控方向和平衡，还可以减少水流的阻力以加快速度，其时速竟然可达八十公里，这跟陆地上的短跑健将猎豹有一比，白鳘豚也堪称水中的短跑健将。但凡有幸亲眼见过白鳘豚的人，无不为它那优美的身姿、漂亮的颜色和飘逸的泳姿而深深着迷，它们是江中最迷人的生命。

从孩提时代到青少年岁月，我一直在努力接近这白色精灵，我下意识地觉得这就是我在长江里遨游的唯一意义。但这些精灵的胆子比那些女孩子还小，它们是那样敏感和警觉。每次向它们靠近，我一直小心翼翼，连大气也不敢喘，生怕一不小心就把它们给吓跑了。这其实是我的错觉。白鳘豚那极小的眼睛和针眼大的耳朵早已高度退化，哪怕你游到它们身边，它们也看不见你，听不见你的声音，但它们的头部有一种天生的超声波功能，在水中发射和接收声呐信号，能将江面上几万米范围内的声响迅速传入脑中，并能依靠回声识别物体。这么说吧，只要你在它们的声呐范围内，它们随时都能感觉到你的存在，并对你的意图迅疾做出判断。一旦遇上紧急情况，它们旋即进入深潜状态。小时候，我又哪里懂得什么超声波和声呐系统，总觉得这些精灵是在跟我捉迷藏，每当我想要凑近它们时，它们眨眼间就没入水中，很长时间都不再露面，就像从来没有出现过一样。

在那些月光如水的夏夜，这些精灵越加神秘。这个季节，高涨的江水已淹没广袤的河床，一直漫涨到了江堤坡上，我们就睡在水边的竹床上，浪花像雨点一样飞溅在我们炽热的身体上，感觉到一阵一阵的清凉。每当夜深人静，我像是醒着，又像是在梦中，感觉有什么东西正在隐约浮现。我朝泛着光影流转的江面悄悄一望，依稀看见那青白色的幻影，正朝着月亮一仰一仰的，那是江珠儿拜月。那一幕离我们的现实十分遥远，却让我感到一种莫名的神圣和敬畏，仿佛看见了不该看见的东西。当我悄悄缩回目光时，忽听哗啦一下，蓦然回首，如惊鸿一瞥，一个优美的身体跃出了水面，那光洁的皮肤上波光闪烁，水灵灵的，简直像女神一样。

二

在我走出故乡之前，我眼中的长江其实就是流经我家乡的这一段，但在那青白色的身影带动之下，我的视线随着这条大江流向了神秘而不可知的远方。历史上，白鱀豚在长江中的分布很广，西起三峡西陵峡，东至长江入海口。然而，就在我逐渐长大的岁月里，在那遥不可及的长江上游，筑起了一道道拦河大坝，直接阻断了白鱀豚在江湖间来回巡游的自然通道，这自由自在的生命被分割在不同的水域，无法进行交配繁衍。而这些水电大坝为了蓄水发电，又改变了中下游的水文格局，致使白鱀豚赖以生存的水域急剧减少，活动区域大大缩小，江水也越来越浅了。白鱀豚是天生的深水动物，越是在水深流急的地方越是活跃，但在我十六七岁时，竟然看见一头白鱀豚游向了岸边的浅水湾，一跃而起捕食岸边的青蛙和蜻蜓。这让我一下瞪大了眼睛，如果不是饥不择食，这么聪明的动物绝不会犯如此愚蠢的错误，因为一不小心它就可能在浅水滩上搁浅。

这是我第一次明显感觉白鱀豚的性情变了，而变了的又岂止是白鱀豚，整个江湖都变了。我从小就是喝长江水长大的，那时江水可以掬水而饮。记不清是从哪一天开始,江水变得混浊发黑了,还散发出一股刺鼻的柴油味和农药味。又不知是从哪一天开始,这长江两岸建起了一座座化工厂、农药厂,随着工业废水和生活污水直接排入江湖,我再也没有在江水里看清过自己。除了工厂,还有川流不息的船只。长江中下游既是白鱀豚的主要活动区域,也是一条航运发达的黄金水道。我童年时看见的那些白帆船渐渐远去,在它们消失的地方驶来了一艘艘轰轰烈烈的轮船和机动船,走到哪里,哪里的水面上就漂浮着大片大片乌黑的油污。还有更黑的,那些密密麻麻的挖沙船,像蝗虫一样日夜啃噬着河床。从长江上游的滥砍滥伐,到长江中下游的滥挖乱采,一条大江泥沙俱下,污水横流,这让白鱀豚的声呐信号受到严重干扰,一不小心就会撞在船只的螺旋桨上。在一些死亡的白鱀豚身上,那优美的流线型身体上布满了一道道被螺旋桨划伤的痕迹,看着那碎裂的伤口,我心都碎了。好在,白鱀豚也是长记性的,它们越来越害怕船只,更不会主动靠近,然而即便它们躲得远远的也在劫难逃。长江原本是一条水生资源极其丰富的河流,随着人类的掠夺式捕捞,甚至采取电鱼、炸鱼、毒鱼、迷魂阵等灭绝鱼类的方式捕鱼,这让白鱀豚时常被渔民误捕误伤致死。据有关部门的不完全统计,从一九七三年到一九八五年间共发现近六十头意外死亡的白鱀豚,其中被捕鱼滚钩和其他渔具致死的差不多占了一半,还有一半或是被江中爆破作业炸死,或是被轮船螺旋桨击毙,还有是因搁浅或误入水闸致死。至于因水文环境恶化而生病死亡的,还算是正常死亡。即便侥幸死里逃生,白鱀豚也处于饥不择食的状态,不得不冒险进入浅水滩捕食,那是我眼睁睁看见的一幕。

从长江珍稀水生动物的种群数量看,白鱀豚同它的近亲江豚相比显得更加脆弱,它们的数量原本就比江豚稀少,生存状况比江豚更危急。到了一九七九年,这一在世界上繁衍生息了四千万年的物种只剩下区区四百头左右,这种经历了九死一生的孑遗生物第一次被中国政府定为"濒危水生动物",若不赶紧保护,随时都有可能灭绝。真到了灭绝的那一天,你都不知道是哪一天。

三

　　尽管白鱀豚早在一九七九年就被定为"濒危水生动物"，但那时人们还没有强烈的生态危机意识，更没有将万里长江作为一个完整的生态系统来看，在相当长的一段时间里都没有严厉禁止长江流域的滥砍滥伐、滥挖乱采和滥捕滥捞。人们能够近距离接触到的白鱀豚，几乎都是在渔民误捕时找到的。白鱀豚一旦被误捕就难逃一死，历年来几乎没有生还的记录，但也有唯一一次例外，一九八〇年一月十一日，一条被误捕受伤的白鱀豚侥幸逃过一劫，由此开启了一段人类与白鱀豚亲密接触的历史。

　　那是一个寒冷的冬日，几位渔民在靠近洞庭湖的长江三江口边捕鱼时，发现一头大白鱼在浅水湾里挣扎，一开始他们也没有看清那是什么鱼。他们先用渔船堵住浅水湾的出口，然后用捕鱼铁钩将大白鱼从水中钩起来一看，竟然是一条白鱀豚。幸好，这些渔民还知道白鱀豚是"濒危水生动物"，赶紧将其送到当地的水产收购站。第二天，这头白鱀豚又被转运到了设在武汉的中国科学院水生生物研究所（以下简称"水生所"）。经专家诊断，这是一头两岁左右的雄性白鱀豚。那些渔民既是它的救命恩人，但也给它造成了严重的创伤——铁钩子在它的颈背部刺穿了两个直径四厘米、深达八厘米、内部贯通的窟窿。一周后，这头还处于幼年的白鱀豚伤口严重感染，生命垂危。又幸得医疗人员采用中西医结合的抢救治疗，经过四个多月的精心疗养，这头白鱀豚才逐渐康复。这是白鱀豚中极为罕见的幸运儿，被专家命名为"淇淇"。这名字有三个含义：一是"淇"与"奇"谐音，此乃珍奇之物；二是"淇"有三点水，意为水生动物；三是白鱀豚当时还通称"白鳍豚"，"淇"与"鳍"同音。总之，这是第一头被人类正式命名的白鱀豚，也是世界上第一头人工饲养的白鱀豚。

　　适者生存。按达尔文的观点，只有最能适应环境的个体才能得以保存。而在人工环境下饲养白鱀豚，无论对于人类还是白鱀豚，这都是从未有过的第一次尝试。一种充满野性的动物，从野外自然捕食到一日三餐靠人工投喂食物，这是淇淇必须经历的一个逐渐适应的过程，也是它逐渐被驯化的过程。而在此前，哪怕是水生所的资深专家，也从未近距离接触过这种神秘的水生动物，一切都要从熟悉它的习性开始。别看淇淇长着一张细长如鸟喙的嘴巴，但一张口就能吞下一筷子长的活鱼，每天要吃掉十公斤左右的活鱼，这惊人的食量也足以证明白鱀豚对鱼类的依赖程度。但除了淡水鱼，别的食物它一概不吃。可想而知，随着长江鱼类的锐减，白鱀豚即使能适应长江不断恶化的水生态环境，也会因食不果腹而被活活饿死。水生所的专家一度担心人工饲养会让淇淇的食物变得单一而导致营养不良，曾试着给它喂水果、蔬菜、猪肉、牛肉和鱼形馒头等多种食品，但淇淇用鼻子嗅嗅就一转身游走了。专家只得变着法子，在鱼肚子里放进多种复合维生素、叶酸等营养药品，这还真是有效改善了淇淇营养不良的状况，它那一度灰暗的皮肤又渐渐绽放出野生的健康光泽。

白鱀豚长期生活在江湖中，从流水、活水变为养殖池的一池静水，这让淇淇一开始很不适应。它每天在水池里左冲右突，仿佛想要找到另一条出路或活路，却是四处碰壁。而当时，水池里还没安装滤水设备，投喂的食物和白鱀豚的排泄物都会污染水体，致使淇淇三天两头生病。这也表明，白鱀豚对水质和水生态环境的要求很高，一旦水生态环境恶化，就会直接威胁到它们的生存。为此，饲养人员在当时的条件下，只能采取定期清洗水池和换水的方法来维持水质的相对洁净。后来，水生所又建起了一座专门的白鱀豚馆，从国外引进了先进的循环水处理设备。这水一旦干净了、活泛了，淇淇也变得活泼了，哪怕只在一个圆形的水池里游来游去，看上去也有在江湖里游泳的潇洒风姿了，或许它还真把这圆形水池当作了江湖。

当人类正一点一点地探悉白鱀豚的习性时，那江湖中的白鱀豚数量还在加速下降。到了一九八六年，长江流域的白鱀豚数量已不足三百头。

而长江流域的白鱀豚就是全世界的白鱀豚，没有之二。这一数量让全世界都感觉到了一种"濒危水生动物"遭遇了濒临灭绝的危机。当年，国际自然环保联盟将白鱀豚列为世界十二种最濒危的动物之一。若要缓解某一物种的濒危状态，最有效的方式就是加强对自然生态的保护和修复治理，这是从根本上解决问题的方式，却也是一种长效机制，自然生态往往毁于一旦，修复则需要漫长的时间。还有一种行之有效的途径，那就是人工繁殖，如大熊猫的人工繁殖，在很大程度上拯救了这一濒危物种。从白鱀豚的种群繁殖看，其自然繁殖率比大熊猫还低，雌兽怀孕率仅为百分之三十，一般两年才繁殖一次，孕期为十个月至十一个月，一胎一崽，偶有两崽，那也是极低的、可以忽略不计的概率。小白鱀豚出生后靠母乳喂养，直到五六岁才能成熟。如此之低的自然繁殖率，让人们对白鱀豚的命运产生了深深的危机感，更让水生所的专家急于给淇淇找到一个伴侣。白鱀豚若能像大熊猫一样进行人工繁殖，那将是对这一濒危物种的拯救。此时的淇淇大约七八岁了，已是一个身体发育成熟的"小伙子"，但野外的白鱀豚如此稀少，又到哪里去给它寻找配偶呢？

事实上，在淇淇成熟之前，水生所的专家就已未雨绸缪了。他们组建了一支由专家进行技术指导、由经验丰富的长江渔民组成的捕捞队，从洞庭湖到武昌一带搜寻白鱀豚。当时水生所还没有搜寻定位的声纳设备，全靠人工和几近原始的方式上下搜寻。那简陋的船只在混浊的水浪里颠簸起伏，江面上漂浮着油污和各种漂浮物，还有轮船、机动船冒出的滚滚烟雾，从水下到水上都遮蔽着人们的视野。那注定是希望极其渺茫的搜寻，每一个人都是望眼欲穿。一九八五年十月中旬，水生所还特意请来了西德杜伊斯堡动物学院院长格瓦尔特博士，采用声呐探测设备在洞庭湖附近的长江水域进行了拉网式搜索。这一片水域是历史上白鱀豚频繁出没的地方，但几经搜索却一无所获。这让大家备感无望，格瓦尔特博士更是连连摇头："在没有更先进的设备与技术前，要想在长江里活捕白鱀豚是不可能的！”

　　格瓦尔特博士带着一脸的沮丧走了，捕捞队依然在越来越冷的江湖上搜寻，他们把一线希望寄托在白鱀豚的繁殖期。每年冬末春初，就是白鱀豚繁殖的季节，也是白鱀豚群体活动最频繁的季节。一九八六年刚开春，捕捞队根据白鱀豚的这一天性，还真有了惊喜的发现——他们一下子用大网围住了九头白鱀豚。由于在船上使不上劲儿，为了便于捕捉，他们又拽着大网慢慢从深水区拖向江边的浅滩湾。眼看白鱀豚一头头都露出了水面，大伙儿也一个个咕咚咕咚往水里跳。此时还是数九寒天，渔民们站在齐腰深的江水里，一开始还能感觉到像刀割一般的冷冽，但很快就被冻僵了，一个个木头木脑的，感觉身体都不是自己的了。有个汉子直接冻得昏死过去，一头栽进水里，被人赶紧救了起来。人怕冷，但白鱀豚不怕冷，无论严冬酷暑，它们在水里一直保持三十六摄氏度左右的恒温，而它们在水下爆发出来的力量更是大得惊人，四十多条汉子也拽不住一张大网。但哪怕冻僵了，大伙儿也没有一个松手的。可这网围得太大了，又加之这浅水湾的沙滩上怎么也打不下锚链，全靠一双双粗糙的大手使劲拉着网绳，大伙儿手上皲裂的冻伤都在滴血，一双双瞪大的眼珠子也是血红的。白鱀豚在网里拼命挣扎，撕扯，哀鸣，一头头“嘘哧、嘘哧”地喘息；人们在风浪里拼命挣扎，撕扯，嘶吼，一个个“呼哧、呼哧”地喘着粗气。这是一场生命的挣扎，如同拔河一般。结果是，四十多条汉子最后都被那九头白鱀豚拽到了更深的水里，当水浪淹没到胸脯，人都一个个漂浮起来，最终每一个人都几乎用尽了一生的力气，却只能眼睁睁地看着那九头活蹦乱跳的白鱀豚又逃之夭夭。这些粗犷的渔家汉子，一个个望着长江号啕大哭……

　　这一次失败的捕捞，却也让大伙儿在痛定思痛后又重新燃起了希望：既然一次就能发现九头白鱀豚，那就有可能再一次发现白鱀豚群体。果不其然，这年三月底，捕捞队又在湖北荆州观音洲江段发现一群白鱀豚，一共有七头。这次他们吸取了上次的教训，没有采用大网围捕，而是采用定点围网和分开切割的方式，最后围住了其中的三头，两大一小，看上去像是一家三口。这一次围捕是十拿九稳了，但当时捕捞白鱀豚有严格的指标，只能捕两头，最好是捕获两头雌性。大伙儿先捕起来一头大的，有人一看说是雌性。随后又捕上来的一头小的，一看也是雌性。还有一头当时就放生了，但这头被放走的白鱀豚却没有死里逃生的惊恐，一直在那片水域里打转，直到第二天还在观音洲江段游来游去，像是在寻找失散的亲人。那孤独无助的哀鸣声从风中传来，像一个女子在哭泣，让人也备感悲凉和自责。白鱀豚不仅是特别有灵性的动物，还有着非常强的家族观念，往往是一家子或一个家族在一起生活，而人们为了拯救这一种群，却把它们好端端的一个家给活活拆散了，换在人间，这就是生离死别啊！

但无论如何，人们还是备感兴奋，这是世界上第一次采用人工方式成功捕获野生白鱀豚。那一大一小两头白鱀豚被运到水生所养殖池后，大的起名"联联"，小的起名"珍珍"，意思是"联合起来保护珍稀动物"。经检测，联联竟然是一只雄性白鱀豚，这是人们犯下的一个错误。珍珍则是一只两岁左右的雌性幼豚。这是一对父女，而那头被放走的白鱀豚则是这家里的妻子兼母亲。联联从被捕上来后就表现出了刚烈而决绝的性情，一直拒绝进食，这也是白鱀豚唯一能够反抗的方式，但它却一直悉心照顾着自己年幼的女儿。珍珍或许是受了惊吓，又或是环境的突然变化，以至于刚被捕来时就生病了，那柔弱的身体连浮出水面的力气都没有。联联生怕女儿给活活憋死了，用头把女儿的头托出水面来呼吸，那一种超越了人间的父爱，深深地感动了每一个人。珍珍在父亲的照料下终于活下来了，可它的父亲却最终以绝食的方式饿死在人类手里。这又是人类从美好的愿望出发而制造的一出生命悲剧，但愿这"美好的愿望"不是一种自我安慰式的开脱，在大自然面前，我们都是有罪的。

可怜的珍珍，从此只能孤零零地活在人世间。假若它能按照人类的愿望和淇淇一起繁育后代，这一切的痛苦和牺牲也是值得的。然而就在这年上半年，淇淇患上了严重的肝损伤，并发高血脂、高血糖等症状，经国内外专家全力救治和近百天的精心护理，淇淇又一次转危为安。直到它身体痊愈后，专家才安排它和珍珍见面。淇淇也许早已忘记它幼年时自由遨游的江湖，这么多年来它的整个世界就是一个圆形水池；而除了人类，它也再没有见过自己的任何同类。当第一眼看到珍珍时，它还不知这是哪里来的一个陌生怪物，一下子给吓坏了。而珍珍天性胆小，一开始也像淇淇一样紧张不安。为了让它们有一个逐渐熟悉的过程，水生所的专家一开始没把它们放在一块儿，而是放在两个相邻的水池里，这中间有一个过道，水是相通的。但最初一段时间，这两只在不同环境下生长的白鱀豚都互相害怕，它们远远待在各自的水池里，惶惶不可终日，紧张得不吃东西。慢慢地，它们才开始往过道边上游，隔着一段距离相互好奇地打量着对方。随着距离不断拉近，它们几乎是头对着头，你看我，我看你，像是隔着一道透明的玻璃在仔细辨认各自的镜像，或许它们也有处于异度时空之感。白鱀豚之间通过声音交流，它们有一个形似鹅头的喉咙，但没有陆地动物在空气中发音的声带，只能利用天生的声呐系统发出高频音波。这是人类听不见的声音，只有采用特制的水听器，才能听到白鱀豚发出的数十种不同的声音。从水生所专家采集的信号看，珍珍和淇淇已开始主动联络，但在人世间长大的淇淇早已丧失了与野生白鱀豚自然交流的能力，它可能要重新开始向珍珍学习母语了。不过，只要有了交流，就是一个好兆头，这表明它们正逐渐建立信任感和好感。没过多久，在一个电闪雷鸣、风雨交加的晚上，珍珍大约是胆小害怕，忽然游进了淇淇的池子里，但淇淇还是非常紧张，在一个角落里团团转，怎么也不愿意靠近珍珍。这样过了两三天后，它们才慢慢熟悉和接近，从此便习惯在一起共同生活了。

这一对白鱀豚在一起生活时，珍珍还是一只情窦未开的幼豚。直到两年后，眼看珍珍就要发育成熟了，两只白鱀豚的感情也越来越深，它们在这人世间已成为最亲的亲人。一个美好的愿望眼看就要实现，谁知珍珍却误食了铁锈,随后又引发肺炎等致命的并发症,最终也没有被抢救过来,于一九八八年九月离世。一直到现在还有人在追问,珍珍到底是怎么误食铁锈的呢?说来这也是水生所的一个苦衷。由于养殖池西面的遮阳篷质量不好,每到大风天就会有铁屑、玻璃、木片和灰沙等杂物飘落池中。那时水生所的经费十分有限,一直没有其他水池转移白鱀豚,那遮阳篷也一直没有修缮,才导致珍珍误食了落入水中的铁锈。珍珍死后,人们在它的胃里找到了一斤多的铁屑、玻璃和沙石,这比病死更让人痛心。匪夷所思的是,珍珍在人工饲养下是不愁没有食物的,它怎么会吃那些致命的东西呢?

珍珍离世后,孑然一身的淇淇一直都不明白珍珍怎么突然消失了,天天游来游去寻找它,甚至拒绝进食。那些参与捕获珍珍的人们,看着悲伤绝望的淇淇,更是伤心不已,这数年来的心血竟然是这样一个结局,一个个两眼空茫,欲哭无泪。

四

当人类跨入新世纪后,一个难以挽回的灾难性的命运已经降临,白鱀豚仅剩下二三十头了,一个物种已到灭绝的边缘,有专家甚至绝望地称其为“活着的灭绝动物”,连保护都已来不及了,只能抢救!然而又怎么抢救?野生白鱀豚几乎绝迹,而淇淇已逐渐步入高龄,从进食量到体质都在不断下降,看上去就像一个迟暮岁月的老人了,给它投喂食物时,它几乎抓不到活鱼。这时候你就是能给它找到一个配偶,它也不可能延续这一种群的生命了。二〇〇二年七月十四日早上八点半,当饲养员像往日一样给淇淇投喂早餐时,发现淇淇沉睡在池底,一动也不动。凝神一看,它已安详地离开了这个从来不属于它的人世间。

白鱀豚的生命周期一般为二三十年,淇淇在野外生活了约两年,在人工饲养下度过了二十二年半。这是世界上第一头人工饲养成功的白鱀豚,也是世界上饲养时间最长的淡水鲸类动物之一,从人类的视角看,这本身就是了不起的成绩。而对于淇淇,虽然也算寿终正寝、自然死亡,但没有死于属于它的自然中。更可惜的是,淇淇度过了孤独的一生,除了珍珍短暂的陪伴,它一辈子再也没有见过自己的同类,也没有留下任何后代,它留下的只是自己的标本。

从某种意义上说,淇淇也是一位从自然界来到人世间的亲善大使。多年来,淇淇作为白鳖豚这一“濒危水生动物”的代表,其形象被用作中国野生水生动物保护徽标,无数人关注着淇淇的命运,它甚至成了海内外环保人士关注中国珍稀濒危野生动物保护的焦点。由于人类无法近距离接触野外白鳖豚,淇淇一直是人类研究白鳖豚唯一的长期接触对象,水生专家围绕淇淇,在白鳖豚的饲养学、行为学、血液学、生物声学、仿生学、生理学、繁殖生物学、疾病诊断与防治等方面进行了深入研究,获得了大量的第一手宝贵资料、经验积累和科研成果,这使得我国的淡水鲸类研究在世界上独树一帜,跃居世界领先水平。中国学界对淇淇所做的系列研究,也是世界上获知白鳖豚有关信息的主要来源,尤其是对淇淇的生物声学研究,推翻了早前认为淡水鲸类不能表达感情的观点。对于白鳖豚,还有很多未解之谜,随着白鳖豚在近几十年来迅速走向功能性灭绝,人类已难以进一步地了解这种神奇而迷人的生命,这是永远的遗憾。

五

白鳖豚的灭绝是长江之痛、人类之痛,只有人类才会为这一物种的生命延续而殚精竭虑,这其实是我们对自己的救赎,人类就是造成这一悲剧的元凶。当一个物种灭绝之后,它便从地球的生命序列中不可逆转地永远消失了,它所具有的独特基因库也不复存在了,这是人类在生存与生态的博弈中酿成的一个无法弥补、难以挽回的悲剧。人类是万物之灵长,但绝不是万物之主宰,更不能为了自己的生存空间而将一条长江据为己有。长江是中华民族的母亲河,也是这流域内所有自然生灵的母亲河。一条不能容纳和承载白鱀豚生存的长江,最终也必将不能容纳和承载人类的生存,若不引以为鉴,白鱀豚的命运迟早有一天也会降临到人类自己头上。

近年来,长江儿女们在痛定思痛后投入了拯救母亲河的行动,随着长江自然生态逐渐恢复生机,多年来没有见过的一江碧水又奔涌而来。水清了,又能看清波纹清晰的脉络,人们那浑浑噩噩的眼睛也变得清亮了,又有一些人声称看到了白鱀豚的踪影。二〇一八年四月中旬,一位环保志愿者用长焦镜头在安徽铜陵长江段拍到两张疑似白鱀豚的照片。经水生所的专家们仔细鉴别,对此作出了"高度疑似"的评价。遗憾的是,这两张照片都没有拍摄到背鳍,这是判断这一物种的最关键部位。尽管这一发现并未得到确认,却也是一个令人惊喜的发现,《世界自然保护联盟濒危物种红色名录》(IUCN)在当年便调整更新发布,暂未确认白鱀豚功能性灭绝,并保持原定评级——极危。哪怕极危,那也比灭绝好啊!这也让人们在绝望中又看到了一线极其渺茫的希望。兴许,那"最后的白鱀豚"还真的活在这个世界上。而对于它们来说,这个世界就是长江,长江就是它们唯一的家。有人甚至猜测,白鱀豚作为一种高智商动物,在被人类逼到近乎灭绝的处境下,它们也许会按适者生存的自然法则而改变自己的习性,行迹变得更加神秘,使人们更难发现它们的隐踪。但愿,但愿如此吧,我希望那"高度疑似"的白鱀豚能早日露出它们独特而奇异的背鳍,而且不是偶尔冒出来的一两头,而是以一个家族或一个种群出现,这个物种才真的有救了。

就在人们发现疑似白鱀豚的第二年早春,一头活生生的白鱀豚逼真地出现了,那是淇淇的 3D 复原标本在武汉揭幕展出。这个标本从构思到制作完成历时近两年,严格依照淇淇生前的风姿按一比一的比例复原,乍一看,你还以为淇淇真的复活了,但凝神一看,这是一头采用进口树脂材料制作的白鱀豚。生命是无可替代的,无论你制作得如何栩栩如生,它依然只是一个没有血肉、没有呼吸、没有灵性的标本。

我也是这大江里一个死里逃生的幸存者,这么多年来我一直都觉得是那传说中的长江女神救了我一命。每一次走近长江,我都会默默祈祷,那是为白鳍豚祈祷,更是为长江的命运祈祷,祈祷我们的子子孙孙能够再次看到长江女神那优雅圣洁的姿态,祈祷那些活泼可爱的精灵可以一直作为我们的邻居而存在,而不是成为博物馆中的标本。

每一次回到故乡,在那月光如水的夜晚,河流压低了声音,一切都静悄悄的。"浮云终日行,游子久不至。三夜频梦君,情亲见君意。"那一种梦寐中的思念,或许只有在你远离故乡后重新归来,才更觉思念情切。恍惚间,我依稀听见了从江风中传来的哭泣声。当我惊愕地睁开眼睛,蓦然回首,如惊鸿一瞥,一个优美的身体浮出了水面,那光洁的皮肤上波光闪烁,水灵灵的,简直像女神一样。此刻,我像是醒着,又像是在梦中。

种子秘语

◎ 祁云枝

　　整个秋天，种子们星罗棋布，在不同的高度和维度上梳妆打扮。它们涂脂抹粉、描眉画眼，一切就绪后，开始唤风、唤雨、唤水流，唤身穿皮毛的动物，唤小鸟的肠胃、人类的嘴巴……一旦邂逅，便从高空跃下，从地面起飞，在半空里弹射，于水面上漂浮，或者，干脆搭乘动物和人类这一趟趟目标航班，去远方开疆拓土。秋歌，种子唱得最带劲儿。

　　这甘甜的旅程，让动物愉悦，也完成了种子的心愿：把优秀的孩子送到自己无法抵达的远方。诗与远方，其实也是所有草木的梦想。

　　种子、风、雨、鸟兽、行人、河流，大地上的一切事物，都在这互惠互利的合作中，生出熠熠的光芒。

　　日历，一天天撕掉寒冷，又一个春天来临，姹紫嫣红和万千生命的迭代，纷纷从种子里萌动。大地，又一次演绎万种风情。

一

　　此刻，我正在一棵高大的红枫树下拍摄小视频。

　　鲜红的枫叶，在秋风里荡秋千，不时亮出泛白的叶背，发出唰啦啦的声响。眼前的枫树，宛若一条流向天际的河流，翻卷出红色的浪花。小鱼儿般欢快的种子，从朵朵浪花里迸溅出来，进入我的镜头。

　　秋意渐浓。树木多穿起金黄橙红的衣裳，这是成熟的颜色，也是富足的颜色。天空里密布独属秋天的忙碌，看得见看不见的种子，在我的头顶上飞翔,奔赴下一年的生命之约。

一旁的女贞树上,两只灰椋嬉闹着在枝丫间啄食。蓝天、紫果、绿叶,组合成一幅画,鸟儿,是这幅画面上动态的笔触。灰椋吃饱喝足后抹着嘴巴飞远了,在鸟儿新陈代谢时,女贞子穿越鸟儿的肠胃,被播种到远方。鸟儿播种的同时,还顺带施了肥。

我追着一粒种子拍摄。镜头里,红枫种子旋转出令我痴迷的轻盈,它晃晃悠悠,漫无目的而又充满了希望。我知道,种子飞行的方向和距离,取决于那一刻经过它身旁的风,这种不确定的飞行,像极了我们称之为命运的东西。

我用手接住一枚旋转着落下的翅果,一枚翅果含两粒种子,像两条吻在一起的小鱼,身体呈倒八字张开。指肚那么长的翅膀,从种子的果皮处延伸出来,轻薄、剔透,看得见脉络清晰的纹理,和蜻蜓翅膀一样,自带飞翔的奥秘。鱼头(种子)橙黄,鱼尾(翅膀)鲜红透亮,不像是现实的种子,更像是仙境里的精灵。在这架小小"螺旋桨"的带领下,红枫种子轻舞飞扬。

红枫种子成熟后脱离母体,因重力下坠的刹那,这对小鱼翅膀即刻开启了螺旋桨的功能,在空中飞快地旋转起来。一团小小的涡旋气流,出现在种子上空。涡旋气流似一团无形的手,拽拉着种子下落的脚步,为的是给风留出更多的时间,更从容地把种子带到更遥远的地方。头与尾之间、重与轻之间,一对种子的吻鱼组合,让红枫种子除了拥有机械制造、仿生学和生态学上的意义外,还具备了某种哲学意味。

一百多年前,谁会想到螺旋桨的特性?红枫一旦开花结果,就拥有且很好地利用了这个飞翔的装备。突然间想起小时候读过的《种子历险记》,每一粒看似弱小的种子,都是义无反顾的英雄。朝未知地带前行的红枫种子,拥有飞翔的独门绝技,飞行的距离长,发生在它身上的故事也一定多。如果我追踪记录一粒种子长长的一生,会不会也能写出一篇好玩有趣的《种子历险记》?

好多次，我走进校园向学生讲述植物生存的智慧时，会提出这样的建议：请同学们描述红枫种子的形状。鲜有答对者，显然，很少有学生去关注。孩子们的时间大都交给了作业与课外辅导，极少有时间和一株植物对话。也或许，他们在难得的外出机会里，遇到红枫时只关注了它的叶色、叶形，却略过了红枫的籽实。

学生们其实也很难理解我公布的答案——红枫种子拥有一对可以像螺旋桨般旋转、能制造涡旋气流的神奇翅膀。

这些，都呼召我把红枫种子拍成视频。爱迪生说，惊奇，就是科学的种子。让我惊诧的植物飞翔的智慧与哲理，能否种子般撒进学生心田？

不远处的草坪上，一位年轻的母亲领着一个小姑娘在草丛里玩耍。园子里的草坪上，蒲公英像天空里的星星一样繁多。它们在这里生根、发芽、展叶、开花、结果。草坪出现多久，它们就生活了多久，东一棵西一棵，此起彼伏。每年的春秋两季，园林工人都要定期去草坪里拔草。作为一种杂草，蒲公英一遍遍被连根拔起，扔掉。然而，它们魔术般变换位置，行踪不定。我甚至在通往办公楼的台阶石缝里，看到了它们金黄的绽放，那一瞬，台阶无比生动。我停下脚步，用手机相机定格了它们的努力。对蒲公英而言，一撮土、几滴水，就是它们安身立命的家园。一株石缝里开花的蒲公英，一只忙碌前行的虫蚁，都以自己的方式诉说生活的艰辛，或者从容。

小姑娘三四岁，圆脸、圆眼睛、圆嘴巴，连身体也圆乎乎的。她不时弯腰摘下蒲公英的绒球状果序，举至眼前，嘟起圆圆的小嘴，呼——一群种子各自撑开小伞，向天空的高远处蹁跹，小姑娘双手挥舞着向前追了两步，又弯下了腰。

像是一口气吹开了时光之门，我的童年逶迤而来。多年前，在家乡的田埂地畔边，我也曾像她一样，挑选出色的白团大的蒲公英绒球，高高举起，嘟着嘴唇，把种子吹向天空。蒲公英头戴光圈，慢悠悠地向天空飞去，踏上未知又可预知的旅程。那时候，天离地很近，头顶上，就晃动着棉花般的白云。若是有人站在大树的枝杈间,伸出手,就能触摸到云朵。

即便不被人类助力,蒲公英的种子一样可以从地面上起飞,一阵微风就可以送它们远行。资料上说,晴朗的二级和风里,蒲公英种子可以飞翔两公里左右。"好风凭借力,送我上青云",说的,就是蒲公英吧。人类模拟蒲公英制造的降落伞,什么时候也能从地面上直接起飞呢?

小姑娘现在还不会知道,总有一天,她也会像蒲公英一样,离开她的母亲,飞到适合自己生根发芽的土地上。

我们,都是蒲公英的播种者。我们,也都是一粒蒲公英种子。

二

父亲从工作岗位上病退回家后,专心侍弄起家里的一亩三分地。

二十世纪七十年代,渭北旱塬上每家的自留地少,粮食总捉襟见肘。有限的土地里,乡亲们只愿意种主粮小麦。翻地、施肥、耙平、播种、间苗、除草、浇水,父亲以麦种为笔,用撰写公文的态度,在自留地里写起了文章。一分耕耘,一分收获。那些年,我家的麦子产量在村子里数一数二,只除了一年,这年,父亲用错了麦种。

往年,父亲都是选自家田里粒大饱满的麦子留种。那年,父亲去县城跟会,回家时背了一袋麦种。跟会,就是赶集,只不过一个在县城,一个在乡村,跟会的人更多、物产更丰富。父亲说当日碰到了以前的同事,同事是"一头沉",他的老伴务农,农忙时他也在田间地头劳动。他们聊起了麦子,同事给父亲推荐了一个人,说他家去年小麦亩产一千两百斤,就是在这个人家里买的麦种。这句话,点燃了父亲眼里的火苗,也促使他买回了高价麦种。好家伙,比自家亩产高出两百多斤,那可是一家人半年的馒头。

父亲用新麦种开启了新一轮的书写,这次,他比往年更用心。整个冬天,空气中飘浮着牲畜粪便的气味。羊粪蛋蛋、牛粪塔塔被父亲宝贝一样从村子里的大路、小路和羊肠小道上捡起,盛入粪笼,倾倒在大门外的粪堆上。攒够两大粪笼后，父亲用一根扁担挑到孕育麦苗的地里，再一锨锨抛撒开来。春节前，下了一场大雪，当地上的积雪没过脚踝时，父亲把雪铲成堆，家里的两个大粪笼又派上了用场。父亲用铁锨拍实雪花，雪糕一样瓷实的雪花被装进粪笼，一担担挑进地里，码放得整整齐齐，就像是地里长出来一层小雪山。父亲说，这层雪是麦苗的被子，麦盖三层被，明年枕着馒头睡。在这层雪被下，麦苗既能睡个温暖的好觉，雪化后还能喝饱，旱塬上最缺少的就是水。

开春，我家的麦苗比谁家的都绿，而且欢实。父亲带我去田间拔草时，远远地就说，看，那个墨绿的坎儿，就是咱家的麦子。父亲说这话时，眼角眉梢都爬满了自豪。同期返青，我家的麦苗比邻居整整高出了一拃，黑黝黝的，远望很醒目，像一道绿坎。

渐渐地，父亲脸上的笑容消失了。我家的麦苗像是吃了分化剂，居然分出了高矮胖瘦，再也不是齐整整的一片。时值初夏，高高低低的麦苗，像是长在心头的野草。父亲着急上了火，嘴唇干裂起皮，不停地叹息。他专门去了一趟县城，找到那个以前的同事，辗转找到那个卖种人。那人听父亲讲完，一口咬定他的麦种没有问题。他说，你家的麦子之所以出现这状况，有可能是你搅进了其他麦种，或者，是上季的落地麦，这一季又长了出来。推卸责任的话语，一块块石子般投掷到父亲的身上。

回家后，父亲眉头紧锁，吃不下睡不着，他的身影愈发消瘦了。常见他手捂胸口，咳嗽起来没完没了。

临近麦收时，我家的麦田里，没有涌动起风过如舞的麦浪，空气里，也少了令人亢奋的麦香。参差不齐的茎秆上，顶出了四种麦穗：长着麦芒的麦穗，光秃秃全然无芒的麦穗，株高超过一米歪七扭八的麦穗，细长干瘪的野麦子的麦穗。整个田地，像四种麦穗赶集，嘈切、凌乱，这怎么可能是我家田野上一茬齐整整的落地麦呢？夏天的阳光，化作细碎的麦芒，入眼如沙。

那些日子，我的心情也和我家的麦子一样纷乱芜杂。我不时想起父亲讲过的一个故事，大意是一位受人爱戴的国王年纪老了却没有孩子。一天，国王宣布谁能用他提供的种子培育出最美的花朵，谁就是他的继承人。所有被选中的孩子都悉心种花。做决定那日，国王面无表情地从无数端着美丽鲜花的孩子面前走过，停在一位手持空盆哭泣的孩子跟前，大声说，你就是我忠实的孩子！国王说，我发给孩子们的花种，都是煮熟了的。

在大人杜撰出来教导我们的这个结局完美的故事里，我无法理解发生在父亲身上的现实。欺诈与歉收，像一块块巨石入水，荡出暗黑的涟漪。现实生活中，成人的世界里，谁来鉴定诚实？谁又来惩治虚假？

麦种不对，其他的努力都白费。父亲说这句话时，徘徊在我家麦地边上，脸色灰暗，神情沮丧，像一株在大风里趔趄的麦子。

一粒麦种，被神秘力量聚合成星空下小小的生命单位。农人从外观上根本看不出一粒麦种与另外一粒麦种的区别，它们能否发芽？发芽后能否长出麦芒？能否高产？都无从知晓。农人还有许多无奈，一场疾病，一次措手不及的水灾、旱灾、冰雹，乃至谎言，都足以摧毁他们一季的收成，就像时空里的黑洞，随时会将农人的希望吞没。

我第一次有了探究种子的欲望。

欲望的加速器，来自科学家。袁隆平院士用一株野草（野败）的种子，培育出杂交水稻，让水稻产量增加了百分之二十，多养活了几亿中国人。小小种子里的基因，决定了它将要绽放的生命。找到破解种子生存繁衍的密码，就能躲避和填补那些黑洞带来的荒芜。

袁老说，我就是个种了一辈子稻子的农民。他还说，人就像种子，要做一粒好种子。这些话，也是一粒粒种子，埋进了我的心里。

三

多年后，我考上了北方一所重点大学的生物系，毕业后被分派在植物园工作，开启了与诸多种子的亲密关系。

它静静地躺在展板上，脸盆大小，扁圆，像是两个连体变形的椰果。就在我惊愕于这枚世界上最大最重种子的长相时，我听见一旁的游客说，瞧它多像屁股！说完还吐了下舌头，笑出声来。

　　这里是西双版纳植物园的科普馆，我面前的巨型种子名叫海椰子。很快，我就看到了海椰子酷似男性器官的雄花花序。多么奇妙，一种植物拥有人类男女的性特征，究竟是什么用意？偶尔，身旁有人说起这些奇特种子和花序时，我的心便会快速滤掉周围的杂音，以便耳朵贴近那些话语，我很想知道更多关于它们的秘密。

　　直到现在，对于海椰子我依然有很多困惑，比如，全世界仅有塞舌尔的两个小岛上能生长海椰子，一棵树历经上百年才挂果，而果子又需七八年成熟。如此生长空间，历经千辛万苦亮相世间的海椰子，为何要把种子生得如此巨大而且沉重？它难道不考虑传播问题？难道不想借助海水的浮力让子孙后代的生存范围扩大？

　　这一天，我还见到了世界上最小的种子斑叶兰。它是真的小如尘埃，在显微镜下，我才看清楚了那层薄薄的种皮和一个尚未分化的胚，千粒重仅零点零零零五克。对比芝麻的千粒重四克，就可想见它的大小。这种做小且做多的策略，倒是很容易理解：轻似尘埃，可随风飘扬，总有种子能找到适合的地方生根发芽、传宗接代，它们打的是数量牌。

　　几年后，在宁夏的沙漠里，我采集到了梭梭种子。梭梭的种子也很细小，比芝麻粒还小，千粒重三点二五克。梭梭是沙漠里最令我动情的植物。它一出生就不得不面对严峻的现实，若来不及扎根，一场狂风后，它的小身躯就被连根拔起，顷刻湮没于黄沙。因此，梭梭一旦发现有生存的机会，不是先把枝节伸向蓝天，而是以最快的速度，把根扎到地下。梭梭种子为了抓住沙漠中贵如油的几滴水，竟练就了世界之最的种子萌发速度：两三个小时内，就能迅速生根发芽，快速长成一株小梭梭。而我们常见的发芽最快的蔬菜种子白萝卜和小青菜，两三天后出芽，草莓种子，发芽则需半个月甚至三十天。

这些细小的种子，心里，都装有森林。这信念，让它们智慧从容地抵挡周围环境的干旱、风蚀、沙埋、狂风、暴雨，以及酷暑和寒冬。

回想起来，形形色色的种子，就像是岁月篱笆上悬挂的木瓜，来自它们的香气，一直进到我的工作与生活里，安慰并疗愈我。

更多的时候，我和同事们一起把或大或小的种子埋进土里或者种进水里，然后等待它们长成我们希望的样子。这情景，与父亲种下麦种时的期待，与种子乔装打扮好后在枝叶间的期待，一模一样。

一粒种子，当它融入大地，在泥土间穿行，它所亲历和体味到的大地，与我们站在田边地畔的所见所思不同。其实，我们和我的父亲也不同，我们在期待前已添加了多维的劳作，譬如，认识种子。认识它们，不是拿在手心里看，也不是放在显微镜下看，而是在查阅文献后，设计出适合它们的生境梯度，看哪一种设计，能够唤醒沉睡中的它们。

种子有个性，有自己生长的步履。"橘生淮南则为橘，生于淮北则为枳。"这句话虽然科学性欠佳，但其蕴含的哲理——对待不同的事物需因地制宜，却特别适合种子。你看，种子落进泥土，春天来临时，种子爬出地面开口笑了，笑容各异：羞涩的笑，敷衍的笑，爽朗的笑，眉开眼笑，强作欢笑……俨然一幅墨痕簇新的《清明上河图》。种子躺在黑暗的地下，用心品尝泥土，熟知身边水肥的态度。一旦钻出大地，伸胳膊动腿，即可感知是否被环境接纳。夏天的炎热、秋天的虫害和冬天的酷寒，都是它们能否存活需要突围的瓶颈。

一粒种子经历的悲欢，何尝不是你我的悲欢？

种子发芽后，叶芽会用卷曲、萎蔫和枯黄，表达恐惧、生病或是死亡，而茎叶葱茏，无疑是它们在说自己很快乐。

种子也有记忆，高山植物种子与沙生植物种子的记忆间，隔着森林与沙漠。怎样让它们忘记过去，融入当下？为了把一些即将消失的珍稀濒危植物迁地保护起来,我和我的同事们,就像动物园里的驯兽师,要把它们之前的记忆抹掉,重新帮它们建立起对于新址的认知,唤醒它们身体里沉睡的潜能。在平原地区模拟其原生境,就是我们手里驯兽的教鞭。那些最终被驯化成一株可以开花的草、一棵能结果子的树的种子,都需要过五关斩六将,经历万千险阻。了解了一粒种子,就知晓了这种草木的秘语,知晓了土地的秘语。

只要手里有一粒种子,就有希望,就有无数种可能。

四

秋风里,种子此起彼伏,荡漾着厚重的波浪,摇晃我们的惊喜。这么多年,我和同事们,亦如名叫珙桐、银缕梅、秤锤树、紫斑牡丹等珍稀濒危植物的种子,扎根植物园这片土地,和这片土地上的植物一起,生根、发芽、开花、结籽。

一树"白鸽"珙桐即将绽放,它在我的同事赵老师的精心照看下有些兴奋,于是提前了花期。这几年,春末途经植物园珍稀濒危植物区的人们,都会惊奇地发现,无数"白鸽"翩然翻飞在一棵树的枝丫间,连空气都是香的。我不清楚鸽子间会聊些什么,但鸽子们的绽放,给予了植物园人莫大的鼓励。真的有鸟鸣,珠玉一般,在绿叶间滚落。

陕西羽叶报春消失百年后,被我的同事张老师在秦岭里采集到了十几粒种子。这种子实在是细小,几十粒紧挨着放在一起,也不过指甲盖大小。经过三个年头的播种试验,陕西羽叶报春的迁地保护终获成功。"春种一粒粟,秋收万颗子。"从十几粒小种子,到后来收获的两公斤种子,濒危植物陕西羽叶报春,再也不会从这个世界上消失了。梭罗的一句名言,也从羽叶报春的种子里长了出来:"只要告诉我你有一粒种子,我就准备期待它创造奇迹。"

初春,濒危植物银缕梅的枝条上,长出了密密麻麻的叶子。捧起一片树叶细瞧,叶脉平行,少有分枝,叶缘波浪般起伏,整个叶子,像是用工笔画出来一样美。夏初,银缕梅绽开了缕缕银丝,短穗状花序在绿叶间绽放,长长的花丝拥在一起,月光般恬静。这种孑遗植物,美丽娇弱,摇曳在植物园的珍稀濒危植物区,似乎很惬意地活着,事实上,它百般挑剔生存的环境。

秤锤树的枝叶间,开始悬挂起一粒粒"秤锤",赭黄的色泽,秤锤模样的外观,细长的果茎挂绳,像极了它们的名字。秤锤果在枝叶的摇晃中寻找平衡,它们在度量生命吗?如果,眼前的种子秤锤会说话,它会不会告诉我:一棵树与一个人生命的尺寸与向度,大致相同……

这些珍稀濒危植物种子里快要熄灭的火苗,被来自人类的爱重新点燃,被点燃。"道生一,一生二,二生三,三生万物。"园子里的珍稀濒危草木由少及多,由小及大,它们簇拥起舞,环佩叮当,它们愉悦地展叶、开花、结果,也愉悦地示爱,它们要将这份爱,用花朵和种子知会大地,开启下一个轮回。

日子,就这样在种子间流淌,种子无数次记录了我和同事们的劳作,我们也无数次欣赏了它们的努力和蜕变。"风在摇它的叶子,草在结它的种子,我们站着不说话就很好。"我觉得顾城的这些话,就是说给我们和身边的植物听的。我们,是城市里与种子、与土地打交道的农民。

几十年的光阴呼啦啦滑过,种子长进了一辈辈植物园人的血液里,长成了一种气质,就像珙桐树上的鸽子、银缕梅上的月光、山白树的根、紫斑牡丹的花,这种气质从植物园人的目光里流出,从我们的声音里走出,甚至,从每一个细微的,就连植物园人本身也不曾觉察的动作神态里显现出来。我们与搞动物研究的人有着明显的不同,我们很容易被人从人群里辨认出来。

大半辈子过去了,回想起来,我觉得自己也是一粒种子,听从了某种隐秘的召唤,由命运之手播种,在植物园落地生根,与缤纷的种子毗邻而居,在与种子频繁的互动里一次次萌芽、展叶、开花,成为自己。

种子于我,始终充满了神奇,它的一点点变化,都会掀动我心底的波澜;我人生无数个拐点上,都有种子的身影;它们有缘来到我身边,像我的孩子,它们的表情关乎我的心情。我曾经在泥土里播种,在课堂上播种,在书稿里播种,在画纸上播种……这些物质的、非物质的种子,在大地上萌芽,在许多心田里萌芽,就像当年落进我心里的那粒麦种。

是种子,串起了我在植物园里的日子,让我的人生与草木链接,并渐渐地成为彼此。闲下来,我喜欢站在自己种的树下草旁,看风像翻书一样翻动叶子,看花果凌波微步,鼻翼里的香是绿的,耳畔的和声圆润舒畅。我仿佛站在故乡的麦田里,站在自己种的第一棵杏树旁。

此刻,望着天空里忙碌飞行的红枫种子,我与漫步瓦尔登湖聆听自然的梭罗,或在自家荒园中凝视昆虫的法布尔,有着相似的快乐。

野禽笔记

◎ 傅　菲

白骨顶

画眉

画眉就落在窗下的鹅掌楸上，嘻哩噜哩地叫着。太阳还没升上山梁，云析出淡淡的霞光，流岚萦绕山冈。院子里有樟、栾、鹅掌楸、桂花树、山矾、枣树、枇杷树、枳椇、樱花树、玉兰树、湖北海棠、紫荆、枸骨树、合欢、茶花、南天竹、竹柏、银荆、含笑等树木，晴朗的早晨，画眉随意择一枝头，穿着棕褐色的演出服，下摆橄榄绿，眼周描得白白，略显高傲地翘着头，唱起了被人忘却的乡间民谣。它是一个美声歌唱家，钟情于歌唱：喊哩兮兮，噜哩嘀嘀，唧嘘唧嘘。歌唱家没有乐谱，每次都是临时谱曲，音符在开口的瞬间，哗哗哗，肆无忌惮地倾泻出来。它歌唱的乐曲随它的性情而起伏，它随天气和周围的色彩而调节音色。它的音质是一贯的淳朴、华丽、优雅，善于运用颤音、滑音、转音，时高时低。

它高傲，是有原因的。曲由心生。画眉多么快乐啊，在枝头间飞来飞去，忽而东忽而西，像一只梭子在冠层飞蹿。它的尾羽时而像蝴蝶兰怒放，时而像花斑鲤摆动尾鳍。即使不飞，它也张开麦秸扇一样的翅膀。它没有忧伤、悲戚、抑郁。它的美声有着无可比拟的优美，节奏由它的心情调控，舒缓时如绵绵细雨，激烈时如瀑布飞溅。美妙的自然景象在它曲调里浑然天成：溪流越过了苔藓覆盖的涧石；石菖蒲开出了白花；树叶在颤动，旋飞而下；雪下了一天一夜，白茫茫；林中水滴，啪嗒啪嗒；风在山脊跑动……

早晨，在画眉的即兴演唱中醒来。我去了院子。它还在鹅掌楸引颈高歌。海棠花积雪似的，缀在枝丫。四月，院子里比往常的月份多了很多鸟，有纯色山鹪莺、双斑绿柳莺、黄腰柳莺、红胁绣眼鸟、银喉长尾山雀、煤山雀、大山雀、绿背山雀、纯色啄花鸟、叉尾太阳鸟、山麻雀、麻雀、栗背短脚鹎、太平鸟、虎纹伯劳、黑枕黄鹂、灰椋鸟、红尾歌鸲、栗腹矶鸫、白眉地鸫、棕腹大仙鹟、白颊噪鹛、红嘴相思鸟、白鹡鸰、黄鹡鸰。等等。它们来来去去，去去来来。画眉、白鹡鸰、山麻雀、煤山雀、麻雀，一直没离开过这个院子。它们吃马陆、吃蜗牛、吃草籽、吃落在地面的饭粒和面包屑、吃树上的浆果，吃一切可以吃的。它们忙着吃食。唯独画眉在忘情地鸣叫：唧啾哩哦，唧加哩唧，啾唧哩哦……

它的曲调永远不会重复，即使鸣叫一辈子。如果把它每次鸣叫的旋律，谱写出来，永远不会相同。唯有尾音相同：嗼叽咿——嗼叽咿。它的鸣肌十分发达，急速震颤，它的舌就像笛膜振动，鸣声如行云流水，如玉珠落盘，如流沙漫过，如风扑树杪，有着无与伦比的美妙，喝酒的人，喝到了微醺，算是尽兴了。唱歌的人，唱到全身通畅了，算是尽兴了。画眉鸣叫到什么时候尽兴呢？配偶出现了。

春分之后，雄性画眉便一直在鸣叫。它换着枝头鸣叫，悠扬婉转，如笛如箫，待有了配偶，便去筑巢。这个院子，画眉已经无比熟悉。所有的树，它都停留过。呼呼呼，它带着配偶飞到池湖边上的一棵矮香樟树上。

矮香樟树上，有它去年的巢。巢在冠层中间三角枝杈，距地面约二米八八米，呈杯状，被树叶遮挡住了，藏得严严实实。巢由枯枝筑了外壁，内壁垫了枯草、草须。这是个难得的"风水宝地"，透风向阳，隐蔽严实。两只画眉(鸟夫妻)衔来干草，铺在巢室，安安稳稳落个家。

我数过四次，院子里一共有九个鸟巢：三个山麻雀巢，二个黄腰柳莺巢，一个画眉巢，一个栗腹矶鸫巢(石缝)，一个白鹡鸰巢(墙洞)，一个棕腹大仙鹟巢(我挂在枳椇树的人工鸟巢)。画眉为什么选在矮樟树营巢呢？

任何一种鸟,选择在什么地方、什么部位营巢,绝不是择机和随意的。它会考虑躲避天敌、方便觅食、雏鸟试飞、风向。巢位没有选出优佳,会给鸟家庭带来灭顶之灾。就像人类建房子,不可能建在洪水通过的地方,不能建在山体塌方的地方,不能建在没有阳光和不通风的地方。

这个疑问,我久久找不到答案。一天中午,我站在池湖边看数十尾鲫鱼在游,有序地在石块间绕来绕去地游。一只画眉在石块上扎水洗澡,抖着翅膀,腾起细碎的水珠。约九至十六时,煤山雀、纯色山鹪莺、红尾歌鸲等鸟,会来洗澡,当然,不是天天洗澡,是偶尔洗澡。画眉则每天来洗澡,有时一天洗两次澡。头扎下去,抖翅膀,抖头,回到石块上,又抖翅膀。池湖是栖息在院子里的鸟,唯一洗澡、补水处。画眉离不开树林和水。它在树上鸣叫和觅食,天天在水里洗澡。矮樟树是离池湖最近的一棵树。

池湖很小,只有六十余平方米,水非常洁净,养了八十多尾红鲤鱼和八尾鲫鱼,养了三钵碗莲。红鲤鱼养了半年多,有过半死于鱼虱,施药也治不好。我投了八尾鲫鱼和十块小乌龟下去,红鲤鱼再也没生鱼虱了,却不繁殖,鲤鱼繁殖了六十余尾,乌龟剩下三块,其余的乌龟不知道爬哪里去了。碗莲一直不开花,叶子也壮硕不起来,水太清,肥力不足。乌龟爬在石块上晒太阳,画眉在石块上抖羽毛。

爱洗澡的鸟,是自爱的鸟,是有洁癖的鸟。

五月十七日,矮樟树上的鸟巢露出了四个毛茸茸的小脑袋,眼睛闭着,绒毛稀稀,显得半死不活的样子。破壳而出的小鸟,都是有气无力的。两只亲鸟站在巢沿,呜哩哩喊兮兮地叫着。它们摆起了尾巴,显得惊奇和兴奋。

一日,我去厨房后面折桂花枝,手伸过去,一只画眉呼噜噜飞出来,发出"哇哇哇"的急叫声,短促有力。我缩回来,掰开浓密的枝丫,看见丫口有一只鸟巢,五只幼鸟趴着,探着脑袋。原来这还有一个画眉巢,藏得太深,没找出来。

应该是这样的。院子还有画眉的巢，只是我没发现而已。不然的话，天天哪有那么多画眉在叫。

画眉产卵三至五枚，孵卵期约半个月，再进入漫长的育雏期，入秋后，雏鸟换羽两次，才发育为成鸟，独自生活，翌年求偶，繁殖后代。有了配偶的雄鸟，善斗，先以叫声威胁"情敌"，接下来就是上天入地的缠斗。

换了羽，鸡爪梨(枳椇的果实)黄熟了，黄中透黑，又甜又软又绵。枳椇树上，每天落着十几只鸟在吃。栗腹矶鸫不鸣不啼，在树上吃金龟子、甲虫。画眉、太平鸟、白颊噪鹛、红胁绣眼鸟散开在树梢上，吃鸡爪梨。这是院子里的最后一季树果。南天竹的果子缀满枝，红透了。画眉属于画眉科噪鹛属鸟类，与其他噪鹛一样杂食，吃昆虫及虫卵、吃植物果实、吃草籽。食物短缺了，它就把藏在石缝、石洞、岩石边的"粮食"翻找出来。画眉和乌鸦、红嘴蓝鹊、喜鹊、鹦鹉一样，有藏食的习性，有备无患过冬。

画眉神奇的歌喉，鸣唱出奇妙的鸟曲，也因此"获罪"——被人类捕捉，豢养在金丝笼里，或贩卖。在民国时期，中国有大量的画眉被贩卖到英国，供贵族玩耍。据说，越南的画眉已成了极危物种——画眉被鸟贩子疯狂地贩运到英美。一只画眉值万金。画眉成了富人的玩偶。会唱歌的玩偶。

画眉栖息在低山地区、丘陵、平原的树林，及山边的村舍、有林木的庭院，是中国常见鸟类。在客居的大茅山脚下，画眉常来到院子里，有水、有树林、有草地。来了，也很少走。它的觅食范围不大。我没有事，便坐在窗前，静静地听画眉鸣叫，有时一听就是半个下午。听着听着，我的心就亮了，被阳光照了进来。我需要这样的下午，排去内心的废渣、废气，让自己活得更干净一些。像人该有的那个样子活着。

鸳鸯

山冈低矮，树林茂密。这是一片针叶和阔叶乔木混杂的原始次生林，地面铺满了泛黄的针叶和秋叶。针叶树是有毛松、青松、黄山松、杉木，乔木有水青冈、栲树、苦槠、丝栗、锥栗、麻栎、多穗石栎、圆锥石栎、小叶青冈、窄叶青冈、乌冈栎、银杏、桑、山毛榉、野山柿、枫香树、赤楠、糙叶树、乌桕、山乌桕、栾、五裂槭、樟树、黄栌、山麻杆等。阳光在冠层留下虚黄的光晕。黄叶红叶在常绿冠层熏染着暖色的冬意。一棵山乌桕或一棵枫香树，就可以点燃一个山冈。将坠的斜阳在湖面摇摇晃晃,红彤彤。那不是霞光,而是湖水的反光。

"嘎嘎嘎嘎,嘎嘎嘎嘎。"湖中传来一阵阵热烈的斑嘴鸭叫声。湖水被叫声震动得荡漾了起来。空中并没有鸟在飞。浮在湖中央密密麻麻的斑嘴鸭,背着太阳戏水。我抬脚走了几步,想靠近湖边。这时,数十只斑嘴鸭从右边的坳口惊飞出来,翅膀拍得啪啪作响。我低低地惊叫了:太多了,斑嘴鸭。

接着,坳口又飞出一群,数十只。

再飞出一群,数十只。

飞出了七群斑嘴鸭。

"嘎嘎嘎,嘎嘎嘎。"鸣叫声震耳欲聋。瞬间安静了。湖面死寂般沉静。我站在湾口,才发现坳口是内凹的一个湖湾,湖湾背后是一片约三亩的山田。山田无人耕种,长出了油青的稀草。斑嘴鸭临飞时滑动的水波,还在荡漾。

对岸,森林之下,一群鸳鸯挨着湖边在悠游。透过望远镜,扫视湖边,间隔数十米,便有一群群的鸳鸯在戏水或悠游。肉眼很难在远视之下,看见它们。水位线下的裸岩,麻黑色或褐黄色,与鸳鸯的体色非常接近。它们不游动的话,还以为是饮料瓶。它们一直挨着湖岸游动,很慢地游动,若隐若现。也听不到它们的叫声。

斜阳坠着,但一直不落。湖岸被树影覆盖,有些灰暗,虚光被湖水吸走,泛起了宁静的湖色。斑嘴鸭绕过山冈,落在另一片湖面。

鸳鸯是冬候鸟,三至四月,东北北部和内蒙古繁殖,十月,以小群迁徙,在南方洁净的河流或湖泊越冬。初冬,鸳鸯在婺源鸳鸯湖集群,形成世界上最大越冬种群,多则两千多只,少则两百多只。

鸳鸯湖原名大塘坞水库,坐落在赋春镇。白际山脉往婺源西南部平缓下去,丘陵渐渐隆起,从高空俯瞰下去,丘陵是大地果盘上的浆果。一九五八年,赋春人在大塘坞丘陵筑坝,兴建水库,最大蓄水面积达二千九百亩。丘陵化作了群岛,或相连或孤悬,远离村舍,又毗邻星江。丰沛的雨量、肥沃的土壤、充足的日照,使得岛上林木疯长。枫香树、栲树、苦槠、栎树等高大乔木,冠盖婆娑,高入云天。水库用于灌溉,鲫、鲤、鳡、花鲢、翘嘴鲌、白鲦、黄颡等野生鱼,开始旺盛地繁殖。白鹭来了,斑嘴鸭来了,鸳鸯来了,普通鸬鹚来了。沉睡的湖,被鸟唤醒。

越冬的鸳鸯逐年增多。老弱病残的鸳鸯,再也不走。始于一九八〇年,在大塘坞水库越冬的鸳鸯,已达两千多只,成为世界上最大的鸳鸯越冬地。一九八六年,大塘坞水库更名为鸳鸯湖,成立世界上首个鸳鸯保护区。

雌雄双居,永不分离。这是古人对鸳鸯的误读。鸳鸯只有在繁殖季求偶、配对,雌鸟产卵后,便躲在隐蔽的河段换羽,繁殖羽脱落,与雌鸟一样普通无异。有鸟类学家考证,说宋代以前所描绘的鸳鸯,并非鸳鸯,而是赤麻鸭。因为赤麻鸭头顶棕白色,全身赤黄褐色,配偶固定。也有鸟类学家认为,鸳鸯不是指赤麻鸭,而是指鸂鶒。鸂鶒又名紫鸳鸯,比鸳鸯略大,雌雄并游。

古代没有鸟类分类学,没有细分,对某一种类的鸟,大多用统称。比如猫头鹰是鸮科鸟的统称。在我国常见的种类有红角鸮、东方角鸮、雕鸮、鹏鸮、领角鸮、长耳鸮、短耳鸮等。

唐初四杰之一的卢照邻在《长安古意》中这样说:

　　得成比目何辞死,愿作鸳鸯不羡仙。
　　比目鸳鸯真可羡,双去双来君不见。

要是卢照邻知道鸳鸯"始乱终弃"，就不会信誓旦旦"何辞死"了。也难怪古人，鸳鸯是结群觅食，很容易"乱点鸳鸯谱"。

为什么鸳鸯独爱鸳鸯湖越冬呢？鸳鸯，在冬季以斗壳科坚果为主要食物，在初春以嫩叶、草须、苔藓为主要食物，在繁殖季以蚂蚁、螽斯、甲虫、蝗虫、虾、蜘蛛、蜗牛、小鱼、蝌蚪、蛙等为主要食物。植物性食物和动物性食物，随着季节的交替，鸳鸯也发生改变。鸳鸯湖的岛屿上，斗壳科的林木密布，霜降后，坚果随风而落，满地都是。一棵老苦槠，落下的苦槠子有百斤之多。鸳鸯三五成群，来到林子，唧唧唧，找坚果吃。坚果富含油脂、淀粉、稀有矿物质、多种维生素。冬季的鸳鸯长得又壮又肥。湖面上游动的鸳鸯，并非在觅食，而是在戏水。

湖外是田野。赋春人爱冬耕，春风初度，田野已灌水，青草油青，蛙鸣四起。鸳鸯飞到田野，吃草芽，吃蜗牛，吃鱼卵。

岛屿和田野，为鸳鸯提供了丰富的食物。大地生养万物。春季结束，它们回到了北方。四季在它们的翅膀上轮转。翅膀是一架风车，不停地转动。又一年过去了。

近十五年，在鸳鸯湖越冬的鸳鸯，逐年减少，最近几年，低至四百至八百只。鸳鸯自然保护区还保持着原始次生林风貌，湖水依然洁净，湖中鱼类蛙类仍然丰富。普通䴙䴘、斑嘴鸭、小，逐年增多，各有一千二百至一千六百只，来这里越冬。鸳鸯、普通䴙䴘、斑嘴鸭分别夜宿在三个岛上，地面上、树叶上，全身白色的鸟粪。春雨一来，把鸟粪洗得干干净净，渗了泥土。这三个岛的林木，也就长得格外葱郁、高大。

而在星江或婺源其他水库越冬的鸳鸯分布更广更多，近年，在玉坦村前河段、坑口河段、长溪水库等地各栖息百只之多；在武口河段、鹤溪河段、陈家庄河段等地，也各栖息着四十至六十只；在其他山塘、河段，还有小群鸳鸯越冬。

这个现象令人费解。其实，在婺源越冬的鸳鸯有很大比例成了留鸟，湖外农田十余年没有冬耕灌水,甚至撂荒。在繁殖季,亲鸟带着小鸳鸯去田里抓蝌蚪、蛙和昆虫吃。农田撂荒,小鸳鸯无食可抓,那么部分鸳鸯就不会选择在鸳鸯湖越冬。星江是一条无污染的河流,两岸老樟树沿着河岸村落分布,为鸳鸯提供了更多的栖息地。

鸳鸯在越冬时集群,到了繁殖季,分散在各处栖息。它们在非常隐蔽的地方觅食,每天在水中时间长达十三至十五个小时,翘着帆状的尾羽,悠然自得。綦茗鹏是婺源鸟类摄影家,每个月拍鸟二十余天,坚持十余年。他在武口跟踪鸳鸯,拍了系列鸳鸯育雏的照片。他说,雄鸳鸯绝不是"薄情郎君",孵卵时,雄鸳鸯也会和雌鸳鸯"轮岗"孵卵,只是次数非常少。育雏时,雌鸳鸯外出觅食时间固定:三点至四点、七点至九点、十四点至十五点,其他时间不离巢。雌鸳鸯觅食时,雄鸳鸯也会在巢口外警戒。綦茗鹏还拍过一只母鸳鸯带着九只小鸳鸯觅食。

营巢的武口老樟树,在村中入巷口,高大三十余米。那个巢洞距离地面约十五米,在一处丫口,洞口半径约八厘米。破壳那两天,雌鸳鸯不吃食,不离巢。綦茗鹏在民房楼顶屋角守着,看着小鸳鸯一只只从巢口翻跳下来,扇着毛茸茸的翅膀,轻轻落在水泥地上。鸳鸯是早成鸟,破壳后,绒毛湿湿,毛干了,(二十四小时之内)就被树下的亲鸟"哦喊哦喊"地亲切唤着。小鸳鸯爬上巢壁,摆着小翅膀,叫着,跃跃欲试。亲鸟"哦喊哦喊"地唤着小鸳鸯,终于,小鸳鸯跳了下来,一只接着一只往下跳。雏鸟骨骼还处于软化阶段,绒毛卷起,像个气球,被地面弹起,又落下,毫发无损。亲鸟带着一群幼崽,往星江走去。河,注定与它们的一生攸关。小鸳鸯的骨骼开始变硬,爪也长出钩状。水中暗藏天敌:蛇、水獭、水老鼠、鲶鱼、乌鲤。钩状的爪是逃生必备利器——钩着树皮,不会落回地面。事实上,从跳下巢口的那一刻开始,九死一生的命运就紧随着它们。在去往河边的路上,猫在暗中守候着,红脚隼在空中窥视着,它们仓皇而逃,跳入水中,鲶鱼翻出了水面。

一生如此艰难,处处危机四伏。

像梭罗一样活着

◎ 北　城

　　阅读梭罗《瓦尔登湖》的同时，又读了他的另外几本书。多么热爱这位和自然一样简朴的散文大师，他痛恨人类对自然无休止的掠夺，反对物质至上的疯狂占有。在通往做一个真实的人的道路上，他走得很远，影子都有些落寞孤单。可我们，依然囚居在尘土飞扬的水泥钢筋丛中，终老至死。大多作家注定会过时，有些却如日月星辰，永恒地照耀着人类贫血的心空；如一擎又一擎照亮精神的火把，穿过漫漫黑夜，向黎明进发。梭罗便是这样的作家。他的挚爱，便是我们的挚爱。在伟人的殿堂里，他很另类，气质相似于庄子。高山河流，草肥木壮，出自上帝之手，而工业城市是人类的劣作，背叛自然，必毁其身。

所需只是山毛榉的碗碟时

　　没海尔，没苹果，也没宝马，梭罗在瓦尔登湖畔与世隔绝地生活了两年多，他用行动证明，我们脱身现代工业窒息般的包围，仍然可以生活得更好。面对疲惫还玩命的人群，他说，心灵更安逸、生命更丰富地活着才是人的活着。有问题不可怕，可怕的是人啊人，老者将去，少年将来，问题还是问题。梭罗在《瓦尔登湖》饶有兴趣地描述了他离群索居后的生活："锄地之后，上午也许读读书，写写字。我在下午是很自由的。"而我们恰恰处于两个极端：读书的不锄地，锄地的不读书。梭罗的生活方式可以被称为人类的"第三种生活"，在未来的人们中间，应广泛推行并实施这种美并快乐着的生活方式，对于一部分以敛财为乐的顽抗分子，要强行把他从工厂、地头拉回来，让他读马可·奥勒留的《沉思录》或梭罗的《瓦尔登湖》。

梭罗偶尔也会去湖畔附近的村子里转悠一次："我甚至还习惯于闯进一些人的家里去，就在听取了最后一些精选的新闻之后，知道了刚平息下来的事情，战争与和平的前景，世界还能够合作多久，我就从后面几条路溜掉，又逸入我的森林中间了。""因为我不太在乎礼貌。"礼貌已经被看作现代文明的标志，而梭罗不是反对人类的文明，而是要摈弃这种所谓"虚伪的文明"。如果文明的生活要靠牺牲个体的时间、生活和自由，这样的文明绝对不是人类所要追求的文明。可以看出，梭罗和古代的隐士甚至今日照搬古代的终南山隐士并不相同，完全过起一种与世隔绝的生活。梭罗仍然与人类保持着若即若离的关系，他和村子居住的人们的区别在于，村民们更多关心的是别人的生活，但自己的生活却任由别人和其他因素掌控和参与；梭罗更多的是关心并靠行动来改变自己的生活，以此唤醒更多人的生活。无疑梭罗的生活更富有积极意义，并且是过着"属于自己的生活"。这对今天人们所谓"生活是给别人看"的观点，也是一次先例和永远具有启迪意义的行动，除非人类已经完全过起了"梭罗式"的离群索居的生活。

为了过符合人类心灵的不受干扰的自由生活，梭罗甚至拒不纳税，他为此而曾入狱，著名的《论公民的不服从》便尽述了他的主张。他说"一事不管的政府才是最好的政府"。每个人都是上帝和自然的孩子，食五谷，饮山泉，享天光地气，而上帝从来没有要我们给他缴税。梭罗和完全的"无政府主义者"不同，他不纳税的理由是，绝不给"在议会门口把男人、女人和孩子当牛马一样地买卖"的国家纳税。他的《论公民的不服从》，曾直接启蒙了甘地、托尔斯泰等人，在全世界产生了广泛、积极而持久的影响。

梭罗描述他瓦尔登湖畔的居所："除了放我的稿件的桌子之外，我没有用锁，没有门闩，在我的窗子上，也没有一根钉子。我日夜都不锁门，尽管我要出门好几天。在接下来的那个秋天，我到缅因的林中去住了半个月，我也没有锁门。"之所以没有偷盗，是没有什么偷盗可言。那么也可以说，要消除人类中偷盗的恶习，就是要没有什么值得偷盗的东西，或者要偷盗的东西家家都有，就是平息偷盗的最好办法。我确信梭罗所言，在我的出生地铁炉峁，甚至周围很多的小村，很多年来是很少有什么偷盗发生的，现在我父母居住的窑洞，也从不上锁。我曾在《农夫书》中做过一番描述："叫作大门的，却是五六根并不端正的木棍用布条横竖拴在一起。这哪是什么院门，口子大得狗都可以随意进出，仅仅是挡住脱绳的牲口。有邻人来串门，只需轻轻一推。从古至今，少有发生失物偷盗之事，没什么藏金纳银，不会担心贼盗祸根，没什么抢占不公，如何会有杀戮仇恨！举目天下，最简易而放心的莫过农家的院门。农人的院落，便是大地上最敞亮、平和的居所。"这也就的确印证了梭罗一再阐述的观点："我确实相信，如果所有的人都生活得跟我一样简单，偷窃和抢劫便不会发生了。发生这样的事，原因是社会上有的人得到的多于足够，而另一些人得到的却又少于足够。"梭罗一针见血指出了社会的疾症所在。为此他还引用了著名的荷马的诗句："在所需只是山毛榉的碗碟时，世人不会有战争。"

如大自然般度过每一天

我更愿意把梭罗《瓦尔登湖》当作一生的"思想必修课"，甚至买了好些上好的译本，像送自己写的书一样，送给那些心向自然的朋友。梭罗孜孜不倦地在阐述个体在这个星球上的存世价值，他直接面对了"我们从哪里来？我们是谁？我们要到哪里去？"的永恒的哲学命题。他在"我为何生活"一章中，不厌其烦地向我们表达了他对人生的终极认知："一个人越是有许多事情能够放得下，他越是富有。"当我们在追逐财富的路上一再被财富所累时，也许会顿感梭罗言辞的语重心长：真正的富有是心灵的富有，而不是什么藏金纳银，这些外物，你背上背得越多，你越呼吸不顺畅；

你心里计较的事情越多,你的睡梦越不香甜,你的健康就越没有什么保障可言。所以梭罗说:"我从来不肯让实际的占有这类事情伤我的手指头。"被我们趋之若鹜、死都不松手、奉为金言的"实际占有",在梭罗这里却成了被抛弃的对象。但是想想,谁又可以"实际占有"呢,你的生命都不是你的,你的父母孩子也不是你的,你只是暂时和他们住在一起而已。更不要说什么金钱和房屋,你今天手里紧握的金条,明天又会揣在别人的衣兜;你今天居住的房屋,明天又会搬进你并不认识的人家。啊,桑田沧海,风水轮流!古波斯海亚姆在《鲁拜集》中慨叹道:"我见地上人个个沉睡不醒,地下无数人土掩尘封。放眼望去见虚无的旷野之上,有人正在到来,有人已走得无影无踪。"所以梭罗说:"你们要尽可能长久地生活得自由,生活得并不执着才好。"把有限的生命,投入到无限的自由和乐趣中去。从不因耽误青春而悔恨,从不因浪费老年而嗟叹,生命没有一刻不结实不饱满。

"以富于弹性的和精力充沛的思想追随着太阳步伐的人,白昼对于他便是一个永恒的黎明。"梭罗忠告我们要这样生活,"每一个早晨都是一个愉快的邀请,使得我的生活跟大自然自己同样的简单。"梭罗要我们和自然同步,顺应自然的方式,生活得自觉,生活得清醒、激情和写意:"如果我们并不是给我们自己的禀赋所唤醒,而是给什么仆人机械地用肘子推醒的;如果并不是由我们内心的新生力量和内心的要求来唤醒我们,既没有那空中的芳香,也没有回荡的天籁的音乐,而是工厂的汽笛唤醒了我们的,——如果我们醒时,并没有比睡前有了更崇高的生命,那么这样的白天,即便能称之为白天,也不会有什么希望可言。"梭罗反对工业文明,质疑工业文明是否对人类生活有什么积极意义和帮助:"如果我们不做出枕木来,不轧制钢轨,不日夜工作,而只是笨手笨脚地对付我们的生活,来改善它们,那么谁还想修筑铁路呢?如果不造铁路,我们如何能准时赶到天堂去呢?可是,我们只要住在家里,管我们的私事,谁还需要铁路呢?我们没有来坐火车,铁路倒乘坐了我们。"这么多的铁路和道路,它们究竟要把我们引向哪里呢？我们有没有必要去很远的地方，又从很远的地方折回来？我们一生疲于奔波究竟为哪般？所以梭罗反其道而行之，独自走向瓦尔登湖畔生活："我到林中去，因为我希望谨慎地生活，只面对生活的基本事实，看看我是否学得到生活要教育我的东西，免得到了临死的时候，才发现我根本就没有生活过。"他用自己的行动很好地诠释了他所说的："一百万人中，只有一个人才清醒得足以有效地服役于智慧；一亿人中，才能有一个人，生活得诗意而神圣。"他便做了这样智慧而诗意的人。在他看来他只是顺应自然去生活，但我们看来，他已经接近于神圣。

梭罗这样去生活，梭罗这样去写作，他说："我已经说过，我不预备写一首沮丧的颂歌，可是我要像黎明时站在栖木上的金鸡一样，放声啼叫，即使我这样做只不过是为了唤醒我的邻人罢了。"事实是，梭罗不止唤醒他的邻人，他的声音早已抵达大洋彼岸，五洲四海，穿越时空，一语惊醒多少梦中人！我从来没有过要大段大段在自己的文章中引用别人的句子，但是梭罗是例外，我已经不止一次引用他的段落，他写得太好了："让我们如大自然般度过每一天，不要因硬壳果或掉在轨道上的蚊虫的一只翅膀而出了轨。让我们黎明即起，不用或用早餐，平静而又无不安之感；任人去人来，让钟去敲，孩子去哭，——下个决心，好好地过一天。为什么我们要投降，甚至于随波逐流呢？让我们不要卷入在子午线浅滩上的所谓午宴之类的可怕急流与漩涡，而惊慌失措。熬过了这种危险，你就平安了，以后是下山的路了。神经不要松弛，利用那黎明似的魄力，向另一个方向航行，像尤利西斯那样拴在桅杆上过活。如果汽笛啸叫了，让它叫得沙哑吧。如果钟打响了，为什么我们要奔跑呢？我们还要研究它算什么音乐？让我们定下心来工作，并用我们的脚跋涉在那些污泥似的意见、偏见、传统、谬见与表面中间。这蒙蔽全地球的淤土啊，让我们越过巴黎、伦敦、纽约、波士顿、康科德，教会与国家，诗歌、哲学与宗教，直到我们达到一个坚硬的底层。在那里的岩盘上，我们称之为现实，然后说，这就是了，不错的了。然后你可以在这个支撑点之上，在洪水、冰霜和火焰下面，开始在这地方建立一道城墙或一个国土，或是牢靠地竖起一根灯杆，立起一架测量仪，不是用来测量尼罗河水，而是以此来测量现实。"

诵读梭罗，我已经感觉我不是在诵读梭罗，而是在诵读我自己。我似乎心无旁骛、目中无人，眼里只有永恒而丰富的大自然本身。这些句子好像不是梭罗写的，而是我写的。好像梭罗在瓦尔登生活也不是梭罗在生活，而是我在生活。好像梭罗已经不是梭罗了，梭罗是我，我就是那个在瓦尔登湖畔一直一直生活下去，抒情而写意的、不老的梭罗。

自然就是人类最高的法则

读不抒情的作品，一如饭不着盐，然而读梭罗却是例外。他像科学家般严谨，对自然的迷恋使他摒弃了语言的所有浮华。深邃的洞察力游刃般进入事物内部，自然饱和的灵魂在他笔下，井然有序并熠熠生辉。他以自然的方式亲近自然，并试图探究生命古往今来永恒的生存之道。我们眼里只有景而无其他，而梭罗，对我们无聊的写作很有启示，他写景背后，都有话可说。写雪"覆盖了山坡、灰墙和篱笆，还有平滑的冰和干枯的树叶，人和动物的足迹也不见了踪迹。大自然几乎没费吹灰之力就维护了它的法规，把人类留下的痕迹一并抹去。"在恒远的自然面前，人的努力多么徒劳。

梭罗作品，梭罗一生，与我们所知的作家这个职业和人群似乎毫无关联。他更像一位熟悉土地的老农民，攀山蹚河，耕作收获，关心雨水阳光。他说："多年以来，我是一个自行任命的暴风雪和暴风雨监察员。"津津乐道的是他的豆田，在豆田捉到的一只土拨鼠。他口中，你永远不会听到说当过什么主任或局长。

梭罗反对人类过精致、高高在上的生活，他说："野性则美，生活与野性相符，最富生机的往往是最狂野的。"当人类赤着黑油油的臂膊，从大山、田野、河流中一路走来，这自然注定是永世的家园。世界本不需要改变，她的容颜始终青葱如梦。必须明白，上帝给了生命，是让去丰盈，不是往死里折腾。他憎恶人类追求奢靡生活，反对作茧自缚的繁琐礼仪。深知对物质的大量铺排占有，必是建立在毁灭自然，对同胞的折磨之上。他说"在众神眼中，村舍要比帕台农神庙更加神圣"。一间草舍饱含了居所的全部要素，一碗粗饭囊括了饥饿的本质渴求。而你竭尽心力的，徒劳几何。他深感现代工业文明对人类造成的伤痛困境，茫然四顾的人流里，他去找寻另一条路的可能性。试图把人从社会中解放出来，回归到自然中去。在听命于人的社会里，无论贫富，每个人都不好过。而自然这位永恒的母亲，从来没有强迫和命令，没有算计和阴谋，春秋更替，亘古如斯。他作品中对现代文明的描述深恶痛绝，斩钉截铁："月光一览无余地照下来时，那些白天的建筑师在它面前都变得平庸了。街道变得像森林一样野蛮。新旧事物难以区分，我已分不清自己坐的是残垣废墟，还是建造新房的材料。"他这般睿智清醒。他对社会文明大有微词，"文明只是人们外在的服装而已。给人鞋子，并不能让脚底坚韧；给人布料，并不能真正接触肌肤"。否定文明，是否要回到野蛮？梭罗持很大怀疑，有没有必要文明？要到何种程度？披兽皮和着金缕玉衣，对于人的肉体和灵魂来说，并无本质区别，那这文明，还有何等重要？

梭罗对自然的爱，源于对生命的理解。自然是人类生活之所，任何违逆行为都会遭天谴人怨。大气污染了，呼吸困窘，河流搅浑了，饮水污浊。他说："苹果像海边的贝和石子，在秋日凋零的树叶间熠熠闪光，在潮湿的草地上清晰可见，可一旦拿到屋里，就会萎缩褪色。"要对自然，永怀敬畏之心。他说"靠近自然的时候，人类的行为看上去最符合本性"。但我们这些行为各异的现实主义者，还是疏远自然已久了。生命的质量与富足，或生命本来的样子就是，卸下不属于自己的重，抛弃过度的物质追求，还原到人之为人的本身。朴素，简单，与自然一道，不违不逆，顺生命盈亏，享日月天光。写月光，好真切，像少年时代置身乡村的夜，美好而恬静。"月光从林子深处的树桩上反射出来，似乎连照在什么东西上，也要精挑细选一番。零落的月光很容易让人想起月籽藤，此刻，月亮仿佛正要把它们栽种在这些地方。"把月籽藤栽种在地上，感受可谓深刻。梭罗对自然的热爱，虔诚如月光的璀璨。思维和作品一样明朗、清澈的梭罗，以自己的行动来实践"梭罗哲学"，检验真理。行动证明，人类生活本是很简单的，更多地利用自然、征服自然是极其错误的，此般行为罪恶滔天。也许是这个层面上的意义成就了他的伟大，成就了他广泛的声誉及对未来世界的永恒意义。热爱自然，并去身体力行，这是他和我们的不同之处。他希望人类在工业行进的道路上，迷途知返，回到自然的安详中去，回到世界原初。他理智而清醒，写月亮"如洪水倾泻在低矮的树和灌木上，地面哪怕有一丝的不规则，也能透过影子显示出来。"在他看来，在自然法则中，人类的表演只会更拙劣可悲。但不能单纯地把他理解为一个自然主义者，一个与工业社会相背离的思想家，他身心并行，提供了一种简单生活的范本，启示我们顺应自然，回归生命本身，回到心灵的安谧中去。他说："我不希望每亩土地都被耕耘，不希望每个人或人的每一部分都被教化掉。"他一直强调，自然是最高境界，也是最高法则。

杏树的脾气

◎ 老 藤

人总会有点脾气，或大或小，或明或暗。大小容易理解，因为脾气往往与本事成反比，没本事的人才容易发脾气。至于明暗则有点复杂，有人脾气发在明处，一阵疾风暴雨也就过去了，天空照常放晴，日头依旧升起；有人发脾气则暗里使劲，表面不动声色，内心却咬牙切齿，冷气成霜。脾气发在明处的人，多会得到谅解；脾气发在暗处的人就难说了，这种郁结会产生什么后果也无法预料。

人吃五谷杂粮，难免有喜怒哀乐，有点脾气不难理解，可是植物也会发脾气，而且脾气还不小，这就有点意思了。

发现，往往是在不经意间。

我居住的院子绿化不错，有苹果树、梨树、山楂树，还有山樱桃树和稠李树等，树与人行道之间有低矮的白木栅栏，栅栏上面爬满了牵牛花，看上去颇有些田园气。我上下班走过白栅栏时，那些鲜艳的牵牛花总会牵引我的目光，让我不由得放慢了脚步。牵牛花颜色很纯，像一个调色大师，把蓝紫两色调出了新境界，那种极致的蓝、沉醉的紫，即使再挑剔的赏花客也不会给差评。我想，属于一年生草本植物的牵牛花是依附性强的低调存在，应该随遇而安。但随着观察的深入，我发现牵牛花是很有脾气的花，而且脾气还不小。清晨，攀爬在白栅栏上的牵牛花一朵朵张大了喇叭，朝向太阳初升的东方，尽管有楼宇遮挡，但喇叭的朝向却出奇一致。至中午，无数的喇叭朝向晴空，好像在张大嘴巴渴望天降甘霖。午后日头西去，一只只喇叭便开始收缩,日薄西山之前,所有的喇叭收缩成一个个花柱,低头沉默不语。傍晚,你走过爬满木栅栏或山樱桃树的牵牛花时,你甚至认不出这是熟悉的牵牛花,因为所有的喇叭都收了起来,隐藏得严严实实。

牵牛花为什么会这样?

经过一番思索我明白了,牵牛花只为升发而歌唱,当太阳西坠、光线趋淡的时候,它们会索性闭上嘴巴保持沉默,像极了爱赌气的孩子。

牵牛花这脾气发得大可不必,日升日落乃是天道,生活不可能总是朝霞满天,也不会永远红日当头,放平心态,像葵花那样一张笑脸总是洒满阳光岂不更好?换一个角度看,夕阳更值得赞美,晚霞更富有诗意,凤凰涅槃代表的是一种新生。

周日午饭后我在小区散步,天上的云层只是稍稍厚重了一些,时辰尚属传统意义上的午时,眼前的牵牛花便开始收缩喇叭向内用力。我无奈地摇摇头,这不是在暗处发脾气吗?积蓄力量,讴歌来日黎明本身无可厚非,但中午未过就立马变了脸色,这脾气着实大了一些。

牵牛花是草本植物,脾气大一些尚可理解,毕竟草生短暂,不发发脾气便找不到存在感,但有些木本植物的脾气也不可小觑。从我家窗子南望,前方住宅楼边有个混凝土的防火楼梯。第一层楼梯上有块突出的雨搭,雨搭大概半尺厚,看上去十分结实。不知何时,在雨搭与墙壁之间竟然长出一株小榆树来。榆树很细,与我无名指的粗细不相上下,高约两尺,没有枝杈,像一枝绿色的芦花。

这棵小榆树也是极有脾气的。它生长的地方一不见土,二不见水,而且处于楼间风口,环境之恶劣为小区之首,可是它却偏偏选择了这个苦难之地生长。小树为了什么?是在宣示生命力的顽强还是在宣示追求的定力?毫无疑问,这棵小树生长的过程就是一个受难的过程,它生在了不该出生的地方。雨搭下面几步之遥就是土壤肥沃的绿化带,绿化带里各种草木竞相生长,有园丁修剪、施肥、浇灌,小榆树若生在绿化带里,可以衣食无忧地长成大树,但这棵小树却选择了在混凝土的缝隙里艰难地活着。

我惦记着这棵小树,每当天气不好的时候,我会下意识地站到窗前观察这棵有脾气的小树。小树最难熬的是大风天,在楼间风狂躁地摇动下,小树如同京剧演员在台上爆发了甩发功,拼命地摇着头,把甩发功中的甩、扬、带、闪、盘、旋、冲七种功夫可谓用到了家。我想,如此常年摇动,这棵小树的年轮会不会像胡杨树那样复杂?

在这个院子我已经住了六年,六年来我一直关注这棵雨搭上的小树。春天,它的绿芽萌发很晚,几次我以为它枯死了,但一场春雨过后,它竟然绽放出绿叶,绿叶虽不茂密,在灰色的背景里却格外醒目。夏季,应该是它最快乐的时光,因为雨水充沛,它的绿色由浅变深,看上去不那么令人担心。秋季是对小树的大考,其命运令人担忧,秋风怒号,绿叶泛黄,不需几日,小树就会变得光秃秃的,像干枯的蒿草,完全没了树的样子。冬天,雨搭上会有积雪,白色的积雪将小树几乎埋到了树梢,这应该是小树最幸福的时光,因为冰冷的积雪反倒给它带来了温暖与安全,至少寒风不会摇动它。六年来,这棵小树几乎没有变粗,成了一棵永远长不大的小老树。

脾气即性格,性格决定命运,这句话用在这棵小老树身上很能说明问题。平心而论,在怜悯这棵小树的同时,我心中更多的是敬佩。我常常想,如果我是这棵小树,能否如此顽强而坚韧地活下去?我觉得这是一棵有脾气的小树,它的脾气执拗而隐忍,充满了为选择而献身的精神。其实,人也好,树也罢,脾气是对选择最好的诠释,而一旦做出选择,脾气就会定型。

与牵牛花、小榆树相比,小区里脾气最大的当属一棵杏树。

这是一棵雍容华贵的杏树,一如高雅客厅里气质不俗的女主人,善解人意,彬彬有礼。杏树主干约可合抱,主干离地面约四尺的高度一分为三,成了倒三足形的三株树干。三株树干等粗等高,状如巨大的绿伞,让其他果树成了女主人裙裾边的顽童。我在辽西工作过,辽西盛产大扁杏,那是一种以出产优质杏仁为主的山杏,但大扁杏树与这棵杏树相比,如同鸡与鹤之别，根本不在一个等级上。我也见过辽南的大孤山杏梅和歇马山杏，就果实而言与这棵树上的杏子难分伯仲，但就杏树的风格体态来看，无论是大孤山的杏树还是歇马山的杏树都难望其项背。这棵杏树结出的杏子通体橙黄，带有沟回的那一侧则透着朱红，像极了少女唇膏的朱唇，张力满满。

这棵杏树长在绿化带与甬道之间，浓厚枝叶罩出的绿荫是小区老人乘凉的福地。

我住二楼，杏树距我家厨房不过十几米，我下厨的时候，楼下几位老大妈在树荫下的交谈声从开着的窗子传进来：

"今年杏树怎么不结杏了？"

"春天杏花还开了不少，没想到都是谎花。"

"杏树发脾气了，去年赏了大伙儿一张笑脸，没想到却遭了耳刮子。"

…………

老大妈的交谈并不奇怪，我见证了去年杏树遭遇"耳刮子"的全过程。也许杏树不会想到，自己对居民的无私奉献换来的不是赞美，而是难以预料的摧残。去年，杏花开得如诗如雪，杏子结得紧凑密实，也许它想用自己的奉献给居民带来一份甜蜜吧。但杏子泛黄后，杏树的厄运便随之而来，先是有人爬树去摘，接着有人用绑着铁钩的竹竿去拉拽，还有人索性搬来梯子，上去折断杏枝，然后像孙大圣扛着挂满果实的树枝一样乐颠颠回家享受。这棵枝繁叶茂的杏树被摧残得七零八落，活脱脱成了一个遭受打劫、饱受凌辱的村妇。更令人气愤的是，因为果实累累，三株枝干中靠着甬路的那株有些弯曲下垂，遮挡了运送垃圾三轮车司机的视线，这个面色黧黑的中年人竟然带上斧子，生生砍断了这株枝干，让鼎立的"三足"失去了"一足"。看着遭难的杏树，我想起了一句古诗：木实繁者披其枝，披其枝者伤其心。我想问那些人，杏树有什么错竟遭如此摧残！劈裂、断肢、伤心，让这棵原本想取悦人们的杏树情何以堪！

今年，这棵杏树就像老大妈议论的那样变得低调起来。春天，杏花虽然开了一些，但大多是谎花。夏季，树上只有稀稀拉拉几粒杏子，像在躲藏什么一样，遮遮掩掩。我知道杏树在休养生息，在舔舐伤口，因为断了"一足"后的杏树有倾斜的可能，它想努力保持身躯的挺直，让新生的枝干主要集中在被砍断的一侧，来遮蔽住那些不堪的伤痕。当初砍树时，因为斧刃并不锋利，枝干的茬口粗糙而丑陋，还没有完全砍断时就被生生折断下来，导致主干被撕下一大块树皮。我当时人在厨房，心却在杏树上，我埋怨砍树者，就不能选择一把电锯或一柄利斧吗？那样至少可以让可怜的杏树痛快点，钝刀子割肉会拉长疼痛，钝斧子砍树岂不是让杏树活受罪吗？我看过一份资料，植物是有痛感的，它们甚至也有喜怒哀乐。你经常夸家中的花卉，它会越开越精神；反之，你天天咒它、骂它，过不了多久它就会萎靡不振，甚至枯死。

杏树今年的表现让小区很多居民沉默不语，树上几粒隐藏在枝叶间的杏子直至成熟坠落也没有人采摘。人们或许在反思，杏树这是怎么了？怎么会用一树谎花来敷衍居民呢？

我想说这是杏树发脾气了，杏树一发脾气，人就没有好果子吃。

太行一滴泉

◎ 刘醒龙

一座山? 一滴泉? 假如非要二选一, 依着自身的条件, 万物都能很快做出抉择。

又假如让一座山来选择一滴泉, 让一滴泉来选择一座山, 这样的事情只要发生, 往往意味一种极限的出现。

如此异想天开的话题, 缘于五月从河北邢台进入太行山中。屈指数来, 这些年自己先后到过太行山中的王家峪、三里湾、百丈岩和静隐寺等, 斯时斯地所代表的政治、军事、现代文学、古典文学和宗教传统固然赫赫有名, 在现实中, 还是无法与太行山本身相提并论。车到太行山前, 只要不是蒙着眼睛, 所见到的情形, 毫无例外地全是眼看着就要在南墙上撞得鼻青脸肿的地势, 那齐刷刷的山脉忽然拉开一道缝, 闪出一处狭窄山谷, 放过高速前行的人和车。眨眨眼的工夫, 人和车便从广阔无垠的华北大平原, 进到上不见峰巅在哪儿、下不知沟底在哪儿的大岭深壑中。

进山之前, 在邢台市区待了一阵, 顺便将一件往事释怀了。

《史记》有载, 威风八面的商纣王, 在邢台沙丘大兴土木, 增建苑台, 圈养各种鸟兽, 设下酒池肉林, 滥饮狂歌, 荒淫奢靡。"战国七雄"的赵武灵王, 以胡服骑射的小小改变而威震天下, 亦在沙丘设下行宫。作为胸怀锦绣的一代王者, 赵武灵王正值壮年却主动让位于少子赵文惠王。才过四年, 赵武灵王就因宫变被困在沙丘中, 断水断粮三个月, 活活饿死在宫中。又过了八十几年, 一统天下的始皇帝嬴政巡幸南方, 北归途中染上重疾,同样死于沙丘行宫。邢台一带能够成为古代中华文化的富集区，既得益于其北方大地的中心位置，又受惠于天造地设的恩宠。物华天宝的邢台，却在那碧波映日、绿野铺陈的年代，将史上最强也最懂得享乐的几位大帝偏好的地方叫作沙丘，不得不说是一种遗憾。

到邢台的第二天，受邀去看当地人津津乐道的狗头泉和百泉。面对源自百里外的太行山、潜行经过一系列复杂的地下构造最终钻出地面的两处泉水，同行的江西朋友用实在看不上眼的口气说，这样的泉湖，在江西或湖北，放到村里都排不上号。我也只能说，外人说好和不好都没用，只要本地人认为好，那就是真理。信口而出的这话，接下来居然解开了先前那个心结。在我们看来，小得不能再小的两汪泉水，连与南方湖泊比一比的资格都够不着。话是这么说，很多时候南方人并不太在意那些无处不在的水面。北方干旱少水，好不容易才拥有一片水面，哪有不当成奢华炫耀的道理？如此想来，两千多年前，水草丰美、林木茂盛、绿茵茵原野上的邢台，一定有座如月牙般纯洁的小小沙山，惯于贪欢又兼金口玉言的王侯将相们，一时欣喜，谁都可以脱口命名，用"沙丘"来体现出这种只有在漠北才有的特殊美丽。

离开邢台市区进到太行山中，那与山水自然、人间万物太不般配的一滴泉和一线泉更加令人瞠目结舌。高耸入云的两道山峰只给名叫英谈的古寨留下一条陡峭的溪沟。一扇巨大木门，朝开暮合，像是给太行山上了一把大锁。寨门后面，大部分房屋是用与山体颜色相同的褐红色石块砌成的。少数几处略有不同的屋子，依着山坡建得比别的人家高一两层，那石块也没有呈褐黄色，而是泛出与众不同的青灰色，大约是因为家中财富较足，没有就地取材，而去几里之外的另一处山谷中运来的。

有钱便任性。那普通人家小院里的一滴泉，却是任性不来的。小院里有三个平常女人，年轻一些但也有五十岁上下的两位，正在石屋门后忙着糨糊和打理旧布料，用其做成的布壳是制作手工布鞋、展现古寨女人传统手艺的最好材料；另一位年过八旬，侧对院门而坐。在她的左手边，有一座当初建房时在墙根上顺势砌成的小小石窟。石窟内放着一只水桶，从上方岩石中渗出的泉水，像是"怎禁得秋流到冬尽，春流到夏"的泪珠儿，一滴滴落在水桶内，从早到晚，不多不少，刚好盛满。八十多岁的老人，从出嫁进到这石屋，六十年时光过去，身后的高山大岭曾遭雷劈电打坍塌无数，羞羞答答的小媳妇熬成了视万物为无物的老太婆。在老人的眼里，凭它山崩地裂泥石横流，山野枯黄赤如焦土，这一滴泉，一天二十四小时，从没有少一滴，从没有多一滴，从没有快一滴，从没有慢一滴。

　　相距不到五十米，太行山中最不起眼的一线泉，漫不经心地出现在一处石阶下。一群人探头探脑、屈体弯腰凑过去，才看清蛛丝般精细的一线泉，从那没有任何缝隙的岩石中喷射出来。如果将这块小小天地放大为宇宙，喷射成一条丝线的泉水也没有比拟为银河的资格，甚至连"横亘"一词都不可以用。一线泉太细了，细得近于虚无，作为人世间最最微小的泉水，好比数码照片的像素不够，放得越大，越不成样子。

　　站在小院中间，或是站在石阶上，将头抬得再高，脖子往后倾得再狠，也看不见屋后太行山的峰顶。低头看得见的地方，纵贯古寨的那条山溪已经干涸。一滴泉仍在不紧不慢地一滴滴地滴着从太行山岩石深处冒出来的滴滴清泉，一线泉也在无限收缩般一丝丝地喷出从太行山底层挤出来的丝丝清泉。其间奥妙，不是太行山自己，实在难以想象。

　　从一滴泉、一线泉到狗头泉、百泉，在地理上，这些都是太行山之水，近在咫尺的模样是水滴和水线，到了百里之外，虽然南方人看不太上眼，毕竟还是一小片足够抒情的汪洋。此中端倪，虚虚实实，让人不禁想起曾在太行山的另一边，听那仅仅一曲就将人心三番五次揪起来的上党梆子。据当地人介绍，"一个是阆苑仙葩，一个是美玉无瑕；一个枉自嗟呀，一个空劳牵挂；一个是水中月，一个是镜中花"的音乐版《枉凝眉》，与高亢激越的上党梆子紧密相关。种种令人意外的暗示，发生在太行山深处，若说有奇缘,就不会太虚化。

太行山的泉水,洒在空中只是一种清凉,沾在身上就会透进骨髓,如同有了纯洁的向导。高山大岭哪怕尊为世界之最,于一个人的恩赐也是体现在一头小兽、一片树叶、一滴泉和一线泉上。宽阔到可以与海洋媲美的湖泊,可以瞧不起几百米见方的泉湖,却不可以妨碍泉湖侧畔人们的由衷欢喜。人活着并审美,常常不由自主地从一个极端跳到另一个极端,在沙漠中渴望有一片绿洲,处处绿水青山必定又要将那不毛的沙丘当成逍遥宫。赵武灵王能将天下人求之不得的王位让给儿子,以期赵国国运更兴,如此高瞻远瞩本可以建成丰功伟绩,没想到成也让位,败也让位。那始皇帝嬴政命之将绝时写下富有远见的玺书,要公子扶苏立刻赶回咸阳主政,如此锦囊妙计绝对不存在任何供人指责的地方,却忘记了身不由己,死更不由己。后来者每每叹息,甚至敢于嘲笑两位王者的不堪:最理想的政治抱负,偏遇上最恶毒的权谋。

一线泉的泉线是恒定的,不用说过一阵子,就是再过九十九阵子,泉线仍旧似那凝固一百年的雕塑,不会有任何变化。一滴泉的泉滴或许一秒钟滴一滴,或许一秒钟能滴一滴半,只要时间是对的,同样不会有任何改变。在太行山面前,泉水所显现的正是我虽微小、无愧伟岸的品相。

某些时候,再大的山,也得依靠一滴泉、一线泉。

某些节点,再了不起的王者,也只能发一声长号一声短叹。

人间胜迹与文化需要用点点滴滴、丝丝线线的方式做起来,才能避免成为摆在台面上的赏玩与传说。在太行山,如有《枉凝眉》源自一滴泉、一线泉的说法,我一定会毫不迟疑地表示相信,因为只有最坚硬的地方,才有最柔美的情怀。换而言之,没有点点滴滴、丝丝线线的行动,一切形式的高大与伟大都会无效。

盐道

◎ 刘惠春

这是一条在戈壁沙漠间前行的路。

从吉兰泰盐湖到老磴口，一百四十公里沙路，即是著名的阿拉善盐驼古道东线。

吉兰泰盐湖为捞盐之地，老磴口黄河码头为发运之所。

吉兰泰盐湖，是我国大型内陆盐湖之一，位于内蒙古阿拉善草原，被贺兰山北端的乌兰布和沙漠、西边的腾格里沙漠和西北边的巴丹吉林沙漠三面包围。早在公元前二百年的先秦时期，就已采此湖盐食用。唐时称其为温池，清乾隆四十八年（一七八三）开始使用吉兰泰淖尔的名称，一直沿用至今。

清朝年间，吉兰泰盐因其"洁白坚好，内地之民，皆喜食之"。山西、陕西神木等州县，除食用本地土盐之外，兼食吉盐。清时政策，不允许吉盐公开异地行销。奈何阿拉善草原辽阔无阻，私贩盐者络绎不绝，陆路盐道四通八达。

这种情形直到乾隆元年（一七三六）。当时，晋北所产土盐时有脱销，食盐供不应求。山西巡抚石麟议准，"吉盐入口行销大同、朔平两府及口外各厅，但不准销往内地"。乾隆五十一年（一七八六），阿拉善王旺沁班巴尔以"吉盐陆运无几，恳请水运"。经部复批，"水运至磴口为界，以下不许侵越"。

乾隆五十六年（一七九一），是吉盐外运的重要一年。允许阿拉善旗在黄河磴口渡口年造船五百只,用于吉盐水运。"食吉盐之口外各厅和大同,朔平两府及阳曲等四十四州县划归吉盐销岸。"并允许陕西神木、府谷等八个州县销售吉盐。

此后,吉盐销量大增,最高时可达七万吨,盐驮古道东线因此兴盛。

运盐的驼队多是每年九十月开始起场,到第二年二月左右收场。牧民家中剩余的劳动力均参与到驮运盐业中,以挣"脚价银"补贴生计。所谓"脚价银"就是用骆驼载运食盐所得的"运费"。每次到达老磴口后,驼户会用所得"脚价银"购买一些货物和日用品,然后原路返回。

秋冬两季,盐道之上,驼队络绎不绝。

旧时阿拉善旗,面积十八万平方公里,人口却只有三万多,地形多为戈壁沙漠,往往数百里不见人烟、水源,人行于路上,倒毙荒野之事比比皆是。

行在这样一条危险、寂静、冰冷路途中的人,多为驮盐者、商贾路人、庶民,也有旗王公贵族和僧侣,这是他们进京的必走之路。路途艰险,"流沙塞途,气候寒冷,非独人烟稀少,水草亦多恶劣。沿途所经各站,且多不毛之地。每至一站,驼夫札帐幕既定,拾薪汲水,其宿也,大帮备有帐篷,或竟露天而眠"。民国林鹏侠在其著《西北行》中,亦谈及这一段路:"苟行于西北大荒,则觉一草一木,一禽一兽,一顽石一蝼蚁,无不可寄予同情。人生至此,并内地牛马生活之不如。"

多少年来,外界对阿拉善荒野戈壁的生活依旧有着这样单一武断的看法,这里只有荒漠大风,这里没有植物可以生长,这里的时间一成不变,这里从不下雨……事实上,看似荒凉无物的荒漠深处,生长着数量众多的骆驼刺、柽柳、沙冬青、白刺等旱生、超旱生、盐生以及沙生植物,多达九百余种。随处可见沙地上爬行的黑甲虫,梭梭林中起落的鸟,奔跑的沙蜥蜴,湖边饮水的狐狸……荒漠生命有着自己独有的生存方式,一样充盈着生命的葳蕤和蓬勃。

孤独漫长的盐道之上，如果没有路途中的这些自然万物，没有作为驼队歇息地的梭梭林、神树和安久庙，海一样宽广未知的荒凉沙漠，必然会给路途中的人们带来巨大惊惶。盐道就这样把所有孤立的、四散的、各是各的天地万物联系在了一起，构建起一个属于阿拉善荒野的整体性存在。你在荒漠里看见和听见的一切生命，都有着坚不可摧的力量，它们带着血肉温度，在空寂无人的荒凉空间里，按照各自的生命秩序运转和循环。它们知道，所有动植物都知道，它们统统知道，它们不孤独，没有生命是孤独的，它们和人类彼此相认相亲，用外界并不了解的方式。

　　我曾在冬夏两个不同的季节，沿着盐道，前往吉兰泰盐湖。一路上，深刻感受到荒漠深处顽强保存的生命品质，古老珍贵的品质。还有曾经的驮盐人，他们广阔而艰辛的生活，坚忍且明亮的态度。每个盐道上艰难行走的人，都能向自然汲取力量，找到生活和生命的意义。他们听得懂自然的声音，也接收得到自然释放的能量。他们把自己放进自然之中，即使生命离开这个世界，也是自然的旨意，他们安然接受，让自身回归自然。

　　这些驮盐人，他们知道盐养活着他们，骆驼养活着他们，自然护佑着他们，所以他们平静地走在这条路上。人的心有了落处，一些辛苦和哀伤就从世间消失了，觉得世间万物的铺排都是有道理的，人哪有一棵树孤独，哪有一头骆驼苦重呢。

　　盐驮古道东线止于吉兰泰盐湖通火车的一九五八年。

　　那些曾经行走在盐道上的人，他们辛苦的一生，像盐化在水里，像沙吹向风中，没有痕迹，像没存在过一样。

　　后来的人，或许，在梭梭的根上，在蒙古扁桃的花上，会尝到那一丝若有若无的苦咸。

月光做的盐

　　冬天的吉兰泰盐湖，四野茫茫的白，具有某种致幻作用，恍若置身于一片月光做的盐中。如《酉阳杂俎》所说："昆吾陆盐周十余里,无水,自生末盐,月满则如积雪,味甘;月亏则如薄霜,味苦;月尽则全尽。"

我伸出手去,把一粒盐放进嘴里,月光是咸的。

吉兰泰盐湖最初叫淘力淖尔,蒙古语,镜子一样明亮的湖。

盐湖附近人家大多以盐为生,捞盐晒盐均为手工操作。用镐或锹揭开盐盖,凿出长方形的一小片,清除掉表面泥沙,将盐层打碎,直至露出清澈湖水,用耙摆洗至盐卤融合,再用长长的漏勺将盐卤捞出。捞出的盐卤不用熬煎,日光下晒干,即成洁白纯正的吉盐。开掘后的这一小片盐坑,静置数月,泥沙澄清,湖水重变回蓝色。再生盐会一点一点生长起来,直到把盐坑填平,恢复到未开凿前的样子。

人在湖边慢慢捞着盐,盐在湖底慢慢生长着。

捞出来的盐,除供自家人、畜食用外,剩余部分用骆驼驮到周边地区易货或者变卖。

那时候的月亮真大啊,湖水真静啊,仿佛世界上只剩下这一个月亮,这一片大湖。

盐湖的夜,不需要星星,一轮满月就足够了。水一样从天上流泻下来的月光,世上所有的月光,全都流进了东经一百一十三度与北纬三十度交会点的这片大湖里,大湖周围到处弥漫着恬静的、澄明的、轻飘的白。那些白蛊惑着骆驼们,让它们丢掉魂魄,疑惑地向着湖面走去,一步,一步,沉落进水里。

我让自己停留在月光广阔的照耀之中,那感觉就像停留在卢梭《沉睡的吉卜赛女郎》画前。天空是大面积的暗蓝色,悬着一轮巨大的银白色的满月,远处的贺兰山,近处宁静的湖水,洁白的盐魂无所不在,氤氲飘动,辽阔而神秘,空旷而诗意。我等待着,湖边会突然出现画布里的那头野兽,眼睛像盐一样晶莹,透明,充满孩子一般的天真。

曾经那样辽阔的大湖像月光一样渐渐消散去了，找不到了。

现在的吉兰泰盐湖已经缩减了很多，风沙模糊了盐湖和湖岸的边线，盐湖能够开采的面积也在逐年减少。

吉兰泰盐湖于一九五三年成立国营盐场，依旧是原始的手工开采。一九六五年，来自江苏、山东、河北、辽宁四大海盐区的几千名建设者云集于此，开始了机械化扩建"大会战"，直到一九七五年，吉兰泰建成了中国第一家机械化湖盐企业。大规模采出的盐，经过沙漠铁路运输专线——乌吉线，行销全国十五个省区。

几十年来，盐湖周围的灌木，沙蒿，沙枣树都被砍掉用来当柴烧，直到盐湖外围三四十公里以内的梭梭林全部被砍光。植被破坏带来了附近草场的衰退，失去生态平衡的盐湖，沙化日益严重，沙流不断扩延进盐湖，西北方向的流沙每年以一百米速度向湖内推进。盐层越来越薄，淤泥越来越多，由于清水补给少，卤源不足，吉兰泰盐湖渐渐干涸。二十世纪六十年代，吉兰泰盐湖尚有零点一米至零点二米的湖表卤水，而现在，却演化到无湖表卤水的干盐湖发展阶段。

我向着盐场深处走去，远处是白的山，近处是白的路，人走在一个白的世界里。如果不是几台生锈的采盐机器提醒着我，我无法相信自己此时此刻是走在一百二十平方公里大湖的湖底。尽管远处盐巷积蓄的浅浅湖水，依稀泛着淡绿色的光，却丝毫看不出这里曾经是一片无垠大水。湖底到处是大片大片白色的盐碱，在冬天的日光下泛着苍白刺目的光，极目远眺，也是无尽的白。四下里，只有我和几台沉默的机器立在一片白茫茫中，像是立于真实的月亮之上，只有荒凉，诡异，令人窒息的宁静。

这几台机器不知道用了多少年，它们曾经日复一日工作在盐湖上，不知疲倦，现在已经报废，被丢弃，被遗忘，孤零零地立在湖底。

一座废弃的死去的采盐场。

风吹起来的盐粒，白色的飞蛾一样，轻轻浮荡在空气中，盐粒打在机器上的细微声音,像是湖水的呼吸。

二十世纪九十年代,吉兰泰盐场仿照江南挖泥船,设计制造了采盐船,曾经的盐垛场建成采盐码头,每天都会有十几艘采盐船在长长的盐巷里穿梭,随处可见巨大的挖掘机、皮带机、运输车……原盐通过码头的输送管道直接传送到火车站台。

原盐被机械挖出、选出之后,剩下来的堆成一座一座高高的盐山,弃置在湖边。我在太阳刺目的光照下,攀爬上一座盐山,盐的光反射到我的眼睛里,辣辣的痛,眼泪迅速地流下来。

站在盐山上,冰冷的大风从贺兰山边吹过来,植物的气息瞬间浓郁起来。盐湖附近并不是我以为的寸草不生,这里到处生长着一种叫盐爪爪的矮小灌木植物,还有大蓬大蓬的碱蓬。盐生植物有着奇特的鲜艳的色泽,它们喜欢散生或者群集在草原、荒漠区盐湖的外围和盐碱上,属于盐湿荒漠群落的优势种。盐湖周边白色的盐碱地上,遍布着大丛大丛深红色浅红色的盐生植物,沉静而孤寂,像被月光抚摸过的梦。

在吉兰泰盐场,我见到了保存很多年的老盐根,拳头大小的一块,晶莹剔透,像纯而又纯的白色水晶。

盐根,生长在湖底深处,是不断涌动新盐的盐湖根脉。盐根越古老,越纯洁,黑暗之处的白,生命之初的白,白到饱满,白到虚无。

盐场的人说,这样纯正的盐根曾经到处都是,附近的人们都用麻袋来装,现在已经很难找得到了。

不只是盐根,还有一些东西也找不到了,所有这些,就在眼前发生,伸出去的手臂间,只有无力的风穿过。

吉兰泰盐湖在一点一点缩小,消亡。

盐湖不再是地面上的一片月光,那些月光或者只是想象,或者是湖水的回忆,或者只是时间的遗失物。

一片寂静落在湖面上。

鸟是天空中的火焰

◎ 高维生

光棍好古

清晨阳光,映在木屋玻璃上,若不是四声杜鹃的鸣叫,我可能还在睡梦中,做一个好梦。四声杜鹃每隔一段时间就开始鸣叫,叫声透过玻璃窗子,在木屋中游荡。

木屋外面是屯子街道,从右侧玻璃窗子,能看到所有的事情。前面门边上也是一扇窗子,能望到远处群山。我住进来以后,从未拉过窗帘,每天清晨醒来,就能瞧见外面的风景。

清晨四点零三分,天色大亮,燕子栖在院子的电线上,夫妻俩梳理羽毛,互问早安。四声杜鹃叫声响起,恍若一颗情感炸弹,在木屋子中爆炸。我耳朵里溅满声音碎片,被塞得不留空隙,食指伸进耳中,想掏出一块碎片,看一眼是什么模样。它真能叫唤,把我从梦中拉扯出来,睡意完全消失,无残存的痕迹。四声杜鹃的叫声时远时近,在屯子头的树林中,又好似从山野中传来。我向窗外望去,起伏的山脉环绕村庄,雾气在山间缭绕。

清晨鸟醒来,出窝寻找食物。这个时间段,在林子中容易遇上想见的鸟,不需要费力气。

我一个朋友讲,有一天,他去桦树林,在草丛里发现受伤的四声杜鹃,左腿蜷曲,明显是腿折断了。现在有《野生动物保护法》,没有人敢打野生鸟,这腿是怎么断的?为了偷情侵入别的领地遭受攻击,或不小心失衡摔下来后受伤?不知什么情况,也无法判断,唯一的办法,就是捡回家养几天。

四声杜鹃看见我朋友过来,拍动一侧羽翼,它不知对方的善意,想救它一命。四声杜鹃看到人的出现,凭本能的猜测对方是要下毒手,几次要腾飞起来,重返天空,逃离眼前的危险。由于伤势严重,它不可能自由地飞翔,多次努力都没有成效。它心里明白这样的尝试,最终只是徒劳,后来不动弹了,眼睛中充满惊恐。

四声杜鹃无力反抗,只能任凭朋友抓住,发出不满的声音。淡灰色的眼睛,不带杂质的对视,那眼神里的无助,却无恶意流露出来。

朋友发来图片,惊恐的眼睛看上去让人不舒服。朋友说,他开始找它喜爱的虫子,这是件麻烦事情。后来杂事太多,我就没有再过问四声杜鹃的伤势。有一天,他在微信上发图片,我看到了重新站立的四声杜鹃,说明它的腿伤治愈了。我为四声杜鹃祝福,希望它早日回到自己生活的地方。在那里它才能快乐,并且有自己的伴侣,和温暖的窝。

四声杜鹃不会造窝,而是将卵产在灰喜鹊的窝中,由其代为养育儿女,这就是所谓的"巢寄生"。我在富尔河的几天里,总能听到四声杜鹃的叫声,它的声音不用辨识,一听就知道它来了。早就读过"鸠占鹊巢"的故事,很想在树林中,亲眼看见这样的情景。

清晨走出木屋,带上相机和望远镜,还有遮阳帽。进山里,讲究脑袋不能光头,一定要戴帽子,否则就是什么都没有。我买了军绿色的帽子,颜色和林中的色调相配,不惹鸟的注意;如果是别的颜色,在林子里太显眼。

接连两天清晨,我追踪四声杜鹃的声音,在通往红石碴子的树林中,没有找到它的踪迹。它通常在林子的梢头活动,躲在枝叶密实的树冠中,只叫不动,身影隐蔽。第三天,我绝望得准备放弃寻找的行动,因为明天将要离开木屋,回到城市中去。

我踏着清晨露珠,又一次来到树林,做最后的尝试。来到林中,举起望远镜,在每棵树上搜索。我在镜头中察看四声杜鹃,那是只小鸟,尾巴还没有那么长。突然发出一阵响动,树枝有些晃动,一只灰喜鹊飞来,两只鸟嘴对嘴喂食。这就是人们所说的灰喜鹊做养母，喂养四声杜鹃的孩子。

四声杜鹃是流浪歌手，移动性较大，没有自己的领地。它的个性机警，受惊后快速起飞，可以长距离飞行。长白山区四声杜鹃是夏候鸟，六月里每天能听见它的叫声。它躲在林中深处，人们往往能听到它发出的鸣声。四声杜鹃是林中孤寂的鸟，它受晨露的滋养，带着清纯的气质，超凡脱俗。

以飞行恋爱成名

三宝鸟或栖在树顶上，或在空中绕圈飞翔，时常上下翻飞，发出嘎嘎鸣叫。该鸟谈恋爱时，以飞行求爱闻名。

十几年前，我在长白山自然博物馆中看见过三宝鸟。博物馆是普通建筑，没有华丽装饰，也无传统建筑的雍容富贵，只是从门楣挂的匾牌才能知道，这是长白山自然博物馆。很难相信，这不起眼的建筑物能容下一山山色，我有一种失落感，这不是想象中的样子。

我走进博物馆，游人稀少，大厅响起脚步声。展厅里的石头、树木、飞鸟、走兽，弥漫山野气息。它们经过大自然的磨砺，是天地造化的神灵，我没有请解说员，不想让陌生的声音破坏心境。对大自然的感悟，不是解说词能解释清楚的。

三宝鸟以蓝绿色为主，头部和翅膀呈黑褐色。鸟不是周围环境的传声筒，谁都可以拿过来喊两声。它们的羽服，彰显种族的特点，有自己的个性，各种鸟有不同的处世风格，和情感的表达方式。鸟的叫声在山野中，是打开的富有节奏感的色彩画面。极具个性的展现，留下巨大的想象空间。

三宝鸟喜欢在林缘、路旁和河边岸搭窝生活，在空旷地上活动。它是会享受的鸟，白天赖在窝中享受，选择清晨和黄昏出来，阳光不充足，躲过太阳晒。

三宝鸟脑袋大，黑羽毛风格独特、与众不同。它飞行缓慢，一会儿向上飞，一会儿又疾转直下，在变化中做出高难动作，并且大声鸣叫。该姿态多在自己领地的上空,有时从树木间穿过,这是常见的巡逻飞行。

三宝鸟生育期间巡飞时,两翅上下动,动作不复杂,极其平稳,不适宜于长距离飞行。每次回窝时,自空中向下俯冲,所采取的动作,身体与翅膀呈三角形,翅不振动,且多不鸣叫。走出长白山自然博物馆,天色有些昏暗。我在附近白皮松林中转悠,寻踪三宝鸟,而不是馆中的标本。

博物馆中的标本鸟体内安装铅丝做支架,以便支撑鸟体,然后塞满棉花。安装的义眼是透明玻璃的,中间只有大小不等的瞳孔,根据鸟的虹膜颜色,用油画颜料涂上相应颜色,熔点石蜡将颜色盖上。标本鸟没有生命的迹象,无法发出清亮的叫声。漂亮的羽毛不能再经受阳光的抚摸,历风雨的打磨。天空不会出现它们的身影了。

五月大地野花开放,正是三宝鸟生育季节,它们在针阔叶混交林林缘水曲柳和大青杨树上的窝中养育后代。三宝鸟不会挖洞,选择啄木鸟遗留下的树洞。三宝鸟在民间被称作"老鸹翠",它时常犯事,有占喜鹊窝的流氓习性。

因长白山特殊的地理环境,候鸟都有顺序和垂直迁徙的特点。五月,三宝鸟从南方归来,同时来的有杜鹃、雨燕、灰沙燕、毛脚燕、黑黄阔嘴鸟和斑胸短翅莺。

三宝鸟生活在针阔混交林带,那里有长白落叶松、鱼鳞松、红皮臭松,以及数量不多的紫杉。阔叶树有春榆、胡桃楸、大青杨、蒙古栎、山杨、水曲柳、白桦。混交林内的灌木丰富,有灌木、毛榛、刺玫、忍冬、刺五加、卫矛、接骨木、悬钩子和蔷薇。

针叶树和阔叶树随着海拔高低有规律地变化,越往高处针叶树多,而阔叶树相对减少。这一带地形平缓,气候相对温和,也更湿润。混交林下的山地土,适宜植物种类生长,往往形成小片群落,高的可达一米多高,矮的仅有十厘米左右,有木贼、山茄子、掌叶铁线蕨、阴地苔。群落结构复杂,森林密实,树干受环境影响变得高大。植物的茂盛,野生动物的食料富裕而多样性,使动物种类较多。

我遇上三宝鸟,是在去红石砬子的路边,右边是奔流的富尔河,左侧是杂树林。独自在林中转悠,林间有一片空地,在这里听到富尔河的流动声,节奏清晰,透过树林传来。

从走进林子内,我就在树上寻找鸟窝,不时有讨厌的蚊子,嗡嗡叫着袭来,急忙挥手轰赶,免得被叮一口。在林间看不清脚下的路,"扑蚂蚱"行走,这是跑水边人都会的老话,指路面不平,走起来不平稳。有几次险些被灌木藤绊倒,相机几乎脱手,急忙挎在脖子上,免得摔脱。走进林中要格外小心,也无法走快。

我瞧见黄瓜假还阳参(别名黄瓜菜),小黄花上伏着长白山中蜂,俗称"野山蜜蜂",它在疯狂地吮吸花粉。走到跟前蹲下身子,看到它的小模样。舌状小花呈黄色,与苦荬菜相似,仅从外观上看,一般人很难区分;在民间既是野菜,还是中医药材。野山蜜蜂向远处飞去,三宝鸟的鸣叫响起,有些急促不停。我猜想它发现了野山蜜蜂的行踪,做好猎获前的准备。这块地方是三宝鸟的领地,既然野山蜜蜂来到这里,它不可能轻易放行。别看野山蜜蜂这么小,绝不会逃过三宝鸟的眼睛。它终于出现了,双翼均匀有力,节奏鲜明,发出嘎嘎的粗粝声,随时准备向下俯冲。

林中树叶茂密,隐藏着多少故事。这是鸟儿们的天下,麻雀从树梢上飞过,在树林里游荡。林子里传来鸟的杂乱声,似乎发生了一场争斗。三宝鸟在追赶喜鹊,叫声纠缠在一起,这是一场包围式的追击。喜鹊要越过这块地方,它是因闯入三宝鸟领地被驱赶的。喜鹊逃走后,三宝鸟栖在树枝上,叫声不那么急促。

清晨三点二十分,窗外一片大亮,我和老代约定四点会面,去看珍珠门。顺路瞧富尔河边的三宝鸟,那块地方这种鸟多。

老代家离我住的木屋不过两百米,顺路去叫他。我们走过珍珠桥,穿过电站的大坝向东拐,走过五百多米,穿过杂草丛生的小路,附近长满野艾、蚊子草、白屈菜、野茼蒿、拉拉秧、灰菜。

清晨雾气缭绕,太阳是白色,如同月亮一般。我问向导老代,这是月亮还是太阳?他说是太阳,由于雾的折射,过一会儿就好了。在大自然中有一支庞大的乐队,它们演奏的乐曲,不是温室的曲子。这种音乐,音域宽广,树木是二胡,白桦树是笛,水声是古筝,山野是谱,风声是和弦,飞鸟是歌唱者。在天空的背景下,在大地的舞台上,大型民族音乐会上演。鸟叫声有节奏,有一种神秘的力量使叫声有了丰富的韵律和内容。鸟的鸣声在长白山中响起,它把山里的一切元素调动起来,和谐融洽,组成一部交响乐。清晨,四声杜鹃叫得清亮,也传来了三宝鸟歌唱。

到郏县拜大树

◎ 李炳银

　　前些日子,看电视连续剧《山河锦绣》,发现剧中出现不少古树,很是特别。听说该剧是在河南郏县实景拍摄的,立即引发了我的兴趣。最近,到平顶山工作,就顺道到郏县拜树。

　　据相关科学研究,森林是在距今五点六亿年时三叶虫抵达地球之后,由苔藓、蕨状植物逐渐演化出现在地球的,是比人类更早出现在地球上的生命之一。还有研究认为,树木与人拥有同一个祖先,并共享四分之一的基因;树木是一种行动缓慢的动物,并且有自己的语言、意识。树木也有选择地质、气候等环境的能力。所以,树木、森林与人有着久远和非常密切的联系。

　　森林为远古的人类提供了家园和食物,是人类的生命生存所系。在人类发展进步的道路上,没有一个阶段能够脱离森林的滋养和护佑,即使今天这个信息智能化的时代, 也是很难脱离森林环境和树木的作用的。因此,对于树木的敬惜爱护,应当成为人类持久永远的自觉和习惯。我是个出身农村的人,从小对于树木有着特殊深厚的感情。如今生活在城市已经半个多世纪了,依然还对儿时家乡许多大树的位置、形状记忆清晰。当年在大树下游戏、歇息、交往等甜蜜回忆,时常还会在脑际呈现。可惜的是,伴随着时间的推移和社会生活的发展变化,家乡的大树如今几乎被毁损殆尽了,这是我每每回到故乡,除过已故去的父母、姐姐等亲人之外,同时还能产生伤感情绪的对象之一。

　　树,特别是一些大树,从很多年前,通过自发或种植,一天天成长至今，经历风雪炎热，旱涝煎熬，顽强地生长，多么不易啊！何况，它还在时时不断地为人们提供着精神和实际的生活保护，庇荫着人们的精神情感和身体。有科学家研究，一棵树要对四十多种昆虫负责。一棵大树，就是一段历史、一个传说、一处风景，就是对未来的憧憬。因此，在不少的地方，人们是把大树当神一般敬奉的，把自己的生死都与树捆绑到一起。德国如今就有用于树葬的森林墓地三百多座。

郏县的这个"郏"，很特别，有些人还不认识。这个汉字是专门为郏县准备的。打开《新华字典》，郏字只有一个解释：郏县，在河南省。郏县很古老，是古代南北茶道要津，有汉代文帝刘恒母亲薄太后的墓冢，是汉代文臣武将张良、纪信的家乡，还有三苏（苏洵、苏轼、苏辙）的墓园。有许多历史文化遗迹。我这次来，主要是拜大树。据统计，如今在郏县七百三十七平方公里的土地上，还存在着各种古树名木一千二百三十九棵。其中有五百年以上树龄的一百五十二棵。郏县的树王是一棵被人们称为"侯公槐"的国槐树。这棵生长于郏县侯店（曾叫侯公铺、侯公店）的古槐，不管是因侯公手植，还是因侯公在此居住而闻名，如今都像是一本大书，包含一个个精彩的故事。这是一棵高十三米、胸径四点二米、东西十六米、南北十五米，已经有两千二百多年历史的古树。远望近观，如同巍峨的山体一般壮伟，如同气宇轩昂、威武凛然的大将军，令人敬惜非常。传说当年楚汉相争时，刘邦彭城大败，逃跑时父亲被项羽所捉。项羽以其父为人质，威胁刘邦。刘邦派大将陆贾劝说项羽不成，又派一侯姓谋士（即侯公）前往沟通。在经过一番周旋后，楚汉相商以鸿沟为界中分天下。项羽信然，随后归还刘邦父亲。刘邦兵胜夺得天下，登基后盛赞侯公为"天下辩士"，封侯公为平国君。如今站在此大树跟前，想侯公当年身负王命，深入虎穴，舌战群雄，终救刘邦父亲于危难，多么动人心魄啊！侯公或许可以被称为"神人"，成别人难成之事，此古槐也有神灵爱心。据当地人讲，此树有一年经历大风，天昏地暗，雷电炸裂，只听得咔嚓一声巨响，眼见沿南房坡而上的一根粗壮的枝干被折断。人们直感灾祸降临，房屋不保，可是，又突然看到折断的粗大树枝轻轻地随风翻滚了几下，稳稳地落在了院外的空地上。房屋完好无损。类似这样的事出现过几次，都是这样，古树受伤，而居民房屋无恙。还有一项，一个精神病人钻进枯空的树洞内吸烟，引燃了里面的枯草，把树给点着了，半天才被众人扑灭。人们都以为经此一劫，古槐无法再活。可奇怪的是，几年之后，它又生发新枝叶，受伤处也渐渐地被新皮包裹起来了，再生而枝繁叶茂。古槐神奇的、珍惜人们财产的爱心和自身顽强的生命力量，不禁令人感动，对其心生敬意！人们常说："背靠大树身得安，大树底下好乘凉。"此话真的不虚！

森林、草原是地球的绿肺，是净化和制造氧气的重要基础力量。绿色是生命的象征。如今存留在世界各地的森林和古树，是人类社会发展的见证和参与者，对人们有着非常丰富重要的价值。老树的能量神秘而奇绝。英国学者 J.C.斯托巴特在《光荣属于希腊》一书中介绍说：公元前四百八十年，波斯人入侵希腊，在雅典焚烧了神女庙前据称是希腊第一棵橄榄树。但几年后，这棵"爱国"的橄榄树又焕发出勃勃生机。"在同一天，这棵树又增高了两尺"。虽然现在游客看到的这一棵橄榄树，是二十世纪二十年代奥尔加皇后亲自补种的，但依然神圣和意义重大，以至于有谁敢捣毁坏橄榄树，就会被判处死刑。而且，雅典人不允许在橄榄树旁种植其他树木。森林、古树名木，是一种历史的积蓄和时光的刻痕，也是投向生命的力量。

人们常说，落地生根。这既是指各类植物的种子，也是指人们迁徙的习惯。在郏县的王英沟村，就呈现出这样的生动情形。王英沟村有郭、梁、张三大姓，据说是在明朝洪武年时，从山西洪洞县迁移来的。村里沟西岸的郭均岭家宅院前的国槐古树，树干胸经三点五米，在主干二米高处分为南北两大主干，其基围都在二米以上。近观非常稳重威严、气势凝重。该树已经有两千年的树龄。真不知道当年是这棵树留住了移民的脚步，还是人们因为选择这棵树留居了下来。因此这棵和王英沟梁建德家院外的巨大古树及周边的古树群落，就成了这里的一道风景。

　　人是有恋土情节的，想必树也是这样。在一个地方居住得久了，就会与这块土地融为一体，相依为命，互为因果。这是一种近乎血肉和生命的联系，很难割断。在郏县的渣元乡十里铺村，有一棵如今生长在房子中间的古槐树。这是赵姓人家为了保护古树，盖房子时特意为古树留出生存生长空间，让古树穿堂而立，在房上自然地接受雨露阳光，婆娑生长。传说古树是有灵性的。薛店镇后冢王村有一棵神奇的古树。一九五八年时，有人试图锯下树的一段主干，可当锯树的人刚把锯子搭上树干，他就忽然感到脖颈疼痛难忍，只好作罢！这些人树互动的动人故事，都似乎在证明着天道为一的思想。

　　在郏县拜古树，每每使我有许多复杂的感叹！面对这些吸收了大地日月几百、几千年精华的大树，自然会想到天地滋养万物的无私和伟大。面对这些寿命超长的古树，自然也会感触人类生命的短暂倏忽，从而唤醒珍惜此生的自觉。站在这些大古树的跟前，也会有一种宁静感生出。生命尽管是有限的，但在拥有生命的时候，就应该舒心顽强地生长。在王英沟，我看见一棵曾遭火烧的巨树，在经多年的生命力量积蓄后，一层约三厘米宽的树皮从根部沿着枯干延伸，少说也有好几米的长度，直至枝头，然后又勃勃地生长活跃了起来。这种生命的态度和韧性的力量，让人非常惊讶，易产生联想。古树、大树，忧乐无言，只有神性贯日月，是一种伟岸的存在，也是一种精神和智慧的启示！

绿回汀州

◎ 舒　婷

　　二十世纪七十年代初，有一年春节刚过，我凌晨两点出门，从福建上杭县的太拔镇院田村，翻山越岭三十里路，搭长途班车到龙岩，再换乘班车，天色半昧时，终于辗转到了长汀县的河田公社。

　　彼时，妈妈正茫然无措坐在一堆箱笼之上，三岁的弟弟追扑毛色斑斓的大公鸡，童稚的笑声浮托起夕阳，也很斑斓。继父有呼吸道过敏症，被河田的风沙杀了个下马威，呛咳着，吸溜着鼻子。妈妈一家三口从省城来到长汀河田，我虽插队不足半年，自认经验老到，赶来帮忙安顿。

　　一驾慢吞吞的牛车，把我们和行李拉到十几里外的小村子。当晚，妈妈、我和小弟弟挤在一张咿呀作响的竹床上，挂着蚊帐。继父窝在门外一张短榻上，吸鼻嗑牙，继续呛咳着。忽然，"哞"的一声长鸣，从蚊帐后的墙缝里，探出一个巨硕的牛头……原来，我们与老牛是邻居呢。

　　一夜无寐。我早早起来想给家人熬点粥，找不到乡下常见的柴火灶。房东拎过一只小炉子，教我用牛粪生火。这也太难了吧？我所插队的村子林深水长，农民常说，临烧饭前到屋后伐两棵杉木都来得及。唉，我那拨火棍加吹火筒的经验根本无用武之地。烟熏火燎中，房东翻弄牛粪的神情肃然庄重。很快我就知道，在河田，为什么牛粪这样珍贵。

　　恰好有村民要去镇上卖鸡蛋、买草纸，牛车再次捎上我们，我那小弟弟，喜滋滋摇晃在朝晖里，大声唱着福州童谣。

　　那天返程，没有村民带，我们很快迷路了。无论我和继父怎样轮番爬上高坡,都找不到任何坐标以确定方向。极目所眺,除了黄土还是黄土,既没有一棵树也没有一道水,连像样的草丛都看不见。继父焦灼地跑上跑下,妈妈已经眼泪汪汪,弟弟可怜巴巴望着我。

绝望之中,远远走来一位年迈的背着箩筐提着粪叉的村民。我急切地迎上去问路。老农盯着我们,直到把我脚下的一坨饱满丰腴的牛粪挑到筐里,这才满意地指点我们:顺着牛的大脚印就能找到村庄。我们终于回"家",牛粪功不可没。

三年以后,妈妈举家迁回省城。奇怪的是,从小在都市娇生惯养的妈妈,反而不能适应城市生活了。妈妈多次和我说长汀,说河田,说农机厂的半间瓦房宿舍;说她养的河田鸡如何会生蛋,农机厂的瘪谷稻壳满地皆是呀;说豆腐坊的豆浆多么黏稠养人,弟弟的腮帮因此又鼓又红,都不喝牛奶了;说同事说邻居说老房东……城里的生活虽好,弟弟需要上小学嘛,但是,在河田的日子多么简单多么轻松呀!妈妈感叹着。

夜半牛吼的惊吓,牛粪生火的泪目,迷路的焦虑绝望,等等,妈妈完全不记得了。而即使过了五十年,我犹历历在目。

我和长汀的缘分,因为长汀的新面貌而延续。在朋友的说动下,二〇一九年,我们一家三口去长汀过年。

长汀的郁郁葱葱长汀的花红柳绿,长汀的书卷气长汀的烟火味,让我瞠目让我疑惑让我迷恋,让我欲罢不能。二〇二一年、二〇二二年,全国人大代表调研,我都报名来了长汀。一次又一次,我都去那个河粼粼田青青的河田,寻不见那片寸草不生的沟沟壑壑、那座破落凋败的村庄和那位教我生炉子烧牛粪的老房东。

今年立夏,我又到了汀江边古城下:畅饮甘醇糯米酒,撕咬盐酒河田鸡,吹着热气囵囵吞下芋饺,碗里已满满焖着牛肉羹泡猪腰,眼里还恬着翠绿的马齿苋和殷红的血蕨。最放不下的依旧是长汀豆腐,还是五十年前的老味道。

清澈的汀江之水绕着古城千回百转，说不完的故事。

是长汀县历届党委、政府和一代代长汀人，总结出适合当地经济的工程改造措施，引进生态修复新技术，痛下决心，滴水穿石，持之以恒，创造了绿回汀州的奇迹。其中的艰辛、奉献、喜悦和自豪，自不待言。

如果没有二十世纪七十年代初的亲身经历，今天我在河田浓密的林荫下，喝的灵芝茶不会这么爽口，亲手采摘的蓝莓不会这么甜蜜，拂面而来的风不会这么湿润。风中还带着淡淡的药香，因为脚下铺陈着成片成片的茯苓和黄花远志。

再往林深处走走，忽地惊起一只白颈长尾雉，仪态万方地掠过铁皮石斛纠缠的板栗树林，不知所踪。

蔬果长卷

◎ 胡竹峰

人与物有缘,南朝萧惠开不喜欢杨梅,以为只能投之篱厕。明人李笠翁宝爱杨梅,曾专门作赋,赞其汁比天浆,味同醪醴,堪称南方第一珍果。我与杨梅缘浅,年近四十岁方才吃到,说来也没什么好遗憾的。倘若屈原未能吃到橘子,怀素未能吃到竹笋,欧阳询未能吃到鲈鱼,杨凝式未能吃到韭花,苏东坡未能吃到荔枝,如此方为大遗憾。遗憾天地间少了一股斯文,少了绝妙好辞与无双笔墨。

以前不吃杨梅,怕其酸,以为妖艳,入眼有胭脂俗气,还觉得杨梅的格不如杨梅酒。我好杨梅酒之味,更好杨梅酒之色,红得不一般,像火烧云里的物象,还有天边朝霞里的几点赤忱。浅口白瓷盏斟得满满杨梅烧酒,红艳艳,是胭脂人家意味,风情如美人,令人思无邪的美人。

民间传言,当年宋徽宗见到周邦彦写给李师师的词:"并刀如水,吴盐胜雪,纤指破新橙",心里五味翻陈,顺手写道"选饭朝来不喜餐,御厨空费八珍盘"两句,有知上意者续上"人间有味俱尝遍,只许杨梅一点酸",一时杨梅艳名远播。

昆明火炭梅是梅中名品,据说滋味尤胜苏杭所产生者,据说而已,我没吃过。吃过几次湖南怀化的杨梅,颜色紫红透黑,像泡得浓浓的安化黑茶。我还吃过杭州萧山的白杨梅,口感如诗,回味清香,是唐人"气凌霜色剑光动,吟对雪华诗韵清。"白杨梅果肉饱满厚实,个大多汁,挂在树上,透着清灵的霜白,有梅妻鹤子的隐逸气。

杨梅，又甜又酸，五分甜里一分酸，酸若强弩之末，甜却势如破竹，甜正春风得意，酸又像帘雨潺潺。或许吃得苏杭杨梅多了，只要见到杨梅，总让我想起江南，哪怕是别乡的杨梅，也生忆江南之心。

几次在江南，遇到卖杨梅的，是村里农家十七八岁的姑娘，简易木桌上散放杨梅，或以竹篮盛装，果实大且圆，颜色深紫，香味俱绝，仿佛能溢出汁水来，上面覆有零星的树枝，枝叶新鲜。

读来的往事，杨梅熟时，好事的绍兴人家乘坐小舫出游，置酒舱中，岸边有人卖杨梅与酒，彼此相望。又有人以竹篓盛杨梅为售，摆放道路上，络绎不绝。以为唐人所称荔枝筐，不过如此。还是读来的往事，昆明市上常有苗家女子卖杨梅，戴顶小花帽子，穿着绣了满帮花的扳尖鞋，坐人家阶石一角，不时吆唤："卖杨梅——"，声音娇娇的，使得昆明雨季的空气更加柔和了。

杨梅自古随雨，梅雨季来了，杨梅就熟了。王安石给友人的诗稿道："湿湿岭云生竹箭，冥冥江雨熟杨梅。"杨梅是夏日佳果，说来也怪，每吃杨梅，心里独望春风。不知道是不是杨梅雨的连绵，杨梅滋味也连绵。一颗杨梅，唇齿之间翻滚，一汪水酸酸甜甜，仿佛九溪十八涧，七拐八绕出丰富滋味。

杨梅又称龙晴、朱红，其名甚俏，品种更享佳名，碳梅、白梅、软丝、东魁……可用作闲章也。有年游园，将两枚杨梅果子折下给女儿当髻簪来戴，紫红如微绣球，几瓣翠叶插在髻间，繁丽可爱。

日子如飞，走得无声无息，忽然立夏。立夏两个字真好，有看不见的团团生机。立夏的况味是好文章况味，一片郁郁葱葱、蓬蓬勃勃。

立夏后次日自豫返皖，朋友送一袋樱桃。车行不绝，一边吃樱桃一边看倒退的树木山岚人家。不知不觉已过开封，商丘在望。

张恨水《啼笑因缘》中写过这样一节插曲：樊家树出行，何丽娜送他梨子"以破长途的寂寞"。伯和笑她，说："密斯何什么时候有这样一个大发明？水果可以破岑寂？"樱桃差不多见底，突然想起早些年读过的小说。

吃完樱桃，四周看看，邻座女孩，穿一身樱桃红衣服，车厢内明亮不少。女孩的烂漫，又不是机心全无，红得活力四溢，车厢太小，差不多快飘出窗外。

樱桃滋味甚佳，酸酸甜甜。一味酸，一味甜，味道就单一了。樱桃酸中有甜，甜时有酸，偏偏酸得内敛，衬住那一汪柔和的香甜，让人好生消受。

樱桃：细雨绵绵，春色撩人。就是这个感觉。爱吃樱桃，口感新嫩，像睡在棉花堆里，或坐进春天的被窝。灯光宁静，想着微甜的未来，这未来是少年与青年的未来。有人得赠樱桃，赋诗寄情，其中有味："万颗真珠轻触破，一团甘露软含消。"

樱桃质地细腻、温润，红者仿佛玛瑙，黄者俨若凝脂。喜欢红樱桃，不全是词里"红了樱桃、绿了芭蕉"的缘故，实在，桃红让人心头一暖。

见过不少水墨樱桃，装如青花描边的白瓷托盘，宣纸上清灵灵一颗颗红果弥漫着氤氲的薄雾，快滴出水来。樱桃画之上品，着色颇有日本浮世绘闲闲情色，其间独有一份寂寞纯洁的风情。风情不足万种，偏偏凝成一味，偏偏干干净净，更让人销魂。

齐白石的樱桃，看似俗物，但气息不凡。吴昌硕的樱桃显得浑浊，美感上弱了。丰子恺的樱桃信笔草草，过于寒酸，好在还有活泼泼一段生活。张大千画樱桃，疏朗清洁，散落在纸面上，果粒鲜艳欲滴，枝叶自然，十足风雅。张大千樱桃小品，诗书画俱佳，有流连书案的文人襟怀。

南方生活十多年，没吃过几回樱桃。乡下不少人家栽樱桃树，暮春大雨，常常一夜之间扫尽枝头。

一直以为樱桃是南方佳果，最近才知道它的主要产地是烟台、栖霞等处。一方水土养一方风物，他乡抢不得也。

樱桃红的时候，芭蕉正绿。乡下老屋的北窗下植有一丛芭蕉，上次回家，奄奄一息，不知今年是否能再生一片绿来。

江边原野一园樱桃在潇潇雨中浸润得红了。

夏天到了，覆盆子红了。

经常上山摘覆盆子，鲁迅的书里说，如果不怕刺，还可以摘到覆盆子，像小珊瑚珠攒成的小球，又酸又甜，色味都比桑椹要好。故家旧年习俗，没有人吃桑葚，多任其老熟掉落地上，染得乌糟糟一团墨。

覆盆子并不好摘到，是童年颇奢侈的零食。每每吃得几颗，意犹未尽。

好的覆盆子特别甜，又非傻甜。甜里缠绕了一丝丝酸，若有若无，似有还无，衬得甜很丰沛，口感隐约丰腴饱满，不再有孤寡相。

覆盆子颜色不同，深红、淡红、绯红，口味虽然都是甜的，却甜得有别，甜出了异彩纷呈。以好看论，覆盆子越红越好，并非是喜气，还有一种鲜气与美气。个头大的覆盆子，颜色惹眼，红彤彤挂在那里，几可入画，但每每被错过了。见历代丹青妙手写樱桃、萝卜、白菜、芋头、茄子、柿子，各得其美，却没能写一幅覆盆子图，或许是他们没吃过。

少年每每摘到覆盆子，用衣兜装得满满的，很阔气地回来。

一天天热了，早晚也不见凉。正午时分，烈日高悬，三五鸣蝉叫个不休，十分燥意。西瓜上市了，以前大抵是平板车，现在则变成拖拉机或者农用车了，装得满满的。

在江南很少吃西瓜。江南有东瓜，江南有南瓜，江南有北瓜，江南无西瓜。不是说江南没有西瓜，而是江南的西瓜品质不高，口味寡。江南沙地少，雨水多，空气太潮，种出西瓜不够甜。偶尔遇见一个甜的，三口两口下肚，水汽却又突然袭来，甘之如饴的甜丝丝变得水汪汪一团。

小时候，夏天热，父母偶尔从村口小店抱回两只西瓜。回来后，将瓜装进尼龙袋或者用网兜套住，沉到古井里，用井水冰镇一下午，晚饭后全家

人坐而分食。现在偶一回忆,记得这样的场景:

深蓝的天空中挂着一轮金黄的圆月,下面是平坦的稻场。乘凉的人睡在竹床上,或仰着,或趴着,或侧着。顽皮的小孩跷起双脚临空挥动,数不清的萤火虫星星点点闪着光亮。老妪摇着辘轳,自井深处拽起西瓜,放到椅子上,拿菜刀切,刀锋过时,隐隐作布匹撕裂声,绯红色的瓜汁流出来,顽童嘴馋,以手指轻濡,吮指而食。老妪嗔骂:"你个好吃鬼。"反手挥刀,切下一大片西瓜递过去。那顽童是我,老妪是祖母。

前几天去朋友家,又吃到井底西瓜,想起往事。祖母已故去多年,再也不能切瓜给我吃了。祖母喜欢西瓜,到了晚年,十来斤重的还能吃掉半个。

一个大西瓜,三个好朋友,在漫天星斗下静坐,不必把酒也能闲话。

西瓜是真正的怡红快绿。怡红是瓜瓤,瓜瓤入嘴,心旷神怡;快绿是瓜皮,瓜皮入眼,快意无限。瓜皮的绿,像翡翠,也像碧玉,但没有翡翠和碧玉的高贵。朴素,更多的是朴素,绿原本是朴素的。

好久没有回郑州了,小冬说今年中原西瓜丰收,卖瓜人比往昔更多。中原西瓜,以中牟所产者最佳。在郑州生活了六七年,没吃几次中牟西瓜。身在南方,哪里能吃到中牟西瓜呢?

永井荷风先生不喜欢西瓜。夏天,朋友寄来西瓜,口占俳句:"如此大西瓜,一人难吃下。"

佛手的格怕是还在佛首之上,阿弥陀佛,恕我不恭敬了。

佛首的格也高,见过不少魏晋唐宋元明的佛首,石刻、泥塑、木雕、彩绘,各有奇妙,面容端庄和善,目光低垂,微微含笑,线条柔美饱满,如大光明,有大天地,是大法相,见大慈悲。

佛手的格怕是还在佛首之上,十分人力不及一分自然。佛首十分人力,佛手十分自然。人间巧艺夺天工,然天工开物,物华天宝,天宝何其多哉,人力再强,也不过巧取一二豪夺三四而已。

佛手的格怕是还在佛首之上，阿弥陀佛，也未必不恭敬。佛首是佛，佛手也是佛，佛脚还是佛……不必为手足着相，也不必为首足着相。

雨夜，焚香，读书，怀古，玩物，看看书桌净水供养的佛手，又安详又端庄，斯时寂静。前几日去金华，有幸在赤松的北山口一睹佛手园。第一次看到活色生香的佛手，未免稀奇，大好彩头，佛手，福寿。赤松的佛手更好在可见骨相，骨相比皮相高，皮相比肉相高。虽说不能着相，实在佛手模样吉美，拈花微笑，嫣然妩媚，又落落大方，甫一入眼，就多了恬静与淡然。

赤松的地名不禁想起赤松子，赤松子为上古仙人，身兼雨师广布甘霖，据说当年张良从其游，避开了那"狡兔死、走狗烹；飞鸟尽，良弓藏"。赤松子位列仙班，差不多近乎佛一类人吧。他的故乡出佛手，也可谓得其所哉。赤松镇与双龙洞距离颇近，手捧两枝佛手，一时觉得得了佛家的关怀，得了赤松子的仙气，也得了神龙的周全。人到中年，如履薄冰，肉身始朽，多一些护佑不坏。

佛手可馔可药，暑气蒸腾，在瓦房下饮佛手茶，吃晾制的佛手干果。风从窗口吹过，暑气也从身体里走远了。佛手茶金光灿灿，像夕阳照过大雄宝殿的屋顶。

佛手旬月不坏，净水清供，皮囊渐老，一日日光华，一日日灿烂。眼看它一日日颜色泛黄，乃至金黄，终于修成正果。看看佛手，真觉得金华，金光闪闪，富贵荣华。古人说，人生荣华富贵，转眼成空，不可认为实相。《红楼梦》第一一八回中，薛宝钗对贾宝玉道，论起荣华富贵，原不过过眼烟云，但自古圣贤，以人品根柢为重。汉人王符说得更透彻，所谓贤人君子者，非必高位厚禄富贵荣华之谓也。人性里却总有贪恋荣华富贵的一面，文章生活，不过萝卜白菜，偶然得到几枚佛手，陋室平添几分荣华富贵气，此亦快哉事也喜庆事也。

友人善丹青，好画佛手，枯墨淡墨勾线，染藤黄，点赭石，晕胭脂，纸上顿时摇曳出风情。见过八大山人、李复堂、陈师曾、齐白石诸贤纸本佛手，各自佳妙,然木本佛手之格尤在纸本上,阿弥陀佛,恕我又不恭敬了。

乡居日子颇美,看鸡鸭鹅俯仰啄食。小儿擎一根竹竿在庭院嬉戏,野鸽子飞落在树梢低气粗声乱叫,池塘水草上趴着螃蟹,不远处还有三五条小草鱼围在一起探头探脑……简单平凡的日常素净如风物图,让人好生欢喜。树更不必说,村口银杏,墙外乌桕、五角枫,随季节更迭变化。门前还有桂花树、宝塔松、铁树,一年四季老实地青着。

薄暮秋光大好,夕阳发出金黄的亮,云也染得金黄,照着门前的柿子树。柿子黄与阳光黄融在一起,更有萧萧风声与唧唧虫鸣。柿子累累垂垂,由青色到淡绿再到橙黄,转眼一片橘红。那些柿子小巧玲珑,一个个挂在树枝上,主干三三两两,枝头却五五六六,为所欲为,活泼又可爱,有婴儿气。站在树下看着,像遇见了小时候的自己。仰头在苍黄的叶子间捡熟黄的柿子,一颗颗摘下来,形微扁,有的偶带小蒂和一两片叶。

柿子吃法多种,常见的有柿子饼和熟柿子。

柿子涩,熟柿子却涩得像好的文章,薄薄的涩有了回甘。轻轻揭开熟柿之皮,明黄的瓤入口,满嘴薄涩中,略略还有些彷徨,忽地一股空茫的无来由的清甜呐喊着垂天而降,野草纷纷。

最喜欢漤柿子。将青黄相间的柿子投入温水,加盐密封浸泡几天,"漤柿子"即成——削皮切块,入口清脆甘甜。只是这滋味寻常不大容易遇见。

草草杯盘,昏昏灯火,在南宋人画册翻到牧溪《六柿图》,虚实、阴阳、粗细,不同笔墨,每个柿子呈现出"随处皆真"的境界,不禁追忆起逝水年华。六个柿子端坐彼岸,像六尊佛,朴拙,憨笨,透出智慧,入眼心头空明。

柿子入画,先贤为之写生无数。前年冬天,大雪夜里,得《诸事如意》图,上画一竹两柿,皆朱砂所绘。

核桃硬,柿子软,我欺软不怕硬。

得耳布尔

◎ 李青松

> 我不晓得当初为什么管它叫兴安岭，由今天来看，它的确含有兴国安邦的意义。

——老舍

得耳布尔，是大兴安岭林区的一个小镇。从中华人民共和国版图上看，它在鸡冠顶上的部位，虽然与另一国的疆界并不接壤，但已经靠近边境，空气中已经隐隐约约有"大列巴"和"伏特加"的气味了。西边的界河——额尔古纳河对岸就是俄罗斯了。

不过，得耳布尔的情况有些特殊。

在这里，先有林业局，后有小镇。也就是说，得耳布尔林业局的开发历史要早于得耳布尔建镇的历史。小镇是在林业局发展到一定程度后，才有的行政建制。当地人把得耳布尔林业局简称"得局"，把得耳布尔小镇简称"得镇"。

就行政级别而言，林业局是处级，小镇是什么级别就不用我说了，"得局"比"得镇"高出一格呢。难怪林业局局长在镇长面前说话嗓门儿从不降低，办事也不看镇长的脸色。

可是，林业局的级别再高，也不过是森工企业；小镇再小，也是政府，门口是挂国徽的。对此，得耳布尔人心知肚明。然而，当年作为"林老大"的辉煌与荣耀，得耳布尔人是无法从记忆中抹去的。"得局"始建于一九五八年十月，施业面积两千五百五十五万平方公里。什么概念呢？这么说吧——相当于两个香港或者四个新加坡的面积。可以说，广袤的森林甩手无边呀！

早年间，林业局的人说话呀办事呀，就特别有底气！想想看，能没底气吗？当年的木材生产是国家财政收入的主要来源。人民大会堂、历史博物馆、军事博物馆、农业展览馆等著名建筑，哪个没有用大兴安岭林区的木材做梁做柱呢？那些向各地延伸的铁路，哪个没有用大兴安岭林区的木材做枕木呢？那些向地下深处开掘的矿山，哪个没有用大兴安岭林区的木材做矿木呢？

那时的林区充满喧嚣，铁路线上汽笛声声，一列列装满大兴安岭木材的火车驶向全国各地。

对于大兴安岭林区来说，得耳布尔的生态地位相当重要。重要到什么程度呢？大兴安岭的朋友恩和特布沁告诉我，此处属于寒温带天然森林，间或灌丛，间或草甸湿地及河流复合类型的生态系统。生态功能体现在四个方面——其一，它是大兴安岭生态功能区生态安全维护的重要节点。其二，它是额尔古纳河流域水源涵养区。其三，它是呼伦贝尔草原的生态屏障。其四，它是大兴安岭重要的物种基因库和生物多样性保护地。

在林区，说到具体的树，是无法绕开落叶松的。

老舍说："兴安岭上千般好，第一应夸落叶松。"一九六一年，老舍来大兴安岭林区采风，盛赞落叶松的品格和精神。

在得耳布尔，乃至整个大兴安岭林区，森林的主体是落叶松。落叶松的分布大体占森林面积的七成，有它分布的森林又被称为"明亮的针叶林"。通常，松树属于常青树种，而落叶松绝对是例外。落叶松喜光耐湿，夏季的林间清爽葱郁，入秋后一簇簇针叶迅速变黄，灿烂明媚。接着，变黄的针叶相约飘落，在地面累积成厚厚的"地毯"。

落叶松的球果，每颗是三十二个鳞片，每个鳞片裹着两粒种子。种子长着翅膀，御风而飞，能达百余米。风是落叶松种子的主要传播者。除此，还有松鼠、桦鼠、黑琴鸡、花尾榛鸡、野猪等野生动物，也在觅食时不经意地传播了落叶松的种子。在得耳布尔，越是阴坡，落叶松越是长得茂盛。落叶松品性坚韧而谦虚，仗义而负重，不蛮霸，不张扬。它节制而内敛，在秋天集中落叶，是为了保存能量以适应严寒的冬季气候。

与落叶松伴生的往往是白桦树。白桦树是阔叶树，在落叶松林里散落分布，东一棵，西一棵，南一棵，北一棵，东西南北三五棵。俄罗斯画家列维坦的画中，经常有白桦树出现。在列维坦的眼里，白桦树是"亭亭玉立的少女"。而在另一位俄罗斯作家屠格涅夫笔下，白桦树是"俄罗斯的新娘"。白桦树是那么宁静优雅，俏丽迷人，且充满灵性。它总是容易让人与女性联系起来。

在林区，我们通常看到的白桦树都是以个体的面貌出现，很少有集群或者成片生长的现象。让我想不到的是，得耳布尔的卡鲁奔山上居然有成片的白桦林。这里，被命名为"中国最美白桦林"。

近年来，林区人还开发出了桦树汁饮料——从成年白桦树干中提取汁液，制成饮料。这是一种真正的原生态饮料，口感特别，微甜微涩，涩不压甜，回甘绵润，且有一种奇异的芳香。

我手里拿着一瓶"冷极"桦树汁，摇了摇，晃了晃，迎着阳光仔细观察，担心从树体里提取汁液，会不会影响白桦树的生长呢？林区朋友告诉我说，提取汁液选择的都是成年白桦树，且每棵树一年只提取五公斤。从监测记录来看，只要提取量控制在合理数值范围内，就不会影响白桦树的生长。我闻之，呃了一声，便打开那瓶"冷极"桦树汁，一仰脖儿，喝了一口，一仰脖儿，又喝了一口，啧啧啧！——奇美呀！

把目光投向得耳布尔小镇吧。

一座座崭新的楼房之间，体现林区风格的木刻楞建筑尚有遗存，木板条木桦子围栏也间或可见。小镇有两条主干街道,横一条,竖一条。横竖之外还有若干条,但那些算不得街道,应该归类为小巷子了。主干街道两边店铺林立,多是饭店酒馆,以及土产山货行和日常用品超市。若问当地有什么美食,连娃娃也能脱口而出:柳蒿芽炖排骨、黄花菜炒鸡蛋、老山芹包子、四叶菜馅饺子。

得耳布尔小镇人口八千七百一十九人,却由蒙古、鄂伦春、鄂温克、俄罗斯、锡伯、土家、朝鲜族等多个民族组成。开发初期,伐木人来自四面八方,有土著猎户,有俄罗斯后裔,有转业军人,有逃犯,有流寇,有闯关东的汉子,有刚毕业的大学生,有被送来"接受改造"的知识分子……他们怀着不同的梦想,操着各种不同的口音,在得耳布尔落户安家。

现年八十八岁的徐殿荣曾经是一名志愿军战士,当他所在的部队正在过江奔赴战场的时候,朝鲜那边的战争却结束了。于是,他未放一枪一炮,就又跟着部队掉头撤回来了。一九五九年,他转业来到得耳布尔青年岭林场,成了一名林业工人。先是做运材司机助手,后做了小工队的物资管理员。一串钥匙挂在腰间,一走路,哗哗哗直响。那时,一线的伐木工工资高,劳保待遇也好。考虑到家里人口多,劳力少,日子拮据,他便主动要求去当伐木工。不过半年,他就成了林区远近闻名的油锯手。

一九九一年十一月,徐殿荣光荣退休。

晚辈们问他:"爷爷,你这辈子伐了多少木头啊?"

"伐了多少木头?咿呀,没数!"他看了一眼置于墙角的那把锈迹斑斑的油锯,自言自语地说,"堆起来是一座山,放倒了是一片海!"

徐殿荣有两个愿望,一个愿望就是希望儿女们吃喝不愁,日子过得平安幸福!另一个愿望就是盼着林子快快长起来,快快长大。林子大了鸟才多,林子大了林区才像个林区。

徐崇方是林二代,徐殿荣的四儿子,一九六九年一月六日出生于青年岭林场,属猴。他一九八六年高中毕业于得耳布尔中学,没参加高考。因为,当时林场小工队有一个接班的名额,他就放弃了高考,当上了采伐工。由于头脑灵活,手脚勤快,他被调到林业宾馆当经理。现在呢,担任着康达岭民宿店长。

我问他:"你父亲对你有什么影响?"

徐崇方沉思片刻,说:"他教我们怎样做一个好人。"他接着说:"他们那一辈人,对林子有感情,肯吃苦,对国家对林业事业有一颗赤胆忠心。"

我说:"老人家退休后干点什么?"

"跟老友打打牌,下下象棋。"徐崇方说,"我有时间的时候,也陪他去林子里转转。一到林子里,他就兴奋,眼睛就亮!"

"哦!"

我笑了。徐崇方也笑了。

冬天,得耳布尔奇冷。

夏天,得耳布尔奇凉。

从凉到冷的距离有多远,我不知道,但冰肯定知道,冻裂了的铁轨肯定知道,"吃水用麻袋,开门用脚踹"的得耳布尔人肯定知道。

得耳布尔的春天和秋天该怎样描述呢?达子香刚刚闹红春天就过去了,达子香还没来得及结果秋天就无影无踪了。

冬天是蛮横的,它是用寒冷咔嚓一声把秋天切断的。一个现象说明点儿问题,每年九月二日,得耳布尔小镇的供暖就开始了。在这里,全年平均气温为零下五度,如此这般,这般如此,春天和秋天基本可以忽略不计了。

离得耳布尔不远的漠河有个北极村,离得耳布尔不远的根河有个冷极村。然而,北极不等于冷极,而极冷与冷极也是完全不同的两个词。前者是形容词,略有夸张的意思;后者是名词,是指一个确切的地点。

冷极村极寒温度是零下五十八度。

冷极村虽然不在得耳布尔林业局施业区内,但得耳布尔林业局掌门人李建军由这个"冷"字悟出了一些道理。一九八七年,李建军毕业于内蒙古林学院采运专业。他最敬佩的人是毛泽东。业余时间,他喜欢读国学书,偶尔也吟诗赋词。李建军认为,旅游不就是寻找差异嘛,冷能够创造万里雪飘,冷能够创造茫茫雪原,冷能够创造冰凌雾凇,冷能够创造童话世界。从这个角度来说,换一种思维——寒冷已经不是问题,而领略和享受寒冷,体味别样的人生,正是得耳布尔最不稀缺的呢。

于是,当"冷"成为一种资源,当"冷"成为一种优势,林区的历史和文化也就活了。

早年间,得耳布尔伐木人冬天必须穿得足够厚,才能与严寒抗争。他们通常都是身穿羊皮袄,脚穿"粘疙瘩"或者"棉乌拉",头戴狗皮帽子,浑身上下臃臃肿肿。一喘气,眉毛上、狗皮帽子上挂满白霜。

林区的冬天缺少蔬菜,常备的仅是土豆、圆白菜、酸菜,还有腌制的卜留克咸菜。户户屋底下都有菜窖,家家角落里都有酸菜缸和咸菜缸。酸菜缸和咸菜缸上面各压着一块石头。如果石头个头小的话,那就压两块。当酸菜缸和咸菜缸的表面开始微微泛出泡沫的时候,那酸菜或者卜留克咸菜就算渍好了,就可以捞出来吃了。

寒冷的冬季,吃上新鲜水果算是奢侈的事情了,而冻梨则是林区人的最爱。吃之前,把冻梨放入一碗凉水中慢慢解冻,不消半个时辰,梨里的"冰"就被凉水"拔"出来了,梨就可以吃了,咬一口,又甜又酸又水又脆,那个爽啊一直爽到心尖尖上。

林区冬天的交通工具主要是爬犁,学名叫雪橇。从山上往山下"倒套子"(运木材)全凭爬犁,往小工队运送物品也是用爬犁。爬犁有马拉的,也有牛拉的。

"嗻! 驾——! "

"嗻! 驾——!! "

"嗻! 驾——!!! "

叮叮叮！咚咚咚！爬犁在雪野上驰行，尾部扬起一团团雪雾。马或者牛哈出的气，生成了白白的冰溜子，垂挂在脖颈上。爬犁上的人，脸冻得红红，可是长鞭一甩，一张口，吼一嗓子，却是热气腾腾。

"嗬！驾——！！！"

得耳布尔，因得耳布尔河而得名。

学者孙立平曾来得耳布尔考察，并在考察报告上写道："这里是大兴安岭西北坡上一个美丽的河谷，得耳布尔河是蒙古人的发源地，当年的蒙古人就是沿着额尔古纳河一路向东，穿过得耳布尔河谷，打开了整个世界。"

得耳布尔，是鄂温克语，宽阔的河谷的意思。得耳布尔河发源于得耳布尔境内的青年岭林场，全长一百七十四公里，由东北向西南流经得耳布尔镇，以及二道河、康达岭、永青等林场，汩汩滔滔，于额尔古纳市注入额尔古纳河。

得耳布尔河的水源来自森林里的融雪和降雨，每年发生两次汛期，一曰春汛——由于积雪融化时间过于集中，地下永冻层无法渗透，导致五六月间河水暴涨；二曰夏汛——夏季里，森林里腐殖层含水量达到饱和，加之降雨继续增多，至八月初时，夏汛爆发，河水横冲直撞，甚至发出呜呜叫声。

得耳布尔河里的鱼很多。当地朋友说，河里能叫出名字的鱼有哲罗鱼、细鳞鱼、鲫鱼、柳根鱼、老头鱼、鲶鱼、华子鱼、狗鱼等。我在林区行走期间，吃过红烧哲罗鱼、酱炖细鳞鱼，还有油炸柳根鱼。哲罗鱼与细鳞鱼肉质细腻、紧实，入口极香。柳根鱼个头儿不大，长不过一个指头，经油炸后，酥香脆爽，是下酒的美味。这几种鱼都是冷水鱼，别处鲜见，只有在大兴安岭林区、在得耳布尔这样的奇域奇地才可能吃到。

须笼是林区人捕鱼的渔具。须笼是用柳条编制的，小口窄颈，腹阔而长,颈前装有柳条倒须。捕鱼时,用木壳子将河水横拦,中间留一小口,将须笼小口与之对接,鱼进入笼内,因有倒须而不得出。为了诱鱼进入须笼内,常常将一块骨头置于笼中。

不过,得耳布尔人更喜欢冬天凿冰眼捕鱼。

有史料记述:"冬则河水尽冻,厚四五尺。夜间,凿一隙如井,以火照之,鱼辄聚其下,以铁叉叉之,必得大鱼。"——那大鱼,想必是哲罗鱼吧。

凿冰眼捕鱼,也有用丝网挂的。有经验的捕鱼人往往选择水深流急的地方凿冰眼——每隔两三米凿一个冰眼,冰眼凿妥后,用长杆把丝网一个眼一个眼地穿过去布网。布网完毕,尽可回家睡觉。次日清晨,再把冰眼凿开起网,丝网上就会挂满鱼。被捕获的鱼中,华子鱼、细鳞鱼、狗鱼居多。

这些鱼在冰下的水中往往活跃。

越是过于活跃的东西,遭受厄运的可能性就越大。

应该说说卡鲁奔了。

在得耳布尔,有两个卡鲁奔,一个是卡鲁奔山,一个是卡鲁奔湿地。卡鲁奔,是鄂温克语,意思是有宝藏的地方。有宝藏吗,还是空有其名?当然有,所有的名字都不是随便起的,都是有出处有来头的。早年间,鄂温克猎人在这座山上狩猎,遇雨,就到一个山洞里避雨,并随手拾起洞中的石块,拢起一堆篝火,烤干衣服;离开时,却发现灰烬下的石块融化了,篝火熄灭后,那融化了的东西又凝结成了大小不一的颗粒。猎人看着那些闪亮的颗粒惊愕不已,于是就给这座山起了一个名字——卡鲁奔。

这个名字算是起对了,卡鲁奔确实是一个奇特的地方。

卡鲁奔东坡山腰上有一个山洞,洞口宽不到一米,洞深则不可测。为何说不可测呢?因为现有测量工具都无法测量到它的底儿通到什么地方。有人说通到地球的心脏,有人说通到太平洋的马里亚纳海沟,有人说通到梭罗的瓦尔登湖。总之,说法很多,归结起来三个字——不可测。

山洞名曰"冰凌洞"。由洞名就可以看出,这个山洞并不温暖。洞口终年挂霜,寒气袭人。洞里更是如同冰窖,厚冰相叠,且有怪音回响。于是,这个冰凌洞就不免有了一些传奇的味道了。一曰,它是巨蛇张开的口,寒气是巨蛇呼吸时嘴里的哈气;一曰,它是地震撕开的地壳裂缝,寒气是地球排出的体内多余的气体——用林区人粗俗一点儿的话说,就是地球嘟嘟放出的屁。

早年间,鄂温克猎人猎得大的猎物,不方便弄下山去,就存放在冰凌洞里,待得耳布尔河结冰后,再用马拉爬犁运回去。伐木人伐木作业期间所带的食物,也是存放在冰凌洞里保鲜。奇也,奇也。

这里更是雷电密集区域。每逢雨季,卡鲁奔的上空常常雷声轰鸣。隆隆隆——隆隆隆——雷是与地下的金属矿物质对应的,打雷就是雷与地下的矿物对话呢。

雷声密集的地方,一定藏着丰富的矿物。

什么矿物呢?地质勘探部门探得,这里既有铅、锌、铜等金属矿,也有黄金、白银等稀有矿藏。此处成矿带蜿蜒数里,矿脉深厚,面积广阔。

有宝藏的地方,就有看守宝藏的眼睛。

卡鲁奔山上耸立着一座瞭望塔,有十八米高。常年有护林员在上面值守瞭望。雨季,多次发生雷击木火情,幸亏被瞭望塔上的护林员及时发现,迅速扑救,才没有酿成大的火灾。过去,护林员在山上的生活相当艰苦,所需物资都要靠马匹驮载运上山去。特别是生活用水,要到山下的得耳布尔河里取水。

为了解决山上护林员的吃水问题,某日,林场请来水文专家进行勘探,在卡鲁奔北坡上找到了一个点位。可是,钻探设备和打井机器轰隆隆凿了七天,生生凿了八百米深,也没有凿出一滴水。大家极为沮丧。就在打井队人员停止操作,拆卸设备,准备次日下山的时候,有人提议再往下打一米看看情况。结果,一米下去,奇迹出现了,一股水流喷涌而出。

我在卡鲁奔山上,找到了那口井,特意照了一张照片,留作纪念。刚要转身的时候,有人诡秘地眨眨眼睛,悄悄告诉我:"这口井通着得耳布尔河呢!"

"是吗?"我瞪大了惊愕的眼睛。

"喏,那就是卡鲁奔湿地。"

站在卡鲁奔山上,向南看到的得耳布尔河谷,就是所称的卡鲁奔湿地了。

湿地,被称为地球的肾,它是一种独特的生态系统。湿地既有涵养水源和净化水质的功能,又有蓄洪、防洪及提供灌溉所需用水的功能。湿地,还是鸟类和水生生物的重要栖息地。

然而,卡鲁奔湿地也有教训。二十世纪七十年代,卡鲁奔湿地实行轰轰烈烈的"湿地改造计划",结果以失败告终。其实,所谓的"湿地改造",不过就是湿地造林——在湿地上造落叶松,造白桦树。可是,明知湿地含水量大,落叶松和白桦树会烂根而死,但还是要造,因为"湿地改造计划"是"上面"下达的工程;造林种树是有资金的,为了拿到那笔资金,湿地便轰轰烈烈地响应,轰轰烈烈地进行"湿地改造"。结果湿地被搞得千疮百孔,植下的落叶松和白桦树活了几年后,就大片大片地死掉了。

湿地就是湿地。

湿地上长什么树长什么草,湿地自己最清楚。

时间改变着一切,那些"湿地改造计划"的痕迹已经踪影皆无,代之的是天然生长着的粉柳、蒿柳、沼柳、兴安柳和茂盛的小叶樟等灌草。人,终究不能胜天。

让湿地回归湿地,让自然回归自然。

湿地不需要证明自己——湿地的自我修复能力是惊人的,治愈了自然,也就修复了自然。

无为，无不为。

如今，卡鲁奔湿地生态旅游搞得风生水起，别具气象。

鲁奔山湿地的一处牧场，被改造成了"康达岭民宿"。某年，一批生态文学作家来此采风后，创作了一批美文，从此，"康达岭民宿"闻名遐迩。

"康达岭民宿"分三个片区，一片是小院民宿，一片是集装箱民宿，一片是帐篷民宿，三片加起来总共七十一张床，价格是浮动的，但平均算下来，一间民宿一天价格是三百八十元。

三个片区之间，是用木栈道相连接的，中间交会的地方是接待大厅。一楼大厅是总台，登记入住和退房结算都在这里进行。网上订房的，在现场只是人脸识别，确认后取钥匙就可以了。二楼是一处自然书店兼阅览室。一张长长的独木板条架在中央，七八个木墩座位围于四周。靠西边的一侧是书架，有高的有矮的，错落有致，书架上满满当当全是书。

牧场原本饲养了两百多头花腰子奶牛。由于离城里太远，鲜奶销售困难，于是，牛舍、接羔房、草料间等改头换面，与旧有的一切告别了。风情浓郁的小院民宿悄然出场。小院民宿总共七个，若觉得数量不够，就从山东青岛弄来一批集装箱，在草甸子上架起来，蓝的、红的、橘黄的，异彩纷呈。外面看是集装箱，其实里面就跟酒店房间一样。沙发、衣柜、电视、电话、写字桌、洗浴设备一应俱全。

集装箱民宿总共十四个。

可是，如果觉得数量仍然不够，就又在得耳布尔河边平坦的地方再架起二十顶帐篷。无论是集装箱还是帐篷，都是悬浮于草甸子上面高一米左右的空中，这样既保护了下面的湿地，又合理利用了空间。集装箱与集装箱之间，帐篷与帐篷之间，集装箱与帐篷之间，均有木栈道相连相接。

绝对不会走错门的——集装箱和帐篷都有编号。

我在"康达岭民宿"住过一夜，被安排住在一顶帐篷里。那顶帐篷的编号是"帐篷八号"。

夜晚安静得很,打开帐篷的小窗可以望见空中的星星,一粒一粒,一粒一粒,清清楚楚,渐渐地星星就密集了,就成了星星的河了。我甚至怀疑,夜晚泛着亮光的得耳布尔河,是一些野性的不守规矩的星星,把天上的河掘开一个口子,悄悄制造点问题,然后趁机悄悄溜下来形成的吧。

忽然,天上的星星和天上的河一下就隐了,一下就不见。星星呢?星星的河呢?起雾了,大雾遮蔽了星星,也遮蔽了星星的河。帐篷的小窗窗口有浓重的雾气往里涌,我明显感觉到一股寒意袭身。

我赶紧关上小窗,回到床上,倒头便睡。

次日清晨醒来,听到外面同行的朋友们正在议论早起观日出的情景。

我掀开帐篷的帘子探头问:"看到日出了吗?"

朋友眨了眨眼睛笑着回答:"虽然看日出的过程充满不确定性,但日出是一种必然。"

倏忽间,我想起了历史学家翦伯赞说过的那句话。他说:"如果说呼伦贝尔草原是中国历史上的闹市,那么大兴安岭就是中国历史上幽静的后院。"说句心里话,最初,我并未理解这句话的真正含义,直到此时,我才对这句话有了深刻的理解。

得耳布尔——森林涵养生态。

得耳布尔——生态涵养传奇。

樟子松随想

◎ 艾 平

　　它好像是一只小飞蚊，身体有一粒黑芝麻大小，尾部带着一片三四毫米长的褐黄色薄翅。

　　那是四十四年前的夏末初秋，海拉尔西山的樟子松林郁郁葱葱，太阳的金箍棒从松针的缝隙捣下来，把满山的白沙打成了一片片银箔。樟子松虬结密布的外生根为我支撑起一个书桌，为了迎接决定命运的高考，我坐在温暖的浓荫里，心无旁骛，埋头复习。松香幽幽，鸟儿啁啾，都被我屏蔽在感觉以外。这小小的精灵古怪的小家伙，接二连三地打在我的书上，我抖落一下书本也就罢了，没工夫认真看它一眼。直到入学前整理物品的时候，我在衣服口袋里又一次见到了它。我将其放在掌心细看，发现它并非是我想当然的小飞蚊，而是一粒植物的种子，端的十分活泼好动，那黑芝麻样的脑袋和薄如蝉翼的尾翅，构成了一个会摇动的整体，一直在轻轻晃动。当然，如果我不好奇，这轻微的摇动是很难察觉到的。我怀疑是自己手心的热度影响了它，随手把它放在了一边，后来忙碌起来便忘记了它。

　　我年轻的时候多愁善感，常常为一朵花的枯萎流泪，为一次落日发呆，对这粒命运难料的小种子，也痴痴地浮想过。我想象着它生根发芽的样子，想象着它长成一枝黄花的样子，想象着它繁衍成一片紫花海的样子，最终认定它的未来应该是一种构成绿野、喂养牛马羊的平凡牧草，从未把它和某种高大的植物联系在一起。

　　四十四年苍山如海，时光在不断的遗忘中倏然而去。当我白发丛生，常常回忆起青春时代的那片樟子松林,种种况味油然而来,而期间这枚小小的植物种子,已经被我尘封在生命的荒芜之中了。

一

说来有意也无意。

有意的是,自己多年来在呼伦贝尔大地上行走,渐渐地将这种行走演变成了走读,我和二十五万平方公里草原森林中的植物、动物,产生了同呼吸共命运般的亲近,每一天我都要默默地和它们对话,向它们讨教生存的微言大义,其中那些树,是我尤为重要的教科书。樟子松、落叶松、白桦等等,就像一个个千古之谜,活生生地在我眼前深邃着,让我百读不倦,学无止境。哪怕是一片凋零的黄叶,一组残缺的轮枝,一根长满苔藓和蘑菇的外生菌根,一段斑驳爆裂的树皮,都会让我产生种种的好奇,每每穷究,每每口诵心惟,眼睛里就会增加更多的好奇,这好奇便不停地化作力量,驱动我继续远行。

无意的是,今年秋天,我到红花尔基樟子松自然保护区拜访樟子松专家葛玉祥先生,刚刚走近樟子松森林,就踩上了一枚樟子松的球果。那球果已经干裂,裂口里面空空如也,种子显然游离而去了。恰巧,这枚球果长得并不标准,类似我们常说的歪瓜裂枣,身上的一侧凹陷,有两三个鳞片尚未完全打开,一只黑色的小脑袋,在半开的鳞片口中,露出了端倪,我把它取出来一看——竟然是你,久违了的芝麻脑袋薄翅小精灵!

你……你竟然……你原来是一颗樟子松的种子!你在我惊呼的一瞬间不翼而飞,我的眼睛追赶着你的飞翔,你却像一块无色的薄冰那样,瞬间融化在森林里。森林里色彩斑斓,到处都有你,到处都找不到你。

四十四年里,我不是没想过要观察一下樟子松的种子,可是每当我来到树下,仰脸一看,要么树上的球果已经炸裂,空空的松塔像多重的小伞挂在枝头上,你已经四散而去;要么那松塔紧绷着嘴脸,紧紧地包裹着你,不露出半点开口的意思。据说樟子松球果的成熟要三年时间，任何时候树上都呈幼果、成果和裂果同在的情形，而成熟球果炸裂只在很短时间内完成，一旦裂开，种子就会随风而去，开始为寻找新生之地流浪，人类的眼睛跟进你们的步履实为太难。换句话说，你一旦离开了果壳，就低调地隐身了，若干年以后，当人们在某处看到那些破土而出的小松苗，才能见证你的存在。在我的概念里，作为一种高大树木的种子，你绝对不应该是我眼前这般轻飘飘的模样，你应该是木质的、结结实实的、沉甸甸的、油汪汪的，像一枚久经鏖战的围棋子那样沉稳，像一位举止练达的智者那样从容，永不沉沦，永不消殒。你陷入潮湿的土壤，壳上会呈现锦缎一般的木纹，木纹开花，你探出新芽；你落在干燥的沙地上，稳稳当当地凿进沙土，耐心等待天地氤氲，而后生机勃发……因为我所知道的樟子松，扎根在贫薄干旱中，萌发在冰雪寒冷里，最高可达四十米有余，胸径最粗可达两米以上，那强韧的细根，可以入地四米，可以扩散到一个网球场大小的范围，你的未来，生就得苍然遒劲，挺然超拔，在树中超凡脱俗，在林中仪表堂堂。难以置信的事实是，你生命初始的样子，竟然如此微不足道，你这个芝麻脑袋薄翅小精灵，吓了我一跳。

二

　　樟子松，我在红花尔基樟子松自然保护区和俄罗斯赤塔的樟子松密林中，细细地端详你们，看到你们"千人一面"，接踵而立，像彬彬有礼的仪仗队，也像亲如手足的多胞胎兄弟。在密匝匝的林中，你们囿于局促的空间，为保持主躯干内里的湿润鲜活，任由手臂般的轮枝不时干枯残断。你们的根从土壤里一滴滴汲取水分，在体内运化攀缘，送至冠顶，于是你们梢头的松针发力坚挺，就像无数执着的手指，苦苦索求着太阳的给予。太阳温暖地注入你们的针叶，汩汩延伸到你们通身的脉系肌理，致使你们的每一个细胞欢喜地跳动起来，丰沛起来。在拥挤的森林中，你们高挑但不赢弱,雄劲而不豪横,就像一个个收紧了身子,立于队列中的士兵,每个人平分着阳光的恩赐。面对风霜雪雨,你们众志成城,用彼此相连的树冠,撑起冬季的重负,枝如铁,干如铜,硬是纹丝不动……春风徐来,你们如梦方醒,犹如一组复活的雕塑,约好了似的,猛然抖落树冠上的黑雪残冰。顿时,群山一片鲜明,你们针叶碧透,新枝澄黄,就这样成就了北方的传奇。

在山的远景中看你,你孤零零的不显高大,到了你跟前,若看你的冠顶,我则必须躺倒仰视,而拥抱你,两个人的手臂加起来不够用。我发现,尽管是由于风景过于辽阔,无法彰显你的高大,但以你胸径推算你的树龄,你似乎应该长得更高一些。或许完美就是不完美,不完美就是完美,你分明用自身的魁梧健壮诠释了这个永恒的哲理。离开了林间的拥挤,你的身体率性地旁逸斜出,你的轮枝疯也似的生发,朝向四面八方,同时一轮一轮地截留了树根向上运化的水分,蓬勃得就像千手观音的手臂,还加上了一重挥斥方遒的苍劲。光合作用在你鳞次栉比的轮枝上开始了,你已经不再需要拔高头颅,一个劲儿地去和谁平分阳光了,你得天独厚,定于一尊。看着你不可撼动的样子,我不由得想起了那些拔山扛鼎的举重运动员,他们的个子往往并不高大,四肢却粗壮超凡,他们四平八稳地立于赛场之上,将人类的梦想举到极限。

你与山同在,面临一条日夜狂奔的大河,还有那河道彼岸望不尽的群山。春日的赤芍,入秋的柳蓝,把自己埋在雪里过冬的黑嘴松鸡,泅水逃命的驼鹿,拎着狐狸高飞的金雕,皆在你的眼前来了又去,那些比你年轻许多的白桦纷纷倒下,那些比你能屈能伸的偃松,在一道雷电中化作烈焰……斗转星移,白云苍狗,你历经风雪剥蚀,阅尽春秋明灭,形单影只而坚不可摧,就像饱读诗书的学子,十年寒窗,孜孜矻矻,终于走进了云淡风轻、波澜不惊的境界。我站在你的身旁拍照,为了经常以你的宏大,反思自己的渺小。然后向你行注目礼,退步离去。

你远了,身影越来越小,直至还原成一粒芝麻脑袋薄翅小精灵。

三

二〇〇三年，我在芬兰的西贝柳斯音乐公园与你们相遇。那是我第一次的欧洲之行，时时耳目一新。以前，关于西贝柳斯，我的记忆储藏间里只有早年芬兰马克上的那个神情忧愤的头像，一曲在朋友家聆听过的《芬兰颂》，说起来叫我不好意思的是，自己对西贝柳斯的音乐有感无思，听《芬兰颂》时并没有体会到一个民族心灵深处的疼痛，特别的感受就是，当雄浑的咆哮和隐隐的伤感一并袭来，自己的心脏莫名战栗，血管里跳动着写诗的欲望，写什么呢，不清楚。

正值早春三月，伊拉克战争已经爆发，SARS 病毒也开始传播，赫尔辛基依然安静祥和，天空剔透纯蓝，地上的白雪一尘不染，街上那些和妻子同样享受产假的爸爸们，在推着婴儿车踏雪遛弯。走进西贝柳斯音乐公园，我站在白雪之中，凝望着那座久负盛名的管风琴雕塑。关于这座由六百根钢管组成的雕塑，在资料上有两种说法，一说这是古老风琴的抽象演绎，表达音乐的永恒和美；一说为森林的象征，意味着西贝柳斯的音乐灵感来自祖国古老的森林，在我看来，更像是一部音乐家的传记之书，让你走进一位音乐大师的故事。钢管风琴的旁边，是西贝柳斯的金属雕像，生动庄严，深深地打动了我。西贝柳斯的心灵孤独而高贵，激情燃烧却不愿简单一吼，那是艺术家正在把自己的生命情感运化成昂扬旋律时的神情，作为一个写作者，我有过类似的体验。

正是在仰望之时，我看见了雕塑后面的你们——一株株生机盎然的樟子松。你们伫立在雕塑的周围，云朵般的树冠清新地绿着，顶部的枝丫绽放出明亮的鹅黄，仿佛若有所思，却一动不动，就像在交响乐开始之前，位于指挥对面的一排排乐手，凝神等待着指挥棒猛然挥起的那一刻。我想，假如西贝柳斯音乐广场没有如此生机盎然的樟子松簇拥，两座雕塑会显得突兀孤单，极有可能失去撼人的魅力。据说作者女雕塑家艾拉·希尔图宁起初的想法并非如此，只在这片森林安置了钢管雕塑，后来很多拥有古典情怀的芬兰人并不接受，他们认为森林、音乐、西贝柳斯，密不可分，在他们的呼吁下，十年之后，艾拉·希尔图宁又在钢管雕塑的旁边置放了西贝柳斯的金属塑像。

我开始在周边的树下漫步，完全没有人在异乡的感觉。芬兰的樟子松和海拉尔西山公园的樟子松几乎一模一样，唯一不同的是，这里的樟子松已经走出了严寒的冬季，通身洋溢着春的气息，冒出了新轮枝的嫩芽。我感觉到周围萦绕着来自白雪和松脂的芳香，尾调很是清冽沁人。雪很纯，我弯腰去捧雪，竟然捧不起来，原来这里的雪远远看去与隆冬时形状无异，其实底层已经融化透了。北纬六十二度的芬兰湾，由于波罗的海暖流的影响，气温比北纬五十二度的中国大兴安岭北部原始林区要高起码十余度。故乡的白雪，此时应该像白砂糖一般硬朗。

海风徐来，奇妙的事情发生了。钢管雕塑发出低低的轰鸣，随之非常美妙的音乐突然从林间涌起，继而悬浮回荡。我被推回到遥远的图画中，满眼亦真亦幻的感觉，那一棵棵樟子松仿佛无数个西贝柳斯，演奏着小提琴迎面走来，碧绿的松枝随着乐曲轻轻舞动，风景漫卷，大地，群山，大海，海上一座座覆盖着樟子松的小岛……我背倚高大的树木，驻足聆听，

永恒的艺术总是和大自然一起呼吸。

岭南观鸟记

◎ 谢有顺

自从买了观鸟望远镜,儿子就喜欢上了在中山大学校内看鸟。他的梦想是看到白翅鹏。据说这种鸟很少,和白头鹏不同,翅膀上有白毛。还有黄眉姬鹟,它是候鸟,秋天会在中山大学逗留,羽色绚丽,有人说那颜色"直击灵魂"。儿子还在读小学,要记住"鹏""和"鹟"的读音、写法并不容易,他大约是受自然课老师的影响,对鸟有了真爱。几个月后,我给他换了个单筒观鸟镜,高清且有夜视功能的,他兴趣更大了。

最常去的地方是陈寅恪故居旁的小树林。

周日上午,观鸟爱好者最多。小路有时都堵住了,行人没有抱怨的,轻声走过时,还担心把鸟惊着了。大树多是香樟,枝粗叶茂,鸟儿藏身叶子里,许久才能发现一只。杨桃树上的鸟最多,杨桃一熟,紫霄鹏、红耳鹏、暗绿绣眼鸟、长尾缝叶莺、红胁蓝尾鸲、栗背短脚鹏、大山雀,都喜欢来啄食杨桃。有些鸟,上嘴是黑色,下嘴却偏粉色;还有些鸟,通体绿色,眼周却有一白色眼圈,醒目极了。旁边的小竹林里,偶尔还能看到领角鸮,叫声柔和、哀婉,边叫边跃到地面捕食虫子,动作迅疾。它的脚爪和鸟喙都是黄色的,色泽上却有细微的差异,一个是浅灰黄色,一个是棕褐黄色。榕树上经常可以看到棕背伯劳,翅短,尾长,喙粗壮,趾有钩爪,它能模仿黄鹂、红嘴相思鸟的声口,悠扬悦耳,经常边鸣叫边飞向空中,快速扇动翅膀,不一会儿又飞回原处,独来独往,玩得不亦乐乎。最难看清的,恐怕要算是红胸啄花鸟了。它们喜欢藏身高高的树冠上,树上寄生植物又多,经常能闻其声不见其影。

中山大学南校园一直是公认的观鸟圣地。据说鸟类多达两三百种,在全国高校中位列榜首。好几次走在校园,听到学生们的惊呼,原来他们看到了领角鸮和斑头鸺鹠,那种呆萌的样子,确实太可爱了。在不同的季节,还会有很多过境鸟,夏候鸟和冬候鸟成群飞来。广州处于东亚-澳大利亚与西太平洋这两条候鸟迁徙路线的交叉区域,候鸟飞累了,康乐园是极好的歇脚地,这里植被多样,水源充足,乔木、灌木、藤蔓、草坪构成的小天地,令很多鸟儿流连忘返。有一次,听说来了山蓝仙鹟、八色鸫,我带儿子在校园里找了多次都没看到,心里却不着急,知道总有一天会和它们见面的。

儿子还做了观鸟周记。他记下观察到的小鸟,以自己的语言描述它们的样子和叫声,打印出它们的照片,给它们取上外号。有一只大山雀,他非要给它取名为"海德薇",那是哈利·波特宠物的名字。

我决定带他去一次肇庆的"小鸟新天堂"。

肇庆是个好地方。这个宋徽宗青年时代的封地,"南国之旧壤",曾经的两广总督府所在地,深深地影响过岭南这地的文脉风流,但很长一段时间,它就静静地待在那里,没什么声响,感觉都快要被人忘记了。我却喜欢它的安静,这种静气中,自有一种处变不惊的大方、沉着。这里,江、湖、湿地、森林交错,是我国首个自然保护区、首批世界生物圈保护区,被誉为活的"自然博物馆"和"物种宝库"。一年四季,碧水荡漾,草丰林茂,越来越多的鸟儿在此嬉戏、安家、繁衍,这种人与大自然和谐共生的祥和景象,才是一个地方最大的福气。

从广州出发,一个多小时车程,就到了"小鸟新天堂"。

它位于星湖国家湿地公园,就在肇庆市中心,面积很大,有好几百亩吧,那一个个湖泥堆积而成的小岛,连同大片的水域,以小桥相接,各有天地。水边最多的是落羽松、黄槿、水翁、榕树,树冠、枝叶上,栖满了各种飞鸟,绿叶间的白色、黑色、棕色,星罗棋布,它们是白鹭、夜鹭、苍鹭、池鹭、鸬鹚,是蛇雕、白鹇、斑头鸺鹠、黑翅鸢、棕脸鹟莺。旁边的观鸟者说,这里还有黑鹳、金雕、黄胸鹀、中华秋沙鸭和橙腹叶鹎呢。有些小岛连着峭壁,突兀地长在湖边,岩石缝里斜生出的老藤和树枝上,也搭了鸟窝。那里的小鸟,零星而悠闲,远望就是一幅淡雅的国画,真是"百仞老藤知陡峭,艳羡飞鸟可轻渡"啊。

忽然,不知是什么惊动了鸟群,它们像约好了似的,齐刷刷地飞向空中,一群群,一堆堆,向对面的小岛飞去;也有盘旋在我们头顶的,把湛蓝的天空都遮住了,抬眼所望,只见连绵一片的翅膀在空中划过。随行的几个孩子,从没见过这种数万只鸟长空振翅、齐鸣万里的景象,都怔在原地,握着观鸟镜的手也定住了,好一会儿,他们才惊呼起来。有一个孩子脸上还被滴了一团鸟粪,似乎也顾不上去擦了。孩子的尖叫,大人的欢笑,响彻云霄的鸟鸣,混杂在一起,热闹了好一阵,每个人都像是长长地舒了口气,胸中有郁闷、心结的也荡涤一空了。这一刻,我才明白了"山光悦鸟性,潭影空人心"一诗的真意。以前总以为是山色的光影让鸟高兴,其实"山光"和"鸟"都在悦人,是让人高兴的;"悦"后的"空",才是人心的"空",不然,一个心事重重的人,哪有闲情去留意"潭影"呢?

人在看鸟,鸟也在看人。大约知道这些人都是善意的,手中拿的相机,那些"长枪大炮",鸟儿见得多了,没过多久,成群结队的大小鸟儿又飞了回来。有立在树顶的,有站在湖边的,还有的反复掠过水面,自得其乐。湖岛之间又是一片欢声。

飞鸟当中,最多的是白鹭。

白鹭平时太常见了,谁也没有在意,现在几万只聚在一起,我才发现,它的美,纯良而壮观。铁色长喙,趾黄羽白,流线型结构,蓑状羽,群飞成序,洁白如雪。白鹭大小也有不同。小白鹭和黄嘴白鹭最好看,枕部矛状羽像两条小辫子,垂至下胸的蓑羽则像丝线,随风飘扬,那通体的白,如同精灵,每一只都像是天地间一帧白色的饰图。有孩子是学过《白鹭》这篇课文的,随口赞道,"白鹭是一首精巧的诗",马上就有人开始背诗,"两个黄鹂鸣翠柳,一行白鹭上青天""漠漠水田飞白鹭,阴阴夏木啭黄鹂""西塞山前白鹭飞,桃花流水鳜鱼肥"。一个孩子高声喊,"白鹭江心立,乌龟水底钻",引来大家的哄笑。后来我才知道,这句诗也是有出处的,是元朝诗人王哲的作品。我儿子憋了半天,背了一句"三山半落青天外,二水中分白鹭洲",我告诉他,李白笔下的白鹭洲是长江中的沙洲,确是因白鹭群集而得名的。他没心思听我说这些,兴趣很快就转移到看白鹭捕鱼的场景了:白鹭站在水边,眼睛时刻搜寻,一见水里有鱼,迅速踏水而行,猛扑过去,长嘴扎进水里,水花四溅,有时能收获小鱼小虾,有时也空着嘴出水。它显然不会游泳,不能潜水太久,只能继续守候在岸边,只是,眼神更专注了,直到将猎物啄到嘴里为止。

后来泛舟星湖,孩子们的目光也都是盯着各色的鸟看。

儿子想看白鹇鸟。他知道这是广东的省鸟,"林中飞仙",吉祥、友善、优雅,翎毛华美,翩翩起飞时,好看极了。因为有摄影记者指引,我们很快就发现了一小群正在觅食的白鹇鸟,大概有六七只吧,其中一只特别壮硕,像是领头的,其他几只都是跟着它飞来飞去。它们站在树枝上时,经常排成一条直线。当地人说,这些年,鼎湖山的白鹇鸟多起来了,也不再那么怕人了,它们飞行和觅食的地方比较固定,慢慢地,就有不少喂食和拍摄它们的爱好者一直跟踪着它们。白鹇鸟以前也被称为"闲客",以赞其"行止闲暇",趣味上倒和我们这帮观鸟者合拍,甚至这么一说,连孩子们的动作都慢了下来。他们边看边拍边问,兴头正大时,一个妈妈插话说,这回可以有内容写周记了,瞬间无语,都觉得扫兴。还好,船很快就靠岸了。不远处是一个大水池,站着几百只火烈鸟,再沿着木栈道往前走,是一群丹顶鹤。火烈鸟的羽色太艳丽了,真像是浴火重生过的,充满着生命力;丹顶鹤舞姿确实优美,站着不动,都给人一种飘飘欲仙之感。儿子想去前面看别的鸟,见我们半天不肯走,就说这里再种上几棵松树就好了,我正诧异,他边跑边笑,你们年纪大了,不是都喜欢松枝仙鹤图吗!丹顶鹤那高亢的叫声,顿时变得刺耳起来。

之后是去七星岩看摩崖石刻。

一起来的几个友人都是作家、教授,不一会儿,就为崖上"崧臺第一洞"这几个大字是不是出自苏轼手笔而争论起来。字体风格很接近,可左下侧行款"眉山蘇軾書"这几个小字却像是后面补书的,整体上与大字并不协调。他们争得不亦乐乎,我却在想:肇庆有这么好的生态,越来越多的珍稀鸟类以星湖为家,政府也启动了候鸟护飞行动,两百多种鸟类栖居于此,得名"小鸟新天堂",倒是有必要梳理、考证下鸟类在此生活、繁衍的历史,让大家知道,这儿的人、鸟和谐相处是久有渊源的。白鹇鸟不就是宋代李昉所蓄养的珍禽之一吗?苏轼也是爱鸟之人。他《卜算子》中"拣尽寒枝不肯栖,寂寞沙洲冷"这一名句,说的是大雁;他在惠州时写过"一声鸣雁破江云""鸟不知名声自呼";惠州有一种白面水鸡,叫声难听,但苏轼也专门为它写过诗。在旁的肇庆文友轻声告诉我,目前找不到苏轼来过肇庆的实证,这些文章都不好做呢。我想,产天下第一名砚的地方,还怕做不出苏轼的文章?当年苏轼被贬岭南时,不是曾写信给黄庭坚说"吾当往端溪,可为公购砚"吗,君子之交,千金一诺,苏轼这样说了,岂能不来?他毕竟是一个贬官,即便是乐天派,也不敢去到哪里都大张旗鼓吧?况且,苏轼一生爱砚石,又作有《端砚铭》,肇庆怎会没有他的身影?天空没留下鸟的痕迹,但鸟已经飞过啊。

金雕叼羊，你为什么不悲伤

◎ 红　孩

　　春节期间，视频上一条金雕叼羊的视频吸引了很多人。这事发生在北京西山。作为北京人，我看到这画面被强烈地震撼了，毕竟多年没有见到这扣人心弦的奇观了。小的时候，在乡间的麦田里确实亲眼看到过老鹰捉小鸡的惊人一幕，记得当时我被小鸡凄惨的哀鸣给吓蒙了。与此相似的还有黄鼠狼偷鸡，那鸡的惨叫着实让人听着瘆得慌。接着，我又感到十分的悲伤，为那只无助的小羊。可能，是因为我属羊吧。

　　我把我的想法说给几个朋友，他们并不感到丝毫悲伤，反而一个个像哲学家似的告诉我，世界的万事万物都遵循"物竞天择，适者生存"的法则。就说这金雕和羊，如果金雕不吃羊，金雕就会饿死；而羊要是不吃草，羊就会饿死。听了"哲学家们"的话，我从感情上还是无法接受。

　　晚上，我难以入睡，脑海里浮现的全是金雕叼羊的画面。站在一般的受众角度，他们一定为金雕打开的四五米宽的双翼感到愕然，在几百米甚至上千米的高空，那精灵多么让人赞叹，那是对英雄、对雄性、对野性的赞叹！长时间以来，人们太缺少这么有力量的事物支撑了。你再看金雕的眼睛，它是多么机警，多么深邃，多么视野开阔，我猜想它大概可以看到周围一二十平方公里大地上的鸡鸭羊兔吧。至于它的喙，也就是嘴巴，一定非常的锋利，一点儿不亚于荆轲的短剑，当它一旦发动空袭时，就会像导弹一样，顷刻间就会让弱小的生命成为囊中之物。导弹肯定是要用来炸死人的，更多的时候，其震慑力比炸死人本身还要让人恐怖。

至于那只可怜的小羊嘛，它的主人也许是位老爷爷，他养着几只羊，一半是为了到年底能卖些钱，另一半养羊是为了消磨时光，每天放羊可以到山间遛遛，这实在是天然的养生方式。或许，小羊的主人只是个八九岁的女孩，小羊就是她的伙伴。金雕叼羊的那一刻，她如果在附近，一定会被吓得大声尖叫。当然，山里人放羊并不是每时每刻都守护在羊儿的旁边，人们也会在附近的坡坡上抽旱烟、唠闲嗑。西山属于太行山余脉，海拔不是很高，虽说狼、狐狸、金雕、老鹰偶尔也会出现，但很少对家畜构成伤害。可是，今天不同，金雕的出现，让人们猝不及防。我能想象小羊的主人该有多么悲伤，会怎样诅咒那只凶狠的金雕，他们可不愿听哲学家说的绕来绕去的屁话。

我还想到拍摄金雕叼羊的摄影家。那个摄影家我不知道姓字名谁，更不知道他以前拍摄过什么作品。我想，这个摄影家来到西山肯定不是专为金雕而来，他有可能听说过北京西山这几年有金雕出现。若问这一段时间他来过几次西山，无人知道。那么好了，今天这老兄来到西山，命运使然，让他抓到了金雕叼羊的瞬间。据说，这个摄影视频发出后，吸引了很多摄影爱好者纷至沓来，他们带着"长枪短炮"，有的甚至准备搭起帐篷，大有对金雕叼羊必须再现的期望与期待。

大年初六，我与山西女作家葛水平通话问候。我们是多年好友，素以姐弟相称，她一直关心我的健康情况。我对她说，现在的人好像活得都很开心，对生死似乎都超然了。就说这几天备受网上关注的金雕叼羊，绝大多数人都非常开心，几乎没有人对小羊的不幸表现出些许悲伤。这与我们多年倡导的扶危济困、同情弱小的道德理念好像已经完全违背了。即使生态学家再三解释这属于生态平衡，自然界的生物链历来如此，循环往复，可在内心深处我还是无法接受。特别是最近几年我几次到医院手术，经过生死考验后，对生命越来越敬畏。现在的我，真的没有杀一只鸡、一条鱼的勇气了。

听了我的话，水平沉默了片刻说，她对金雕叼羊也感到很悲伤。她还告诉我，自从到太原工作后，她已经很长时间没回长治山里老家看看了。春节前，她回去过一次，发现沿路又有几个村庄消失了，好在生她养她的村子还在。家里人悄悄说，这一两年村上死了不少老人，于是她便到几户熟悉的人家去探望。她满以为，家里失去老人，这些人家一定会满目悲伤，屋里屋外也会一片凝重。可是她想错了，她看到的景象是人们都一脸的快乐，互相说笑，忙着蒸煮炸炒各种年货。水平就想，那些故去的老人在活着时，是不是已经成为家里的累赘了？这下好了，他们终于走了，就像那些消失的村庄，从此世界上再无他们的消息。

　　水平说，她的文字，始终是和乡村联系在一起的；一个作家，必须经过荒野的洗礼，才能走向成熟。遗忘了乡村，她觉得自己将会一无所有。她有金雕般的勇猛，也有羔羊般的温柔与善良，更多的则是一个人、一个作家骨子里所固有的悲天悯人的情怀。

雾里探菌

◎ 孙　茂

　　四牧说，七年前，他走在云南的大山上，脚下是绿油油的青草和密密麻麻的菌子。菌子种类繁多，颜色各异，有青色的，有黑色的，有黄色的，有红色的。他在一棵矮松下的荆棘中发现一片伞盖红润的鲜艳菌子，他拔出其中一棵菌子，凑近鼻翼，一股清香袭鼻而来。四牧掰开伞盖，一股乳白的汁液涌溢出来，贴手粘黏。四牧将汁液喂嘴抿尝，入口清甜。四牧随即坐在矮松下，很享受地饱吃一餐天然菌子以充饥。吃完菌子，四牧说，他浑身通泰，口齿回甘。后来四牧得知，他那天吃的红色菌子叫"奶浆菌"。在云南，部分菌子可生吃。你在山野捡拾到，即可趁着菌子最原始最淳朴最天然的风味享用它。事后回忆，那是人生之幸了。

　　下了一夜雨，第二天太阳出来，草间的菌子，俯拾皆是。

　　夏日，就这样在日益丰盈的绿色中穿梭。夏日的清晨，清辉素月，云天共影，彼时，山林是寂静的，林雾涤荡，晨珠润土，我在寂静之中听到了蚂蚁林木虫鸟的对话之音。

　　昨晚夜间做梦，也是故乡的山，满山的菌子在松树下冒着头，有的菌子探完头又悄悄地缩回土里，仿佛是在呼吸一样。我举着篮子，尽情地捡拾菌子。天亮之时，那嫩绿的松针和绿树叶泛着毛茸茸的亮光，我背着满满一篮菌子回家，穿行在白雾里，像是在白雾行，不知走到什么地段时突然不见了影踪。梦随之苏醒了。

　　山间景物会耳语，一滴雨，一朵花，一株小草，一棵树，一条路，一只蚂蚁,一座山,一朵菌子,一缕白雾,一段时间,太阳、清风、明月,它们合在一起,恰如柴米油盐和酸甜苦辣,酿成人间风味。

与雾的亲近从早晨就开始了。雾早早就聚拢在山林,天快明亮,它们就迫不及待摆弄起来,在草丛、山间、田地里、林木间恣意流淌。进入山林,是一片迷蒙,天有亮色,却难辨阴晴,眼前尽是雾,看上去深不可测,一脚迈开,就扑进了一个雾的世界,一个迷蒙的世界。雾化成雨,悬浮的雾珠在空中飞着舞着。雾雨霏霏,看不见远处的路,却感觉到路的潮意。越往前走,雾越厚。一小会儿,头发上便结出一层细小的珠子,雾气亲吻在人脸上,留下一排湿湿的唇印,衣裤鞋袜荡湿了,也洇开一层潮潮的雾水。顿时,空气里漫溢清新。

一

入山,拾菌。在开启这场夏日巨大的盛宴时,我是无比开心的。夏天拾菌,是我每年最期待的事儿了。

从家至山林,需经过一段小路。迷蒙的黑夜,沿路皆是蛐蛐儿虫鸣,藏躲在暗角的灵虫一路欢歌,人伴着悦耳的虫声一路轻声细脚前行。彼时,大地仿佛在释放某种气息。幽幽暗暗的路上,仿佛能听到沿路屋子里酣睡人的心跳声和打鼾声。

拾菌人脚力要勤快,你要敢于用脚步丈量重峦叠嶂的翠绿。云南的夏天,你走多远,绿就跟多远;山有多深,绿就有多沉。拾菌需要经验,每个拾菌人都有几个秘密菌窝。头晚充满矿灯,第二早天不亮就进山,穿行于山林,自在洒脱。拾得一朵菌子,再找对头菌。专注,聚精会神,倾尽心力睁大眼睛寻觅。翻开草芥,一朵胖胖乎乎的菌子呈现在人眼前。你得甩干手上的露水和杂草,满含肃穆地取下菌子放置箩筐。然后对着箩筐的菌子端详一眼。找菌子是一个新奇的过程,摘取菌子亦是一个神圣的过程。当你在草丛下发现菌子,小心翼翼掀开草被,满含喜悦取下菌子。顿时身心流盈。

一种收获的自豪感成就感肃穆感油然而生。

　　我经过一棵松树，一蓬荆棘；我路过一块石头，它一动不动，清闲自在。此刻，它就是它，它也是我，无数个人影的化身。我虔诚地倾听松树的呢喃，荆棘的呐喊，我贴近石头，倾听石头内部的声音。透过弥漫在空中的薄雾，在我面前坐卧着远山的暗痕，暗痕隐隐约约、若隐若现。林间的小松鼠蹿来蹿去，细小的爪子落在毯子一样光光滑滑铺满林间的松针上，松鼠瞪着蓝莹莹的小眼睛细细打量拾菌人，拾菌人一挥杆，松鼠一晃就逃之夭夭。拾菌人是专注的。我小心翼翼地遥走在附近的林子。低着头，仔细寻找着大地上冒出的生机。林木间偶然吹来一阵阵风，透过茂密的林子可以眺望到头顶的一小块淡蓝的天空，穿越薄如烟云的雾气，村庄模模糊糊地袒露了出来；清晨九点，一缕金黄色的阳光攀爬过山尖蓦地闯入，长长地流泻着，照耀着田野村庄，照射着丛林的一切。一小会儿后，白雾笼罩群山，晨阳最终被朦胧魔幻的乳白云雾遮蔽起来。这一较量就像两座博弈的群山持久地进行着。但光明终于取得胜利，最后一团团蒸热的雾气或像布幅似的铺展开来，或盘旋而上，消失在阳光和煦的高空之后，天气变得无法形容的美好、晴朗。

二

　　夏天有夏天的样子，夏天的样子是朗晴，亦是多雨。苏轼在《阮郎归·初夏》里写道："微雨过，小荷翻，榴花开欲然。"夏天，大地到处散发着生命蓬勃的气息。你走在山野，纵目及去，大地一片绿意。夏天的风轻轻拂过，那丝丝缕缕的"绿"仿佛也顺着夏风朝你扑将而来。眼里心里瞬时嫩滴滴、绿莹莹。夏天必然有雨。夏天的雨，并不总是滂沱，微雨过后，便是难得的温柔。于是，菌子闻风而生，润雨而冒。翠绿的松林间，虫鸟啁啾，夏蝉低语，菌子噌噌冒头。云南菌子多，多到什么程度呢？有时你会发觉，能吃不能吃的，满山满林都是菌。

青头菌菌菇藏匿于腐土下呈乳白色，冒出土层或开放的菌帽为青绿色，像一栋栋青绿菌屋。云南有座菌子山，因菌子繁多而得名。夏天可供人捡拾菌子。菌子山上真有人们依据菌子样式建成的菌屋供人赏玩休憩。乍看青头菌，与周围绿草颜色并无两样，给人清新感。眼神不好的人，很难发现这类菌。世间物为了生存真是不易，你看，菌子也会保护自己呢。土鸡炖青头菌，或爆炒，或煮汤，菌味鲜腴。最好吃的要数烤青头菌菇了。将菌菇置于炉沿，烤至菌盖发黄，菌圈溢汁，菌香漫溢，佐以食盐，入口即吃，顿时让人觉得人间满足不过如此了。

　　我最得意的是一种叫"见手青"的菌子，炒食极香。见手青也叫葱菌，有着红红的伞盖，黄黄的伞柄。此菌神奇，倘若伤其肌肤，人用手轻轻一碰，菌肉立马变成乌青色，我想它的名字大概得来于此吧。长大后，我才知道它的学名叫牛肝菌，算是比较名贵的菌子。它常常躲匿于松针之下，需用树枝扒开，才能找到。见手青是一种毒性很强的菌种但可食。因翻炒时油放得不够或是节奏太慢，塔底粘锅造成受热不均匀，抑或者菌片粘黏未炒开，都会使人中毒。姚村一般舍不得吃此菌。拾到了都拿去集市典卖，可以卖个好价钱。

　　鸡枞菌是菌中的贵族，乃山中珍品。因其稀少而珍贵。破土而出后菌帽顶着一些泥土，却也白白净净，如亭亭玉立的少女。有的鸡枞身着褐色衣裙，苗条的大长腿，从下而上，由细变粗，伞盖是一顶灰白的帽子。夏日的鸡枞没有秋日的香，秋天的鸡枞冒出土的像一朵灿然的灰褐的菌花。隐于泥土之下的菌帽紧紧裹挟着菌杆。鸡枞是认窝的，每年就是在山下的玉米地、洋芋地、烤烟地里，一窝一窝地冒出来，有的也在石山的草地生长。庄稼地的鸡枞和草地鸡枞风味各异。以草地更盛。鸡枞有窝，鸡枞根底是一个疙瘩样的蚂蚁窝，里面住有许多白蚁。不动窝，鸡枞来年还在同一个地方冒出来。拾菌人倘若刨通了窝子，鸡枞往后就不再出了。我有一年在烤烟地拾得一窝鸡枞，后来数了一下，鸡枞大大小小有六十四朵。那时候鸡枞的价钱很高，我们留一小部分自己吃，更多的拿去集市售卖。

酸菜烩杂菌，简直绝了。所谓的杂菌，多是草鸡枞、奶浆菌、鸡油菌、大红菌等。草鸡枞是鸡枞的缩小版，伞盖伞柄如鸡枞，样式却比鸡枞袖珍。奶浆菌分红奶浆和白奶浆。红奶浆可生吃，可煮吃。生吃香甜。红奶浆多是成片生长，以菌群出现。红奶浆拾而可吃，微微划破，乳白的浆液流溢而出。白奶浆无毒，但口感欠佳，我们大多不吃。白奶浆破了口子，亦是奶浆涌溢，浆汁流尽，破口处立马变成黑色。鸡油菌小巧橙黄，煮吃香醇，味道极美。红菌有毒，但大红菌无毒。评判菌子有无毒，看颜色即可得知。色彩艳丽的菌子通常都有毒，不可食之。毒菌的伞面大多呈大红色或淡红色，有的呈绿色或青紫色。

箩筐已经很满了，但菌子还很多，多余的菌子怎么拿回家呢？我们常是拴一根细草，用牛尾草将菌子串起来，提溜在手上。一串串菌子肉质肥硕，令人口水直溢。

回到家，第一件事将菌子分门别类，进行第二轮安全筛选，不确定的菌子我们都要丢掉，小命金贵，谁也不敢贸然试毒。用青绿的瓜叶清洗菌子，主要是借助瓜叶的毛刺发挥作用。中午将开花的菌子炒吃。长势肥美的菌菇都要留待晚餐。母亲今晚要做青椒火腿炒青头菌，清炖鸡枞菌，酸菜烩杂菌，再配一碗鲜嫩的玉米小瓜。晚饭吃得很香。鸡枞质细丝白，味鲜甜脆嫩，清香可口，可与鸡肉媲美。杂菌肉质细嫩爽口，入口即化，味道鲜美，菌汤营养丰富，香味独特，唇齿生香。真是难得的人间美食。实际上，对于姚村的拾菌人来说，拾菌子比吃菌子还要开心。这种深植于味蕾的记忆萦绕在舌尖，印刻于心底，令人久久不能忘怀。

三

吃完菌子晚宴，在夏夜沁凉的和风里，萤火虫起起落落，劳作了一天的大人们常常坐在院子里围起一堆柴火，火光照得脸庞红彤彤亮堂堂的，乘着月色,用炭火烤青头菌菇,算是饭后的点心了。

夏天的太阳太过火辣闷热时,意味着有雨,这样的日子可不好,但也好。不好的是拾菌人雨中穿梭丛林累人,沾湿所有衣物,人冷得直哆嗦,容易患风湿;好的是雨天这样的日子山林里拾菌的人少了,少了竞争者,意味着那些美味正在雨中等待你的光临。忽晴忽阴的天,让人捉摸不定。怎么样?雨果然来了,先是稀稀疏疏、踉踉跄跄、慢慢悠悠、断断续续地从天际漫洒下来,刚晒干的林木像沾了水的衣物又打湿了,一小会儿的工夫,雨雾弥漫开来,雨水大步流星朝林子盖过来,斜雨密织,晶莹剔透的雨珠挂满山野,"滴答滴答"的雨珠肆无忌惮地掉落在地面,绿荫中白雾袅袅,穿行林间,很虚幻。下雨的日子,我常喜欢蹲在浓密的绿树下避雨,凝望林间淡泊的空中的雨丝发呆。山中避雨,总能让人遐思万种,无端地生出许多情绪和思考。仿佛大雨冲洗的也是自己的心灵。这一刻,能让人静下来。静下来思考人生中许多过去的未来的久远的事。一滴滴雨珠飘落穿成一条条绵长的雨线,这些雨线晶莹剔透地从天际倾泻而下,构成一幕幕一幅幅巨大的雨帘。山中听雨,在淅沥的雨声中,你可以静下心来,以一种暂时安逸的心境去仔细观赏雨景。这实在是一种独特的享受了。这悦耳的雨声,像一帧帧从天而降的天国之音,它们像打了某种兴奋剂在林中自由尽情地挥洒演绎着。在夏日的林间,很多时候,这轻柔的雨落地便长成了一首绝美悠扬的诗。雨能让人慢下来,能让人的心静下来,尤其山中的雨,更是如此。此刻山中,没有多余的喧嚣嘈杂。

夏天,天气像小孩的脸,说变就变。一场太阳一场雨,浇透的山野云雾缭绕,人们挎着篮子,提着塑料桶,踏着露珠上山拾菌,身影穿梭在崇山峻岭间。扒开蓬松鼓鼓包包的松毛、腐叶,破土而出探着脑袋团团簇簇的菌子姿态各异,有亭亭玉立的,矮矮墩墩的,肥硕壮实的。它们尽情舒展着身姿。

一个村庄的半径

◎ 丘脊梁

　　一个村庄的半径有多长？对蒋山人来说，这个问题要用一生的时间来回答，而且不同的人会有不同的答案，甚至是同一个人，在不同的时期，也会有不同的想法。我感觉每一个蒋山人，从降生的那一刻起，他们的人生就围绕着这个原点慢慢展开。他们的一生，都在不停地行走。有的人走了很远很远，有的人始终在原地转圈。但不管是谁，都走不出对村庄的爱与牵挂，他们最终都会原路返回。每一个人走过的路程，都藏在自己心中。

　　蒋山在湘东北，是连云山南端边缘的一个自然村落。它的地理位置比较特殊，是从洞庭湖平原进入山区的咽喉。往里走，是一个接一个的山间盆地，是连绵不绝的群山和莽莽苍苍的林地。那里面尽管还有一个乡的建制，但进去后，似乎到了遥远的天边和世界的尽头。往外走，则是渐渐开阔起来的平原和越来越喧嚣的城镇，当然还有机会与梦想。千百年来，蒋山成为许多山里人人生的通道和命运的转折点。民国时期，这里是白区和苏区的交界处。在控制着山区人出路的同时，蒋山还与四个乡镇接壤，东边是思村乡，北边是安定镇，西边是长田乡，南边是芦洞乡——它又成了许多人生活的边界。这样重要的一个村庄，它的地理半径得有多大呀！

　　在我的记忆中，蒋山的面积确实是很大的。它似乎像一个巨大的背景，衬托出我童年的空虚和渺小。十岁之前，我很少走出过我家所在的牛角冲。蒋山分为公渡庄、发仕冲、蒋山、小水四个片区，每个片区有五六个村民小组，全村大约四百户，一千多口人。牛角冲属公渡庄片区，但即使是这个只占蒋山四分之一的地方,也让我觉得无比宽广。我与小伙伴们翻山越岭去找野果、扯笋子,忙碌了大半天,始终没有走出牛角冲的地盘;我陪八十多岁的曾祖母,去她同属公渡庄片区的娘家山枣坡,她颠着一双小脚,颤颤巍巍地走了一上午,差点都没赶上中饭;我替班主任黄老师到公渡庄门口的杨泗庙代销店买肥皂,跑步去跑步回,累成了一条狗,还是没能在课间十五分钟内完成任务。至于说去公渡庄片区之外的其他三个片区,对童年的我来说,简直是一件大事。我觉得它们太遥远了,太陌生了,让我有一种本能的畏惧和惊慌。我害怕某些不确定的东西生生将自己淹没。直到年龄大些以后,我深入到了蒋山的每一个屋场,认识了大部分村民,这种排斥的心理才渐渐消退。我开始慢慢接纳另外三个片区,并将它们与公渡庄片区视为一体。在我心中,整个蒋山如同一个广袤的王国,童年的我在这片疆域里纵情奔跑,但始终没有越过它的边界。

后来我像许多人一样,从这里一步步走了出去,走到了城市。三十年了,每每想起蒋山,我依然觉得它的地域广阔而且复杂,道路弯曲并且漫长。即使是驾车回乡,眨眼就穿越整个村庄,我也并不认为它过于窄小,而是认为速度缩短了长度,科技改变了世界。直到这次回家,我才惊讶地发现,蒋山的半径居然是那么的短小!我的记忆就像突然断裂了一般,发出沉闷的声响,瞬间惊醒了童年的梦境,颠覆了多年的认知。

我想起了我的曾祖母。我不能确定她年轻时有没有走出过村庄,但她的晚年,没有离开过这里半步。她去得最远的地方,是本村她的娘家山枣坡,离我家充其量不超过一千米;她去得最多的地方,是菜园和对门岭,为的是去摘瓜菜、晒瓜菜,两地距离家中都不过百来米。她的一生,似乎就是在这些地方转圈圈。她活了将近九十岁,战胜了贫穷、疾病甚至是时间,是当时村庄里最长寿的人,受到所有人的敬重。但现在看来,她的人生是多么的单薄和苍白。她漫长的一生,其实只有可怜的六百米。

好在还是有不少蒋山人拓展了生活的半径。他们从这里出发,追赶着自己的理想，不屈不挠地向前进。他们有的打着赤脚，有的穿着草鞋，有的身着长衫，有的头戴礼帽；有的走路，有的骑马，有的乘船，有的坐轿；有的是外出经商，有的是出门求学，有的是当兵吃粮，有的是寻找信仰……他们翻山越岭，渡江过河，甚至是漂洋过海。他们就像是蒋山的一根根触须，伸入到一个个新的地域和领域，探索出一条条成功或失败的路径。这些人的前赴后继，从某种意义上来说，无限地延伸了村庄的半径。

蒋山人历来有走出去的传统，信奉人"不出门身不贵"的古训。民国时期，村庄里的人最喜欢"走袁州"。袁州是江西宜春的旧称。我不知它与湘东北大山窝里的蒋山有何渊源，也不知是哪一个蒋山人第一个抵达此地，反正很多人爱往这个方向行走。他们翻过连云山，经浏阳的官道，几天时间就可到达江西。据说当时的袁州城里，常年有几十上百个蒋山人，至于往返于路途的，更是络绎不绝。这些人在远离村庄几百里的地方经商、做事、卖苦力。他们常常聚在一起，讲只有蒋山人才听得懂的方言，做只有蒋山人才觉得好吃的饭菜，俨然袁州城里的另一个蒋山村。我常常想，蒋山到袁州的距离，既是当时蒋山人生活的半径，也是我们村庄当年的半径。

走出去的一代又一代蒋山人，延展了村庄的广度、厚度和深度。在村庄里，大家熟知很多外村人深感陌生的东西。比如莫斯科的气候和伏特加的特性，蒋山人谁都能道说一二，原因是周碧泉曾在那里生活了七八年；比如洞庭湖的各种船舶，蒋山人总是讲得头头是道，原因是蒋山人在那里修了多年码头；比如深圳盐田港的弯弯窍窍，蒋山人全都清清楚楚，原因是很多蒋山人扎堆在这里开半挂车；比如北京四合院的构造与价位，蒋山人往往说得八九不离十，原因是多个蒋山装修队在这里专事仿古装饰……这些知识和信息的来源，无一不与外出的蒋山人有关。他们不停地行走，一方面拉长了自己的生活半径，另一方面也扩大了村庄的文化半径。

我又想起了曾祖母。她几乎从来没有离开过村庄，也没有读过书，但奇怪的是，她在村庄里却有着至高无上的威信。很多人来找她拿主意、断是非,甚至挨打的女人还把我家当作避难所,因为只需一只脚踏入了我家地坪,打人者就不敢再动手了,否则老人家会大发脾气。我起先以为是因为她年纪大,别人尊重她,后来才发现并不完全是这样。更重要的原因,是她比村庄里的任何人都懂得多,比一般人更明事理。原来每一个蒋山人出远门回来,必定会第一时间来看望她,详细向她报告所见所闻。她也总是充满兴趣地问这问那,不露痕迹地引导对方讲出她想知道的事情,并默默地在心中进行横向的对比。这些人似乎就是她的眼睛和腿脚,或者说是她派出的使者,他们到达的地方,她也一个不落地间接到达了。这样长年累月地叠加,她的识见自然就远远超过了别人。我的曾祖母,是村庄里走得最慢最慢的人,但她这一生,却又走得很远很远。她的认知半径,远远不止六百米——比生活半径更加宽广的,是一个人的文化半径。

远行的蒋山人,将村庄的半径越拉越长,也让自己的人生变得精彩和丰富。最近几十年来,村庄里一直英才辈出,弦歌不绝。读书的、从政的、经商的、习武的、写作的,都各有代表,且多是行业翘楚。这些人如今大多离开了村庄,有的在岳阳,有的在长沙,有的在宁波,有的在深圳,有的在上海,有的在北京,还有的在国外。他们与村庄的距离,少则几百公里,多则几千上万公里。他们的命运,完全有别于困守在村庄里的人;他们的人生,就像他们走过的路程一样宽阔。无数的事实让蒋山人越来越相信行走。他们觉得生活在远方,前程在远方,事业在远方。一个人是否成功,与他离开故乡的半径大有关系。行万里路,读万卷书,成为他们的共识。即使不会读书,那也要让生活的半径尽可能地拉长,只有这样,才可能让人生的半径足够长。

这些“走袁州”的蒋山人后代,从二十世纪八十年代末结伴到长沙贩菜开始,不断往外行走,而且越走越远。二三十年过去了,如今村庄里的青壮年大都出去了。但不管走多远,也不管站多高,蒋山人始终记着连云山里的这个山沟沟。没有一个人能走出对村庄的爱与牵挂,也没有一个人能挣脱村庄的文化牵引。无论生活在哪个城市的蒋山人,做起菜来肯定是蒋山味道,说起梦话肯定是蒋山方言,想起事情肯定是蒋山逻辑。而且走得越远,离开越久,内心与蒋山也就贴得越近。一个村庄的精神半径,真的具有不可思议的力量与长度。

我自己在蒋山只生活了十多年,如今虽然离开已三十余年了,但闭上眼睛,这里的山水田园、草本木本,却依然清晰如昨。我去过全村的每一个屋场,走过全村的每一条道路,尤其对牛角冲,更是熟悉得像自己的老屋。哪里有一口水井,哪里有一方池塘,哪里有一棵古树,哪里有一株老藤,我全都清清楚楚。在贫穷的少年时代,牛角冲是我唯一的舞台,是我的整个世界。现在我人到中年,父母也已离开人世,平时没事很少回到这里。但我的内心,却无时无刻不在想念着它。在我的心底,常年隐藏着一条秘密的通道,每当在城里感到疲惫和厌弃时,我就通过这秘道随时潜回故乡。这些年来,我所写的小说,常用"牛角冲"这个地名当作一切故事的生发地;我的文字,更是弥漫着一股浓浓的蒋山气息;村庄里真真假假的事情,被我传播到很远很远的地方。我没想到,历经数十年,我最初生活的村庄,又成了我最后的精神慰藉;这个半径六百米的地方,依然是我的整个世界。我不知道,对于我来说,村庄的半径到底是变长了,还是变短了。

每到过年过节时,天南海北的蒋山人都会开着车匆匆忙忙赶回家。进村的水泥道路上,常常挤满了各种牌照的各色车辆。我想,车上的人都和我一样,没几个能说得清村庄的半径。因为每个人里程表上的数据,都不相同;心里的路程,更不相同。

一个村庄的半径有多长?这真不是一个容易回答的问题。它的地理半径也许相对固定,但生活半径却因人而异,千差万别,并随时发生变化,至于文化半径、人生半径和精神半径,则根本无法用尺子去丈量。我想只有等到我终老的那一天,生命才会帮我交出准确的答卷。也许是六百米,也许是六万里。数据的大小,完全取决于自己的追求与造化。

金银花和野栀子花

◎ 残 雪

　　岳麓山上最不缺的就是野花,尤其是映山红。漫山遍野都是映山红。但我最心爱的花却不是它。我最心爱的野花是有特殊香味的、素色的。它们有两种:金银花和野栀子花。也许因为它们很像少女,才打动了我的心吧。

　　金银花很容易采到,山间到处有它们的身影。我采集这种小花是因为它们有清热消炎的功能。它们的花形那么特别,气味那么沁人心脾。这种细长的花朵分金花和银花,色泽近似于金子和银子。如果是在清晨,当你路过一大蓬金花和银花时,那种清香带给你的往往不仅仅是欣喜,还有惊奇和梦想。这些"少女们"在山路旁梳妆,清风将它们不经意流溢的体味送到空气中,形成一个小小的花香的王国。通常,这种花儿的数量像天上的星星一样多,我们不将它们采完,我们只采需要的那么多。它们争先恐后地在我们面前展示魅力,好像在恳求:"把我摘走吧,我要去人间旅行。"采集金银花每次都能满载而归。

　　野栀子花的数量就比较少了。我从来没有事先计划过去采它。似乎是,只能不期而遇。我将它看作山花中的仙子,不能经常见面的那种。它有点害羞。那一天小雨过后,我和福姐正在山上挖野菜,忽然一阵奇香袭来,我俩面面相觑。是它们,野栀子花!可是不见它们踪影。我们分头在周围搜寻了好一会儿,还是没有线索。又一阵微风吹来,啊,我俩如此沉醉,仙女们究竟藏身在什么隐蔽之处?就在几乎要绝望时,我看到身旁那块巨大的岩石的顶部有几点白点在闪烁。是它们,一定是!可是怎么上去?这岩石的正面如此陡峭，而且根本没有落脚之处。唉！我和福姐往石头的背面绕去。走啊，走啊，绕了一个很大的圈子，几乎有半里路，这才发现了通到岩石顶上的那条幽径。我们小心翼翼地拨开灌木，往我们的目标靠近。

　　终于看到了，那不是一株两株，而是很大一片。真是奇迹啊。这块巨石上有一个低洼处，不知从哪里吹来的尘土落在它里面，还有落叶和草叶落到它里面，后来它就长成了这个野栀子花的花园。这个地方人迹稀少，所以还没有被发现。这是我和福姐的运气，这些花仙用它们醉人的芳香将我们召来了，它们急着要去人间旅行呢。我和福姐脸上笑开了花，一人采了很大一捧花瓣放进篮子里。野栀子花花瓣晒干之后，是很美味的一道菜。我们吃了它们，便永远也不会忘记这次神奇的经历了。

　　过了些日子，我同福姐又记起了栀子花。我们来到那块岩石前，想要绕到它后面去找那条小路。我们绕来绕去的，不知道绕了多少遍，始终没能找到那条幽径。到底是在哪个环节出了问题呢？想不通。

128

东兰的颜色

◎ 周建新

　　清明前后,沙尘屡屡袭击北方,常暴露在野外的我患了肺炎。胸闷、气短、咳嗽,大把大把地吃药,不见明显好转。数次核酸检测,皆为阴性,我放心了,没有住院治疗。烦恼的是,炎症引发的耳聋越来越严重,甚至面对面交流都有了障碍。还好,不妨碍接打手机,虽说听筒声大得无密可保,对方却不知晓,不至于尴尬。

　　谷雨时,接到朋友的邀请,我犹豫片刻,毕竟尚未康复。听说去广西东兰,我便不犹豫了,除了向往那里的自然风光,更想见一见我的好朋友。

　　从沈阳出发前,肺部依然不适,已经是慢性炎症了,慢性病得慢慢治。我最担心的是耳朵,文学贵在交流,耳聋是交流的最大障碍。所以,我提前去了医院,本想开点中药调理一下,没想到医生却要留我住院,准备手术。这样的话,东兰就去不成了。我拒绝了,医生警告我,乘坐飞机,你的耳聋会加重。我不管了,谁也阻挡不住我去东兰。

　　飞机起降时,我紧紧地捂住耳朵,尽量减少耳道的内外压差,防止耳聋加剧。顺利抵达南宁吴圩机场,走出机舱,别人或许没什么感觉,我却松了口气,胸口的压迫感突然被卸掉了,呼吸顺畅了很多。温暖湿润而又清新的空气,涤净了我的肺。乘坐中巴车赶往东兰,我的肺音声逐渐地在消失,这是个好兆头。

　　第二天早晨,神奇的事情发生了。起床后,每天的"必修课"——咳嗽,竟然没有发生,我的肺炎仿佛无医自愈。换上初夏的行装,迎着初升的太阳,行走在韦拔群干部学院公园般的庭院里,感受着鸟语花香,贪婪地呼吸着空气。我相信了那句话:这个世界最值钱的东西,往往是免费的。东兰送给我的第一个礼物,就是新鲜的空气。

东兰的空气虽然无色无味儿,在我的情感世界,却是绿的颜色、甜的味道。我忽然想起,许多东北老乡退休后成群结队地到东兰和巴马定居,就是想和当地人一样,延年益寿。在别处,纯净的阳光、空气和水,都是"奢侈品",到了东兰,却是乐享其成。

温暖透彻的阳光,洁净清爽的空气,随时都能感受。唯有水,需要验证,方法也很简单,好水泡好茶。我用东兰的水泡了杯明前龙井,居然与西子湖畔的茶香毫无二致。这三件"无价之宝",就是长寿的秘诀。所以,外地人不去惦记"唐僧肉"了,而是惦记起了东兰的房子。

东兰是山区,虽不是险山峻岭,但独特的喀斯特地貌造就了一座座馒头状的山,并且连绵不断。除了狭长的河边溪畔,找不到平地,就连县城也被迫拥挤在山谷之间。缺少平地,每年又有大量的养老人口涌进,而劈山造地最容易破坏环境,唯一可行的办法,是向高空拓展。所以,小小的东兰县城里,三十层以上的高楼居然鳞次栉比。

这种人口虹吸现象,归根结底缘于东兰的绿。整个东兰,几乎被森林覆盖。树比山高,已成定律,无论多高的山,山顶上都长着树。哪怕东兰的最高峰——神仙山也不例外。浓密的森林,就是负氧离子"发生器",每平方厘米高达三万至九万个。无论你走到哪个角落,大自然都是你的氧吧。所以,在东兰的城乡,看到耄耋老人满街找妈妈,不要觉得奇怪。

都说"桂林山水甲天下",其实东兰的山水毫不逊色。坡毫湖的湿地、泗孟和太极的田园、骆驼山与小象山的奇异,山的阳刚与水的阴柔相互叠加,云雾的朦胧与树木的青翠相互变换,确实似梦如画。更莫说被上帝遗落的人间仙境——红水河第一湾了。

到了红水河,不能顾名思义。用水的颜色定义河的名称,一去不复返了。高峡出平湖，一座座水电站驯服了莽撞的红水，河水舒缓了，温柔了，沉淀出了醉人的绿。以岩滩和龙滩电站为中心的红水河阶梯电站，年发电量仅次于三峡。珠江三角洲的繁荣，红水河的西电东输功不可没。

当然，红水河变清，两岸的人民受益最大。温顺的红水河与人和谐相伴，顺着人们挖好的沟渠，流淌下去，浇灌田地，滋润两岸。别看东兰满山青翠，其实经历着罕见的大旱，去冬今春没降几场雨。仔细向山上望去，喜水的竹子正在打蔫儿，间或有一两簇悄悄地枯萎。

而山下呢，一片绿意盎然。稻田里的水充盈饱满，禾苗茁壮生长，芭蕉林战士般守护着田野，高高的竹林向我们打着招呼，后面的山水墨画般默默地伫立。在这番田园好风光背后，没有人能想到这片土地正承受着干旱的折磨。

东兰以百余公里的红水河为中轴，像母亲的衣襟，更像展开双翅的苍鹰，将全县分成东西两侧，处处体现着对称之美。沿着红水河畔行走，一步一风景，百米一画卷，奇山秀水，巧夺天工。乘车而行时，便是一路流动的好景色，湛蓝的天与翠绿的山，倒映在舒缓的红水河里，水天一色，又是个绝美的对称。

然而到了红水河第一湾，这种对称突然被打破，河湾将山拥抱进了怀里，形成了一峰独秀。原来，对称到了极致，才捧出这独一无二的人间仙境。

东兰的绿，是我先入为主的印象，身临其境的体验，眼见为实的欣赏。而东兰的红，除了眼睛能看到的"红棉花开红万里"，更加鲜艳的红则深藏在他们心中，是世世代代的红。木棉是广西最普遍的树种，三四月份开花时，真的是"祖国山河一片红"。

东兰人对此并不是熟视无睹，在他们心目中，木棉花不是最红的，也不是最让他人骄傲的，最让他们热血沸腾的红是革命传统。那种红深入到骨髓中，深藏进血液里，生长成基因谱，潜移默化地影响着一代又一代人。

东兰的红色故事，经过近百年的口口相传，化成了经久不息的传说，深印在东兰的文化中，就连孩童都能讲上几段"拔哥"的故事。

不论老幼，不分辈分，东兰人都把韦拔群叫"拔哥"。亲切的呼唤声中，是一种深情、一种思念、一种尊敬。和许多国人一样，我在少年时代，就知道了韦拔群，那是电影《拔哥的故事》带给我的。这位壮族人民的优秀儿子开办了农民运动讲习所，扯起了反帝反封反土豪劣绅的大旗，组建了农民自卫军，建立了革命政权，拉开了共产党领导农民运动的序幕。

最细微之处，体现在贯穿东兰县城的一条长街上。两侧的路灯是红旗的形状，灯杆顶着五角星，像红军的帽徽；路灯的杆很简单，红旗的灯箱也很朴素，顶着的红五星也不显眼。直到你忽然间品出了其中的内涵和味道，才真正地感觉到设计的精妙。革命的目的，是照亮前程，而不是炫耀，更不是花架子，要依然保持艰苦朴素。这是对"一颗红星头上戴，革命红旗挂两边"新的阐释。

拜访韦拔群家族墓时，我落泪了，从兄弟到姐妹，从嫡母到庶母，从儿子到侄子，长长的一大列，生命全都停止在了一九三二年。韦拔群没有后人了，全都为革命献身了。好在从他的遗骨被东兰的百姓抢出，悄悄地安葬在这里起，没断过香火，始终有人祭拜，哪怕是最严酷的"白色恐怖"年代。

东兰的红是心里红。

其实，东兰最热烈的颜色，是金色。当然，稻子、玉米成熟时，峡谷中一片金黄，那是东兰丰收的色彩。这种金色，与普天之下基本相同，不是东兰的独特，不值得炫耀。东兰的金色，是喜庆丰收之后的狂欢，是内心激情澎湃的宣泄，也是世界上独一无二的展现。这个金色，就是首批纳入全国非物质文化遗产名录的东兰铜鼓。

东兰的铜鼓有多悠久，恐怕超越你的想象，那是青铜器时代的产物，从两千七百年前穿越唐云宋雨、明月清风，活化石般传承至今。东兰的铜鼓有多神奇,那是神的化身,那是驱恶、祈福的力量,也是权力与财富的象征,更是红水河畔壮乡儿女的精神寄托。无论历史如何变迁,时局如何变幻,都阻止不住铜鼓的传承。这便是文化的力量。

世界的铜鼓在壮乡,壮乡的铜鼓在东兰,东兰的铜鼓在巴畴。我们驱车驶离县城,赶往巴畴乡巴英村,那里存有全县最多的铜鼓,铜鼓艺术的表演者群英荟萃。到铜鼓文化积淀最深厚的乡村去体验一番这千年古风,是此次采风最亮眼的行程安排。

没等我们进入村寨,铜鼓声已经传来。我耳朵虽有疾,脚却敏感了,先感到了震颤。车转过弯去,巴英村的铜鼓广场豁然开朗,两排表演者骤然闯入视野,他们神采飞扬地舞动鼓槌,错落有致地敲出了震撼人心的鼓音。

我不是"真龙(聋)天子",耳朵还能开窍,只是交流有了障碍,否则,也没办法跨越三千公里来到南国。如此让人心潮澎湃的鼓点,我再不激动,便是不食人间烟火了。我怕记不住鼓点儿,也怕因为耳疾听错了音儿,拿出手机,当起了摄像师,录下了群情激昂的表演场面,也录下了每一面铜鼓和每一名表演者。

我回到沈阳后,医治好了耳朵,常打开手机,独自欣赏东兰的铜鼓。那鼓声貌似千篇一律的"嘣嚓嚓咚",但细看视频,鼓槌落下时却是千差万别。每名表演者按照站位,各敲各的调儿,然而汇在一起的合奏,却是那样的悦耳、动听、催人奋进。

反复观看视频,发现每一面铜鼓虽然都反射着金光,而鼓的边缘却有不同程度的锈痕,那是平常敲打不到的地方。对于嗜鼓如命的鼓手,护鼓、养鼓早成了习惯,之所以锈迹难除,只能证明,铜鼓的古老。最优美的声音,往往发自于最老的铜鼓。所以,领鼓者,敲打的铜鼓最古老。

虽说都是铜鼓,冷眼一看,没什么差别,但细一品味,却千差万别。在东兰结识的本地作家覃姜华发微信告诉我,铜鼓分两大类,公鼓和母鼓。公鼓造型简洁,只有一道圈儿,重锤落下的中心点是太阳;母鼓花纹繁复,十二生肖俱全，有两道圈儿，中间是月亮。两样鼓是两种声音，敲打时，在阴阳互补中抑扬顿挫，产生了最美妙的和谐共存。

东兰人豁达、质朴的艺术天赋就呈现在我的眼前，而他们的文学才华，则深藏各种介绍东兰的书籍中，精美的文字把东兰描绘得五彩斑斓。他们在介绍自己家乡时，无时无刻不在强化"五彩东兰"。

我之所以轻而易举地书写红色、绿色与金色东兰，得益于他们文采飞扬的各种资料。除了这三种颜色，东兰人还特别喜欢银色和黑色。银色——全国少有的长寿之乡、少见的饲料养蚕，黑色——全国独有的板栗、乌鸡、黑米等美食。

就像失聪的贝多芬狂热地弹钢琴一样，耳朵不灵便的我，更想用声音表达东兰。色彩是静态的，而声音则是动态的，更能调动起人的激情。五色东兰，是色彩，也是音韵。五线谱与五种颜色在东兰相辅相成，编织成了有声有色的东兰。

踏入东兰，我像是踩上了五线谱，每一天都跳动在五色音符上。东兰人的每一次脚步，都能弹拨我的心弦。我觉得红色、绿色、金色，是东兰的主旋律，而白色和黑色则是美妙的和弦，是三色主旋律结出的硕果。

其实，到了东兰，我最感兴趣还是兰，遗憾的是，东兰的地名与颜色无关。好在最后一天的最后一次采风，参观了贵隆生态农业科技公司，见到了热带地区少见的大棚。与北方恰恰相反，大棚不是升温的，而是保持恒温的。大棚的面积，大得需要极目远眺。

在接二连三的大棚中，我终于看到了品种繁多的兰花，有的盛开，有的含苞，有的生长。它们都有同样的期待——美化人们的生活。东兰的兰，是跳在五线谱之上的音符，更加飘逸。

东兰有兰，需要用心地品。

出山

◎ 朱 强

一

　　汽车驶出遂川县城，一头钻进了深山，好像是受到远古的召唤。大地情绪失控，喜怒都在那些高高隆起或深陷下去的地貌之中。南方的深山中只有绿色，即便深冬，绿得仍然热烈，像坚守在心底的信念，那么决绝。山似绿浪涌来，好像有一个庞大的交响乐团就藏在山的底部。车行半路，突然就不走了，前面似乎发生了什么，车里的人陆续下来。人们驱车来到山里，并不是来看风景，而是来寻找一种本地茶。在南方，有山水的地方就有茶。茶并不是一个特殊物种，它就是一种普通灌木，与泥土、岩石、雾霭相依为命。自从它在百草中被人辨识、提取，转变成饮品、药、祭物与知识，它就成了南方人日常生活中不可或缺的存在。

　　通过盘山公路，人们固然可以抵达山顶，但山顶显然不是我们要去的。我们的目的地在山中，是那些绿得浑然一体，辨不清哪儿是哪儿的地方。鸟鸣与流水从茂林深处传来，但说不清声音到底来自哪座山头，山被抽象成了一个整体。山中并不是一个具体地名，山就是山，山把山藏到了山里，起伏连绵、葱茂幽深得不分彼此。山之仪表，也就是山之堂奥。人们把车丢在路旁的一块空地上，接着就有一个熟悉道路的本地人作为向导，将一行人引向了山里的小径，完整的山也终于被撕开了一道口子。小径是石头砌的，路早已被时间覆盖，蔓草丛生。当年这些路都有清晰的去向，往左是一棵苍松，往右是一片梨园；往左有一座明代的石桥，往右是一口四季不竭的泉眼。小径分岔的深山，早已在无数探访者的脚步中沦为庸常，而万千棵茶树同样在这庸常里面。人们背着一具空空的竹篓，钻进大山；下山时，竹篓早已经被茶叶堆得满满。我们穿着牛仔裤、旅游鞋、白衬衫，戴着遮阳帽和大墨镜，样子很不和谐地出现了山中。和一棵老松、一块巨石、一片叶子站在一起合影，眼神呆滞，笑容僵硬，态度却十分诚恳，努力寻找、辨认一株真正的茶树。根据书里种种描述，大概知道了茶的基本相貌："嫩枝无毛。叶革质，长圆形或椭圆形，先端钝或尖锐，基部楔形，上面发亮，下面无毛或初时有柔毛，边缘有锯齿。"根据这些相貌特征，我们大概只能排除谁不是茶，而不能判断谁是茶。山像思想者的内心一样层层叠叠，似是而非的地方实在是太多了。你自认为已经采摘到了一片茶叶，其实呢，那只是一片石楠。

　　一株藏之山林的茶树，就像一个人大隐于市。对茶而言，能够实现它大隐理想的场所，不是市，而是野，是绿成一片的深山。各种植物一旦被扔进深山，就成了单纯的绿色，流动或者凝固的绿，分不清哪儿是哪儿了。生长在山里的茶，它当然只负责生长，负责凋落。山中风雨晦暝，纵然当初是一颗茶籽，千年以降，它也长成了一株一搂粗的茶树。欹曲的老枝，可以细数出发生在这块土地上的各种刀光剑影与风流韵事，但茶却从来不是本地人议论的中心。

二

　　谁曾料想，一九一五年，一种产自汤湖的绿茶，居然出现在了赴"巴拿马太平洋万国博览会"的万吨邮船上。资料上说，这是一个名叫李玉山的本县商人所为。对于这个商人，县志上并无更多的记载。他也就是做些小本生意——贩卖木材，兼带收些散茶。散茶收来，却不立马转手，而是加以包装，改头换面之后，出售给城里的各大酒楼茶馆。在多数人眼里，他地位卑微。人们信任土地、农具、粮食和祖传下来的各类手艺，却并不信任一个走街串巷的商人。

　　熟悉各地关隘码头的李玉山,得知消息后,立马托人疏通关节,将三罐茶送到了南昌遂川商会。这三罐茶,原材料都取自遂川汤湖的一户梁姓茶园。那天,李玉山比平常多加了两块大洋,他要梁道启茶园里最饱满的芽头,这种芽吸收了土壤里储存了整个冬天的养料。根据叶子的不同形状,它们分别被制成了银针、雀舌和圆珠,分装三罐。罐是洋铁制的。铁盒外,是精美的漆盒。东方与西方,被具象成一件件繁丽的图案。

　　在这之后几个月里,李玉山仍然在他的经验范围内活动。他的活动范围,最远不出南昌。从遂川深山中转出的左溪连接了遂川江,无数朵浪花在某种意志的驱使下,汇入赣水,这条白色的水流自然也就成了李玉山的生财之道。他把深山里的杉木、茶叶、山货贩卖到下游的县城集镇,然后又从远近人们的腰包中带回白花花的银子。李玉山毕竟是个商贩,他的世界虽说与种地的农民比,已经是阔大的了,但他却始终未能获得一种整体性视野。他不知道,从各省送去赛会的货品,其总量是一个多么庞大的数字。它们堆积起来,体积足以构成一座惊人的小山。当属于"物质"的中国在西方人的蓝眼睛里豁然出现,"蓝眼睛"们发现,原来这个古老国家,并不是小脚女人与抽食鸦片的病态男子所能够概括得了的。被李玉山送去的三罐茶,淹没在浩如烟海的展品中,好像一块黝黑的石头,但它却并没有停止发光,光从海底一圈一圈地递向水面。时间一天天过去,从世界各地送来的珍奇,可让评委们享尽了口福,也吃尽了苦头。评委们的舌头几近麻木,快成了一块打卷的塑料板。这件来自中国南方乡村的茶,若再不启封,很可能,它将被原封不动地送回原处。不过所愿的事情终于还是发生了。评委们昏昏欲睡的大脑在这口茶的撼动下,双目如洗,好像谁递来了一支沉郁迷人的雪茄。神总算是定住了。可是当被问及茶名,一时,竟没有人答得上来,只说是一个叫李玉山的人送来的。评委们面面相觑,并没有谁认识李玉山。李玉山?一个大鼻子的荷兰人重复了一遍。在人们的脑海中,李玉山也许就是一个脸蛋瘦削的农民，抑或形貌矮胖的地主之子。对于世界遥远的一端，所有的想象都显得十分合理。

三

一百年后的某天，我在李玉山当年活动过的深山里游荡。山也青青，水也青青，满眼青青是多少岁华堆在一起的颜色。

人们把山坡刨成阶梯形状的茶园。茶树在茶农精心的布置中，被赋予了人类社会的美好秩序。在汤湖，绵延起伏的丘陵很容易让人想起画家董源笔下的山水，大地回旋反复，像文采郁郁的辞赋。而真正适宜农民耕作的土地，却只存在于山与山之间的连接处。人与土地的关系，在这儿向来是紧张的，这也让人们不得不向山借土。人们把房子盖在山上，把稻田和果园搬到山上，一株稻子可能会因为"上山"而使产量大打折扣，但一棵茶树在山中，却把自己修炼得相貌清奇。在古人看来，茶叶就像是一个精微的容器，长在山中的茶，吸收了天上的"龙脂"，因此有了许多茶以外的意味。

英国人最初在阿萨姆时，也仿效中国人，选择在山坡上种茶，结果却很不理想，于是又把茶改种在土地肥沃的大河冲积地带，产量大幅提升。英国人需要的，也许只是更多的茶树叶子，毕竟他们从十七世纪起，生活中就离不开茶了，尤其是昏昏的大脑与不易消化的胃，更是对茶产生了巨大依赖，但他们并不懂一片茶叶在中国人的精神世界中的真实含义。

走在前面的是护林工小李。他手上一年四季都缠着一把锋利的镰刀。镰刀是从他手臂上长出来的另一只手，小李手臂一挥，弄来几条结实树干，后面的人将它当拐杖拄着。有人甚至用木杖敲击水边石头，声音顺着水流传遍了整个山谷。山路旋转，太阳在头顶忽左、忽右，天突然耷拉下来，一片暗沉。头一阵眩晕，赶忙扶住了旁边的一棵樟树，原来是太阳让山阴给吃了。山阴是已成精的狐狸，碧眼幽幽。柳暗花明，茶山却没有出现，会也有不像商人的时候，坐在天空里的他，更像是一个哲学家：从山间到

138

人世，每片茶叶都像是一张帆。如果只是一片普通的叶子，它生命的旅程估计也就在很小的范围内展开，生长与寂灭，连接成一个封闭的圆。但是一片茶叶的活动轨迹却是向外的，从枝头采摘下来的茶叶，没有人说得清接下来它将去哪儿。

四

访茶不遇，一行人只好悻悻地下得山来。午饭在镇上的一个小饭馆里，饭馆前面是条溪水，名曰左溪，水从山顶潺潺地流出。在阳光下，水清澈得根本看不见水，水隐身了，只听见哗哗的响声。人未过桥，就看见饭馆门前的水泥地上，有个胖女人使劲朝我们招手。这个女人说话腔调中有种山里人特有的野劲。早年她家也住山上，那村子就支在半山腰，她是从对面山上嫁过来的。两山之间，喊一嗓子，立马就能得到对面人家的回应。但两山之间真要往来一趟，非花一上午时间不可。后来摩托车成了山里人的主要交通工具，雾气蒙蒙中，山前山后，常能听见"突突突"的声音，山成了一个爱咆哮的怪物。夜静春山空，山复归一片寂静，只有到了清明将近，才看见有卡车皮陆续驶进深山。从车里跳下的一群穿得红红绿绿的妇人，杂花生树。成千上万根手指，在茶树间跃动，整座山被带进了欢快的节奏。

就在我探问李玉山消息的同时，有人也在秘密地打探着另一人的下落。他把他叫到了外面的太阳底下，随手递过去一支烟，并替他把烟给点着了，自己也点了一支，然后话就在两个烟枪之间幽幽地说开了。

"原本对方答应了下午的见面，赶巧族里的老人过世了，忙于丧事，这一趟恐怕是要扑空了。"

他的脸被一个升起的烟圈给罩住了，脸被挖空了一块。他们谈论的神秘人物是梁家的后代，一个被远近四方推举为制茶传承人的茶师傅，当年被李玉山送往赛会的茶，原材料就取自他家的茶园。李玉山原本是一个活跃于舞台前面的人，没想到关于他的线索说断就断了，而在当年并不起眼的梁家人却被历史拉到了聚光灯下。

茶足饭饱，我对着门前的青山痛痛快快伸了一个懒腰，感觉山更绿了，水更幽了，鸟叫声满天空都是。隔叶黄鹂空好音。山里的鸟鸣，好听得真是一种浪费。本以为可以从梁家人的嘴里知道一点儿茶的旧事，不想，仅有的希望也破灭了。茶山的绿并不分是十八世纪还是十九世纪的，也不分保守还是开化，它就这样没心没肺地绿着。浩浩荡荡，一派天真地绿着。无论是山中的小径、溪水、茶山，抑或千姿百态的树，都被距离抽象成了蓬勃原始的绿色。

午睡正酣。梦中隐隐地听见"砰砰砰"的敲门声，一阵急过一阵，它把镜子一样光滑美好的梦给震碎了。没料到是唤去梁师傅的工作室喝茶，眼睛里立时迸出了两道光。汤湖人管做茶的手艺人为师傅，这是一个非常亲切的称呼。在我的少年时代，师傅遍地。裁缝师傅、铁匠师傅、司机师傅、泥水师傅……在一个"师傅"不绝于耳的年代，大地笼罩着浩荡的民间色彩。

五

梁师傅的工作室在镇上的一栋两层楼上，楼前楼后皆是高山。楼下一条双车道公路，公路连接了赣湘两地。这个镇子，根本看不出哪儿是中心地带。房屋稀稀拉拉，朝向各异。即便是镇政府，也是孤零零地立在水边。旁边是一截坍败的矮墙，不知道曾把过去的什么东西圈在了里面。镇上因此也就没有热闹与冷清一说，处处皆是一个模样。整个镇子貌似一块无主之地，但有两样东西却无时无刻不出现在人们的生活里，一个是贯穿整个镇子的左溪，水流声无日无夜，人人好像背着一条水在生活；另一个是镇子东边的狗头山。若不说它是狗头山，说它像什么巨兽的都有，一旦说它是狗头山，它就真被狗头附体了。有时云缝中传来一声声洪亮的狗吠，人们把手头的活儿立马停下来，仰头望天，心想镇上又有什么新鲜事要发生了。

梁师傅在楼上煮水，听见脚步声，赶忙从二楼窗户探出头来，和来人打招呼。我们进到屋子,满屋子的茶烟水雾。梁师傅满脸堆笑,表情里活络着南方人惯有的秀气。事实上,他也可以被称作梁总、梁老板、梁老师或者老梁,在现代的语境中,他的身份非常复杂,他不再是单纯意义上的农民或者商人。百年之后,生长于这片土地上的人们,已经构建起了各种关于茶的理论与历史。这是一张巨大的网,人们就生活在这张网里。

梁师傅知道我们是来追溯这杯茶的历史的,内心喜作一团,早早地就备好了各种有关茶的干货。他的工作室并没有我想象的宽敞。茶桌上除了摆放了一排透明的玻璃杯,还有制作好的手工茶。茶叶在竹箕里均匀地铺开,形状卷曲,绿的表面覆了一层白色茸毛,形状好像是一些正在瞌睡的虫子。这种绿,在古代被称作黛绿,类似女人画好的眉毛。绿中有一点儿黑,黑得却不呆板死气,而是一种矍铄的注视。

茶在杯子里很快冲开了。之前一团寂静的叶子,终于找到了重返春天的道路。它们在水的浸没中,很快就拥有了自己在山里的样子。一个小小的茶桌,语言像子弹一样密集,人人都希望通过射出去的子弹有所收获。面对纷至沓来的问题,梁师傅的嘴显然不够用了,他像一条探出水面拼命吸氧的鱼。

我也渴了,端起杯子,猛喝一口。茶够苦的。梁师傅说,杯里的茶就采自对面的狗头山上。透过窗户看去,狗头山一团漆黑,上面飘着絮状的物体,有可能是云,如果不说,你根本就不知道那一团漆黑里面到底生长了什么。

屋子里七嘴八舌,各自都有要说的话,喝茶变得无关要紧。梁师傅为了方便客人了解他家的历史,早早地就把梁家的世系图挂在了雪白的壁上。那样子有点儿像是一棵植物的庞大根系,家族上下,血脉之间,虽隔着时间的长河,却仍然可以感受到对方的存在。与梁师傅距离最远的,是梁为镒。他高居要津。这一张图,就因他而起。

梁为镒原本是十八世纪末汤湖的一个地道农民,因为一次意外出走,不仅带回了一种风味独特的茶,还带回了一个可以为他生孩子的女人。梁师傅说,梁为镒所去之地,也就是今之南京。两百年前的汤湖人,头脑里并没有一张清晰的世界地图。就像人们谈论海上仙山,虚无缥缈,南京显然是一座虚拟之城,远远超出了汤湖人的认知范围。梁为镒的出走,本已经被当地人议论得沸沸扬扬,不想几易寒暑,更蹊跷的事情居然发生,失踪的梁为镒竟然又回到了汤湖。此时的他,不仅是外部世界的亲历者与讲述者,也是把汤湖人脑海里的既定世界彻底打破的"那一个"。

我放眼窗外,狗头山转眼就不见了,我有些诧异,它会去哪儿呢?转而想起上午听到的话,山脚下的村子,水常年都是温的,南方人管这水叫作汤,这是有龙出没的迹象。

六

我脑子里想的,更多的其实是李玉山,不知什么缘故,每每提及此人,梁师傅都有意识地绕开话题。难道是因为当年送茶去展会的,是李玉山而不是梁道启?在蓝眼睛们的世界里,"李玉山"最终成了一方山水的代名词,而"梁道启"到死也还是这个人本身。

那天,汤湖的地面上起了白烟。梁道启和往常一样,在茶园里劳作,十几年来,到茶园里劳作,成了他生活里的一道重要功课,劳作的内容不外乎在山坡上开挖水沟,清除杂草,春天还把千万颗茶头揪到篓子里。在山顶上,他又挖了一个大坑,囤积了几百担肥料。这些肥料都是从山底下肩挑上来的。秋分以后是给茶追肥的季节。冬天的茶园里,一派祥和,秋收冬藏,茶的根部在黑暗中储存了大量养料,茶在睡眠中发出欢快的鼾声。此时,茶园里安静无事,尽管如此,梁道启也会按时来到山顶,坐山坡上,望望山色,吼两嗓子。茶园也就是他的人生乐园,上茶园坐坐成了他的日常工作。一个没有能力去往远方的人,他的生活里就必须有一方属于自己的欢乐土地。那天,梁道启给自己戴上了一顶瓜皮帽,仲春的茶园里,还有些森森寒意。也就是那天，李玉山和梁道启在茶园里见的面。山里的芽头比平地的生长缓慢，但却更加厚实，携带的自然里的信息当然也就更多。尤其是梁家的这个茶园，上与白云齐。被云气滋养过的叶子，更有了一番说不出的道骨，它一眼就被李玉山给相中了。

类似李玉山这种不速之客，过去的日子，梁道启也不是没有遇到过。他们通常都来自县城的茶楼。也就是说，出了大山，这颗"茶头"在人间的路，顶多也就是几十公里。但谁曾想到，眼前的这一个人，竟对远方怀有如此浓厚的兴趣。从熟悉的此地，到烟波浩渺的大海，几万个来自汤湖山里的芽头，竟把整座山的勃勃生机搬到了大洋彼岸。

事实上，无论是李玉山还是梁道启，他们眼中，茶就是茶，既是茶杯里优雅明亮的绿，也是伟岸磅礴的绿。它绿得坦荡自在，大山里的茶叶是拒绝被命名的，绿就是它唯一的名字。据留存下来的资料，我们发现，当年送往巴拿马赛会的中国茶，无名者近半，这不仅让今天的人颇有雾里看花之感，即便是当时的人，也很难将它们与具体的茶形成对应。在彼时，比较起"名"，人们更看重眼前之"物"。物是匿名的，处在物后面的生产者也是匿名的。在一个传统的农业社会，因为缺少大面积的物品流通，天长地久的恒常价值永远存在于确定的物之中。但事情再过些年呢？当李玉山手里的棒，递向了后辈李文龙，梁道启手里的棒也递给了后人梁德梅。二十年后，李玉山和梁道启皆已老去，须发皆白，他们的人生就像一片茶叶在壶里泡成了寡淡的白水。这一刻，历史又该换茶了。一壶茶有一壶茶的味道，一代人的观念与思想在下一代人看来也许就成了包袱。一九四〇年，汤湖的年轻人李文龙接过祖传家业，添酒回灯重开宴。他在赣江西侧罗霄山脉中的这个村庄里招兵买马，翻新扩建原有茶庄，规模是以前的几倍。到此时，茶以外的许多东西相应地溢了出来。物不再是物唯一的霸主，它的主权，正面临着分解、旁移。"玉山茶庄"的标志，正在对这一款茶重新做出指认与定义。

碧透的茶叶在玻璃杯中上下翻滚,它们像陈年旧事不断地被人述说。这是一杯有说不完故事的茶。梁师傅并不提生意场上的鲜花烈火,只津津乐道于梁家人的事。他大概也是知道的:我们是县里专门请来宣传这一杯茶的。这些年,被县里请来的文化人络绎不绝,人们带着相机、纸笔、姣好的面庞和充满奇思妙想的大脑,站在绿意葱葱的茶园里,赞美茶也赞美大地。那些关于茶的故事,被梁师傅一遍遍讲述,茶也因此成了一本厚厚的大书。被人反复叙说的茶水,色彩斑斓,新旧交错,真像是一面神奇的镜子。

梁师傅复提起了另一件旧事。那是一九五二年冬,远在深山中的汤湖,漫天大雪,雪压青松,岭上银装素裹。梁德梅守着一炉炭火,火光在一层薄薄的白灰里跳动。锅还没有来得及烘热,这边就听见了急促的敲门声,一问,原是县里来人,请梁德梅到县城土特产交流会上介绍制茶经验。老师傅自是去了,他天南地北足足讲了两个钟头,但这一片叶子,究竟是怎么成为这一锅好茶的,却只字未提。众人无奈,发一声叹,只好作罢。时间转眼又过了六年,公私合营的大潮在外面被搅得浩浩欲沸。此时的汤湖,狗牯脑茶厂顺势揭牌,为此,厂里专门组建了一个技术传授小组。上一辈人不便出面的事,到下一辈人就显得顺理成章了。梁德梅的儿子出山挂帅,成了传授组长。梁家人为了与滚滚向前的宏大历史展开对话,最终也不得不放弃老祖宗定下的规矩,决绝地向着未来奔去。

七

言语之间,天就黑了。山里天黑得早。夜色是从山风中来的,地上树影凌乱,到后来就暗成一片了。后窗的溪水声淙淙,交汇成夜的声音。

这是冬夜,茶树休眠。茶农们并未歇息,三三两两地聚在灯下,喝茶饮酒,谈天说地。比较起饭碗与理想,山里人更关心的,其实是有事可干。有事干,人则不失精气神。干事情让人内心充满,也让人热气腾腾。听梁师傅说,若换在春夜,整个镇子宛若白昼。干事的氛围一片火热,春天是汤湖人最繁忙的日子。空气中都是炭火的味道,茶师傅把一口黑漆漆的铁锅烘得锃亮。铁锅下是红红的炭,青青的叶子下到锅里,随即就有一双手伸进了叶子,满锅的绿叶纷纷扬扬,好像腾起了一阵飓风。杀青好的叶子,又被吸到了这一双手中,叶子迅速聚拢,手的弧线也在轻轻转动。力把叶子吸紧,松软的叶子很快就团结成一个厚实的球,听得见叶脉迸裂的声音,像薄薄的纸被残酷地撕开了……

然而,不知从什么时候起,在汤湖,机械制茶代替了纯手工作业。天一入夜,机器的轰鸣声覆盖了猎猎的风声。面对新型的制茶工具,茶农们已清楚地认清了自己双手的局限。山缓缓打开,山外气息纷纷涌向山里,山里的物事也被带向了外面的世界。人们沉浸在由各种"连接"所带来的欢快之中,山成了车窗外流动的风景。它的形象已经被弱化了,骨骼由雄健而变得妩媚。茶在本质上说,代表的也就是一方水土。有山水的地方自然便有茶,不断敞开的大山,是否还能够保持这方水土的纯粹?我放下手中的杯盏,长长地嘘了口气,在醺然的醉意中,眼睛里复涌现出从前千万座山的画面。

大自然的女儿

◎ 赵丽宏

    伊人的这部传记，可以让中国人认识这位"环保的普罗米修斯"，了解她的写作为人类留下了多么珍贵的精神财富。

    蕾切尔·卡森这个名字，也许很多中国人还不太熟悉。伊人新著文学传记《海洋、天空和大地选择了她》，让我们走近了这位了不起的女性。

    蕾切尔·卡森是美国的生物学家，也是影响了一个时代的女作家。她被世人誉为二十世纪的"环保之母""环保的普罗米修斯"。

    蕾切尔·卡森的著作不算多。她写了三本和海洋有关的书：《在海风下》《我们周围的海洋》《海之边缘》，被称为"海洋三部曲"。她以科学家的严谨和文学家独特的眼光、优美细腻的文字，把大海迷人的景象和海洋生物的秘密展现在读者面前。这几本书，给她带来巨大的声誉，使她成为美国家喻户晓的作家。作为海洋生物学家，蕾切尔不满足于泛泛介绍海洋知识。她惊叹大自然的美妙，把自己观察和研究的一切，都真诚地传达给读者，企望人们能自觉地珍惜人类的地球家园。她提出"大自然的平衡"这个理念，并为传播和捍卫这个理念奋斗了一生。

    在完成"海洋三部曲"之后，蕾切尔·卡森花费大量的时间和精力，又写出了她一生中最重要的作品：《寂静的春天》。

    蕾切尔·卡森起念写《寂静的春天》，是在二十世纪五十年代中期，那时，美国正在大量使用"DDT"杀虫药。"DDT"被认为是当时一项成功的科技发明，在全世界推广使用。然而"DDT"在杀灭害虫的同时，也毒杀了无数昆虫，毒杀了飞鸟和牲畜，污染了水源和土壤，破坏了环境，严重威胁着人类的生命健康。如果不加以制止，自然和人类都将陷入可怕的灾难。《寂静的春天》的创作动机，就是为了揭示危险，警告世人。这是一个科学家出于良知和责任的有勇气的选择，也是一个追求真理的作家对未来之路的选择，那是一条障碍重重、危机四伏的艰难之路。蕾切尔说："如果保持沉默，我将难以心安。"

　　读蕾切尔的传记时，也引起了我的回忆。二十世纪五十年代，中国也曾大量使用杀虫药，我们称之为"滴滴涕"，其实是"DDT"的中文译音。我现在仍记得那时用"滴滴涕"杀虫的情景，液体的"滴滴涕"装在金属的喷桶里喷，粉状的"滴滴涕"则用手抹撒，空气中到处散发着呛人的气息。住在我们楼下的一个老先生，养着一只可爱的白猫。白猫身上生了虱子，有人拿来"滴滴涕"粉为白猫灭虱，白猫身上涂了"滴滴涕"，第二天就死了。老先生守着被毒死的白猫，泪流满面，痛不欲生。这是我记忆中无法遗忘的伤心景象。

　　这类因杀虫剂引发的祸害，在美国每天都在发生，但却被熟视无睹。杀虫剂的推广者和生产商沆瀣一气，几乎主宰了市场和舆论。当时根本听不见公开质疑的声音。蕾切尔为了写《寂静的春天》，不辞辛劳，跋山涉水，做了大量细致入微的调查，积累了无数印证自己观点的材料。

　　蕾切尔用充满感情和灵动的文字，倾诉着她对自然和万类生灵的热爱，同时也以严谨的态度和激愤的心情，揭示生命被毒害、环境被污染的现状。她的描绘和论述真诚、准确、雄辩，既忠于科学，又针砭时弊，让读者心灵震撼。蕾切尔·卡森用悲愤的声音告诫人们："当我们对自然界宣战时，其他的生命却如此悲惨地被忽视。对自然界施行不必要的破坏和侵害的时候，我们也失去了做人的地位！"

　　《寂静的春天》如一声惊雷，唤醒了无数人，让他们看到了人类的环境正在被污染，生命正在遭受毒害，世界正面临着可怕的危险。跟"海洋三部曲"不同,《寂静的春天》是一部"讨伐之书",其矛头所指不只是剧毒的杀虫剂和除草剂,更是它们的制造者和推广者——从化工业巨头到联邦及州政府。《寂静的春天》问世后,在美国引起轰动,成为当年最畅销的图书。但蕾切尔受到来自多方面的攻击和诋毁。有人说,对蕾切尔·卡森的攻击,堪比当年出版《物种起源》时对达尔文的攻击。达尔文的《物种起源》是对传统观念的极大冒犯,蕾切尔的《寂静的春天》则是挑战化工巨头以及一批为之推波助澜的官员和伪科学家。蕾切尔"动了他们的奶酪",触犯了他们的利益。但蕾切尔没有丝毫的惧怕,她不后悔,不退缩,她面对责难优雅而坚定的姿态,赢得了所有人的钦佩和敬重。在真相和真理面前,那些攻击她的喧嚣声浪终于溃散,蕾切尔成为人们心中的英雄。

美国的评论家这样评价蕾切尔:"她播下了新行动主义的种子,并且已经深深植根于广大人民群众中。她的声音永远不会寂静。她惊醒的不单是我们国家,甚至是整个世界。《寂静的春天》的出版应该被看成是现代环境运动的肇始。"

伊人的这部传记,可以让中国人认识这位"环保的普罗米修斯",了解她的写作为人类留下了多么珍贵的精神财富。这本书的开头,用安徒生童话《海的女儿》作为引子,这是一个凄美的故事,也是一个让人惊奇的隐喻。《海的女儿》中的美人鱼,为爱情忍受巨大的痛苦,甚至不惜牺牲自己的生命。读者可能会奇怪,女作家蕾切尔·卡森,和安徒生童话中的美人鱼有什么关系?这样的隐喻,是不是有点夸张?但是当你沉浸在这本书中,对蕾切尔·卡森的人生和追求有更多了解时,你会发现,那个美人鱼的比喻非常妥帖。蕾切尔·卡森为追求科学的真谛,可谓呕心沥血,殚精竭虑。在写作《寂静的春天》的过程中,她被诊断罹患癌症,但她并没有中断工作,忍着病痛,一边放疗一边写作。面对恶势力的威胁和围攻,她毫不退缩,始终不渝坚持对真理的追求和表达。她说:"我知道,如果我的来日已经不多,我最想做的事就是完成这本书。这样做,不轻松也不简单……我的写作举步维艰，就像在梦中想跑却跑不动，想开车却无法启动一样。"是心中的理想支撑着她，是对生命的爱、对自然和人类未来的担忧鞭策着她，给了她继续写作的勇气和力量。她告诉人们："我写这本书，是因为我认为我们的下一代，也许没有机会知道什么是真正的大自然了，这是很危险的——如果我们不保护大自然，所造成的毁坏将是无法弥补的。"这样的坚忍和顽强，这样义无反顾的奋斗，和《海的女儿》中的美人鱼何其相似。

　　蕾切尔是海的女儿，也是大自然的女儿。蕾切尔·卡森去世已经五十八年，她对海洋、天空和大地的挚爱，已经随着她留下的不朽文字融化在天地间，繁衍在浩瀚人心中。蕾切尔·卡森应该感到欣慰，在中国，有伊人这样的知音，把她的人生故事和睿智深刻的思想、正直勇敢的品格写成了一本引人入胜的汉语读本。

茉莉为远客

◎ 龙仁青

一

　　一个印度男人，名叫拉兹或者沙鲁克·汗，但他不是电影明星或是明星扮演的角色，他只是一个普通的农民。他裸露着上身，头发蓬乱，面颊窄长，眼睛大而无神，与面颊一样窄长的鼻子就像是在平缓起伏的山丘正中赫然隆起的一座山峰，带着刀锋一样的气性，把整个面部分切成了两半，而扁平的嘴唇则阻拦了鼻子的这种垂直分切企图，倔强地横在鼻子下方，微微张开着，像是一个固执的山洞。或是因为嘴唇的阻拦，使得上嘴唇上的唇须和下巴上的胡须有了安全感，便有些肆无忌惮，以一种葳蕤之势，如茂密的森林一样围拢住了他的嘴唇。他有些溜肩，两只瘦弱的胳膊慵懒地耷拉在肩膀两边，胳膊下端显得无所事事的两只手却很大，看上去有些不协调。他的胸部干瘦，两边的胳膊夹裹着两排对称排列的肋骨，一如泥石流冲刷出来的沟壑一样凸凹毕现。肋骨所围拢着的，是他微微隆起的肚皮。他刚刚从麦田干完农活回到家里。忙了一天，他十分疲累。这会儿是晚饭时分，他的妻子，名叫丽达或者卡琳娜·卡普尔，当然，她也不是电影明星或明星扮演的角色，她和男子在同一个村里长大，到该结婚的时候就结婚了。他们有一对儿女，都是小学生，这会儿还没放学，所以家里只有他们两个人。妻子正在做饭，简单的咖喱米饭，还有一些青菜，这样的饭食，几乎日复一日，没有什么变化。男人也没有什么食欲，就想着等儿女放学回来了，和他们一起吃完饭，早点上床睡觉。

正是春末夏初的季节,温度很高,太阳即将落山,但依然酷热难耐。男人躲开妻子因为要做饭而生起的火炉,坐在敞开的屋门前的一只木墩上,低着头,他感觉无所不在的热气在他的身边蒸腾,让他心里烦躁不安,他有一种就要发火的冲动。他强忍着内心的焦灼,猛然抬起了头,他的目光扫过他的妻子,又盲目地向前滑去。就在这时,他看到了那一株茉莉。

茉莉开花了,素素白白地缀满了枝头。从那一株茉莉的角度去看,太阳的光线形成了侧逆光,整个儿裹拥住了她,把她身上一朵朵白花和衬托着它们的绿叶打亮,通透的白花和同样通透的绿叶便有着宝石一样的色泽和质地,似是随意堆砌在一起的白水晶和绿翡翠。在那一株茉莉的前方,形成了一片小小的绿荫。

男人的鼻翼忽然动了一下,他深深地吸了一口气,一缕馥郁的花香即刻窜入他的鼻孔,浸入了他的身体。他感到他身上的燥热一下子消减下来,整日劳作的疲累似乎也得到了缓解,那些花费在麦田里的力气正一点点地回到他的身体。他站起身来,走到那一株茉莉的面前,站在那一小片绿荫里,开始凝视那一树的白花,吸吮空气中的花香。白花清净,更加浓烈的花香向他袭来,素洁和芬芳立刻包围了他,好像那一小片树荫就是由颜色和味道构成的。

男人伸手摘了一朵茉莉花,又摘了一朵,接着又摘了几朵。为了不让那素洁的花儿受到哪怕是轻微的伤害,他是有意连带了几片绿叶把花儿摘下的。他把摘在手里的茉莉花凑到他的眼前和鼻子上。顷刻间,一抹白云掠过,更加浓烈的花香直入他的肺腑,他感觉他变成了那片树荫,抑或说,他感觉他变成了洁白和芬芳,变成了白水晶和绿翡翠。

他心中的那一团怒火就这样被这一株茉莉熄灭了。他手捧着摘下来的那几朵茉莉花,回身去看妻子,妻子用有些怯懦的目光回应着——刚才,男人回来的时候,妻子看到他闷闷不乐的样子,便没敢吱声跟男人打招呼。这会儿男人忽然看她,她不知道什么意思。然而,男人忽然笑了,一排白牙忽然从那被黑色胡须围拢着的嘴唇中显露出来，黑白对比，眼睛也因此清亮活泼起来，一脸的灿烂。妻子立刻报以男人一个更加灿烂的微笑。

男人走过来，走到妻子跟前，伸手把胡乱黏连在妻子脸上的一些纷乱的头发整理好了，便把手中的几朵茉莉花小心地插在了妻子的鬓间，然后仔细端详着妻子的脸。"真漂亮！"他说。他的话让妻子在心里涌过一股暖流，她含情脉脉地看着男人，说："孩子们马上回来了，咱们吃饭吧！"

茉莉花在印度栽植的历史悠久，身上佩戴茉莉花，也逐渐成为印度人们的一种习惯，他们相信，茉莉花不但有着消暑安神的作用，在炎热的夏天，她浓郁的花香还能够遮盖人们身上不太好闻的体味。所以，他们不但自己戴茉莉花，也会赠予别人。甚至会把摘下的茉莉花用丝线穿成花环，戴在脖子上。特别是尊贵的客人到来，迎迓之时奉上一只茉莉花的花鬘，就有了隆重的仪式感。慢慢地，这也成了一种习俗或礼仪。后来佛教诞生，供奉在神坛上的诸多神灵受到膜拜，宗教与礼仪结合衍变成了佛教的花供仪轨。

对中国来说，茉莉花是一种异域之花，据说她的故乡是古罗马，也曾经在波斯、印度等地遍地开花。大约在汉武帝时期，她通过海上丝绸之路来到了中国，也有人认为，她是伴随着佛教的传入，从佛教的产地印度一并来到了中国。

二

这是北宋年间的南中国，坐落在南京城郊的一户人家：南方独有的天井庭院，院内栽植着花草，靠窗的花台上摆放着盆景，扶桑花、天竺葵等，花儿灼灼地开着，让略显阴沉的院落有了几分亮色，鲜活了许多。还有几盆多肉植物，肥厚的肉质茎叶紧紧簇拥着，泛着一缕暗绿的光。这是这家的女主人的最爱。女主人叫云莉，与丈夫新婚不久。丈夫在草市上做点小本生意,整日忙碌,每天清晨一早就离家,所以在白日里,总是女主人一个人独守空房。这会儿时至晌午,女主人从里屋搬出来一盆花,放在了花台的顶端。这是一盆尚未开花的绿植:微微有些扁平的茎枝上密布着稀疏的柔毛,对生的叶片从茎枝两侧伸出来,就像是一双要去捧住太阳的绿色小手。叶片上的叶脉纹路清晰,从中轴的主脉上形成对称的弧度,极力向上伸出来,好像是铆足了劲儿要帮着叶片去捧住阳光。绿植被打理的很干净,每一片叶子都是仔细清洗过的,看上去绿油油的,让人惬意。

这盆绿植是她的丈夫从草市上带回来的。丈夫偶尔认识了一位天竺商人,这位会说汉语的天竺商人便把这样一盆绿植送给了他。并告诉他要好生养护,白天拿出室外让它晒太阳,晚间则要移入屋内,勿要让它受风受冷。待到开出花儿来,花色素白,花香四溢。

丈夫怀着好奇把这盆绿植带回家里,交与了妻子,并把商人对他说的话给妻子说了一遍,妻子听了也好奇,便问丈夫:这是什么花儿呢?丈夫却回答不上来。

其实,这盆绿植是茉莉。她刚刚来到中国,也许因为初来乍到,有些水土不服,所以才显出楚楚可怜的娇嫩来,需要悉心养护。

茉莉到了南中国,即刻惊艳了原本就爱花养花的南人。那时,漂洋过海来到中国的茉莉极为稀少,见过她的容颜,闻到她的体香的人更是没有几个,但她就像是一位有着绝世美艳的异域女郎,让见到她的人们一见倾心,一眼难忘。她不张扬,一袭白色的花衣,有一种不屑以浓艳的装束博人眼球的清高,她香气浓淡相宜,却不是涂脂抹粉的脂粉味道,而是来自自身的天然体香,恰好符合国人内敛克制的审美心理。人们纷纷打问她的名字,那位天竺商人便把她的梵语名字说了出来:mallikā。

异域女郎,自然有着异域的名字。人们立刻记住了她的名字,抑或说记住了这个名字的发音,并用汉语方块字,写下了她的名字。起初,人们除了记音,并没有在意用字美不美,寓意好不好。于是,初到中国的茉莉,便有了末利、末丽、没利、抹历、抹利等诸多音同字异的名字。因为急于记住她的名字，有点"慌不择字"，这些名字除了读音，从字义上甚至有了一些令人避讳的意味，诸如没利、抹利等。直至后来到了明朝，集录撰书《本草纲目》的李时珍在提及茉莉花时也有些看不过去，他说：盖末利本胡语，无正字，随人会意而已。

那个时候，伴随着海上丝绸之路的畅顺，茉莉花或是"风韵传天竺，随经入汉京，"与佛教一起传入中国，或是"名字惟因佛书见，根苗应逐贾胡来"，通过商路涌入中国。开始在南中国的土地上广泛种植。

异域的茉莉，已经逐渐适应了中国的水土，她们野蛮生长，"直把杭州作汴州"，对她们曾经和现今的生境，已经不分彼此了，但她们依然没有一个统一好听的名字，因此她们不论怎样入乡随俗，她们的异域身份依然暴露在她们的名字上，她们因此而感到焦虑。

喜欢她的人们也为她们焦虑。或许，曾有这样一位正在备考乡贡的书生，笃信佛教，家中庭院里也栽植着茉莉。他对民间和佛经之中把这样一种高洁清香的花木的名字写成没利、抹利等心存芥蒂，他觉得这些名字太过随意，只取其音，而不重其意，配不上茉莉花的精神和气韵。他打算从众多的汉字里，找出两个能够与茉莉相匹配的字来，不但取其音，并赋予它美好的寓意，让茉莉名实相符。揣测这位书生当时的苦苦思索和字字斟酌，想他最先想到的应该是"莉"字，这个字，常用于人名之中，特别是女子的名字之中，上面的草字头"艹"表示四方，下面的"利"代表顺利，意思便是不论走到哪里皆能顺畅。茉莉来到中国，虽然也逐渐适应，但也跌跌撞撞，最初时候，稍有不慎，便会夭折——张邦基在他的《墨庄漫录》里提及茉莉时，就有"经霜雪则多死"之句。所以，书生先把一句祝福给予了茉莉。继而他开始苦思冥想第一个字，他的心思从那些念"mo"音的汉字上掠过，但没有一个字是他中意的，于是他大胆子自创了一个字：茉。有关"茉"字，辞书里的解释是，"茉"为后起字，从"艹"，音"末"。继而又解释，"茉"字不单用,只用在连绵词"茉莉"中。所以在辞书的词条里,也就只有"茉莉"一个词条。在这里,后起字的意思,是指一个字的后起写法,以合体字居多,由此可以判断,"茉"是"末"的后起字。

从此,"茉莉"才有了一个无可替代,绝世无双的名字,这也预示着"茉莉"在中国逐渐完成了本土化。

在女主人云莉的悉心照顾下,那一盆茉莉开花了,先是几朵花蕾,接着,是在一个早晨,丈夫起身,没有惊扰女主人的睡眠,匆匆洗漱,简单地吃了一点儿早点之后就去了草市,就在丈夫轻轻关上房门的那一刻,女主人醒来了。当她就要睁开眼睛时,她的鼻子里立刻充满了馨香的味道。她知道茉莉花开了。她急忙起身,走到那一盆茉莉近旁,几朵素白的花儿,却弥漫出了整个儿屋子都装不下的馨香。她想喊丈夫回来,即刻打开房门时,丈夫已经走远了。

三

茉莉花依然保持着一种高贵的矜持:佛教的供花仪式伴随着佛教传入中国,她们大多时候的角色,是在供花仪式上成为圣洁的供花,她们因此身份特殊,使命神圣。人们怀着崇敬的心情把她们采摘下来,串连成花鬘,虔诚地摆放在佛前的供台上,这隆重的行为,其实也把她们束之高阁,成为"小众"。

然而,中国文化有一种柔韧的宽容度,在注重内在精神提升的同时,也在意世俗生活的丰美,既看重节庆活动的仪式感,也讲究平日衣食住行的烟火气。在这样一种文化态度下,一些原本"养在深闺人不识"的事物,却也"酒香不怕巷子深",渐次传播开来,普及民间。茉莉从异域进入中国,历经汉唐宋元,到了明朝时,茉莉花也从一种仅供神灵享用的奢侈品,逐渐成为熏制茶叶的"天香",走入了寻常百姓家。

民间有关茉莉花茶诞生的传说,也意味悠长:一位茶商邀请他的茶友品茶,茶商在精致的茶碗里,放了一撮青绿的香茶,冲入了滚烫的沸水。香茶与沸水相遇,即刻升腾起一缕袅袅热气,带着花香的茶香顿时弥漫满屋。茶商和茶友张开鼻翼,深深呼吸,顷刻间沉醉在香气之中。就在此时,热气幻化成一位婀娜的女子,手捧一束茉莉花,向着茶商和茶友轻轻挥舞,瞬即又化为乌有,消失不见了。二人见状,大为惊讶。茶友急忙向茶商问香茶的来处,茶商这才想起这是江南一位女子所送——女子在危难时刻曾经得到茶商的救助,奈何红颜薄命,茶商再下江南之时,女子已经香消玉殒,临走之时留了一包香茶,托人送给茶商,以感谢曾经相助之恩。茶商把香茶带回来,一直没有启封,今日茶友应邀到访,这才特地打开。茶商便把这段经历讲给茶友听,茶友听了感叹说:呜呼,这江南女子或为茶仙转世也,如今她手捧茉莉,借袅袅热气现身,是在暗示茉莉花也可入茶!此前,以花熏茶的制茶工艺已经在南中国普及,只是未敢启用佛前供奉的茉莉花,而自此,茶商便用茉莉花制茶,熏制出了茉莉花茶,一时,在南中国,品饮茉莉花茶渐成风气。

这个故事,似是在为茉莉花从神坛走向民间在做铺垫和开脱,其实也应是茉莉花在中国传统文化中的一种必然走向。如此,人间俗世与天上神灵便共享这绝世的素洁与芳香了。

扬州赏琼花

◎ 熊召政

一

我来扬州数次，都没能好好看一次琼花。有的时候季节不对，有的时候正值花季，却又牵绊于他事。扬州的琼花盛开于四月中旬，最美的花期不过一个星期。此次在这个时节乘高铁来这里，正是为了一亲芳泽，一睹娇姿。

扬州赏琼花的胜地不少，几乎每个景点甚至寻常巷陌，都可看到琼树的身影。瘦西湖风景区内的万花园，是扬州欣赏琼花的绝佳去处。但是，此行来看琼花，我仍然要先来琼花观，因为扬州琼花的故事，是从这里开始的。

琼花观在扬州老城内，最早叫“后土祠”，为供奉主管万物生长的后土女神而建，始建于西汉元延二年（公元前十一）两千多年的风霜岁月，让这个蕞尔之地，成为扬州城重要的文化根脉之一。

唐僖宗中和二年（八八二），建衙扬州的淮南节度副使高骈，眼见历经汉、晋、南北朝及唐的后土祠已经残破不堪，遂发愿增修，并将其易名“唐昌观”。从这次更名中，可以看到高骈忠忱的爱国之心。因为在他增修唐昌观的那一年的十月，唐岚州刺史汤群归附已叛唐的李克用。李克用占据忻、代等雁北地区，嚣张称王，其以鞑靼人为主的沙陀军骁勇而不可抵挡，唐之官军屡屡败北。后土祠刚刚恢复，就碰上这么大的国难，高骈自是忧虑难平，故将旧观更名，顾名思义，高骈希望唐朝昌盛。但“唐昌观”之名，并没有存在很久。

转眼到了北宋,在淳化二年(九九一),满腹经纶、一身正气的诗人王禹偁触怒权贵,担任知制诰并署理大理寺的他,被贬为商州团练副使(这职务苏东坡被贬后也担任过),接着再贬滁州,后又贬移扬州。宋代的文人往往有一个特点,越贬才华越高,越贬诗越是写得精彩。比苏东坡早了大半个世纪的王禹偁,应该是这个传统的开创者之一。

王禹偁在扬州待了一年多,这一时期他著作不多,却为后世留下了一首具有里程碑意义的《后土庙琼花诗》:

> 谁移琪树下仙乡,二月轻冰八月霜。
> 若使寿阳公主在,自当羞见落梅妆。

研究现存的史料,我认为这首《后土庙琼花诗》是最早的一首写扬州琼花的诗。此后,写扬州琼花的诗渐渐多了起来。比王禹偁小了四十多岁的宋祁,也写了一首《琼花》:

> 唐昌观中树,曾降九天人。
> 銮驾久何许,雪英如旧春。

一直遭到冷落的琼花迎来了令它惬意的时代。它不再孤芳自赏,而是渐渐地惊艳天下。

二

琼花观后院,名为"琼花园"。走到门前时,看到半掩的门扉,我一点儿都感觉不到"满园春色关不住"的气氛,不免心下忖度:琼花观内还有琼花吗?

一只蝴蝶飞过女墙,一阵风吹来,我闻到了一股浓郁却有些冷峭的芳香。推门进去，游人真是不多，但半亩池塘之畔，一丈石桥之侧，确实摇曳着几株花树。

花朵大者如茶碟，小者如杯盖；花萼绿中透白，花蕊凸处擎黄。一树参差，如春姑戏闹中放出的万千飞蝶，错落有致；千枝横斜，如织女飞梭后留下的数幅霓裳，灿烂有加。

逡巡花丛中，生了尘外之想，思着对酒当歌……

前面说过，扬州观赏琼花的佳处比比皆是。在瘦西湖，无论是五亭桥畔，还是二十四桥，无不游人如织。所有的砖径上、画舫中、烟波外、绿杨里，摩肩接踵的俱是远道而来的赏花人。但是，来琼花观赏花的人少之又少。我想，一是此园过于局促，喜欢热闹的赏花人觉得这里寒碜；二是这里并非网红打卡地，不是如我辈这样发思古幽情的人，谁还会来这边享受孤独呢？有宋一代，无论是北宋还是南宋，琼花观都可以被称作扬州的地理标识。王禹偁被贬扬州，可谓"诗人不幸琼花幸"，他离开扬州后半个世纪，另一位大文豪欧阳修亦被贬扬州。欧公在扬州称自己为"文章太守"，他虽然在扬州只待了一年，却建了一座至今仍被称为名胜的蜀冈平山堂。另外，他还在琼花观内建了一座无双亭，并题诗：

琼花芍药世无伦，偶不题诗便怨人。
曾向无双亭下醉，自知不负广陵春。

欧阳修是北宋文章盛世的奠基人之一。每到一处，无不留下传世佳作。这首写给琼花观的诗，亦成佳话。他在琼花观内建造无双亭，这个"无双"指的是观内的那一棵琼树。可见彼时的扬州，琼花是孤本，要看琼花，只能来这座琼花观。欧阳修幸运，来扬州只有一年，却没有错过琼花树的花季，仅看一次，就想着要在琼花树之侧修一座无双亭。在那亭子里，与二三友人对着花大如盘、初绽泛绿、盛开如月的琼花，畅饮数日，在微醺中赏花,在沉醉中与花共眠,那是何等的惬意,又是何等的浪漫!

宋代是一个特别适宜文人生活的朝代,不仅人尽崇艺,即便是皇帝,也无不有着个性鲜明的文艺范儿。

王禹偁写《后土庙琼花诗》之后,琼花观的琼花树不再"养在深闺人未识",而是成了世人都想一睹芳容的嘉树。宋仁宗与宋孝宗两位皇帝,都想将琼花树分枝移栽到汴京的皇城内,以便旦夕观赏。但是,数次移栽均不成功。可见,这琼花观中的孤本是多么珍贵。

在国人的传说中,还流传着隋炀帝开凿运河,乘舟南下扬州看琼花的故事。这传说源自明末清初问世的小说《隋唐演义》,自是无稽之谈。在隋朝,琼花尚不为世人所知呢;琼花在唐之前,不会落户到扬州。窃以为,是唐末的高骈增修后土祠并更名为唐昌观后,这棵琼花树才栽培入观的。宋祁说"唐昌观中树",此言不谬。

三

从历史的蛛丝马迹中,我们可以判断,琼花观中的这一棵花琼树,应可称作宋朝国运的消息树。

在北宋末期,琼花观还有一个名字:蕃釐观。

为琼花观取这个名字的不是别人,正是北宋的亡国之君徽宗赵佶。

"蕃釐"一词,出自《汉书·礼乐志》,曰:"惟泰元尊,媪神蕃釐。""蕃"的原义是多,茂盛;"釐",福的含义,合起来即为洪福、多福。

宋徽宗为何要将"蕃釐"二字赐给琼花观呢?解释这个问题,首先要清楚宋徽宗是如何来到扬州的。

一一二六年,黄河南岸的北宋都城汴京,迎来了一个多年未遇的极寒的冬天。更为可怕的是,在这极端的天气中,女真人建立的大金国的南征军,正势如破竹扑向纸醉金迷的皇城。一向养尊处优温文尔雅的赵佶,惶惶不可终日,他无法应对如此恶劣的形势,出于解脱和逃避心理,他于腊月二十二日向臣民下了《罪己诏》,而后逊位,让太子赵桓继承皇位,是为钦宗。过完春节,一一二七年的正月初三,在大金军渡河合围汴京之前,赵佶带着童贯等一帮老臣(又何尝不是一群小人),在万余名御林军的护卫下,经雍丘、睢阳,渡过淮河,狼狈地逃到扬州。

从开封到扬州,在今天看来,这段路不算太远,自驾车上高速路,可朝发夕至,但在九百年前,赵佶走了一个多月。冰雪之中,舟车无法行驶,多处路段,赵佶只能步行,当然也可以让人背着,但若是背他的士兵摔一个嘴啃泥,他虽贵为皇帝,摔跤的疼痛感,肯定与常人无异。所以到了扬州之后,他好长一段时间都无法从惊恐中恢复过来。

但赵佶毕竟是中国历史上才情最高的皇帝,一旦春到淮扬,赵佶的文心艺胆又满血复活。虽然逊位,他仍然是威风八面的太上皇。阳春三月,第一次南征的金兵在获得被割让的太原、中山等州府之后,又回到黄河北岸的燕京了。这一次暂时的解围给了北宋朝廷喘息的机会,也给了赵佶悠游湖山的兴致。可能就是在这时候,他来到闻名已久的琼花观,在当地官员的请求下,给这一处名胜赐题了新名:蕃釐观。赵佶希望命运之神赐给他的大宋朝廷更多的福气,不是一般的福,是繁茂的幸福,是齐天的洪福。

然而,命运再一次捉弄了赵佶。仅仅一年之后,从扬州回到汴京的赵佶,便与他的儿子钦宗赵桓,成了第二次南侵的大金军的俘虏,史称"靖康之耻"。

四

从此一个多世纪,淮河以北的地域,都属于大金国的领土。赵佶的第九个儿子赵构,在杭州建立了朝廷,史称南宋,扬州在其版图内。过去,扬州是偏安一隅的锦绣之乡,现在却成了邻近大金国边境的前线城市。史载赵佶的确为蕃釐观题写了匾额,但不知为何,这匾额已荡然无存。南宋时那匾额是否存在,也无从考证。现存的琼花观第一道山门前的石牌坊上,刻着的是清代名士刘大观的手书。

好在南宋承袭了北宋的文脉风流，词人骚客、高官羽客来到扬州，仍然会到琼花观内品赏琼花。

江山易主，宋元鼎新。社稷改姓不久，琼花观里那棵独一无二的琼花树神秘地死亡。树犹如此，人何以堪！树没了，孤品成了绝种，无双亭再也没有存在的必要，它倾圮了，而且，再也没有重建。

元至正十三年（一三五三），在琼花观当家的道士金丙瑞在倾圮的无双亭旁筑了一座琼花台，并在台上新种了一棵琼花树。今日我在琼花台上看到的琼花，绝非元之古树，而是一棵树龄不会超过三十年的新植。世有兴衰，花有开谢。如今琼花已成为扬州的市花，虽然宋之无双的那一棵死了，元人补植的那一棵也死了，但千树万树的琼花，正绽放着属于我们这个时代最为妖娆的芳姿。

用婉约诉说坚强，以娇羞表现忠烈，这该是花族中无双的品质吧。

河源纪事

◎ 王小忠

冬虫夏草和独一味

采日玛镇地处黄河首曲南畔,距离玛曲县城一百五十多公里。我对采日玛有着特别的情感,大概源自八年前的那次冒险。

八年前,我去齐哈玛看朋友。说好一同去看首曲日出,然而那段时间我的朋友要去齐哈玛最遥远的村子宣讲。基层工作不容忽视,他找不出更好的理由陪我去看日出,只好在采日玛那边做了相关安排,主要是河口的渡船。两天后,我独自出发了。

从齐哈玛到采日玛只有七公里,路依旧是返回玛曲县城的那条路,中途向东,穿过一座吊桥便可到达。采日玛吊桥是一九八六年修建的,桥面上积满了泥沙和碎石,看起来已经很陈旧了。齐哈玛和采日玛往来的唯一途径就是这座吊桥,牧民们为了使这条唯一的通道在岁月里能够保持长久,在桥的两边垒起了两堵很高的石墙,目的只有一个,不允许大的车辆通行。

现在的情况依然如此。再次踏上那座桥,那幕令人难忘的场景又浮现在眼前了。

当年到达采日玛后,我没有在乡政府停留,直接去了塔哇村委会,因为那边的人已经等了很久。到了塔哇村之后,索南他们开始谈论工作,谈论草原沙化的治理情况。我看着天边不断涌起的乌云,开始发愁,因为我的下一站是采日玛对面的唐克。采日玛和唐克虽说只有十余公里远,但草原上的行程往往不随实际距离来确定。

我决定要提前离开，因为一旦下雨，要被困住好些日子。他们知道我迟早要去唐克，所以没有执意挽留。塔哇村村委会书记给渡口处打了电话，然后让一个叫栋才的中年人用摩托车送我去黄河岸边。

从塔哇村出发，行走不到五公里就找不见路了，眼前全是一滩一滩的水草地，摩托车渐渐缓了下来。阴云越来越重，迎面扑来的风中已经有了雨星。

栋才对我说，这样下去，你就到不了唐克，到时候想返回都是问题。茫茫草原上，如果遇到大雨，那只好坐以待毙了。我在心里也不住叫苦。栋才的技术很好，他突然调转摩托，从散开的一处铁丝围栏空隙飞驰过去。草地上到处都是由于冻土而形成的凹坑，我险些从摩托车上倒栽下来。栋才大声说，抓紧，掉下去就完蛋了。我紧紧抓住他的衣服，贴在他背上，脑子里一片空白。

草原上的雷声似乎没有城市里那么响亮，反而很沉闷、很厚重。闪电在头顶叫嚣，一望无际的草原上，摩托车的吼叫分外刺耳。我知道栋才突然选择穿草原而过，是因为怕遇到大雨而耽误渡船。我还知道，草原承包到户以后，是不允许他人随意践踏的。栋才大概是考虑到时间紧迫，才做出十分为难且不得已的下策来。

还没有在预定的时间内赶到渡口，大雨就泼了下来。摩托车不敢停，我们在草地上如醉鬼一样东倒西歪，滑倒，扶起来，再继续前行。我紧紧贴在他背上，感觉不到冷，唯有担心。还好，赶到渡口时雨小了好多。遥远的天边似有一道光亮，而这恰好让周边的草原立刻陷入无边的铅灰色里。

渡口处开船的是采日玛乡的一个年轻人，我们出发之前，塔哇村村委会书记已经打了电话，他在大雨中焦急地等候着我们。从摩托车上下来，周身仿佛失去了知觉。刚走到岸边，脚下一滑，半个身子已经掉到河里了。幸好栋才眼疾手快，一把将我拎了起来。原来岸边的流沙早已吸饱了水分,变得十分疏松。如果没有栋才,我大概早不在这个尘世了。也或许是因为我肩上还有不曾卸掉的重担,我的人生正在路上,我没有完成前生与今世的约定,因而上天有所眷顾。就这样,我幸运地活了下来,一瞬间就过去了八年。八年来,我倍加珍惜时间,哪怕头发越来越稀,我依然坚强地走在布满风雪的路上,昂首挺胸。因为对我而言,的确是赚到了更多的有意义、有价值的生命。

采日玛平均海拔在三千四百米左右,相比县城而言,这里纬度较低,因而有了"玛曲小江南"之美誉。黄河蜿蜒东去,河道离公路越来越近,一切保持着过去的样子。而沿河一带,那片稠密的红柳早已不同往昔了。采日玛寺院背靠群山,向阳、温暖、静谧、安详,加之眼前一泻千里的黄河,更加显得神圣而安详。

没有更高的山峰,也不曾见到更为珍贵的树种,这里只生长着红柳,它们在黄河岸边已形成一道狭长而稠密的风景线。天空湛蓝,黄河远上白云间。我们一直在寻找大自然深藏的丰厚遗产,却忽视了眼前的这道红柳。黄河不炫耀,不张扬,静静享受着河柳的庇护,同时也静静守护着河柳。岁月深处,它们坚守自己的责任和义务,它们就是草原最伟大的公民。自由难道不是这样的相互奉献?这样的彼此付出?或某种看不见的和谐共处? 如此看来,我们所谓的自由,早就沾满了俗世的贪欲,怎么值得宣扬呢?

太阳在高空旋转着, 西边的云彩渐渐翻动着绚丽的身形,草原沉默着,黄河之水天上来,一切仿佛光阴凝滞下的天国。然而景致与时间的对峙没有想象中那么久远。一会儿,天国的边缘处就泛起了猩红。再一会儿,铅灰色也涌现了出来。之后,无边的草原便陷入巨大的寂静之中。岸边的红柳更加庄严而肃穆,不可侵犯。

耳畔似乎又传来了柴油机的声音。是的,八年前的情景挥之不去。去唐克的那处渡口还在不在? 依然是他在掌舵? 望着平缓而漫无边际的草地,欧吾木山峰像在眼前,又似乎在遥远的天边。

踏上河岸，迈开步子，我记得塔哇村村委会书记的家，也知道他的名字，但不确定他是否记得我。毕竟八年时间过去了。回头看了下清澈的河面和苍茫的草原，我不再像八年前那么脆弱，更不会在莫名的怅然里泪流满面。此时此刻，我已经是赚取了更多的、活着的资本，完全是重生的另一个自我。

贡保才让对我的突然到来并没有显出吃惊，他很热情地招待我，晚上还特意给我加了被子。我知道，采日玛平均气温不到三摄氏度，七八月最为适宜，平均气温就十六摄氏度左右。不过七八月雨水很多，不宜在草原上长久撒欢。

现在还凉，尤其是天快亮的时候。贡保才让一边添牛粪火，一边说，你到了黄河边，不要太靠边，水很深。

我点了点头，说，这次不去黄河边了。

贡保才让问，这次也不去唐克了？

我说，唐克日落看过好几次，这次不去了。又问，路还是那条路吗？

贡保才让笑了笑，说，已经没路了。这几年草场保护得非常好，路让草封死了。

我说，那样也好。唐克的日落景观已经打出了名气，那么就将采日玛的日出隐藏起来。一旦被开发，这里就会人满为患，这并不是好事情。

贡保才让连声说，嗷赖，嗷赖（表示肯定，相当于"就是"）。又说，这几年草场保护得好，植被厚实，冰雹、暴雨都少了。自然灾害少了，住牧场的人也放心。就算下再大的雪，牛羊靠保畜牧场完全可以过冬。

我说，人为破坏的少了，恢复起来也很快。

贡保才让说，一方面的确是生态保护的观念已深入人心，另一方面也是生活条件好了，很多人都不放牧了，定居之后另谋发展。又说，有些地方属于自然沙化，也是正常现象。自然有自然本身的调节办法，但大家还是齐心协力，让沙化地带都种上了草。

我问贡保才让，现在还有人挖虫草吗？

贡保才让想了下，说，还是有，但少了许多。

我说，采日玛有虫草吗？

贡保才让笑着说，到处都有，明天可以带你去辨认下，但不能挖。

又是一个万物复苏的早晨。天空透明，阳光温暖，风虽然很大，但不影响我和贡保才让的出行。初夏的草原已经有了绿意，各种新生的物种们也迎来了值得它们欢呼的时光。

快到金木多扎西滩了，远远地已经看到了黄河吊桥，再往前走，又到了齐哈玛。金木多扎西滩多河谷地带，河流时缓时急，一路奔腾，山清水秀，杂灌丛生。两岸还存有古老的岩画，也出土过石棺墓葬。这里的春天似乎来得更早一些。

穿过草原，沿河谷走了一会儿，贡保才让带我朝一处丘陵走了过去。说丘陵有点过，实际上就是一处慢坡草地。那里肯定有虫草，要不贡保才让不会突然改变方向。

我对贡保才让说，青藏高原海拔数千米以上，昆虫成千上万。偏偏就有一种昆虫，它没有蝴蝶的花艳，也没有瓢虫般耀眼。它酷似败叶，却在枯叶上产卵，然后孵化，掉在地上，钻入高原肥沃的土层之中，历经数年，小虫变成大虫，结茧成蛹，蛹化成蛾。高原不缺菌，菌类成熟分裂，形成孢子。孢子找到合适生存的朽木，又生成新的菌。就这样，某种菌遇到小蛾幼虫，从此这种菌就寄生于幼虫身上，接下来便是孢子发育，幼虫被菌蚕食，几年之后，合而为一。再几年之后，初春始来，万物萌动，菌会从虫子头部长出子座，形成另一种菌，这种菌就是世人皆知的冬虫夏草。

冬虫夏草的形成到底有多复杂？至少，当下的科学技术是无法培育成功的，尽管同时拥有孢子和幼虫。高原气候多变，冬长夏短，而这种孢子和幼虫的结合也绝非三两年之事。当然，这种孢子和幼虫也只有在高原特有的自然环境下才能有绝佳的相逢机会。到底是虫还是草，终究无法说清了。它补肾益肺，固精健体，止血化痰之功效在一千多年前就有了记载。正是因为这个记载，还有它生长的特殊环境，使它成为高原人民心里的软黄金。

贡保才让笑着说，你说得太复杂了，我听不懂。那你说，到底是虫还是草？

我笑着说，不复杂，书上就是这么说的。不过的确很奇怪，那你说，到底是草还是虫？

贡保才让也笑着说，没有啥奇怪的。那你相信人是猴变的吗？

这个问题比冬虫夏草更复杂，相互无法说服，我只好换了话题。

我说，挖虫草的人都说虫草很诡秘，有福报之人一天能挖很多只，而有些人一天也就挖一两只，是这样吗？

贡保才让说，我没有试过，但挖虫草肯定不是啥好事情，草原到处被挖成疮疤，还谈什么福报？

我说，每年这个时候，满山都是小帐篷。

贡保才让说，每个人都有一双勤劳的手，但用到不同的地方，福报会有所不同。贡保才让见我不说话，又说，我给你讲个故事吧。

很久以前，雪山下有个名叫夏草的姑娘，她阿爸在她刚出生时就去世了。此后，雪山下的草原上只剩夏草和她患有脱发、眼花、气急病的阿妈。夏草长大后，白天放牧，晚上用歌声安慰阿妈。夏草是远近闻名的孝顺姑娘，求亲的人挤破了帐篷，可夏草从来没有点过头，因为她立志要养更多的牛羊，买药为阿妈治病。

有天晚上，夏草唱完歌，刚进入梦乡就梦见了山神。山神告诉夏草说，你翻过眼前的雪山，走上三天，那里会有人帮你阿妈治病。第二天，夏草安顿好阿妈后，就出发了。她历尽千辛万苦，翻过了一座座荒无人烟的雪山，最后晕倒在草地上。她醒来时，见身边坐着一位小伙子。小伙子跟夏草说，他叫冬虫，还说他们那儿的人个个都很健康，许多人能活到一百多岁。夏草问，他们靠什么长寿？冬虫说，山神赐给了他们一种圣药——长角的虫子。于是夏草就跟着冬虫来到他们的家园，并说明了来意。善良的人们热

168

情接待了夏草,并送给她一袋圣药——长角的虫子。夏草非常感动,依依不舍地告别了他们。冬虫陪着夏草翻山越岭回到她阿妈身边。阿妈吃了长角的虫子后,气急病好了;一个月后,还长出乌黑的头发来。来年春天的一个清晨,阿妈的眼睛忽然亮了,她看见了英俊的冬虫和仙女般的女儿夏草。可是冬虫执意要回去,夏草对他不仅充满了感激之情,更有爱慕之意,于是坚持要送冬虫一段路程。他们走啊走,翻过了一座座雪山,可怎么也找不到曾经的家园。冬虫不知道发生了什么事,但他知道,他已经失去了所有亲人。他伤心欲绝,抱着夏草痛哭。夏草感觉到这事与她有关,非常愧疚,也不禁流下了眼泪。

田野里的古村落

◎ 谈雅丽

湘南。烟雨正密织着一张细网,笼罩在青砖、黛瓦、翘檐的古村落上空。

一望无际的烟叶地,苗壮的烟叶秆高高挺立,风从硕大的叶片间穿过,掀起一浪一浪的绿波。农人正弯腰在地里干活,像一只悄无声息的蚱蜢,很快就被这片绿之海淹没了。南方湿润多雨,这一片田野到处都是绿油油、水润润的,好像一块浸湿的绿丝绸,随手可以拧出一把水来。在烟叶地里除草的老人直起腰来,我才看清楚她,穿着旧蓝布衫,戴着麦草帽,面色黝黑,脸上密布的皱纹如大地的沟壑纵横交错。正午时分,整片烟叶海只有她一个人忙活。她是留守在这座古村落里的老人。她淡漠地看了我一眼,没有招呼,而是继续固执地把头埋进了田野深处。

年轻人都到外地打工谋生活去了,整座村庄只剩下老人和孩子。费孝通在《乡土中国》中描绘那么可贵的"泥土"不再可贵,哪里还有从泥土中讨生计的乡村呢?曾经束缚在土地上的中国,人与人依靠土地关联,"一根根私人联系所构成的网络"正悄然解体,人情荡起的波纹日渐淡远。一座孤独的村子,单家独户的房屋在一间间破落,房屋正在倒塌,禾场长满野草。而那些一家连着一家,曾经热闹的、散发无尽传统之美的古村落也在逐渐衰败。在郴州古村落的游历中,我遇到的都是坍塌、不断修复和重建。

曾有一位年轻的朋友含泪问我:"为什么那么多经过古村落的人都对留守老人视而不见?"我无言以对。只有他们才是古村落的守护者,也有可能是被繁华城市所遗忘或忽略的人群。

时光一边创造着新的事物，另一边却在加倍地破坏与损毁。

我面前那位很早就离家求学的作家，他曾是玉树临风的少年，宛如千树花开，如今终日忙于世事，我见他鬓发斑白，再回故乡，已是"儿童相见不相识，笑问客从何处来"了。他长吁短叹，于故乡他已是过客。走进那条熟悉的巷弄，他记忆中的青砖翘檐、天井照壁已然落满时间的尘灰，古老的青石板再度被叩响，那封存的往事才纷至沓来，涌上心头。故乡的一切依然那么美、那么脆弱、那么感伤，却永远令人动心。

我跟随他们，走进郴州一座又一座的古村庄，游荡在寂静的巷弄，走进雕花精美的古祠堂，宛若聆听到了古戏台上咿咿呀呀的哼唱。我闻到池塘里荷花绽放的清香，掬到古井中那一捧清澈甘甜的泉水。越美的，越爱，越害怕丢失，我像那重回村庄的少年一样，担心古井的泉水不再涌流，担心人群走散，屋舍离离，田野里的古村落会从此销声匿迹。

梦里板梁

过一座青石板桥，就到了板梁古村。

桥是接龙桥，村民进出板梁古村的必经之路，相传最初是明朝成化年间由族人刘氏修建木桥，后翻修成了石板桥。三孔九板，桥面的青石板被行路人磨得光滑发亮。桥下流淌的九山河，河水清浅，河底铺满碧翠的水草，随水流款款摆动。

我想象自己来这里走亲戚，沿青石板走到古村门前，我的姑姑、伯伯在青砖屋里住了一辈子，见来贵客，必要端出高亭宴礼，八仙桌上，十盘九碗，笑脸相迎。小时候我随父母来，穿花裙，吃了这家吃那家。但现在我再也找不到他们了，我一脚踏进的是六百年来的古村村史。

石板路直通村口浓翠的树荫下，树下并排放着几张矮小的木桌木椅。我不着急游山玩水，只管悠悠然、消消停，感受着古村放慢放缓的节奏，不必慌张，我要坐下来吃一碗冰透的凉粉。古城等在此地已经千年百年了。

卖凉粉的老汉戴着破旧的草帽,木桌上放了几枚碧青的凉粉果。他满脸堆笑,忙不迭地在透明的凉粉碗里加蜂蜜加红糖。乍一看凉粉像冰块,更像琥珀,我端了一碗细细品尝,这真是我平生吃过最好的凉粉呀,莹莹亮,冰冰凉,甜滋滋,暑气顿消,回味无穷,这里也幻化成梦境里的非凡洞天、人间仙境。

我抬头看,丘陵高地立着一栋古香古色的阁楼,青砖黛瓦,飞檐翘壁。老人说这是古村里的望夫楼,那时候板梁是古商埠之地,男人长年在外经商,妻子持家守节,早上在庙里烧香祈福,晚上就坐在望夫楼远眺祈盼。望夫楼原来直对着九山河,九山河直达湘江,妻子看到九山河上的舟楫,就知丈夫已远道而归,立刻飞奔了去迎接,这正是"幽梦三千里,相思一望中"的情景。后来古村修复,九山河改道,绕村一周,望夫楼上不再等着痴情少妇,但见绿树成荫、渌水长流。

从古巷弄里往上走,十几级石台阶后,不期然就到了龙泉古庙。古庙曾经是城隍庙,老百姓到这里求官求财求平安,"古庙依青嶂,行宫枕碧流。"但香火缭绕的古庙内已经空荡了,只剩下青石香炉里留有旧时的余烬。古香古色的松风私塾毗邻而立,这座家族私塾为明代建筑,由小朝门、天井、塾舍三部分构成。先祖来自皇家后裔,崇文习武,从私塾走出的七品以上的官员、学士就有三百余人,近代名人数十人,传说有"七子八秀才"的故事,不过私塾也空荡荡了,不再有书桌、学子,或有门前石柱记得先生挥动教鞭轻风一样拂过学子的衣衫。屋内靠墙立着六块古旧的牌匾,沾满尘灰。"龙泉无语读芳书""家山落日照苍亭",这都是极雅致的联语,但六块牌匾没有哪块是对称的,另一块匾早已走失,它们在暗蓝的时空中遥遥相对,仿佛面向过去滚滚扑落的尘灰。

远处的文峰塔掩映于绿树红花中,近处纵横交错的古巷如此相似,一律的青石板,串联起一座座青屋,一色的青墙青瓦,回廊幽深,让前来探古访幽的我们一拨拨走散,迷失在村落中,不知身在何处、心在何处了。于是，三二人相约，循着古城的路标箭头一步步走进古村落的传说里。一夜官厅是曾国藩的部将刘昌松所建，曾国藩以"树勋桑梓"额其堂，遭族人反对。刘昌松带来军队，一夜强行修成。还有刘昌悦厅、刘绍连厅、刘参厅，都是古村落里保存完整的建筑，木雕精湛，屋内大多是三进、二进民居，中轴对称，中有天井，磨砖铺地。刘绍苏官至浙江漕运，想来受了江南园林的影响，所以石雕、木雕更加典雅古朴，天井呈方形，藻顶呈方形，中堂地砖图案呈圆形，前厅天井鲤、龙组雕石无不异常精美；刘绍连厅木雕工艺精湛，浮雕、阴刻、双面镂空雕，鱼龙同体的马头墙堆雕，雕梁画栋，赏心悦目。板梁古村的建屋人，或官或商，都在村落建筑中费尽心机，为建成独一无二的祖屋，做了长远的打算，这样的房子能传至子子孙孙，庇荫后人。

极其精美的厅屋大多保存完整，但房子里的人却早已不知去向。有人搬到镇上城里居住，有人远走他乡。古村落只是作为一处旅游景点敞开，接受游人的赞美和叹息。在我看来，他们真正的生命力从人们搬离房子那一天就结束了，青屋只是成为保存时间和记忆的一个容器，它不再装进新的生命，而是加快了腐朽的速度。在一处残破的民居前，我不期然遇到满树的凌霄花盛开，那娇艳火红的花朵映照墙壁，直扑青屋，对应于濒临破塌的楼屋，仿佛要把古村重新引燃点亮，引得同游的友人大呼小叫，争先留影。

板梁有上村、中村、下村三座村子，最热闹时有八千多村民居住。每个村落都建有宗祠，三大古祠村前排列，背靠象岭平展延伸，依山就势，古驿道穿村而过，通向两广。宗祠内建有亭堂、戏台、天井，每座祠堂前面都建有一池荷塘，傍山依水，风生水起，自然就有好风水。各村都有几眼泉水围绕古村流淌，它们发源于山背的莲花石，慢慢汇集成了一股韵泉，流向村落，流向了九山河。

我们在巨大的金叶树下留恋，在古村商街的五彩伞下摆拍，在三井相连的泉边捧饮清凉甘甜的泉水，在箭楼惊见楼顶放置的木棺材，在回龙茶轩里看到老人悠闲地喝茶打麻将。或许，古村落的变迁对他们来说已无足轻重了，他们是老屋最后的守护者，他们一辈子生活在这里，虽然后辈已离开村落，一去不回。

我告别了板梁的父老乡亲，沿着青石板一直往前走。郴州市文联的欧阳主席对我说，她曾经在板梁古村扶贫，当初为了修缮这个古村落，政府支持，当地人筹资，光是修补残缺不齐的石板路，为了找到和以前一模一样的石板，就历经几年，花费了很大的功夫。

我们在尽力对美的事物、对活色生香的传统文化进行挽留。田野里的那些古村落，它们的持久生命力会在哪里？我看到了板梁之美，找回了板梁记忆，但没有得到一个完满的答案。

大湾忆旧

大湾村是著名的烟叶产区，所处的桂阳县是湘南地区烟草种植最多的县份之一。我就是在大湾村的烟叶田里看到那位劳作的留守老人的。

从大湾村向北望，连绵起伏的白阜山，像屏障一样守护着村庄。白阜山往南，"冲天木星南行十余里"，有大字山贯穿村落。村东边是陡峭俊秀的梅枝岭，西面鸾山略低矮。我们车行一路，见远峰若屏，四山环绕，绿水长流，稻烟起伏，远远望到一座古村落，青砖黛瓦，飞檐翘角，马头墙层层叠叠，气势如虹。我们进入了大湾村的灵山秀水中。

大湾村的举人夏时曾在《大湾夏氏族居图》中写道："大湾在桂阳州治北里大富乡沙桥里三甲，自元末秀岩公由江西泰和县鹅颈丘徙于此，自布衣起家，世代农耕。"元末，夏氏先祖从江西避难于此，此后世代耕种，大湾村由此发展。清朝末期，大湾村的夏时、夏寿田等官至巡抚，家世显赫。六百年间，规模宏大的夏氏宗祠、榜眼第、戏台相继修建，这里成为一座恢宏的典型宗族古村落。

此刻，这座古村落就在我们眼前。车停在夏氏宗祠门口，青砖墙面镶嵌着一扇斑驳木门，两边有对联为："涂山聚秀辉天地，白阜钟灵毓人龙。"墙壁左边挂的金色牌匾上书"中国传统村落——大湾村"，右边黑底金字标识为"湖南省省级文物保护单位桂阳昆曲古戏台——大湾夏氏宗祠古戏台"。进大门有横廊通向左右过道，行人雨天在宗祠走动也不会淋雨。熙熙攘攘的人群拥入古戏台前，但见戏台的屋檐两边翘起，像张开的双翅。戏台高垒，高过人头，四根黑色木柱支撑戏台，底座上的滚龙石雕精美完整。有村民告诉我，大湾村的风水好，历史上封诰不断，后来还出了十三个黄埔军校生，这都得益于大湾宗祠的功劳。我走到观戏台前，红红绿绿的塑料凳子放满水泥地上，这里刚进行一场热闹的桂阳昆曲表演，或许路过的我也能听到"余音绕梁"。

大湾村的古老建筑与其他村落并无不同，纵横交错的巷子，青石板苔痕斑驳，一栋栋青屋相连，大门被时光镀成黛黑，门挂铜锁，房门紧闭，无人居住，二楼天窗张着漆黑的眼睛。我们一路前行，一心想找到那栋著名的建筑——榜眼第。

说起榜眼第，必然要谈到夏氏父子。

清咸丰十一年（一八六一），大湾村的"第一科举人"夏时中榜，他秉承"笃实好学，白首穷经"的大湾村之风，谦虚、谨慎、表里如一于官场之中，先任职知县，后任川滇黔边计盐务、江西巡抚、陕西巡抚，皇帝还御赐他福寿字蟒袍、如意春茶、绸缎等三代一品封典。诰授光禄大夫、建威将军。夏时从朝廷退休后，带着叶落归根的情怀回到生养他的大湾村，修建了官厅巡抚第。光绪十五年（一八八九）夏时之子夏寿田考中进士第八名，殿试榜眼及第，取得了清代湘南地区科举的最好成绩，夏时大喜，由此兴修了榜眼第。

夏寿田自幼十分聪明。七岁时祖父曾指着屋后的白阜要他作一首诗，他不到三步就吟出了"九嶷蜿蜒天际来，峥嵘冠日排云开。聩然一落千万丈，蛟龙伏走失青崖"的句子，使祖父大为惊讶。九岁时他到县城应童子时,县令问他居何处,他不卑不亢地回答说白阜岭下,县令即吟出上联"白阜当前峰独秀"要他作对,夏寿田不假思索地答道"黄榜在右甲联珠"。对仗之工,意境之深远,使在座的人大吃一惊。考中榜眼后,他被授翰林院编修、学部图书总纂。光绪皇帝调任他做侍读。光绪帝死后,夏寿田离朝做过袁世凯、曹锟的秘书,并诚心帮助孙中山消灭造反叛徒陈炯明。民国十六年(一九二七),他在上海认识伍豪(即周恩来),受周恩来的启导,开始拥护共产党的主张,他利用自己在上海要界的名望,尽心掩护上海共产党的地下活动,多次护送共产党要员离开上海,与共产党结下了深情。一九三二年日本强盗侵略中国时,夏寿田义愤填膺,毅然卖掉全家财产,支持抗日。周恩来高度评价地说:"夏寿田是清末时代的著名人物,无意仕途,更无党政之争,对开展党内革命活动,能起到掩护作用。"新中国成立后,周恩来亲自给陈毅发去电报,倡议为夏寿田修坟,以示对他的敬仰。

当年夏时回乡建造官厅,村人让出村前的一块空地。夏时兴修的榜眼第采用湘南常见的传统四合院式、宫殿式相结合的形制。从北朝南,有榜眼第、巡抚居、中丞第、翰林坊、家祠、书房、客厅等多间,整座建筑结构严谨,气势恢宏。四面青砖砌墙,建筑总占地一万余平方米,建房面积六千五百七十平方米,呈"一"字形分布,成为大湾村的核心建筑。

穿过巷弄,经过倒塌的拴马桩石柱,我来到榜眼第后墙,注意到一个细节:后墙拐角处呈 U 字形,原来为了方便村民运送货物,夏时特意将直角改成圆角。沿着巷弄,向南行进,拐向东行几米,只见榜眼第南大门敞开,正中挂着"榜眼第"的大匾额。五间五进的榜眼第,一进两层一围,有如威风凛凛的金龙殿。据村民说,榜眼第曾经崩塌,厨房倒没,天花板脱落,花围条石损坏,前不久才得到修缮。修缮后的榜眼第暂时闲置,一座大空屋,只有游客经过此处,喧闹不断。

离开榜眼第,沿石阶往上,我走到那些破败的村落中。一间间行将倒塌的民居,门前屋后挂满蛛网;一栋栋沉寂数年的烤烟楼,马上就要退出历史舞台;一座座空洞的院落长满荒草,鸟雀在此筑巢,鼠兔择地安居。

　　夕阳下沉,我在村口一棵巨大的朴树前停住脚步。当我回望脚下空阔庄严的榜眼第,俯瞰身边行将消失的古民居,不禁感慨万分。我看到那棵古老的朴树上缠绕着一株薜荔果的藤蔓,它新结几颗碧果,果如秤砣,青翠欲滴,无人采摘。我摘下一颗青果,看到伤口不断涌流出来的白色黏液。想着在将来,或者那些能够侥幸保存下来的古村落里,也可能再没人去摘下这一枚枚青果,做成那碗冰冰凉、甜丝丝的凉粉了。

嗦螺

◎ 漆宇勤

嗦螺是一个名词，嗦螺也是一个动词。

作为名词的嗦螺指带壳烹炒的螺蛳，作为动词的嗦螺指吸食螺蛳的动作。

螺蛳是个古老到了极致的物种。我们看遥远时代的化石，螺贝是品类繁多又最常见的类别。与它同时代的那些物种，后来有的进化出奇怪凶猛的外表，有的演变出更加娇弱的体质。狭窄的食物谱系和适应空间，让它们其中的很多现在都成了要靠特殊保护才能维持基本种群数量的珍稀动物。

而螺蛳要随性得多，几乎适应各类水生态环境。不拘江河湖海，不拘滩涂湿地，不拘池塘稻田，不拘山沟水渠，螺蛳随遇而安，落地就繁衍。有一年春天，我从村子里的灌溉渠里捡了几个螺蛳扔进家里的鱼缸。几个月过去，整个鱼缸爬满了细密的小螺蛳。

它们不挑食。湿地里的植物水藻、细碎的有机物、水中可以滤出的各种浮游生物都是螺蛳的食物。

它们也耐旱。母亲一直跟我说，螺蛳不怕干三年，就怕扔过三丘田。我对这句俗语的理解是，螺蛳耐旱，但是不耐震撞磕碰。以前乡下有的池塘没有水源，全靠春天里下雨蓄起满塘的水，然后逐渐被灌溉消耗或蒸发渗漏掉。中秋过后，池塘渐渐就干枯见底了。到第二年春天涨春水前，我们去池塘里板结的泥地上玩，看见一个个圆形的深凹坑，往下掏摸，总能在十几二十厘米深处掏出螺蛳。在池塘干枯四五个月后,它们依旧活着。

即便到了现代,除了自己种的植物与养的动物之外,采集、渔猎依旧是人类满足生活所需的一种补充, 更不用说古代了。采集野果野菜野蜂蜜,猎取山里的飞禽走兽爬虫,捕捞水里的各类水生物。这其中,捡拾螺蛳可能是相对容易的事情。螺蛳没有尖牙利爪,捡拾时也不需进入深水区和深山区,不需掐准草木时令,甚至不需要长途跋涉、目的明确地去寻找。它一年四季就在村头村尾,稻田间,水渠中,池塘里。因此,螺蛳仿佛具有了某种身边物与家常物的性质。

很小的时候就听过那个让人神往的故事。故事说,勤劳老实的农民捡回家的大田螺每日化身为少女给他做饭。后来我长大一些,通过不同的书本,发现在这个故事梗概下,衍生出了细节稍异的各种版本。故事的发生地,几乎遍布了中国南方和中部多数有水有湖有田的地方。

中国的民间传说故事都有典型的现实根基。田螺姑娘寄寓了众多乡村独身青年的憧憬,也寄寓着众多农民的幻想。他们选择了日常多见的田螺作为载体, 让梦想的可能性与可亲性比那些虚无缥缈的神仙幻想强了许多——毕竟,将同样可能成精的狐狸和田螺进行比较,田螺还是更亲民。

想一想吧,在日常劳作、日常途经的田间地头,俯身就可捡拾到数量繁多的田螺。如果稍微多花费一点儿时间,就可以为晚餐添加一碗佐餐的佳肴。这可是比鱼类更容易获取、比蔬植更富营养的肉食荤腥。它们背着厚厚的外壳,却又没有用来跑路的脚。因此即便是被惊扰了,田螺也只是迅速收回外探的触角和大半个身子, 整体缩回自己的壳里,然后一动不动。所以赣西俗语说,"三个指头抓田螺,十拿九稳"。

我相信,定曾有过那么一些村子与村民,依靠螺蛳缓解食物匮乏的困窘。

在我生活的龙背岭, 人们也时常在夏秋两季到沟渠水田和池塘里捞田螺。我们叫捡螺蛳。是的,在这里,我们将田螺与螺蛳简单地进行了模糊处理。实际上,龙背岭常见的螺蛳有几种。其中一种外壳狭长,我们称其为石螺;另外一种外壳短圆,我们称其为田螺。但是这种具体化的专业称呼只在很少的时候使用。更多的时候,我们将村子里能够看见的一切螺蛳都统称为田螺——我们也不知道中华圆田螺、环棱螺这一类的名称。

春天里,田螺完成了它一年中的第一次繁衍。夏天开始,我们便下到水里捡田螺了。河流浅水洄旋处的田螺经常是成群成堆地出现,捡田螺的人躬下身便捧起一大把,可惜一般都是中小个头的;池塘里的田螺总是缩在淤泥里,捡田螺的人得靠双脚或双手一路摸索过去,泥巴里捏出一个硬物,基本就是田螺或河蚌了;稻田里的田螺显露于田埂边、稻苗下,人们总是在干耘田除草放水等农活时顺手将它们给捡回家;而沟渠里的田螺一目了然,站在水圳边上便可以看到,这里一枚,那里一枚,捡田螺的人基本都是挑个头硕大的往脸盆或者荷叶芋头叶里放,往往有二三十枚就可以炒上一小菜碗。

捡田螺的最佳时间是早晚时分。这时气温不高,田螺们都从泥洞里钻出来了,一目了然。当然还有一个原因,早晚是一天劳作之余的零星时间,捡田螺不耽搁干活。

田螺们都保持磊落的古风。它们在淤泥里安家,必然会在泥面上留下特点鲜明的凹洞,掏下去一抓一个准。即便是外出觅食或者迁徙,也会留下一路滑行的明显痕迹。可能再没有其他动物像田螺一样在大地上留下如此真实连贯的足迹了。

有时候,浅水清澈透底的田间和水圳里,一只螺蛳、两只螺蛳在平整的泥底划出曲线,像一个外出旅行的人留下深深的轨迹或车辙。这抽象的线条与倒映在水中的草木之影相得益彰,很适宜一个无聊又无事的少年在田埂上观望和想象,消耗时光。二十多年前,我初学摄影,最喜欢拍摄家门口泥池里田螺的移动轨迹,那些透过水面显露的光影线条,仿佛在底片上形成了某种神秘的符箓。

捡回家的田螺都会暂养在水盆水桶里三五天，待到它们吐净泥沙了，再进入烹饪的程序。要将田螺肉从曲廊回旋的螺蛳壳里取出来不是一件容易的事。龙背岭的主妇们习惯将吐净泥沙的田螺放进开水里迅速焯一下，然后拿尖竹签、钢针之类的工具将螺肉挑出。挑螺蛳肉也是个技术活儿，要迅速地去掉粘连在螺肉上圆盖一般封堵螺蛳壳口的厣，将螺肉挑出并去掉不适宜食用的部分，既考验细心，也考验耐心——或者，还要考验狠心。田螺是卵胎生动物，雌螺体内往往揣着数以百计的幼体。很多田螺在螺肉被挑出的过程中，都能从螺壳底部带出一大簇的小田螺，其中很多已经完全成形，是缩微版田螺的样子。

我记得有一回捡的田螺有点多又有点小，我蹲在家门口的柚子树下挑田螺肉，大半个小时过去了，依旧没能完工。暮色深处，田螺的腥味吸引了成群的蚊子嗡嗡飞舞，叮得我浑身疼痒，偏偏两手都是黏糊糊的脏污，既打不得蚊子，又挠不得痒。

但田螺肉炒红辣椒，是无比鲜美可口的菜肴，既下饭，又滋补。

也有不用于制作佐餐的菜肴而是侧重休闲口味的时候。这时的田螺就不用去壳挑肉了，直接剪去田螺壳的尖尾，连壳带肉加入大量的调料放锅里烹炒。这样炒制出来香辣无比的田螺被我们称为嗦螺。撮一粒在嘴里吮吸，浓郁的调料味与田螺的本味杂糅，让人越吃越想吃，欲罢而不能。

辣椒炒田螺肉是母亲的拿手菜。嗦螺却不是她所擅长的菜式。炒嗦螺的高手集中在本县另外一个镇子里。

这是一个名叫桐木的镇子，江西与湖南两省在这个镇子里有着犬牙交错般的边界。当地一个老人很认真地告诉我：镇子里有人家的房子厅堂在上栗，卧室在宜春，厨房在浏阳。我将老人的话当成夸张与玩笑，不太相信边界插花地带会有宅基地选得这么巧合。但这个十万人口的乡镇地处赣湘两省三市的边界，倒真实不虚。

桐木镇炒嗦螺的高手也不是遍布全镇,而是主要集中在一个村子里。

这是一个名叫楚山的村子。楚是楚国的楚,山是山岭的山。村子里有楚王台,有供奉楚昭王的祠庙,也有信奉屈原的民间信仰。楚山之上,石壁上依旧有种种牵强附会但又隐有联系的传说,还有韩愈诗《楚王台》"真迹"。楚王台全国各地有不少,韩愈写了《楚王台》也确凿,他曾到过赣西上栗也是史实。但石壁上的简化字毛笔笔迹透出村民们某种可爱的天真。

既然已经说了与楚国有着千丝万缕的关系,那么楚国那沟渠密布、湿地沼泽随处点缀的地理特性,自然也适用于桐木,适用于楚山。

可以想见,在农耕时代,桐木或者楚山的沟渠稻田、河流水塘、湿地沼泽,到处都是螺蛳活跃的空间。

那时的田螺,因为食物丰富又少有打扰,生得年深日久者(实际田螺只在前几年生长体型),想来偶尔会有突破常规,长得拳头大小一个的吧。个头大了,年岁久了,自然田螺姑娘的故事也就有了基础,更多与田螺有关的神话传奇也就有了基础。幼年时,读过一本缺页的《仙佛全传演义》,隐约记得里面有田螺成道,后来因缘际会诸多仙佛人物在螺壳里汇聚做法事的情节。我一直将此视为俗语"螺蛳壳里做道场"的源头。但近来查看网络资料,却大都说这一俗语的来源是另外的民间传说。

不管来源如何,螺蛳壳里做道场,形象又贴切。尤其是对于经常捡田螺、吃田螺、熟悉螺蛳壳的人来说,这样一句俗语的丰富且复杂的况味,细细一咂摸,就会不禁沉默。

楚山村的楚是楚昭王的楚,楚王台的王是昭王的王。《孔子家语》说楚昭王在萍乡渡江捡到一个漂浮的红色果实却不知名,最后孔子辨识出来说是"萍实"。后来黄庭坚也专门写诗说起这个典故,说萍乡就是因为萍实之乡而得名。楚山村属于桐木镇,桐木镇属于上栗县,上栗县属于萍乡市。楚山人相信,当年楚昭王捡到萍实的地方,就是在上栗的大河里,楚昭王曾在桐木留下大量的活动痕迹。

我跟村里的老人开玩笑,那当时楚山人有没有给楚昭王炒上几碗嗦螺呢?

大家都笑。我们都没有专业的历史知识,不清楚楚昭王时代的食物烹煮水平和调料普及程度是个什么情况。那时的人们,学会了将田螺作为食物来源吗?又学会了以什么样的方式来烹制螺蛳呢?

如果从楚山人现在烹炒嗦螺的几种主要调料在历史上被普遍使用的时间来看,至少当时楚昭王是没有口福尝到今天这种口味的嗦螺。

今天这种口味的嗦螺汇集了赣西地区最常见的辣、鲜、咸、香等诸多口味,甚至也汇集了大众美食所需要的各种视觉和嗅觉效果。村子里的人实诚,老老实实将自己村子里常用配方和烹炒方法制作出来的嗦螺冠以村名,称为楚山田螺。没有哪一家哪一户将此作为私有的品牌,也没有哪一家哪一户对烹炒工艺讳莫如深。

这种开放的态度,催生了大批的夜宵店铺以楚山田螺为招牌,也催生了近十家的食品工厂专门生产楚山田螺。

每到夏天的夜晚,赣西地区的夜宵摊点上,总是少不了一份嗦螺。夜宵摊点是个神奇的地方,夜宵相聚的人应该都是亲密的人。

我不常见陌生的人相约一起吃夜宵、吃嗦螺,他们只宜到酒店包厢里正襟危坐进行交流。而一起吃嗦螺,总是有几分亲近和随意,不讲究排场而侧重个体的放松体验。

嗦螺的吃法似乎有几分粗犷,几个大老爷们配上几瓶啤酒,边嗦边大声说话,那嗦螺的香味,很快就弥漫整个就餐空间。

但是,不要忘了,嗦螺的菜碗前,女性似乎也不少。想象一下,餐桌前的纤纤玉手,伸出两根手指,撮起一粒螺,放嘴边轻嗦。转眼间身前就堆满了螺蛳壳,转眼间两手就满是汤汁。对于讲究的人来说,这样的场景只宜在亲密者面前呈现。

实际上一起嗦螺的人都没有这种顾忌。既然是嗦螺，要的就是这种酣畅淋漓，要的就是这种味蕾爆炸。所以，我一直认为，能够一起嗦螺的人，定然都是随和随性的人。

就像嗦螺本身，用各种调料随性地翻炒烹煮。也像田螺本身，在各种场所随性活，随性吃，随性长。超强的适应性，让田螺成了自然生态水体里治污的好物种。超强的繁殖力，让田螺在一些养殖场成了螃蟹、青鱼的好食物。

同样随性的夜宵摊，渐渐也衍生出了夜市经济的概念，衍生出了吃嗦螺和炒嗦螺的烟火人间，衍生出了一个嗦螺生产产业。

在吃过嗦螺很多年，也早已不到水里捡田螺很多年后，我偶然来到了楚山村。那一次之后，我到楚山村，不为访古，也不为考据，只为了嗦螺而来。在这个村子里的田螺繁育基地，各种各样的螺蛳扎着堆。但田螺食品厂的采购经理告诉我，这样的画面根本算不了什么。在一些大湖大河里，在螺蛳的主产区，工人们都是用挖掘机采挖螺蛳的，经常是数十吨一次地出货。在这个村子里的田螺加工厂，各种口味各种包装的田螺堆成山。但附近临时摊点排成两公里长的夜宵街上的厨师告诉我，这样的产量根本算不了什么，嗦螺几乎是有多少就能消耗多少。

我看着一个小小村庄里的田螺清洗池，看着一张窄窄出货单上各色口味的嗦螺货品，看着每天数字惊人的交易量，仿佛看到了餐桌前撮起嗦螺的纤纤玉手，仿佛看到了河湖间举起挖掘斗的捕捞船。

突然地，就想起了幼时乡间赤脚下水捡田螺的朴素与天然，想起田螺姑娘的故事和红辣椒炒田螺的鲜香。那种佐餐的乡间菜肴，与嗦螺有着完全不同的滋味。突然地，就想起来要感谢田螺强大的适应性和繁殖力，要感谢养殖田螺、繁育田螺的人，让天然水域的一部分田螺，还能够绕过嗦螺产业的碾压，继续野生野长，让古老的田螺继续绵延自己的传奇，让更多喜欢嗦螺的人在很多年之后还可以继续有螺可嗦。

洛克之路通往扎尕那

◎ 王 彦

"这里的峡谷由千百条重重叠叠的山谷组成,这些横向的山谷像旺藏寺沟、麻牙沟、阿夏沟、多儿沟以及几条需要几天路程的山谷孕育着无人知晓的广袤森林,就像伊甸园一样,我平生从未见过如此绚丽的美丽景色……"

一九二五年,美国植物学家约瑟夫·洛克发现了这个神奇、神圣而让人无限神往的地方,此后,从甘肃省甘南藏族自治州卓尼县扎古录镇通往迭部县扎尕那的这条路,便被命名为"洛克之路"。这条路,宛若山间蜿蜒的一根丝带,串起了甘南的各种地质地貌,连接着意想不到的美景故事,甚至一天中可以感受四季变化。

重返甘南,便是为了它。四年前,因为修路,再加上同行多人高反,我们无奈掉转车头。四年后,我们如愿踏上洛克之路。

从扎古录镇出发,起初一段并不艰险,似乎像其他公路一样风平浪静。正当大家议论"洛克之路是不是重修了,没驴友说得那么刺激"时,车子突然转入土路。渐渐地,碎石越来越多,路旁的山体好像也是松动的,大大小小的石头随时可能滚下来,路边跌落的大石更是让人一阵寒战,恨不得车子长出翅膀迅速飞过去。听说前两天下大雨封了路,如今才开通,路上仍不时见到工人在维修。这,还只是序曲。

终于,我们遇到了第一个村庄——百年藏寨尼巴村。"尼巴"是藏语音译,意思是面向阳光的山坡。看到村庄,有了人气,心里安稳了不少。清澈

185

的车巴河将村子一分为二,河对岸的房子古旧些,依山而建,层层叠加,户户相连,好像严阵以待的城堡。河这边的房子大多较新,从外面看是土房,可进到里面又会发现是木屋,这便是"外不见木、内不见土"的独特藏居结构。村里随处可见高高耸立的木架,这是村民晾晒粮食用的,充满浓郁的生活气息。村口立着金光闪闪的宝塔,彩色经幡在风中飞动,转山归来的阿妈一边摇动转经筒,一边低头默祷,不知道她嘴里念的是什么,但我能感受到,她的心是诚的。据说,尼巴村生活着许多百岁老人,最长寿的活到一百一十四岁,因此这里又被称为"安多藏区第一村"和"长寿村"。

走出尼巴村,继续开车前行。伴随着碎石路、搓板路的是不断攀升的海拔,这时感觉头上像被戴了个紧箍咒,山势每抬高几百米,头箍儿就收紧一扣,同时出现耳鸣,周围的声音变得不真切,太阳穴也不时有针扎似的刺痛感。到达海拔四千米的垭口时,道窄弯急,险峰耸峙,路边就是万丈悬崖,车子只能以龟速缓慢通行,我不敢向下看,也不再谈笑风生,手心儿里都捏出了汗。

无限风光在险峰,这句话用在洛克之路上再合适不过了。虽然道阻且艰,但每一个转弯都带来一个惊喜,每一寸前行都迎送一处佳境,是自然的,也是人生的。头还是有点晕,爬上观景台的小坡已感气短无力,但眼前不断变幻的高耸森林、漫无边际的苍翠草原、静谧无人的深邃峡谷、蓬勃生长的各色小花,悠闲遛弯的牦牛和自在吃草的小羊,还有远处的奇石峭壁、蓝天上的朵朵白云、展翅翱翔的雄鹰,一切都是那么自由、纯粹,那么神秘、圣洁,一切又是那么值得,那么令人敬畏。如果再做一千一万次选择,我依然会踏上洛克之路,义无反顾去寻找人间天堂——扎尕那。

经过六个多小时的跋涉,走过惊险又美艳的一百公里,终于抵达了终点——扎尕那。听说到了,本已疲惫的我们立刻来了精神,可就在入门的当口儿,车子却排起了长队,估计一两个小时也进不去。可我们已迫不及待想和心心念念的扎尕那见面了,于是,除了司机,大家纷纷下车,徒步前往。

　　见到扎尕那的真容，大家惊叹，真是名副其实的"石匣子"啊——北边的光盖山石峰巍峨壮观，熠熠生辉，因灰白色岩石易反光，又被称为"石镜山"；东边的峻峭岩壁直插云霄，云雾缭绕，恍如仙境；南边的两座石峰拔地而起，对峙并立，好像石门；往南至东哇、纳加一带，又是另一番景象，清流跌宕，水磨飞轮，生生不息。从高处俯瞰，扎尕那就像一座天然的围城，又似规模宏大的石头宫殿，只有上帝之手，才能雕造出这样的杰作吧！

　　最爱扎尕那的仙女滩。虽然要爬很长一段栈道，走走停停喘喘，但当眼前缓缓展开好像电影《魔戒》里的高峰峭岩大背景，当"绿野仙踪"般翠绿欲滴的森林草地迎面而来，那一刻，所有的疲惫、烦恼全都被治愈了。看吧，有人像孩子似的在草地上打滚儿；有人携手徐行，慢慢欣赏品味；有人不断按动快门，定格美景。我们一家则席地而坐，悠闲地吹着林风，等待日头缓缓落入山坳。此刻，万物浸在余晖之中，一切变得祥和、宁静。

　　除了绝美的自然风光，扎尕那还有一个特色——农林牧巧妙融合。平均海拔约三千米的扎尕那，包括代巴、业日、达日、东哇四个自然村。亚热带向青藏高原高寒气候过渡的独特气候类型，造就了高寒草原、温带草原和暖温带落叶林三大植被类型，也形成了独具一格的生产活动和人类文明。早在三千年前，这里就出现了畜牧文明的萌芽；蜀汉时期，名将姜维把先进的汉族农耕文明引入扎尕那；吐谷浑时期，汉地农耕文化和藏区游牧文化相互融合；明清"杨土司"时期，农林牧复合系统逐渐发展起来，农耕为人们提供青稞和蔬菜，牧业供给肉和奶，森林不仅满足了建材需求，也生长菌菇和药材。游牧、农耕、狩猎和樵采等多种生产活动合理搭配、互补融合，让扎尕那成了人与自然和谐共生的典范。二〇一七年，"甘肃迭部扎尕那农林牧复合系统"被认定为全球重要农业文化遗产。

　　扎尕那的孩子，也给我留下很深的印象，他们小小年纪，已经在帮家人照看生意了。下午，车子曲曲弯弯爬了几道坡，终于到了预订的迭山民宿，敲开门，接待我们的就是一个藏族男孩。他十来岁的模样，汉语说得不错，登记身份、分配房间、清洁打扫，一项项安排得井然有序、明明白白。民宿走廊的墙上贴着不少奖状，都是"小老板"的，他不仅是学校的三好学生，还是 4×100 米接力跑的能手哩。

晚上从仙女滩回来，我们一个个累得马上躺平，"小老板"一家的夜生活才刚刚开始。忙活了一天，一大家子终于可以围坐火炉前边吃边聊了。他们说的是藏语，我听不懂，但听得出很热闹、很亲切，听着听着，迷迷糊糊就进入了梦乡。第二天，阿妈一大早起来给我们准备早餐，"小老板"还躺在炕上，睡得很香。我们走路也尽量轻一点儿，谁忍心扰了孩子的好梦呢？虽是短暂的停留，老板家的小奶猫已经喜欢上了我老公，连吃早饭的工夫也要跳到他膝上，亲昵地喵喵叫着。

离开扎尕那时，我们不住地回头，想再多看一眼，想把这石头城的人和物，把洛克之路上经历的风景、故事和境界全部打包，装进人生的行囊。

从房间走向自然有多远

◎ 海　男

　　我更多的时间生活在房间里，一个写作者需要足够多的安静和时间，像一只黑蜘蛛般织网。每一次织网就是开头序言，从第一根丝线开始，我试图去接近一只蜘蛛侠吐出的那纤细的丝线，我知道所有丝线必须从第一根开始。然而，黑蜘蛛网的隐身术是玄妙的。往往是这样，当我们偶尔抬头看见它时，网已经织完了。去寻找它吐出的第一根丝线是艰难的，而且这个念头刚升起，又被别的现象所分心了。

　　一颗心要容下自己多少从时间问题中涌起的念想，又要容下多少念想的转瞬即逝？尽管如此，只要跨出房间，你的幻想意念就敞亮了，哪怕是一个个阴雨绵绵的时令，你也同样能跨出限制自己生活的区域。从房间走向自然有多远？当然，房间本就是你身体中的自然，从卧室到书房，这是留下我痕迹的小世界，它们在半世人生中收留了我的味道和疲惫，同时也收藏了自我活动的蛛丝马迹。从儿时，我就以自然为天下，记得随农艺师的母亲生活在一座小镇的三个永不磨灭的场景：门口的小河，那条河是从天边来的吗？那清澈见底的水下可以看见细小的鹅卵石，夏天，我们赤脚在小河中摸小鱼虾，有各种舞动着小身体的鱼虾穿过手心，它们似乎都不会长大，也许那些长大的鱼虾被捕手带走了，或许它们顺水漂泊到更大的江河中去了。在幼年的时光中，所有在小河中所看见的穿过指缝的小鱼虾，都是精灵，在五岁到十岁的时光中，整个夏季我们都赤着脚在小河中行走，小河岸上是稻田，数不尽的蜻蜓在稻田上空游历飞行，我们的兴致突然间就从小河移动在庄稼地里，这是炽热的夏季。蜻蜓们迎着阳光仿佛来自另一个星球的飞碟，然而，它却就在视野之上在我们迎面去追逐的时间深处，有时，我们因追逐会突然陷在稻田中伸手就捉到某只栖在鹅黄穗尖上的蜻蜓，于是，我们就骄傲地从泥浆中拔出脚来，将那只蜻蜓举过头顶，炫耀着我们的战利品，一边炫耀一边却又将那只蜻蜓放生了：或许是感觉到了那一只捏在手中蜻蜓双翼的透明单薄感，害怕它失去翅膀再无法飞起来。悲悯是天生的，不需要后天培养，当你面对一个生命的存在时，你会升起莫名的冲动，不要伤害到它的存在。我们捕捉到手中的一只只蜻蜓，又被我们放回了天空。这就是自然，它启蒙了我们的良善，让我们能在它们的存在中感受到生命的原生状态。

在云南，离不开云絮的变幻无穷，这是我走出房间后的日常美学。无论是旅行隐居写作，都会忍不住抬头看天象。用自己的目光在拂晓后，观测云空的变幻几乎成了我的习惯。我属于西南方，属于河流砾石，古道云雾属于原始热带雨林；属于江河山川盆地丘陵村舍的原乡：这就是为什么，我蜷曲在水边洗衣服又站起来。我深信，在我写下的所有句子里都闪烁着自然而原始的味道。此刻，雨又来临了，带着蜜蜂的透明翼。而那些充满了暗香的玫瑰，在房间地角，永远撼动了孤独，并为此凋零或绽放着。自然以它的元素从古至今，都与我们为邻而相伴。

那是我发现一只蜂巢的时刻，每当看见野蜜时，就会在舌尖上沁入了甜蜜。而当你看见蜜蜂时，就能判断在你的周围有野花绽放的区域。这时候，已经来到了错落的丘陵地带，在云南，有盆地就有人居住，盆地也就是坝子。有盆地，四周就是随坡地而渐次上升的丘陵，随同海拔高度，各种自然生物体也会随之而来，它们仿佛在史前史中就早已存在了。在云南元阳的梯田中，最先听见的是水声，我走过很多座村庄，我也经历过很多次的季节干旱期。那一年的春季，是云南最干旱的季节，春天来了，夏季将紧随而致，田野山川的农人们都在打井，为了春种。空气仿佛飘忽不定地沉迷于干燥剂中,多雨的云南啊,为什么天空中无法飘落下一滴雨水?我来到了元阳梯田,车子从热谷往上走,环绕着一座大山走了很久,就看到了车窗外的梯田,这是世界自然遗产地之一的元阳。

水声哗啦啦地穿过梯田而来,震撼着耳膜,我有些惊奇,在干旱的云南能听到水声,而且这不是来自江流的波涛汹涌。我下了车,前面不远处就是一座哈尼人的村寨。我想急切地从小路奔向村寨,然而,去村寨必须穿过这一座高低起伏不定的梯田。我脚穿一双平板胶鞋,每次出门都要选择鞋子衣装:因为要走很多路,要遇到你无法预测的天气变化;因为要遇上峡谷,沟垒,村舍,还要穿过野生灌木,有时候在迷雾中会身不由己地走进一座看不到尽头的原始森林;因为一双脚要穿越复杂的地理位置,要历尽想象中的或者超越想象力的艰辛之路……在云南,只要你走出房间,远离高速公路,就必须为自己准备好一双鞋子。有一双好鞋子,可以像精灵们一样纵横穿越自然的时空吗?我曾经在怒江大峡谷,看见一头羚羊跃过了一道横隔它身体的峡垒,世界的距离有长有短,有些阻挡你的距离是可以腾起身体就跃过的,而面对我们身体无法穿越的距离,我们只有绕道而行。这两种穿越都与速度有关,勇猛者腾空而起后,就缩短了距离,那只羚羊战胜了自我,心力上升,对自己有了信念,想去征服更多的距离。而绕道的羚羊们虽然缓慢,却领略了漫长距离中的风景线和艰辛的旅程。我走过许多路,遇到很多意外的人或事,只要出门,穿上胶鞋的那一刻,就意味着我会远离高速公路。

现代人已经无法离开高速公路和互联网,前者是速度。激情与速度是现代人沉迷的世界,激情用来支配速度,而速度用来载动激情扩展出去的视野和版图。那些用青春和勇猛之力驾驭速度者,正在二十一世纪的高速公路上穿越人类命运的隧道,他们年轻的脸带着天真和梦想,离开速度他们就会萎靡在沙发和水泥钢筋公寓深处,只要有速度,他们就会生活在远方。再就是互联网,它的网络让无数人突然之间失业,不知所措地带着迷惘的神态奔向网吧,在城市的各种网吧里,你就会看见那些沉迷于虚拟角斗的战士,这些青少年坐在里边,像空心人移动着鼠标,穿梭于战火弥漫中的游戏之战。

在奔向远离高速公路的乡村公路时,速度突然间就慢了下来。现代人死于心梗脑梗的人增多,可能与快速度的奔波和焦躁症有关。而当你终于嗅到了四野上谷物生长中的味道时,速度驻于这空旷的盆地和脚跟下的泥土。一个人的鞋底上如果长时期没有来自祖国大地的尘埃,那么这个人的内心一定会很孤独和焦虑。这两者都是现代人身体中携带的疫情,另一种疫情或许比近些年在全球大地上流行的新冠病毒更可怕,那就是失去了根须,像漂流瓶不知道该寻找到哪一座内陆才能上岸。

所以,我寻找中慢慢地走向了大地上蚂蚁们筑梦的地方。那一天,天空中突然增加了一束束铅灰色的云絮状物。在远离高速公路的地方,天空很低与大地万物连成一体。你走在尘土中时,噪声与喧嚣都消失了,与之消失的还有妄念和道不尽理不清的网络线。如果在暴雨来临之际,看到一群蚂蚁们在拼命地奔逃,你就情不自禁中寻找到救赎自我的密码:那就是感受到生命的意义,重新感受来自四野的天象和地气的,彼此之间的信仰和慈航之路。一个缺乏信仰的人很容易就会在遇见黑暗时看不到光热和速度。信仰是什么,它是从内心上升的某种有温度的冰冷和热烈,我认为这两种温度足够熔炼我们通往过去此刻和未来的道路。而一个人从房间走向自然的方向,也是带着信仰出发的路线。看见蚂蚁奔逃时,我们也自然会在狂风暴雨来临之际,加快速度。然而,我们的速度根本就赶不上天空之轨迹的变幻莫测,几滴雨刚落下,倾盆大雨就来临了,那一天我们爬进一座废弃的老房子中避雨。我们的心狂跳着,几个人站在老宅中还在研究着这房屋的前世今生的时间,这时候,我们已经完全忘却了人世间曾经亲临的许多大大小小的事件。

建筑向来都记载着人的呼吸和曾经的过往史。我们不经意间在暴雨中看到了坍塌的外墙上有一道木格子窗户，如果细看就会看见细细的花纹，还能在潮湿的空气中嗅到沉香般的腐蚀味道。曾经在此居住者迁移出去了，到不远处的村舍中去了吧！我这样想着，便感受到雨住以后外面庭院中的花香，一棵石榴树应该是百年了，它的皮肉已皲裂开，此刻，我们都从屋檐客堂走了出来。在墙角竟然发现了一只红色的绣花鞋，有人就惊叫了起来。这悠悠荡荡的庭院深处，仿佛所有物件都消失了，只留下了这棵近百岁的石榴树还生长着绿叶。最后就是这只红色绣花鞋了，有人问，另一只去哪里了？说这话的人找遍了整座庭院，也没有再发现另外那只红色绣花鞋的踪迹。围墙半坍塌，也有仙人掌在土墙上生长，雨完全停了。我走到那棵仙人掌面前，看到了一朵红色的仙人掌花朵。近些年，对于红色，我有一种着迷的状态，仿佛凡是红色的景物和衣饰，都能替代我的灵魂去燃烧或者去迎接一场场焰火。

这朵红色的仙人掌花朵，盛开在这座诡异的老宅墙上，让我有了想象的空间。这土墙中原来是不可能长出仙人掌的啊！那么，它是从哪里来的？就像另一只绣花鞋的消失，这些都是来自空间的问题和追问，然而，有些谜底永远永远都是没有答案的。而且，我们也不可能在此久留，走出老宅，时空被改变了，这就是生活和自然的融合体。我们走上了另一条雨后的小路，天空出现了彩虹。

看见彩虹，突然间，之前那些诡异的现象消失了。人世间万物万灵都有各自的位置和命运的安排，有些树长在斜坡高冈，有些树生长在村口和庭院。迎着彩虹，我看见田垄上出现了一群白鹭：对于白鹭的爱，就像我在画布上涂鸦着翅膀和雪白的羽毛。第一次看见白鹭，是在旅程的中途，我们从高黎贡山终于走到了山脚下的刹那间。夜宿南方古丝绸之路的高黎贡山南斋公房，像是夜宿千年以前的一种古老的器皿中间。我们在寒冷飘雪的海拔三千米之上，几十个来自俗世的持不同身份的旅人，跟着马帮，一路上从山脚下往上走，这座山有两种历史，它是源远流长的南方古丝绸之路的必经之路，也是第二次世界大战滇西主战场的硝烟弥漫之地。所以，我们往山上走，还看到了战壕，但已经没有了血肉之战的腥风血雨。宿于寒凉的海拔深处，就像是宿于千年的史卷，万千植物动物在其中穿梭，经历了惊奇和想象后，我们在曙色涌来的雪花纷争中下山了。

山脚下是田园风光，是我最喜欢的泥土上生长的早春二月。突然间，有翅膀掠过的旋律声，抬起头来，是一群白鹭。天啊，这境遇如此奇妙，我的脚不再抽搐了，我的腰直起来了，我的眼睛又变明亮了：这是我第一次看见白鹭，它们成群结队地在高黎贡山脚下的田野上栖息飞行着。白鹭是我见过的最美精灵之一，它喜欢人间的庄稼地，如有池塘，它们就在水边饮水游击微波细语。在高黎贡山的田野上我见过了最多的白鹭，正待春种还没来得及翻耕的田野深队，它们成群结队地私语恋爱。我们从脚下小路往前走又看见了成片的油菜花。又遇到了蜜蜂嗡嗡嗡的飞行，它们飞得很低很低，才能采到花蕊。这就是走出房间的生活，每次出门，我都要穿一双系鞋带的高帮胶鞋，因为我去的地方，变幻无穷。

出门后必须设法一点一点地离开高速公路，唯其如此，你才会看见惊奇和诡异的大自然。那一天，又是猛然间抬头，就看见了一条碗口粗的大蟒蛇，头顿时一阵眩晕。才发现四野是一片看不到尽头的野生灌木丛，有时候出发为了去看历史。逝去的时光总会为我们保存下来每段时间稀罕的遗址。这一次我应该去看一条江，它的名字叫金沙江。我出生成长地离金沙江很近，在幼年无畏无知时，曾随父母在金沙江五七干校劳动改造。对于这条岸的灼热我是有记忆的。那时候，江岸边开满了仙人掌和橄榄树花，还有木棉花。这三种热带植物几乎在我身体中一直坚韧地成长着，它们似乎不会枯萎。从那片灌木丛向前行走时，我已经开始了写作。

我们从另一片区域去看金沙江时，我眼前又出现了仙人掌，它像巴掌伸展开的绿色肉果弥漫着多汁的液体，而它的花冠红得像庆典时的礼花，更像村姑绣出来的红色，那些红有我们血液中的热烈和反复无常的梦想。

194

橄榄树上的绿果是可食的，我们开始爬上树干，男孩子爬到了顶端，我只爬到了树的中央就不敢再往前爬了。坐在树丫中央我们便开始摘橄榄。边吃边摘的场景现在还能想起来，橄榄树就像是我们的摇篮。木棉花几乎开遍了视野中金沙江的岸边，它们需要强烈的阳光才能在挺拔起肢体时向上生长。那些硕大的木棉花朵啊，我无法去礼赞它的美。我站在树下仰起头来，我够不到它的花朵，因为树太高大。它的花朵是为众神和俗世而盛放的，所以，我感觉到与一种花冠保持距离的神秘感也由此诞生了。

脚下是望不到尽头的灌木丛，这是一片由低逐渐上升的高岗，走完这片灌木就能看见金沙江。一条江的流向是辽阔的，它从不受到地理和版图的限制。一条江在每一个版图区域都会历现它不同的形象，因此，我们要越过眼前的野生灌木丛，去看山下的金沙江。朝上行走时，看见了那条巨蟒的盘旋，它移动身体的时候很慢，仿佛它也在边爬行边观察世界的变化。我们屏住呼吸，在几十米之外是那条巨蟒，对于它的降临，是惊奇也是惊悚，此生还是头一次在野外看见这样活生生的巨蟒，当然，之前也在野生动物园看见过。然而，那是居住在有围栏的巨蟒之笼，它们被人类从自然界中载往城市时，已经失去了自由自在的生活。

我无法说出每次去野生动物园时的感受：确实，为了让人感受到除了人存在本身之外的生命，人类费尽了时间艰辛在大自然搜寻动物圈的生活之地，才将它们带到了动物园。这也是为了让人了解生命存在的另一种方式，因为人本身的视野受到许多限制，我们不可能都会在自然中遇到各种来自书本的动物圈，所以，城市就有了动物园。孩子们乃至成年人都会在假日跑到动物园中，隔着栅栏看动物世界，是有安全感的。而在这片逐渐上升的灌木丛中看一条巨蟒移动着身体，它的身体该有多少能量才能盘旋于这山冈上的荆棘之中，每一丛灌木都有尖锐的刺，我们的身体是有防范的，而这一条赤裸裸的巨蟒，它途中被荆棘划破皮肉时也是会疼痛的。

目送它消失在看不到尽头的灌木丛中后，我们又开始朝向上的路行走。谁也无法猜测这条巨蟒带着绿褐色斑纹的肉身到哪里去了。世界本身就是一个秘密，每一种生命行踪无法逐一解构，然而，我相信，它是自由的，它带着被荆棘划破的创伤，正去寻找它的旅伴。而我们从灌木丛中的一条被人走出来的小路上，终于看到了山下的金沙江。我的衣服鞋子上再次挂满荆棘，我们来不及歇脚就往山下走去：金沙江从一片石灰岩中穿壁而出，我看见了它的伟大和孤独，听见了它扬起巨涛又落下去的咆哮。

　　走到江水边，便坐在一块岩石上，只有在这一刻，心绪才安顿下来。这一刻，似乎有足够的时间用来与江水私语，也可以慢慢地摘下衣服鞋子上的荆棘了。对于我来说，这样的时光是用来忘却的：我忘却了露台栏杆上的锈蚀色，早就想重新换新栏杆了，但一直没有时间，而且有纠结，当阳光照在锈色的围栏上时，感觉到一种想画下来的冲动；我忘却了与人相处时的某种意义上的距离，这些从生活中散发出来的气息，足以说明人性是复杂的，人与人之间的事也是在雾中进行的；我忘却了母亲日渐衰竭的身体，每次去看母亲，都会发现她又老了一些，毕竟她已经九十多岁了，我无法设想自己的命数，也不敢去构建自己如果能活到九十多岁的模样……坐在金沙江边，我忘却了这些缠绕我的思虑。如此宁静致远，这是我们穿越了看似无尽头的灌木丛带来的气象。其实，世界的尽头就是每一次的抵达。江水涌上岸，我们终于感觉到饿了，便开始寻找有炊烟升起的地方。

　　小时候在各种家用电器还没有进入家庭生活时，父母亲教会了我们使用火柴点燃炉子里的柴块，从那时开始，我们就知道只有火可以煮饭。这种常识得到延续，我们也知道了有炊烟升起的地方，就能寻找到食物。离庄稼地很近的地方，离烟火也就更近了。每次往村庄的方向走，往往是我们从山冈河流走出来的时间，有时候，我能感觉到离开房间时的脚步声越来越狂野，恨不得马上离开城市的斑马线，离开架在空中的一座座立交桥，离开堵塞的城市核心区的路线，就像我每一次从洗衣机中取出衣服，是的，衣物总带着浮尘和污渍，每次将衣物放洗衣机时，总想看它们怎样在白色的洗衣液中旋转搅动，总想看泡沫怎样在旋转中消失———这是一种来自城市中的，一个人的现场生活。每次晒衣，总要看见天空中飞来的鸟是否会看见我的生存状态，总感觉到一种莫名的忧郁。

尘土是那么干净，哪怕路上有许多风化的和新鲜的牛羊粪，哪怕麦秆草、猪草铺满了小路，在我的感官中仍然能感觉到这条通往村寨的路是一条通往大地宫殿的路。特别喜欢抬头就看见青瓦土坯房，刹那间路边的各种青草野花都是我生命中相遇的时光，奔向一座村庄，就是我诗歌中的某句话：我的原乡是一盆火。所以，在饥饿时寻找到从青瓦屋顶上升的炊烟袅袅时，我已经在人间生活了很长时间，我已经远离开虚名浮尘并寻找到了生命的本质。

火塘是埋下火种的地方，在远古，都要在火塘中保存火种，那时候没有火柴打火机，远古的人们是从石头和香草中发现了红色的火种，并引进了筑居山洞，学会了烘烤和煮沸食品的技能。然而，每一次搜寻火种都需要祈祷和偶遇，在那些冰川运动之后的大地之上，具有生命体的万灵才刚刚寻找生存的契约，他们走出了栖息的原始洞穴，学会了织物和筑居，同时也搭起了火塘。当我们围坐在火塘边时，每个人都在饥渴中盯着炉架上烟熏出的肉，从土坛中倒出的米酒……每个人都在剥着玉米，吃着从火塘中烤熟的土豆，每个人都端着大碗里的酒，都想大醉一场。火塘边的原生自然展现出村里人的生活，他们喝从家门口流过的山溪水，女人头顶水瓮，身体中的平衡力那么稳定。家里不需要冰箱，可食之物都是在庄稼地里劳作后，顺便就把瓜果蔬菜采撷后背回家的。古老的村舍似乎远离着高科技，尽管如此，互联网还是遍及了村村寨寨。现在，村里人已经用上了手机，在手机中卖各种农副产品。只有那个坐在家门口的妇女，还在慢悠悠地绣花。她看上去很安静，正在绣一对比翼鸟儿，我走上前，这是她想象中的鸟儿吗？坐在她旁边的石凳上看她绣花，门口有三四个石凳，她说，从前，这一只只石凳上都坐满了绣娘，她的婆婆奶奶母亲都是绣娘，后来，她们老了，无法穿针线了，从前绣娘们都坐在家门口的石凳上……从前是一个绣花针眼一根线，穿过了绣娘们的世界。

　　从前很远吗？是的，从前就是回忆，有些回忆就变成了传说。从前是谷物的天下，又重回元阳哈尼梯田，秋收以后，梯田会有一段漫长的休眠期，这也是梯田最美的时刻，许多摄影发烧友们最喜欢在这个时间进入哈尼梯田。自然的景观有些是宏大的主题，一旦它们获得某种声名，慕名而来的人们就会为传说中的景观而来。在哈尼梯田未申报世界遗产以前，我就无数次地闻着空气中的风声鹤唳而来，风的记忆推动着波涛，那个冬天我来到梯田中是为了看梯田中的野鸭。风告诉我，是时候了，你每天站在窗口是为了等待出发的时辰，于是，我听从了风的召唤，冬天去哈尼梯田看到的是梯田中的水和野鸭们的群体活动。于是，择日后就出发了，所谓的择日就是在一个夜深人静的时刻，突然翻身而起收拾好行装，将记事本放在旅行包一侧，去自然界我会选择柔软的双肩包，而当我乘高铁飞机时才会使用箱子。简言之，箱子朝着城际线奔去，奔向高铁蜂拥的人群奔向飞机的安检奔向云空，又奔向某座陌生的城市，箱子里每件衣物都叠得整整齐齐，不会多一件也不会少一件。双肩旅行包则将陪伴我们离大地山川盆谷江流村寨越来越近，包里有指南针、药品、创可贴、笔记本、书、钢笔、简约衣物等等。从箱子到双肩包就可以发现我们不一样的旅行所抵达之谜。

在蒙古高原洄游

◎ 王樵夫

　　蒙古高原上的达里诺尔湖，是蒙古人心中的圣湖。"达里诺尔"是蒙古语，汉意为像大海一样的湖。因为盐碱度高，湖里的生物几乎绝迹，却生长着一种耐高盐碱的华子鱼，每年四月，它们逆流而上，游到一百余公里远的河流上游。途中艰难困苦，死亡者十之八九。尽管如此，侥幸活下来的鱼，也要义无反顾地回到出生地，产卵繁衍，科学家称之为"死亡洄游"。

　　在当地蒙古族人心中，这种定时返回来的鱼，创造了"地球上最伟大、最壮观的旅程"。

风把冰层吹化

　　三月。天上的月亮还没有升起来。"花儿"摆动了一下尾巴，随着四周漾起来的湖水，她眨着圆溜溜的眼睛。"花儿"心里知道，即使月亮升上来，也是清冷的，就像贡格尔草原上刮过的风，硬朗朗的，像刀子一样。

　　高原太冷，严寒一到，大地冻裂，湖面的冰也冻裂了。

　　"花儿"是一条正值青春妙龄的母华子鱼。华子鱼，特殊的鱼类种群，体形梭状，当地的蒙古族人称华子鱼为"查干拉吉"。

　　贡格尔草原上，没有树。星星挂在更加空旷的天宇上，冷冷地眨着眼。

　　星星的倒影，一朵朵开在湖面上，像白灿灿的白凌花。

　　月，终于出来了，却是一弯残月，映照在深不可测的达里诺尔湖里，映照在刚刚融化的冰凌上。

湖面上,有风刮起来,白天的水蒸气凝成霜,挂在贡格尔草原的枯草上。

天,越来越冷了。这是黎明前温度最低的时刻,几乎把残月和星星的倒影也冻在湖里。

忽然,传来海鸥的聒噪声,它们早早起来,做好了饱餐一顿的准备。

花儿游在达里诺尔湖黑暗的深水中,听到千里之外的黄河地段,强劲硬朗的北风,吹化了冰冻了一季的黄河;松动的冰块,裂成大小不一的浮冰,汹涌而下,咆哮着,一泻千里。冰块和冰块互相撞击着,相互拥挤、翻滚、堆叠着。上游冰块的撞击声震耳欲聋,瞬间由远及近,翻滚的波涛如万马奔腾,似雪崩飞滚。后面漂浮的冰块在河水的推动下,顺着前面的冰体向上攀爬,后面的浮冰再次往上叠加,层层叠叠,蔚为可观。

世界上有些声音,人听不到,但是狗能听到,鱼能听到。在地球上,人类已经失去了某些特殊的聆听与辨认能力。

也就是这一天,寒气渐渐褪去。越来越大的风,蕴含着摧枯拉朽的力量,带着不可阻挡的气势和霸道,吹过广袤的贡格尔草原,在广约二百四十平方公里的达里诺尔湖上,切割融化着的冰冻湖面。

湖冰逐渐融化。先从湖面开始,然后是湖的四周,冰面在缩小,逐渐露出波光粼粼的水面。微风吹来,清澈的水面漾起一圈圈涟漪,映出了蓝蓝的天空、白白的云朵。

暖风里带来刚刚化冻的泥土气息,混着青草味,还有湖水的咸味,都在湿润的空气里发酵。

一只刚从冬眠中醒来的狗獾,从洞穴中小心翼翼地探出头,转着脑袋瞅了一圈。雪地反射的阳光,灼痛了狗獾已经习惯黑暗的眼睛,它放心地钻出来,低下头,伸了一个大大的懒腰。它经历了一冬的沉睡,身体机能正在缓慢恢复,最先觉醒的是空荡荡的肚腹,干瘪的胃因为收缩而灼痛,急需食物的填充和抚慰。

寒冷的严冬耗掉了它身上的脂肪,原本肥胖的腰身极度缩水。

狗獾的鼻子湿润而敏感，它把头扬起来，摇晃着，捕捉空气中更多的气息。每走一段时间，它就会停下，仰起头，吸着鼻子，寻找它期待的味道。

当它穿越一片草原，终于捕捉到风带来的信息。那微弱的一丝风，已经将信息稀释得微不足道。这也足以让它浑身一震，它立刻筛选出期待已久的信息。

它猛烈地翕动着鼻子，将更多的空气吸进鼻腔里。分析，比对，唤醒遥远的记忆，它已经判断出食物的源头和方向。

那是来自达里诺尔湖冰化开湖的信息，每年一度的华子鱼饕餮大餐，让它的胃条件反射地痉挛。它感觉到胃对食物的强烈渴望，它的舌头开始分泌唾液。

它开始一颠一颠地奔跑，像一只目标明确的追踪猎犬。它置身于美味的气息之中，那是鱼肉的气息、鱼血的气息。

狗獾在奔跑的途中，惊起了一群海鸥。达里诺尔湖海拔高，光照条件好，水面广阔，人烟稀少，湖域岛屿垒垒，为一百多种鸟类的栖息繁衍提供了良好的环境。

远方，还有更多的海鸥、苍鹭在低空中盘旋，占据了达里诺尔湖广阔的湖面。

海鸥、苍鹭、秃鹰、狐狸、草原狼，它们都渴望并守候着华子鱼的到来。

狗獾的奔跑声、海鸥觅食的叫声，惊动了湖水深处的"花儿"。她四处搜寻，发现游在她身后的石头不知跑到哪里去了。

"石头，石头！""花儿"急切地喊了起来。

嗅到了淡水的气息

"石头"是一条公鱼，身躯修长矫健，在食物稀少的冷水湖，生长缓慢的华子鱼能长得这么大，实属罕见。

在他还是少年的时候，在达里诺尔湖的深水处，愣头愣脑的"石头"，不经意间邂逅了娇小的"花儿"。从此，一条青涩幼稚的小公鱼，一条涉世未深的小母鱼，再也没有分开。

他们在湖水中慢慢生长着。"石头"大而结实，背鳍又弯又长，尾鳍坚硬有力。而"花儿"呢，体态玲珑，仪态万方，流线型的身体微微向腹面弯曲，让她游起来，动作快捷迅速。她的嘴唇没有角质的边缘，薄薄的，眼睛圆圆的、鼓鼓的，始终湿润着，像蒙着一层朦胧的雾气。

"花儿"娇小温柔，让石头爱之不舍。有时，"花儿"也会像其他的母鱼一样，顽皮、任性、娇气、活泼，甚至还有一点点蛮横，但是丝毫不影响"石头"对她的喜欢和顺从。

她的风格是贡格尔草原上一朵普通的花儿。

他的形象是砧子山崖壁上一块坚硬的石头。

夏天，他们在靠近岸边有水草的区域觅食；寒冬到来，则游到深水区猫冬。这期间，他们经受住无数次钓饵的诱惑，也曾经逃离过巨大的冬捕大网。一次次，他们相依为命，死里逃生。

注定，他俩要共同完成一场繁衍之旅，一场生命之旅。

在深不可测的湖水里，华子鱼如何找到洄游的路线？人类一直疑惑不解，科学家研究发现了神秘的"动物磁性"理论，华子鱼利用地球的磁场，来感知并记住它们的出生地。每到华子鱼产卵季节，它们利用磁场和脑海中关于出生地的记忆，为自己导航，从而回到他们的家。有的科学家认为，它们有着非比寻常的嗅觉，在数以百万升的海水中，能区分出属于自己母亲河流的淡水，哪怕只是一滴。

鱼的心中，始终有一条母亲河。

湖水中传来咔嚓咔嚓的声音，清脆悦耳，惊动了湖水深处的"花儿"。尽管声音很轻很细，但对花儿来说，不啻春天的第一声惊雷，如战鼓般激荡着她的耳膜。"花儿"知道，这是厚厚的冰层解冻破裂的声音。这声音打破了达里诺尔湖漫长寂寥的冬天，预示着一年一度的华子鱼大洄游即将开始。

在欢快地游动中，在湖水深处，"花儿"突然嗅到一丝淡水的味道，她为之一震，这是出生时的味道。她马上循着这味道的来源向前寻觅，流线型的身体游起来快捷迅速。

"花儿"的尾鳍迅速摆动，她兴奋极了，翕动着嘴唇，不停地嗅着，千真万确，这就是出生时的味道，这是家乡的味道！

"花儿"率先出发了，她奋力游向的方向，是贡格尔河道的方向。那里河道宽阔，水流平缓，河中杂草丛生，是"花儿"出生的地方。

"石头"在身后紧紧跟随，如同"花儿"的影子。

低温，依然是生命不可承受的低温。虽已是初春，达里诺尔湖依然寒冷彻骨，刚刚破裂的冰块，在冰冷的湖水上漂浮着，随着寒风摇晃，冰凌水包裹着"花儿"和"石头"的身体。可是他们来不及等待湖温升高，顶着冰凌，循着淡水的味道急速游去。

一群鱼跟了上来，又一群跟上来。它们首先要穿过黑暗混沌的深水区、平静的中水域，渡过杂草丛生的浅水域，然后直奔死亡笼罩的河口地带。

没有哪条鱼发布了命令，却有如奔赴战场一样。湖水中，清晰地看到了洄游的华子鱼群，密密麻麻地挤在一起，浩浩荡荡地向河口奔去。

鱼祭

它们争先恐后抵达的河口地带，却存在着巨大的、无处不在的死亡陷阱。

成千上万只海鸥、苍鹭、白鹳、金雕和白尾海雕，张开翅膀，在贡格尔河注入达里诺尔湖的河口上空，盘旋着，鸣叫着，它们紧紧地盯着这支力争上游的洄游大军。

为了种族繁衍，华子鱼要用自己的肉体和生命，祭祀天、地和达里诺尔湖的鸟、兽。这是生命之祭。贡格尔草原，成了华子鱼向天地鸟兽献祭的巨大祭坛。

最擅长捕杀华子鱼的水鸟群——海鸥,在河口上空,织就了一片白色的"巨网"。一旦锁定目标,海鸥迅速紧缩双脚,然后俯冲垂直而下,利箭般插入湖中,瞬间激起四处乱溅的水花,随即钻出水面,腾空而起,嘴里叼着一条华子鱼。其他的海鸥见状,意欲口中夺食,它们如离弦之箭,直扑空中的海鸥,奋力争夺它刚刚捕获的华子鱼。

海鸥的鸣叫声、落水声、抢食打斗声,河口狭小的湖面上,鱼跃鸟鸣,声传数里之外。

这些海鸥刚刚从南方迁徙回来,长途跋涉,体力严重消耗,成群结队的华子鱼,成了它们最好的营养补给。

在鱼群没有到来之前,海鸥高高地飞在河口的上空。突然,它们俯冲而下,叼起湖岸上的土块或者牛粪块,然后扶摇而起,飞到高空,故意将所衔之物丢在空中,再返身疾追上直落而下的土块或者牛粪块,有其他的海鸥扑过来抢夺。海鸥在饕餮盛宴前,一次次地演练着捕鱼技能。

富有经验的牧人知道,海鸥常在浅滩、岩石周围群飞栖聚。如果海鸥贴近湖面飞行,表示最近几天的天气晴好;如果它们沿着湖边心神不定地徘徊,预示着天气将会逐渐变坏;如果海鸥飞离湖面,成群结队地飞向远处的砧子山或曼陀山,则预示着暴风雨即将来临。海鸥翅膀上一根根空心羽毛管,就像一个个小型的气压表,能灵敏地感觉到气压的变化。

在第一批洄游的鱼群中,公鱼居多,它们不惜牺牲自己的生命,向天敌献祭,从而保护腹中满是鱼卵的母鱼。

湖面波光潋滟,五月的草原依旧奇寒,洄游的华子鱼黑乎乎一片。冲在前面的公鱼群,成群结队,力争上游,为了香火传承、子孙繁衍,在海鸥的不断俯冲下,死伤的公鱼不计其数。

鱼们的当务之急,就是快速离开这个被死亡笼罩的恐怖之地。但是,达里诺尔湖的湖水和流入湖中的淡水,二者盐碱度不同,渗透压有差异,因此洄游的华子鱼在冲过河口时,往往需要在咸淡混水区滞留一段时间,以适应生理机能的转变。这无疑给了海鸥更多的捕食机会。

海鸥吃不了的华子鱼的尸体，横陈在湖面上，白花花一片，随波涛晃动着，翻滚着……

有些华子鱼好不容易穿入贡格尔河道，湍急的水流将它们重新冲回达里诺尔湖主库区，但是，只要水流一缓下来，它们就会立刻反身，重新向上游进发。

华子鱼冲过河口，躲过了海鸟的围追堵截，侥幸过关的华子鱼，十有八九也难逃死亡的噩运。

那些早已经准备好的狗獾也来了，在河水中拦截华子鱼。它们多出现在无人的夜晚，还有狐狸、草原狼……

最糟糕的，是蒙古高原变化莫测的天气。

每当初春季节，天气剧烈变化，西伯利亚和蒙古高原会形成超大范围的高压区，强盛的冷高压致使冷空气大量堆积。受季风环流影响，寒潮携带大风肆虐而至，虽然到了四月，贡格尔草原已经升温，但是温度升得越高，就会降得越猛，贡格尔草原会出现"倒春寒"的反常天气。

尤其是到了晚上，高原的温度骤然降到零下十摄氏度以下。那些身强体壮的公鱼，似乎预感到死亡的来临，它们奋力挤到鱼群的最顶层。鱼群层层叠叠，像一块漂浮的陆地。经过一夜的降温，河面上结起一层薄冰，叠罗汉般的公鱼被冻死在冰冷的河床上。它们僵硬的尸体下，大批的母鱼仍然拥挤着，一堆堆、一群群，聚拢在一起，以各自的体温相互取暖。翌日的太阳升起来，它们便如昨日一样，无所畏惧地前行，就像设定在华子鱼体内的固定程序一样，不容改变。在洄游的路上，它们没有退路。

最可怕的是草原上的雪，纷纷扬扬地下起来，落在河面上，落在河面的鱼群身上。随着深夜温度的骤降，河面落满了厚厚的雪。鱼在积雪覆盖的公鱼尸体下面扭来扭去。有雪落下来，鱼和雪搅拌在一起，它们大多脑袋拱出雪面，仰头望天，或尾巴翘在外面，这是自然界少有的奇观。第二天，河流解冻，冻死的华子鱼白花花一片，随着雪块，顺流而下，堵塞河道。

湖水依然清澈，天空有如倒悬。鱼落十米，万物重生。当一条条华子鱼死去，沉到湖水深处，华子鱼的尸体经过腐烂分解，把氮、磷等营养物质释放出来，通过溪流，滋养了贡格尔草原一百五十多万亩土地，然后土地生长出上百种牧草，牧草又供养了数以万计的牛羊。生生不息，唯变长存。

慢慢腐烂分解的尸骨，既是献祭，又是供养。

华子鱼洄游，在自然界中的意义，远远超出了单纯的种族繁衍，所养育的生命，可能比地球上任何一个物种都要多。

人类之于地球，宛如华子鱼之于草原。在华子鱼洄游的旅途上，华子鱼和人类及蒙古高原上的鸟类、兽类，被截然分成两个对立的世界：一边是贪婪的杀戮，一边是生命的繁衍；一边是死的领悟，一边是生的救赎。

沧溟之中，每一个物种的命运，都依照自身的演化规律沉默运行，又与生命世界的一切密切相关。唯人类对物质世界追逐和占有得越多，灵魂就越是漂泊无依，无家可归。

喜看飞鸟相与还

◎ 徐　鲁

一

　　夏日骤雨,忽来忽去。一大团云,急匆匆赶过来,拧下一阵雨,又急匆匆赶往别处去。刚刚还是雨花四溅,转眼间雨脚顿收,湿地上洒满亮晶晶的"珍珠"。

　　七月的骄阳穿云破雾,霎时间照彻一眼望不见边际的湿地。远处水光潋滟,架起了一道七彩虹桥;近处地面上,饱满的水气正在烈日下浮漾、蒸腾……

　　骤雨过后,天朗气清。每一片青翠的草叶尖上,都好像闪耀着一个小小的"太阳"。一团团明净的水涡里游动着云影。云朵遮住太阳的一刻,水涡和草地立刻变成一幅气韵生动的水墨画。

　　武汉被称为"江城"。这座位于长江和汉江交会处的特大城市,因水而生,依水而兴,今天,又因护水而美。很难想象,一座城市竟然拥有一百六十五条河流、一百六十六个湖泊,湿地面积占到全市国土面积的百分之十八点九。因此,武汉也被称为"百湖之市""湿地之城"。

　　在武汉,长江以南,低矮的山丘与洼地之间,东湖、沙湖、南湖、严西湖、竹子湖、汤逊湖等,以及位于城市远郊的青菱湖、野湖、梁子湖、斧头湖、牛山湖等众多湖泊,星罗棋布;长江以北,自东往西,有月湖、墨水湖、龙阳湖、南太子湖、北太子湖、三角湖、汤湖等湖泊。此外,在汉江的巨大水系上,又有东大湖、张毕湖、竹叶海、杜公湖、涨渡湖等大小湖泊。

武汉的湖泊大多属于浅水湖泊。在这些湖泊周边，容易形成一片片水草丰茂、波光潋滟的湿地。生活在武汉和附近的人们，喜欢把这种长满苇草、菖蒲、水葱等植物的湖汊湿地称作"水荡子"。

这些湿地中，包括被列入国际重要湿地名录的沉湖湿地，以及六处国家级湿地公园、四处省级湿地公园、五处市级以上湿地自然保护区。拥有这么多湿地的城市，并不多见。

这些湖汊湿地上，一年四季生长着种类繁多的水生植物，它们守护着湖汊湿地，使其变得更加清澈透亮。这些水生植物，有的长着修长的茎叶，可以从水底挺出水面，像芦苇、花叶芦竹、荷、千屈菜、菖蒲、水芹菜、梭鱼草等，就叫"挺水植物"；有的从小到大都漂浮在水面上，就叫"浮水植物"，如浮萍、菱、水浮莲、睡莲、凤眼莲等；另有一些，从早到晚总是沉在水中，只有到了开花时，才把花茎、花朵露出水面，它们就叫"沉水植物"，如苦草、竹叶眼子菜、水盾草、金鱼藻、狸藻、狐尾藻等。武汉的湿地里生长的各类水生植物超过四百种，其中包括国家二级保护野生植物。

有水荡子的地方，就有鸟禽栖息。水草丰茂的水荡子，为鸟禽们提供了取之不竭的食物资源。每一片水荡子，都是各种候鸟、旅鸟和留鸟的幸福家园。

二

候鸟迁徙，那真是一道壮美的生命奇观。每年，全世界有数以亿计的候鸟往返迁徙。全世界目前已知的候鸟迁徙路线主要有九条，东亚—澳大利西亚迁徙线是当中候鸟种类和数量最多的一条，每年迁徙的候鸟近五百种，光是水鸟就多达五千万只。对于全世界的候鸟来说，这条迁徙线是最为拥挤繁忙的一条"生命大动脉"。

武汉的湿地，是候鸟在这条迁徙通道上的一处重要栖息点和越冬地。

二〇二二年二月二日，世界湿地日，一支爱鸟护鸟志愿者团队特意选择在这一天进行仔细观察和统计。结果发现,仅仅这一天,就有逾十万只候鸟组成浩浩荡荡的迁徙大军,从数千公里外远道而来,落脚在武汉的湿地。

候鸟飞临之时,无论在武汉的哪片湿地上,都能见到尤为壮美的景观:鸿雁、豆雁、白额雁和斑头雁,编队飞过辽阔的长空;身形轻盈的野鸭们,呼啦啦地踩着水面降落,密麻麻地铺满水面;翅羽洁亮、颈子修长的大白鹭、苍鹭、草鹭和蓑羽鹤,会率先占据岸边的高树、塔台等"瞭望高地";迟到的牛背鹭、池鹭、鸬鹚和黑翅长脚鹬,就在湖岸和水荡子边摆开一字长蛇阵,仿佛在列队等候望眼欲穿的志愿者们;而拖家带口的灰雁家族,随后也一群又一群列队飞来……

在众多的候鸟和留鸟群里,偶尔会出现一些特别出众的踪影,爱鸟护鸟者们称之为"绿野仙踪",如东方白鹳、黑鹳等国家一级重点保护野生动物,还有灰鹤、白琵鹭等国家二级重点保护野生动物。不过,要说武汉湿地里最大的候鸟种类,非野鸭家族莫属。

盛夏时节,茭白吐翠,荷花千里。这时节,一阵骤雨过后,仔细一看,每一片水荡子上,都会浮动着翅羽洁亮的野鸭。

"数鸭鸭",是爱鸟护鸟志愿者们对定时去湿地观察野鸭活动的戏称。这些志愿者中,有白发苍苍的老人,有每天扛着"长枪短炮"的摄影者,还有年轻的大学生、中学生。他们分工有序又相互合作,配合起来十分默契。他们在全市各处湿地设立了六十多个鸟类监测点,常年坚持观察、拍摄、调查、守护等工作。时间久了,这些人也被称为"鸭鸭迷"。

他们每个人都有专门的任务或特定的观察、监测对象,分头负责记录不同鸟类的出现时间、地点、数量、行为以及是否有人为干扰等信息。有的"鸭鸭迷"还是湿地的巡护志愿者,每天会骑着摩托车或单车,沿着湿地周边的堤岸来回巡查,查看鸟儿们有没有遭到非法活动的威胁,有没有人偷捡野鸭蛋,有没有游人擅自进入湿地,甚至留下给鸟儿带来潜在危险的物品等。

大家身上的装备也是各式各样，有的配备了观察用的专业望远镜和无人机，以及报警用的喇叭、装鸟食用的口袋，有的甚至准备了下水施救时需要的救生衣和救生圈等。

每年从不爽约、总是如期来到这里栖息的野鸭，常见的有麻鸭、花脸鸭、绿翅鸭、针尾鸭、灰秋沙鸭、白秋沙鸭，以及红头潜鸭、凤头潜鸭、斑背潜鸭等。其他常见的水禽，还有豆雁、白额雁、斑头雁、鸬鹚、苍鹭、翠鸟、黑水鸡、秧鸡等。

三

夏季在武汉的湿地里繁殖的候鸟，叫夏候鸟；冬季飞来这里越冬的候鸟，叫冬候鸟。夏候鸟一般春天里就早早地从远方飞来，在湿地里觅食、嬉戏、求偶，然后在苇草丛里安家、做窝、产蛋、孵化和养育小鸟。无论是夏候鸟、冬候鸟，还是在候鸟迁徙途中，偶尔"加盟"进迁徙队伍的旅鸟，再加上常年定居在这里的留鸟，它们都用自己的翅翼和生生不息的欢唱，与这座"湿地之城"，与众多的爱鸟护鸟者，结下了深厚的情感。

这当中，青头潜鸭尤其值得一说。在《世界自然保护联盟濒危物种红色名录》里，青头潜鸭被列为"极危"等级；在我国的《国家重点保护野生动物名录》里，它被列为国家一级重点保护野生动物。

二〇一四年，一些爱鸟护鸟者在武汉府河湿地"数鸭鸭"时，意外发现了数只青头潜鸭的"仙踪"。这一发现，让"鸭鸭迷"们欣喜若狂。他们随即展开分工合作，每八人一组，共有五组，在府河、沉湖、梁子湖等湿地区域，分别选定了"样线"和"样点"，实施了一次地毯式搜索。结果令人喜出望外，他们记录到的青头潜鸭竟然有三百零六只。

在此后数年间，他们乐此不疲，持续追寻和记录青头潜鸭每年从俄罗斯和中国东北地区南迁武汉的踪迹。直到二〇二〇年九月，他们得出了一个准确的数据：据青头潜鸭越冬期各地的同步调查结果显示，全国范围内共记录到青头潜鸭个体一千五百多只，其中湖北有六百七十二只，主要栖息在武汉府河、梁子湖和沉湖等湿地区域。

青头潜鸭、凤头潜鸭、红头潜鸭，再加上斑背潜鸭等，它们长相相似，很难区分。尤其是群鸭飞起或集体降落时，有密集恐惧症的人，恐怕是不敢直视那遮天蔽日、铺天盖地的画面，遑论去辨认和区分它们的真实身份的。

但是每月一次坚持去湿地"数鸭鸭"的"鸭鸭迷"们，渐渐积累了一些识别野鸭种类的经验。比如，凤头潜鸭有个明显特征，它的头顶上有一撮"小辫子"。如果头顶上的"小辫子"不太明显，那就再细看眼圈和羽毛。还有一种白眼潜鸭，最明显的特征是眼睛周围长着白色眼纹，羽毛则是铁锈红色的。

还有人从"实战"中摸索出一套方法：不要急着去分辨和追寻具体目标，先抓紧时间用相机把密集的野鸭群体拍下来，拍得越多越好，回家后，再在电脑上放大，继续放大，然后仔细辨认要寻找的目标。这时候，不少志愿者只恨自己的手脚不够麻利，相机的镜头不够长。

这当中有一些发现，会不时给"鸭鸭迷"们带来惊喜。比如，罗纹鸭和绿翅鸭的种群数量非常庞大，每个群体少说都有上千只，细心的观察者有时会从密密麻麻的罗纹鸭和绿翅鸭群里，发现"混进"里面的几只白秋沙鸭。这样的意外发现，常常让爱鸟护鸟者们获得一份惊喜，甚而是小小的幸福感。

"鸭鸭迷"们之间还有一个默契的约定：无论是谁，不管在哪里，发现和拍摄到不断飞起的野鸭群，尤其是拍摄到不断飞起的青头潜鸭，一定要在第一时间告诉大家，这样大家就可以放心了。在众多的湿地鸟类中，大家最为关心的就是青头潜鸭。青头潜鸭家族今年是不是又添小鸭了？它们又拥有了哪些新伴侣和新邻居？今年初夏才出生的小青头潜鸭，身上的鸭绒能帮助它们抵挡住湿地上的风雪，让它们安然度过寒冷的冬天吗……

所有这些,都是大家不约而同的牵挂。

当然,好消息总是不断传来,并且一夜之间就会通过微信群,传到所有"鸭鸭迷"那里。

去年春天,武汉豹澥湖湿地新增了一处青头潜鸭的集中繁殖地,竟然孵化出了五十一只小青头潜鸭仔。到初秋时节,五十一只一只也不少,全都长大了。

那些日子里,微信群里几乎同步传送、直播着这批小鸭的成长过程:

"今天,又有十几只毛茸茸的小鸭仔一起破壳出世了……""鸭妈妈正领着小鸭们在草地上玩耍……""鸭妈妈带着十几只小鸭在荷叶间戏水,小鸭也许是玩累了,正挤在一片大荷叶下乘凉;鸭妈妈守护在一旁,好像时刻都在听着荷叶丛里的动静……"

为了监测小鸭们每天的成长状态,巡护员和志愿者们事先在鸭妈妈可能领着小鸭们经过和玩耍的地方,安装了好几台红外相机,实时拍下了小青头潜鸭珍贵的日常生活画面:有小鸭们互相啄闹、追逐的情景;有它们学着妈妈的样子伸长颈子,尽量让身体大面积接触到凉爽的荷叶的姿态;还有它们故意拥挤在一起,在荷叶遮挡出的阴影下乘凉的样子……

在小鸭们出生约七十天后,它们身上那些青头潜鸭的特征渐渐显现出来,同时开始展开长出新羽毛的翅膀,练习飞翔了。

除了豹澥湖湿地,还有牛山湖湿地、府河湿地祁家湾一带,都有小青头潜鸭繁殖出生的消息发布。通过各种比对分析后,大家一致认为,在野鸭大家族里,青头潜鸭之所以会变成"极危"一族,这显然与它们生性"娇气"的生活习性有关。青头潜鸭对栖息环境有着很高的要求,称得上是环境质量好坏的"指标生物"。和众多的飞鸟旅伴一样,青头潜鸭之所以愿意在武汉的湿地栖息和生养后代,正说明了这里的环境质量是可靠的,有资格成为鸟儿们的家园。

根据武汉重点区域鸟类监测年报的统计,二〇一六年迄今,武汉鸟类历史记录种类从三百六十五种增加至四百三十多种。年报里，还收录了武汉重点湿地鸟类监测公益项目里的二千多份监测记录，以及二百多份鸟类救助记录。数字是枯燥的，但飞鸟们的生命之歌生生不息，响彻云霄，与天光水润的湿地同在。

有野鸭群不断飞起、有飞鸟相与还的湿地，才是大美湿地。不用说，在江城武汉，所有的"鸭鸭迷"依然会年复一年、忠诚地守望在每一片湖岸和湿地边缘，像等候来自远方的亲人和朋友一样，等候着野鸭、雁群等所有的候鸟们从远方飞来。

盐池羊图腾

◎ 闵生裕

玉羊赐福

　　滩羊是蒙古羊的一个分支，公羊有螺旋形大角，母羊多无角或有小角。盐池滩羊的显著特征是通体白色，但有红眼圈或黑眼圈，当然，也有白头，总之，作为盐池土种滩羊，黑红眼圈的羊识别度最高。盐池人也养山羊，因为山羊不像绵羊有个充满脂肪的大尾巴，所以，营养过剩的人们更喜欢吃山羊肉。如果仅从外表和体格上看，盐池滩羊并不是最帅的最威武的，但是，它美在皮毛，美在内涵。

　　滩羊的名字由来和它们生活的地域有关，盐池人把相对平旷的地方称滩，滩就是野外的意思，如芨芨滩、冰草滩、碱滩等等。盐池人不说一马平川，说一马平滩。比如，山羊的本意是生活在山上的羊，所以，它更擅长攀缘。只是山羊的适应性强，既能在山上也能在滩上生存。后来，人们说的盐池滩羊就专指绵羊。其实，如果严格地从生活地域上讲，盐池滩羊应该既包括山羊也包括绵羊，但是，没有人这样较真。

　　盐池滩羊喝的是有一定碱性的水，吃的是甘草、麻黄、苦豆子、盐蒿、蓿草、防风、薄荷等中草药和其他植物，所以这里的羊只个个膘肥体壮，抗病力强，品种又不易退化。得天独厚的气候、饲草、水质等自然环境，造就了盐池滩羊独特的品质。甘草甜，盐蒿咸，苦豆子苦，莎草和苜蓿香，盐池滩羊在未被宰杀下锅之前，羊自身香甜苦咸诸味就已经配好了。

　　盐池羊肉不腥不膻，鲜而不腻，滑爽细嫩，其脂肪含量少且均匀，热量低。常食盐池羊肉,提气补虚,生血益肾,强健体魄。医圣张仲景曾将当归生姜羊肉汤归为食疗方剂,载入《金匮要略》。《本草拾遗》更是将羊肉与人参相提并论,认为它是温补、强身、壮体的肉类上品。而盐池羊肉当属极品。现代营养学也证实,羊肉不仅营养丰富,还含有微量雄性激素,的确有壮阳作用。盐池人对本地的羊肉更是钟爱有加,他们说:"我们盐池滩羊吃的是中草药,喝的是矿泉水,屙的是六味地黄丸,尿的是太太口服液。"还有男人吃了如何如何。虽然有点夸张,但这话幽默风趣,也并非虚无。

当年部队战友是湖北襄阳人,他说他老家有句俗话说:羊肉要膻,女人要骚。他家一年吃两三次羊肉,每次吃完要把锅碗瓢盆深埋地下,数月挖出后膻味才能散尽。乖乖,那还吃个啥劲儿? 他说不膻还能叫羊肉? 来到宁夏后,他才发现这是个认识误区,原来好羊肉完全可以不膻。好多外地人初来宁夏时不吃羊肉,盖因为他们早年味蕾中关于羊肉的不堪记忆。

央视《舌尖上的中国》第二季中曾有这样的表述:"黄河冲出了黑山峡,塑造了宁夏平原,几乎所有的中国美食家都认为,这里的羊肉质地最佳。"虽然这段文字值得商榷,但盐池羊肉的确如此。美丽的盐池大草原和肉质鲜美的盐池羊肉是上苍的恩赐,但是,盐池羊肉名扬天下似乎是近些年的事。这个得益于发达的现代传媒和便捷的现代物流。以前盐池羊肉好吃,但它的消费半径小,只限于盐池及其周边地区,以及盐池人的亲戚朋友圈。

盐池羊肉好,自不用说,关于羊肉的吃法,盐池人最有发言权,心灵手巧的盐池人把羊肉做成各样的美食。传统的吃法如大块清炖羊肉、风干羊肉、爆炒羊羔肉、烤全羊、蒸羊羔、焖羊肉、烩羊肉、羊肉小炒、羊肉臊子,还有手抓肉和涮羊肉。当然,以羊肉为主料的其他美食也很给力,参加盐池乡宴,你常常能吃到大块羊肉和以羊肉羊汤为主料的夹板、八宝菜这样可口的风味小吃,香味宜人,美不胜收。

宁夏好的清炖羊肉在盐池,手抓羊肉在吴忠,碗蒸羊羔肉在同心、海原,爆炒羊羔肉在平罗黄渠桥,涮羊肉银川最好。盐池人除了做手抓肉不在行,别的做法都不差,尤其大块炖羊肉最出名。大道至简,高端的食材往往只需要最简单的烹饪方式,就像是新鲜的海鲜多以白灼为主。盐池羊肉最好的烹饪方法就是清炖,而且调料越少越好,有葱姜盐足矣。盐池人吃肉很豪横,一般来说家里来人是几斤羊肉一锅炖。就是冬闲了打平伙,也是一只羊大卸十件八块,每人一件子,拴上线绳吊上写有名字和羊肉斤数的牌子,肉熟后各归其主。

中国产羊的地方多了去,若论种群数量,盐池滩羊的量并不大。因为是一胎一羔,不像小尾寒羊或别的羊种,有的一胎四羔。谁人不说家乡好。说起羊肉好吃,养羊的地方当仁不让。人人都说盐池羊肉好,盐池人外出一般不会怎么吃羊肉,因为许多地方的羊肉,与盐池的羊肉一比,那就叫个没法吃。这大概与"曾经沧海难为水,除却巫山不是云""不是花中偏爱菊,此花开后更无花"同理。

西北几省区的羊肉尚能吃得下,但在海南吃东山羊、上海吃崇明岛羊,那种带皮的红烧羊肉糖醋味重,四川、重庆的羊肉倒是不膻,但味道寡淡,根本没有羊肉味。南通海门山羊在当地鼎鼎有名,海门人笃信,只有红烧才是对羊肉这道美味最妥帖的尊重。味膻调料少了当然压不住。南方人怎么吃羊肉我没意见,如果红烧盐池羊肉,我以为是一种辜负。说不客气的话,这种吃法不但暴殄天物,而且有点不解风情。

《国家羊肉地理》对羊肉分布图解很到位,但有很多误判。比如说,在经验丰富的食客们看来,山羊肉质粗糙普遍被认为远不如绵羊肉细嫩。这个不尽然。在盐池,山羊肉要比绵羊肉味美,而且绵羊肉相对山羊肉更壮。所以,山羊肉比绵羊肉每斤至少要贵十块钱。盐池人说山羊吃胛子,绵羊吃腿子。当然,如果你没"三高",吃点肥的也无妨。主要是山羊肉肉薄膘少,适合大块清炖。而绵羊肉厚,可用来做臊子、剁馅子、炒肉片,或切片涮火锅。盐池人说,羊吃胁巴鸡吃皮。胁条上一般是有膘的,肥瘦搭配最香。

盐池滩羊的主要特征是大尾巴，小则三两斤，大则六七斤，完全是脂肪。内蒙古人炖肉时把整羊尾巴炖了，而且开吃前削一块煮熟的羊尾巴敬给最尊贵的客人。现在人们讲究低脂饮食，这份敬意是很少有人能领受的。

近年来，盐池婚宴上盛行喝蒙古大茶，即在中午的婚宴之前，早上九十点钟有个招待客人喝茶的程序。南方人品茗讲究茶叶，但蒙古大茶的豪横在于有冷羊肉。所谓大茶，从配置上来看非常豪华。在盐池和内蒙古一带，蒙古大茶成为婚宴的标配，婚庆当天有专门司茶的班子伺候宾客。茶台是一个有七八米长的铺着红色台布的台案，一次可坐三四十人。茶台上唯一的也是最硬的一道菜就是羊背子，即煮熟的冷肉。盛羊肉的器具是配着雄劲的公羊角装饰的轮船状的托盘。旁边的酥油、奶酪、奶皮、炒米、炒豆香气四溢。至于摆放油香、馓子、炉馍、月饼、点心等各色面点的架子也造型别致，很有层次感。另外，西瓜、香瓜、葡萄、桃子、枣子、香蕉、橘子、柿子等新鲜水果五彩缤纷，但在这个大茶台上，在羊肉和奶酪面前，水果只能是配角和装点。

茶台顶端还配着类似招财进宝的盆景等装饰品，其间有鲜花、绿植和宝塔、彩灯，红光绿光蓝光不时闪耀，置身其中，如入蓬莱仙境。有一次喝大茶，我听对面一个来自城里的姑娘边吃边感慨：太有感觉了！太有感觉了！什么感觉？是壮观，是魔幻，是神奇？我估计是一种说不出的美。我以自己有限的想象力在想，传说中王母娘娘的蟠桃会也不过如此吧。

绕着茶台穿梭的服务员，提着奶茶壶，给每个客人添上热乎乎香喷喷的奶茶，你再取一块冷羊肉和奶酪泡上，那叫一个美。而泡过羊肉、奶酪的奶茶再喝起来时奶香和肉香便融于一体。这一番操作后，让你从舌尖到肠胃，无一处不熨帖。这不仅是一场味觉盛宴，更是一场视觉盛宴。盐池人说麻花子不吃——爱的是那股子拧劲。参与到这样的场合，就算是你吃不了多少喝不了多少，姑且来凑个热闹，也是一种美的享受。

盐池滩羊作为一种历史悠久、源远流长的特种存在，对生活在这块土地上的盐池人来说有着非同寻常的意义。别人说起盐池滩羊也许只想到了肉味，而盐池人知道，自己的衣食住行乃至生命，都与羊密不可分。盐池人食羊肉奶、衣羊皮毛、用羊粪肥等。

过去，山区的五月，一般家庭很少吃到鲜菜，这也叫青黄不接。除了头年秋天腌的咸菜，再就是山芋。于是，盐池人便以羊奶下饭。人吃羊奶要赶在羊羔的哺乳期，也就是羊羔能吃草了可以断奶的时候。一般断奶的方式是将母羊和羊羔晚上分圈隔离，第二天早上挤羊奶。有的则是早上出圈时在母羊的奶头抹上羊屎，小羊便不吃了，晚上回来，挤奶的人把羊奶头上的干屎疙瘩抠掉挤奶。你可能说这不恶心吗？不，真的不。盐池人对羊粪的感情就像西藏人对牛粪一样。羊冬春吃干草，粪便是药丸状的羊粪蛋；夏秋吃青草，粪便有时稀软。我们挤完羊奶，满鞋底羊屎，走出羊圈在一块老城砖上把它蹭掉即可。吃羊奶其实是从羊羔口中夺食，它的前提是风调雨顺，小羊有草吃。如果天旱羊乏，羊羔也顾不住，更别说人吃羊奶了。

盐池老区人真是巧，能把羊奶做成那么多的好吃的。羊奶子干饭是早年农村人常吃的，黄米饭做好后，捞出来在另一个锅里焖，在米汤里兑几碗鲜奶，烧开了撒把盐就成了。等干饭盛出来后，把羊奶一泡，如果再就点咸菜、酸菜，在那个饥馑的年代，那滋味自不待言。

奶皮和酥油渣是奶制品中的极品，将其列为山珍亦不为过。奶皮子的做法是用四五碗羊奶在铁锅中熬煮，烧开后不停地用勺子扬奶，锅里泛起泡沫，然后以小火慢煮。几个小时后火熄奶凉，上面便沁出一张厚约三毫米的奶油皮。把它提出来，有奶的一面往外晾着，撒上白糖。几天后奶皮晾干，吃起来甜滋滋、脆生生、香喷喷的，咽进肚里，口喉余香犹在。

吃羊奶的日子里家家都做酸奶，酸奶可以拌米饭、饽饽、馍馍，吃起来别有一番风味。做过奶皮子的羊奶并没浪费，仍可以加入酸奶罐中发酵。酥油渣是挤来的鲜羊奶，若暂时不吃，就用盘子盛着，表面沁出油皮后挑出，攒到一定数量后进行炒炼，炼出的油就是酥油，有疏肝润肺之效。就口感来说,最香的还是酥油渣,用它拌米饭、面条极佳。我也算是天南海北走过的人,山珍海味也吃过。但在我的味觉记忆中,盐池的羊奶皮和酥油渣是天下最好吃的东西。

在农业社会里,一切自给自足,羊皮成了盐池人必不可少的衣料。一般农村的男人大多都会熟羊皮,先用一口大缸,用硝水把羊皮腌渍,待熟好后,皮毛洁白,请来皮匠铲掉皮上的油脂,把皮面刨光,然后缝制成各式各样的皮装,男人穿老羊皮袄,有大氅、二转子。小孩也穿小皮袄,皮袄的领子是用黑色或红色的卷卷毛的山羊胎皮做的。山羊皮袄没有绵羊皮袄暖和,但用途却比它广。

有个说法:"白天披,晚上盖,天阴雨湿毛朝外。"说的就是山羊皮袄。下雨天,盐池人把皮袄反穿了可当雨衣,雨水不渗,顺着毛流走。还有一种说法:"冬穿毛,夏挂板,推磨碾米当笸篮。"这个说的是羊皮袄的多种使用功能。穿皮坎肩、戴皮手套、穿皮袜子,对那个时候的人来说是平常的事。有人用羊皮做皮囊,毛面朝外,用它装粮食装肉。近些年来,盐池的滩羊皮毛加工水平大有提高,这里生产的二毛皮衣、背心、披肩、围巾等深受消费者欢迎,产品销往国外市场。如此一来,那种作坊式生产的皮袄就太老土了,皮匠这一行当在民间也可能就消失了。黄河岸边的摆渡人还用羊皮充气做羊皮筏子渡河,如今,这已是国家级非物质文化遗产了。

从前,盐池人对羊毛的直接使用就是洗涤后与棉花一起填被子、棉袄、棉裤。人们把羊毛纺成毛线,织毛衣毛裤,织毛袜子,还用羊毛合绳,做牲口的缰绳,捆绑物品。山羊毛粗,用它织毛口袋、褡裢,用来装粮食或其他东西。织毛口袋一般人家自己做不了,是要请匠人的,盐池人叫毛毛匠。

北方人睡土炕,没毡不行。所以,羊毛毡是标配。绵羊毛软,用绵羊毛擀的毡细软,叫绵毡;山羊毛粗糙一些,擀的毡叫沙毡。这得请毡匠做,一般人没这门技术。有史料记载,擀毡技艺是由蒙古族游牧部落传入,宋元时期,蒙古、回、汉等多民族在西北地区杂居,当时蒙古族人居住毡堡,用毡作褥，一些居民就向蒙古族人学习了擀毡技艺。擀毡用料主要以羊毛为主，所需的豆面和麻油要求纯正，而且要纯手工作业，弹毛、铺毛、喷水、喷油、撒豆面、铺毛、卷毡、捆毡连、擀帘子、解帘子压边、洗毡、整形、晒毡，十三道工序缺一不可，每个细节只用简单的工具手工操作完成。

擀毡过程中毡匠唱着擀毡调，边唱边做，节奏协调，亦劳亦乐。毡匠还根据不同的毡子做成毡靴、毡帽、毡包等。毡靴，我们叫毡窝窝，硕大宽松。我小的时候，大雪后我们的小脚丫爱穿个大毡窝窝走在雪地里，特别温暖。看着身后一串大得夸张的脚印，有一种莫名的惬意。现在的年轻人都不愿学擀毡，所以这门手艺面临失传。这项技艺被列为国家级非物质文化遗产。山里有一句俗话："木匠走了想三天，毛毛匠走了骂三天。"因为木匠做活，同时会产生许多木屑刨花儿，大大方便了女人们生火做饭；而毛毛匠缝皮袄，弄得家里炕上地上到处是羊毛，又不好打扫，一沾一身，往往还会混于饭中，着实让人讨厌。

羊的全身都是宝，肉、血、骨、奶，甚至肝胆等可用于多种疾病的治疗，具有较高的药用价值。吃完羊肉后羊骨头或喂狗或卖了，也有能人用羊棒骨做成烟斗抽水烟。还可以做成羊铃，棒骨穿上铁丝便是铃的芯子。孩子们直接取材，用羊拐玩游戏。就是羊的排泄物——羊粪也是上好的有机肥料。冬天，羊粪蛋在羊圈里积一层，基本上是羊的褥子，有保暖的功效。如果逢着雪天，为防止雪化沤湿了羊圈里的一层羊粪，就把粪扫成堆，待雪后散开。给地施肥，羊粪是上好的肥料。当然，羊粪还是农家不可或缺的燃料。你到农家，红通通的灶膛里烧的是羊粪，热烘烘的土炕里煨的是羊粪，连小孩子玩游戏"刨羊羊""狼吃羊"用的也是羊粪蛋。

麋鹿回家

◎ 杨　丹

虽已过中秋,但高悬的太阳依然暴烈,"秋老虎"威风凛凛,室外三十七八度的高温,让人一迈出空调房,就大汗淋漓,酷热难耐。

但洞庭湖湿地,以其独具风姿的美,平息了我的燥热。湖洲露出了水面,汛期时被水淹没的杨树展示出既婀娜又遒劲的身段,草色尚青,一望无际,在蒸腾的水汽氤氲中,清新宜人。极目远眺,水天一色,烟波浩渺,顿觉静气充盈,豁然开朗。

东洞庭湖国家级自然保护区麋鹿园里的麋鹿,更是以呆萌可爱的模样,一下子俘获了众人的心。大家都暂忘了高温,快步追逐,或拍手,或笑逗,各自用自认为靠谱的方式,与鹿鹿们打招呼。平静的河洲顿时热闹了起来。

"生态环境改善后,洞庭湖水质监测全面达标,空气质量优良率达百分之九十三点六。候鸟飞来了,久别的江豚找到了家,失踪很久的麋鹿也回来了。"随同参观的保护区专家宋玉成博士,一边给我们科普麋鹿的习性,指导我们如何与麋鹿相处,一边讲述着麋鹿"回家"的故事。

麋鹿面像马,角像鹿,蹄似牛,尾似驴,故得名"四不像",是世界珍稀动物,属于鹿科。它们原产于中国长江中下游沼泽地带,以青草和水草为食,性好合群,善游泳。雄鹿有角,体形较大,体长一百七十至二百一十七厘米;雌鹿无角,体形略小。

已出土的野生麋鹿化石表明,麋鹿起源于距今二百多万年前,约一万年前到三千年前时最为昌盛,数量达到上亿头。但在商周时迅速衰落;由于自然气候变化和人为捕杀因素,在汉朝末年就濒临绝种。元朝时,为了供游猎,残存的麋鹿被捕捉到北方的皇家猎苑内饲养;到十九世纪时,只剩下北京南海子皇家猎苑内一群。一九〇〇年,八国联军火烧圆明园,掠夺皇家猎苑。从此,麋鹿在中国大地绝迹。

流失西方的麋鹿最少时仅存十八头,几乎灭绝,命悬一线。直到一八九八年,喜爱麋鹿的英国贝福特公爵购买分散在世界各地动物园的麋鹿,并饲养繁殖到二百五十五头。一九八三年,部分麋鹿被送回中国。之后,有更多的麋鹿逐渐回归家乡。

一九九八年,在岳阳华容,人们首次发现麋鹿。经调查,这些麋鹿是从湖北石首天鹅洲国家级自然保护区逃出来的。石首与华容山水相连,专家分析,游泳健将麋鹿应该是趁着涨水,逃出了保护区,横渡长江进入华容境内。洞庭湖区丰富的植物资源为麋鹿的生长提供了充足的食物来源,麋鹿从此在这里安居下来了。

"被圈养的动物,放归野外都会面临一个同样的问题:那就是如何回归野性?经过多年的努力,目前,洞庭湖麋鹿已成为真正的自然野化的种群。相对来说,担任保卫守护职责的雄鹿还比较谨慎,雌鹿就有点'傻白甜',不怕生也非常好奇。"听了宋博士的介绍,我打算再去体验一下。

"嗨,鹿鹿们好!"听到我热情的招呼声,雄鹿迟疑不前,几头雌鹿则用修长的四肢迈着模特般的步伐,缓缓走来,睁着一双双湿漉漉而无辜的大眼睛,仔细地端详着围栏外的我们。尤其是一只调皮的小鹿,走走停停,三顾两盼,又爱又怕,神情像极了好奇宝宝。

蓝莹莹的天、绿油油的草、清凌凌的水,在这广袤安全的麋鹿栖息地里,我感到自己的心也被融化了,融化在鹿宝宝纯洁幽深的眼眸里,融化在碧波万里的洞庭水域里,融化在天高云淡、清朗舒阔的浩渺中……

而我的思绪在鹿群渐渐远去的背影里,随同蔚蓝天空中缓缓飘动的缕缕浮云，飞掠电闪雷鸣，飞掠春花秋月，飞掠酷暑寒冬，飞掠一年两年、一个世纪两个世纪、一个千年两个千年，透过时光的缝隙，看到了更多的关于麋鹿与整个鹿家族的兴衰、荣光与苦难。

从春秋战国时期至清朝，古人对麋鹿的记述不绝于书。《山海经》《诗经》《楚辞》《左传》等均有关于麋鹿的记载，它不仅是先人狩猎的对象，也是宗教仪式中的重要祭物。

鹿的意象在中国文化中始终占有重要的地位。先秦古书《六韬》说："取天下若逐野鹿，得鹿，天下共分其肉。"《史记·淮阴侯列传》中有"秦失其鹿，天下共逐之"，并由之引申出"逐鹿中原""群雄逐鹿"等词。鹿成为权力的象征，代表天下与政权。

这里，不由得让我又想起一场以鹿命名的特殊宴会——鹿鸣宴。这是科举时代的盛宴，往往在乡试放榜的次日，为新科举子们举办。乡试是科举时代最重要的考试之一，考中者称为"举人"，有了这个功名，就意味着有了做官的资格，社会地位会迅速提升。所以，这也是千千万万的读书人平生最想参加的一次宴会。

鹿鸣宴这一习俗源于唐代，由主政官员、考官为举子饯行和鼓励，因宴席中必须吟诵《诗经·鹿鸣》一诗而得名，一直持续到清代。开宴后，即歌《诗经·鹿鸣》之章，并作魁星舞。鹿鸣宴在古代科举和教育文化体系中延续了一千多年。诗人范成大、苏轼都曾作有《鹿鸣宴》诗。

鲁迅在《从百草园到三味书屋》一文中写道，学生入学拜孔夫子时，对着一幅画着鹿的画作揖："中间挂着一块匾道：三味书屋；匾下面是一幅画，画着一只很肥大的梅花鹿伏在古树下。没有孔子牌位，我们便对着那匾和鹿行礼。"原因就是鹿与"禄"同音，读书有"求禄"之意。

在传统文化中，除了儒家之外，释道两家与鹿也有着密切的关系。道家将鹿与仙联系在一起，尤其是白鹿为仙人的专属坐骑。东晋葛洪的《抱朴子·玉策篇》记载，"鹿寿千岁，与仙为伴"。李白《梦游天姥吟留别》中有云:"且放白鹿青崖间,须行即骑访句山。"《封神演义》中,姜子牙的坐骑就是"四不像"麋鹿。

鹿与佛教的渊源也很深。释迦牟尼佛祖得道后第一次讲法的地方就在鹿野苑。佛教典籍《佛说九色鹿经》中记载,有菩萨曾经转世为鹿王,身有九色。现在敦煌莫高窟第二百五十七窟壁画中据此绘有《鹿王本生图》(又名《九色鹿经图》)。经典动画片《九色鹿》就是由"鹿王本生"的故事改编而成。

不仅是中国,在西方,鹿也寓意美好,圣诞老人不就是坐着驯鹿拉的车在平安夜来给孩子们发送礼物的吗?

麋鹿很憨,憨得可爱甚至冒傻气,它们有个特别显著的生活习性,那就是喜欢走固定的路线。放养的湖洲滩地、绿茵如毯的草地上,往往会让鹿群们走出一条路来。这在喜欢它们的人眼里,是可爱,可在打歪主意欲捕猎它们的人看来,就是冒傻气了。加上麋鹿的蹄印又十分有特点,因而循着麋鹿们自己踏踩出的路线,再仔细辨认一下蹄印,就会很容易找到它们,这应该是麋鹿在古代迅速锐减并几近灭绝的一个原因。它们一直是人们狩猎的重要对象,而且又这么容易被俘获。

令人欣喜的是,今天的麋鹿们受到了全社会的关爱,不仅有了适宜生存的家园,栖息地更宽了。而且自从洞庭湖禁渔后,麋鹿被渔网网住从而发生意外的情况几乎不存在了,安全更有保障。特别值得一提的是,麋鹿还得到了人们自发的关注和保护。岳阳市成立了东洞庭湖麋鹿保护协会,协会成员五十多人,有麋鹿专家、一线巡护人员、爱心企业家和大学生志愿者。会长李政介绍说,麋鹿已经完全适应了这里的环境,一般不用管它们,但是如果碰到涨大水,湿地、湖洲被淹,麋鹿会被逼上岸,强行翻越防洪大堤,进入人们的生产、生活区域,会遇到缺食物,受困、受伤等各种情况,这时候就需要人工救助。

为了从根本上解决麋鹿救助的问题,麋鹿保护协会还与保护区联合行动,在南大堤区域租赁了三百多亩地,建立了东洞庭湖麋鹿和鸟类救治避难中心。这里是专业的救助站,"明星鹿"点点就曾在这里被救助,生活过很长一段时间。点点刚出生不久,由于碰上汛期的洪水,被母亲抛弃。在获得人们救助后,点点一直健康成长,也是东洞庭湖国家级自然保护区第一头人工饲养的麋鹿。二○一八年,点点第一次当上妈妈,曾惊动各级新闻界,中央电视台新闻联播还做过报道,这标志着东洞庭湖野生麋鹿救助计划的成功。现在,点点已经是三个孩子的妈妈了,母子四个都生活得很幸福。

目前,东洞庭湖区野生麋鹿种群可谓"鹿丁兴旺"。宋玉成介绍说,迄今为止,麋鹿总数已达二百多头。这可不容易呀,因为麋鹿的繁殖力不算强,雌性麋鹿的怀胎时间平均为二百八十八天,与人的孕育期差不多,每胎只能生一头。这也表明,近年来洞庭湖的环境治理及动物保护很有成效,麋鹿吃得好,睡得好,没人偷猎,大家还争相保护它,麋鹿家族才能添丁进口,繁衍生息。

清风徐来,波光摇曳,水草丰茂,鹿影交错,时光仿若在这一刻凝固了,一切都显得如此美好而值得期待,一如这秋日的阳光,明朗、灿烂。"啾——啾",一只拖着长尾巴的水鸟高声长鸣,让我一恍间神思归位,莞尔一笑。

八百里洞庭湖区曾是麋鹿的祖居地,如今,更是它们幸福生活的乐园。"呦呦鹿鸣,食野之苹。我有嘉宾,鼓瑟吹笙",穿越历史的长河,历劫归来的麋鹿后代们,和着《诗经》的节拍,怡然自得地描绘了一幅幅人鹿和谐相处、社会喜乐安康的优美画卷。

春来马影湖

◎ 李冬凤

　　马影湖严格来说不算湖,只能算鄱阳湖一个湖汊。然而,马影湖像她的名字一样富有诗意。

　　马影湖西倚庐山,北连内湖新妙湖,东面是群山,南面是浩瀚的鄱阳湖。马影湖秋夏是汪汪一片。深秋,湖水渐渐退去,马影湖成了一眼看不到尽头的湿泥滩,夕阳西下,混沌而凄美。几日暖阳晒过,蓼子花铺天盖地,鹤舞雁飞,马影湖就成了鸟的天堂花的海洋。寒冬一来,湖滩又变得枯黄。到了初春,枯黄的草滩开始转绿。阳春三月,已是绿油油一片。春夏之交,江南进入雨季,绿水漫上草滩。水的活力,草的旺盛,风的温暖,空气的明净,让人如痴还如醉。马影湖一年四季都是如此变化,周而复始,让人百看不厌。百看不厌的不是简单的风景变幻,而是不同人生都能从中找到一种感悟。

　　至于马影湖名字的来历,李春如说是因湖上常有"马影"(都昌俚语,把彩虹唤作马影)出现,故而命名为马影湖。当然,很多村名湖名地名会如此取名。而我却不想这样认为,我想是,如果有一匹马在翠绿的草滩上奔跑,一转眼便没影了,或者说马儿恣意驰骋,不能见马,只能看到马影。也许不同的人对马影有不同的理解,这便是马影湖能带给人想象的妙处。

　　到马影湖踏春绝对是妙龄少女的最佳选择。我虽然已过了妙龄,却常有妙龄的冲动。忽一日暮春,我就来到了马影湖。我把车停在希望小学门口,用一把遮阳伞挡住明晃晃的阳光,任由柔软的春风吹起裙袂,我的春

226

天便在眼前。

　　真正走进马影湖，却非远看那么写意。马影湖的地下是沙质土，有些地方甚至全是沙，所以踩在绿草上，总有突然下沉的感觉。突然的感觉往往更有妙趣。不仅如此，草滩上还暗藏着很多小溪。潺潺的溪水还窸窣有声，声音像少女在窃窃私语。小溪从四面八方汇集，变成了稍大的小溪，弯弯曲曲流向绿草深处。

　　春天的马影湖并不平静。在马影湖边上居住的洞子李的老李与我同姓，也是马影湖的护鸟员。老李告诉我，马影湖是候鸟的宫殿。马影湖处于鄱阳湖的西北角。每年初冬，到鄱阳湖来过冬的候鸟第一站便落脚马影湖。次年的春夏之交，鄱阳湖的候鸟北迁，最后的集结地也是马影湖。所以这个时候，是马影湖最热闹的时候。老李不是一个平凡的人，他有二十多年的护鸟经历，能识得几百种鸟，已经到了听鸟声辨鸟名的地步。老李还是一个鸟医，每年都要治好很多受伤的候鸟。但凡看过老李候鸟日记的人，无不被他诗里的人鸟情感动得流泪。他在一则春天的日记里写道：

　　早上，从吴城方向飞来一大群天鹅和两大群雁，马影湖内天鹅和大雁应声和鸣，一拥而起，展翅北飞。一瞬间，遮天蔽日。马影湖不愧是候鸟皇宫。近日来，雁成片，鹅成群，雁鹅踏波春意盈。湖有心，鸟有情，一湖清水照离人。

　　老李算是一位诗人，写日记都用诗的语言。他的每篇日记中都有诗，诗中有意境，还有喷薄欲出的情。

　　马影湖的春天不仅仅是绿草如茵，还有人与鸟的情真意切。这样的春天才让人百看不厌！

　　马影湖的春天也有花。我再往前行，眼随水动，满湖的红便扑面而来。鄱阳湖的蓼子花又开了？不对，蓼子花开在深秋。像红花草。我嘀咕着。不是红花草，是紫云英。身边的朋友大声说。红花草是种在田里的。早春时节,歇冬的农田仍无生机,倔强的红花草便从隔年的稻茬里争先恐后地钻出来。攀爬的藤蔓缀满葱绿的圆叶,在叶茎之间又衍生出无数藤蔓,藤蔓的顶端抽离出嫩茎,在嫩茎上开出胭脂扣般的小花。小花簇拥着,恰似擎起的小火把,把大地喂得像块红玛瑙。真美! 可惜,这么美的红花草过不了多少时日,就被翻进土里,泡入水中,变成了冒着咕咚咕咚气泡的肥料。红花草是卑微的!紫云英是高贵的!朋友语气坚定说。哦,为何?我转过身,瞪大眼睛问。朋友像在调侃,因为你的网名是紫云英。紫云英高贵只是因为我的网名,这是紫云英的万幸,还是我的万幸?

红花草,就是紫云英。紫云英,就是红花草。属豆科黄芪属越年生草本植物,多在秋季套播于晚稻田中,作早稻的基肥,是我国稻田最主要的冬季绿肥作物。红花草种在农田里是肥料,遗失在湖滩上便成了紫云英。一个卑微,一个高贵。我一时还很难适应这种审美情感。

我误入红花深处,惊飞了一滩鸥鹭,却惹来了蜜蜂无数。我拿出手机,大光圈,对焦,屏住呼吸,耐心等待。一只蜜蜂停在花瓣,触角开始试探花蕊,身体慢慢往前靠,两侧翅翼微微张开,细长的吸管缓缓插入。她的尾部翘得更高了,能看见腹部的起伏。世界安静下来,更多蜜蜂也来驻足,更多蜜蜂高翘尾部。驰誉中外的"紫云英蜜",就是从这时开始散发那琥珀色的柔光。

紫云英一直延展铺陈到水边,与湖水交融,与蓝天相接。也许,再来几场春雨,花就将消失在湖底,成为滋养万物的肥料。水美草肥的马影湖与天上的飞鸟和水中的鱼儿在这里达成了默契。

马影湖的春天是默契的,也是高贵的。不到马影湖,不知道人的卑微。

湘江洲岛

◎ 万 宁

谷雨里的挽洲岛

站在朱亭镇的古渡口,或是别的什么码头,如莫家、谢家、萧家码头,总有人指着江水比画,往西,三公里的样子,就是挽洲岛。次数多了,挽洲岛成了我去朱亭镇后的一个隐形遗憾。一定要上岛!这个想法是那年我迎着六月的江风,在长岭栈道的观景台上发出的。山顶俯瞰,那刻的湘江明媚妖娆,挽洲岛静卧江心,宛若一片飘荡的树叶,阳光下的阡陌纵横,诗意地成了叶片上细腻的纹路。

住在岛上的朋友说,油菜花开的时候来吧,那季节最美。刚开春,岛上绿绿的油菜尖上冒出了碎黄花,映照在一江春水里。照片发过来,又一个劲地喊冷。春雨没停过,这冷裹挟着无边的湿气,越过江面,似乎就浸进骨头里。直至四月,谷雨这天,我们才集合成行。从京港澳高速下来,一截七弯八拐的乡村公路,再沿着湘江跌宕起伏,对岸房屋清晰可见,想着那就是岛上了。不是,不是,那边是衡阳。地域的界线,在这里由湘江主宰。不容多想,车就停在夹河渡口。一个电话,船就从对岸突突地开了过来。从前,没有修建水坝时,枯水时节,夹河的河床是裸露的,岛上的人可以直接走路过河。随行的人说。洲的西侧与东侧各有一个渡口,东侧就是我们上船的渡口。西侧渡口,岛上叫太河渡口,过了湘江,岸边是衡阳市的衡东县三樟镇,渡口名为龙套湖渡口,可载车直接上岛。望着辽阔的水面,我掉进地域的概念里没出来。湘江两岸人家,往来密切,一拨一拨人群,哪里又能看出谁是株洲人谁又是衡阳人。

　　过了湘江，岛上的渡口仍叫夹河渡口。水位还不太高，下船后，要蹬十几级台阶才上到堤坝。风从远处的江面吹来，阳光下的我们伸开了手臂，似乎想抱住什么。往东走了几步，在两幢房子相间的路边，有棵上了年纪的柞树，树干上爬满了风车茉莉。细碎的小白花，瓷实得像茉莉，那形状又宛如一个个小风车。浓烈的香味引得蜜蜂、蝴蝶在空气里高密度地传递亢奋。我被这树这藤的姿态打动，就那么注视了一会儿，眩晕的感觉，让人恍若还在江中荡漾，抑或是这视觉与嗅觉的冲击有点猛烈。

　　环岛走一圈，眼里的景色大致相同，江堤两边狠劲冒着竹笋，蒿草、艾草粗实得绿油油的。母鸡带着刚出窝的一群群小鸡崽，叽叽地满地觅食，鹅、鸭，也成群，在水边嬉戏，羊、狗、甚至猫在屋场乱蹿。几十年了，我分不清蒿与艾的长相，尽管耳边有人解释，蒿的叶尖根茎泛红，艾的泛白。几个季节一过，我又糊涂了。我唯一相信的是自己的嗅觉。掐个叶尖，蒿草香得往心里钻，蒿粑粑的味儿在嘴里转，那清香伴着食欲就来了。艾草呢，它的香，往外飘，五月端阳沐浴后，留置在肌肤上的味儿，带着风，丝丝缕缕的，在空中弥漫，那香除了芬芳还有清凉。

　　蒿草艾草在江堤边疯长，一路走过，不停地掐个尖尖放到鼻下嗅，嗅完还舍不得丢了，放进衣兜，妄想存住这些香儿。望见树上的果儿，又记起今天是谷雨。岛上的枇杷树上挂满一球一球的青果，李树是刚谢了花的样子，满树绿叶，仔细去瞅，小青果躲在叶子下。叶子宽阔的板栗树上，正抽着花穗。柿子树的叶片下，没有看出柿子是坐果了，还是在打花蕾，反正在我的想象里，秋天一到，这树上就会挂满红红的柿子，照进碧绿的江水里。过去，这块土地上也种水稻，现如今，冬季种油菜，夏季种瓜种菜。初春的时候，挽洲岛便开始仙气逼人，在远处任何的山峰上俯瞰，在一汪碧水中，挽洲岛橙黄橙黄，少许的绿色如同叶片上的细茎，整片叶子携带着远古的宁静，在湘江里乘风破浪。谷雨前后，挽洲岛上会种下朝天黄辣椒、花生、芝麻、黄豆、西瓜，整个夏季，岛上绿油油的。空中俯瞰，那是一片悠然自得的绿叶子在湘江里清凉。

洲头有一片密集整齐的松树林，正午的阳光从树顶流泻，江风吹动着树梢，斑驳的光影就跟着摇晃，徜徉林间，一种愉悦抖落下来。追逐、嬉笑，又或仰头，顺着笔直的树干，凝视这湘江之上的天空。他们说，这是退耕还林后种下的，几十年过去，就成了岛上的一道风景。其实岛上处处皆风景，抬头望去，一垄一垄的沙土里，有种风生水起的气象。有个老人在新整的地里打除草剂，问他土里种了啥？花生。洲上全是沙土，长出的花生颗颗饱满。今天正好谷雨，民间有说法，谷雨开始种花生。节气把什么都安排好了，忽然就想到八月十五吃花生的时候，人们在这地里挖花生的情形，花生的香味在未来的空气里开始飘散。

忽然想起，刚上岛时，在江堤边，见到的古樟树。传说，当年杜甫是从这里上船的，舟就系在那棵树上，普通的樟树就成了系舟樟。如今，两棵樟树空了心，连在一起，洞与洞相通。挨着湘江的这棵，完全枯死，与之相连的那棵，仅靠斑驳苍老的树皮，竟长出枝繁叶茂的气势。树不怕空心，而怕伤皮。看来一点儿不假。这系舟樟，曾经树干粗大树冠如盖，二十世纪七十年代，几个小孩将干牛粪放在枯树洞里点火，引燃古樟，烧了三天三夜，留下这沧桑远古的模样。

湘江河禁渔十年，好多渔船在堤岸上晒着太阳。不能捕鱼，兴许是离岛的一个原因。我们在岛上流连忘返，还没离开，就相约下次再来。说不上这喜欢源自哪里。离岛时，兰先生的母亲给每人两把刚剥壳的小竹笋。当晚就把小竹笋用剁辣椒豆豉茶油蒸了，鲜美在味蕾上开出一朵一朵带着惊叹号的花来，那花儿跳到眼前，又成了这日在江堤上见到的蒿草艾草，还有树木上的花儿果儿，粼粼波光与呼呼江风簇拥而来的谷雨阳光，与这个湘江洲岛被照耀时的样子。

藏风得水古桑洲

初秋的阳光，在湘江之上流金溢彩，古蓝色的江水摇曳着天上的云朵。我开车走在湘潭的芙蓉大桥上，不经意间往右一瞥，就瞥见株洲的古桑洲静卧江中。我看到的是洲尾，几艘挖沙船在百米外作业，西边岸上耸立着两个红白相隔的大烟筒，袅袅轻烟下，两个沙场机声隆隆。一个叫罗应隆的人忽然就跑到了心里，他从五百年前穿越过来，他的恍惚与彷徨跌进这巨大的光影里，江面的水波随风簇拥，他逆着光，却看到了一种危险，在岛屿的周围潜伏。

古桑洲，是个长仅三点五公里、宽约二百五十米的湘江洲岛。岛上几十户人家，几百口人，从前属湘潭，现是株洲马家河镇的一个自然村。岛上的风光与其他洲岛相似，绿树成荫，从前也都是以养蚕打鱼为生，所不同的是古桑洲罗氏，是个星光闪耀的湖湘世家，曾在历史上显赫了五百多年，风流人物数不胜数。

当年，我是一名跑线的记者，早上醒来，多数时候，并不清楚接下来这天自己将要去哪会要见什么人。每天四处奔走，后背像是有双手在推。第一次上古桑洲亦是如此。我被人用车子接了跑了好远的路，然后在湘江一渡口上船。我是在船上才听说古桑洲这个地名。洲上没通电，几名政协委员就此事去洲上调研。季节正是夏天，机帆船上的突突声，江风的哗哗声，让耳朵很不适应，不适应的还有烈焰，太阳在辽阔的水面上吐出团团火焰，随着风狠劲地往我身上扑。

第二次去，是古桑洲通电了。那是个寒冷的冬日，早上在渡口坐上高级游艇，市里的大领导有个剪彩的仪式。船上环境舒适，居然有人讲起故事来，而且与我有关。他们说我上次在古桑洲采访时，问岛民晚上没有电，你们干什么？说的人好像他就在现场。我正仔细回忆自己是否这样提过问，可一船人差点就把船笑翻了。我太后知后觉了。这个语言陷阱原来是一个笑话的坑。那会年纪轻，脸皮薄，遇到这类玩笑便会板起一张脸，表示我不高兴了。可是那天，我不可能不高兴。岛上欢乐的人群瞬间把你融化了。他们张灯结彩锣鼓喧天，家家放起鞭炮，户户贴上对联，整个洲岛是若干笑脸的重叠。空气里的笑声哗哗地在风里流动，特别是拉闸的瞬间，那庞大的发自心底的喜悦，让这座岛屿在湘江之中发出巨大的震颤。后来翻阅报纸，日期是一九九五年十二月二十六日。我写的报道说，那天，冬阳高照。

第三次去，是古桑洲遭洪水了。退洪后的这个星期天，市里的头甚是牵挂，于是轻装简行上了岛，我被临时抓差要求写个通讯。这次是深入腹地，去了岛上好多人家，从洲尾到洲头。岛民们对于涨大水司空见惯，大部分人家已把淤泥清洗干净，我们走进干净的蚕房，一箩筐一箩筐的新鲜桑叶靠墙摆着，蚕宝宝在架了好几层的箧盘里，发出嗞嗞的吞噬声。蚕宝宝通体冰凉，这凉浸漫在空气里，蚕房因此格外清凉。箧盘里吃桑叶的是夏蚕，春蚕早已吐丝成茧。忽然想起，这一路走过，看见好几户人家在外边架起大锅在煮蚕茧，之后要剥茧、开绵、晒绵与抽丝，好多工序。走过桑叶林，是一片菜地。林间地里的淤泥也清理妥当了，有位娭毑在把择好的韭菜，一捆一捆地装进箢箕里，准备送到对河去卖。洪水过后的岛上，安安静静的，人们专注地做着眼前的事，甚至面对前来视察的领导，他们也只是抬起头，含蓄地笑笑。

我第四次去古桑洲，是采访洲上的小学。时间在二〇〇〇年左右。那是个清秋的上午，我从渌口坐快艇过去，到达学校时，一位女老师正扯着嗓子在上数学课，偌大的教室里只有两三个学生仰头听讲，另外的学生埋头写着啥。老师讲过一阵后，布置了几道题，让他们自己做。她又与刚刚埋头写啥的学生授课。听了一阵，我才明白，这是复式教育。一个人同时教几个年级。那个时候，古桑洲小学只有一位老师，所有的年级都由她教。印象中，学校是在一个祠堂里，正厅是教室，中间有个天井，边上房间应是老师的家，屋檐下有个煤炉子，上边蒸着饭菜。说不出的担忧蜂拥而至，女老师却吐出一口长气，且面带喜色，她说，学校下学期就停办了，以后他们每天坐船,去对河上学。采访后,我写了篇什么通讯,全忘了,但那刻的感受却很清晰,那震颤的铝锅,火苗从炉子里缩进伸出的姿态,教室里嘈杂的嗡嗡声,还有那饭菜、煤烟混在一起的味儿,甚至在如今的某一刻也能嗅到。记忆里站在天井的石阶上,在那课堂的后面,浅薄的我以为这块土地教育贫瘠。我当然不知道,从清朝到民国再到现在,古桑罗人一直行走在文化前沿。大儒罗典就不用说了,之后的又一位进士,参与编辑《四库全书》的罗修源,还有主讲渌江书院并以数十年时间辑成《湖南文征》二百卷的经学大家罗汝怀,一路走来,这类大伽,不计其数。

正在消失与已经消失

湘江株洲段的江心岛,挽洲、空洲、潇洲与古桑洲,由南向北依次过来,本想各写一篇,辑成《湘江洲岛》,可是当我顺着湘江寻找时,中间两岛,正在消失甚至已经消失。

最炎热最漫长的夏季结束的这天,我来到空灵岸。湘江里的风呼啦啦地荡起凉意,河床裸露的石滩上轻沙漫漫,旱了几个月的河水,清癯瘦削,流动缓慢。有鱼儿在浅水处不时跃出,溅起片片水花,定睛一看,一些鱼儿游着游着,巨大的卵石就横在了面前,碰了壁,自会惊吓,那水花也就不断惊溅。这是二〇二二年十月初的一个上午,我在湘江里看到大量迷途的鱼,在水里嶙峋的怪石间彷徨,彷徨的还有河里的几只甲鱼,它们不时探出头来,然后又沉入水中。我伏在桅栏上惊诧地注视,往北望去,江心是空洲岛的洲尾,江水拍击长堤的回声在风里咆哮,更远处是一大坝,像是把洲头斩了首。我旁边也在观鱼的一位背包客,忽然大声长叹,说他刚从岛上下来,上面啥都没有,只是荒草遍地。

在水之洲,时常水雾缭绕,自然是仙气飘飘的,各种传说老早就落在了岛上。洲名的传说便有好几种。比如,传说洲旁有一石象悬钟,名悬钟石,故得"空"名,加之与空灵寺隔江相望。另有传说是柳枝的两片柳叶变成了两只金鸭婆托住了该岛,得名空洲岛。空洲也叫箭洲,从高处俯瞰,这洲的形状很像一支遗落在水里的箭,而"一箭震九狮"的传说在此地更是家喻户晓。昆仑山下来的九头雄狮,在空灵岸附近残害生灵。观音菩萨得知后从南海赶来,见雄狮欲过江,大喝一声,随手从净瓶中折一柳枝向雄狮掷去,一道强光闪过,九头雄狮震在了湘江西岸,变成了九座山冈;那掷出的柳枝,落在江心,竟成了绿色小岛,状似神箭,故称箭洲。

这岛上曾经炊烟袅袅,也不知来了哪路神仙,要开发岛上的旅游,于是某年某月的某一天,岛上人家都被迁离了。到现在,这个开发成了一个空谈,以致江风的呜咽声一直在岛上盘旋,寂静与哀伤成了它的表情,而那些千年的传说,正淡出人们的记忆。

写到这里,我忽然为挽洲、古桑洲担忧起来,潦洲岛之殇会不会重演,我们无法预料,因为在这些沙洲的周围,每天仍游移着不少采沙船。有资料记载,从前挽洲岛面积为一点六平方公里,可是到了现在,挽洲岛一平方公里都不到,面积至少小了三分之一。挖沙还导致洲岛河床周围坑坑洼洼,河岸溃烂不堪。一位挽洲岛人向我描述它过去的样子,"以前挽洲岛东岸有个沙滩,沙滩是岛上的乐园,有大树、鹅卵石、坪地,江水打来还可以在沙滩上面漂浮……"挽洲岛人的快乐时光一去不复返了。这些年,采沙船的疯狂侵蚀,沙滩变成了深不见底的河道,从前岛东岸十余米深的河床,现在都被挖的有七八十米深了。

河床的严重毁坏,蓄水层定然遭到破坏,表河水会大量渗漏到地下。河水干涸、洲岛不复存在,也许在未来的某一天突然成为事实。从潇水与湘水的汇合处苹洲岛算起,湘江上大大小小有二十几个洲岛,这些湘江中犹如世外桃源的小洲,噩梦正在纠缠或者已经降临。默默奔流的湘江,其实早已默默流泪了,泪流进水里,人类无法看见。别再砍伐了,别再挖河床了,湘江要休养生息了。

绿水长流,洲岛常在。这似乎成了湘江的呐喊。

古村与金腰燕

◎ 肖辉跃

一

"老乡，您这里有很多燕子吧？"

细雨中，两只金腰燕站在吴山古村的电线上发呆。一个穿白短 T 恤、背小皮箱的男子，从金腰燕肚皮下穿过，朝我的方向急匆匆走来。

"哦，是的是的。""白短 T"朝我点下头，脚步却没停，一只耳朵和一只眼睛早已飞向前方，好像那里有人在喊他，要他去救命似的。与我错身而过的时候，我看到他胸脯上印着四个大字：曹氏宗族。我还想问他燕子是否在古村里筑巢，他已闪进一条小巷。

雨丝越来越密，形成雨雾，笼罩着整个古村。村子安静极了，只能听到小青瓦和马头墙在雨中发出的细微呼吸声，就像睡着了一样。这时候天空中传来一阵一阵的呢喃声，几只金腰燕在村子上空盘旋。一直在电线上发呆的两只金腰燕好像被雨淋醒了，开始抠脸蛋挠脖子，时不时还扯开翅膀淋一淋雨。我看到它们头上的斑块并不像成鸟那样红得像村头树上熟透的李子，而只是一抹淡淡的栗色。色彩并不鲜艳，有点斑驳，与古村墙壁上那些褪去了颜色、历史久远的青砖是同一个色调。只是与之相反，金腰燕的这种色彩，是新生生命的表象。它们是刚出窝不久，才学会飞行的幼鸟。

空中的金腰燕朝电线俯冲下来，抖一抖翅膀，向电线上的两只幼鸟打招呼："孩子们，到天空中去啊，好多好吃的。"

两个小家伙立刻做出回应，唧唧两声，翅膀一抖，直往空中射去。在它们侧身飞翔的时候,小小的腰身闪着金光,就像捆着一个金元宝在飞。

像吴山古村的这种房屋建筑风格,马头墙下,小青瓦屋檐下,还有家家户户门楣上方的两个木制户对,都是金腰燕筑巢的理想选址。特别是一尺见方、方形或圆柱形的户对,对喜欢用泥巴,把巢筑成葫芦状的金腰燕来说,无疑是一个风雨无忧、与它们最相配的"门当"。而从户对四周那些隐约的泥巴印痕来看,多年前,金腰燕是曾在上面筑过巢的。现在,写着"吴山古村"的大红灯笼挂在上面。与之相对的,是紧闭的大门。

巷子深处,我发现一扇半掩着的门。

推开门,一股老屋的气息直冲鼻孔。这是青砖墙与青砖地面的泥土气,还有完全原生态的杉木、香樟、槠木、楠木的树脂气,从那些木制梁柱、窗户里徐徐吐出来。不曾被任何现代气息沾染,连油漆和涂料都没刷过。紧接着,一道白光从屋顶的天井洒下来,映亮着堂屋里的一切。堂屋中间的木墙上贴着一副红对联,上书"枝繁叶茂,根深蒂固"。左脚地上摊着一把黑伞,右脚边挂着三根竹篙,上面挂着五件衣服。雨呈一条银线从屋檐抛下来,抛到下面的天井里,发出细细的嘀嗒声。天井深不过膝盖,四周散布着绿苔藓和几根瘦瘦的毛蕨。雨量在加大,但水位总保持在脚踝高度,多余的水就从隐蔽在天井角落的四个窟窿,排到屋外的水沟中。随着雨势增大,嘀嗒声也越发连续而响亮,从天井向空阔的堂屋四周一波一波发散,就像夏日的清风,涤荡着我已日趋疲惫的身心。

一个五十岁左右的中年妇女,从堂屋一侧的厢房推门出来。她赤脚穿着一双红塑料拖鞋,手里提着个大塑料桶。看到我在堂屋里打量,她立刻放下塑料桶,一边就着屋檐抛下的雨水搓洗双手,一边和我聊天,脸上挂满笑。我可以忽视她的红塑料拖鞋,但我无法忽视她那头长长的黑发。头发显然不曾染过,是那种天然的黑亮,就像她脚下天井里的自然雨水,都是大自然赐予的财富。

她说她姓曹,村里的人全都姓曹。她是在这座房子里长大的,房子是她爷爷的爷爷留下来的,有两百年历史了。她又指着天井说,以前这里面有鳝鱼,还特地补充说是野生的鳝鱼。每当天要下雨,鳝鱼就从天井里冒出头来,告诉她的家人,天要下雨了。以至于家人要洗被子、厚衣服,或者出远门干活儿什么的,都要到天井看看,鳝鱼是否报天气预报了。我又问她金腰燕是否在她家筑巢,她指着门上的户对,还有堂屋顶上的几根横梁,说她小时候,一直到她年轻时,金腰燕都在上面筑过巢,全家人都很喜欢。"燕子不进愁门屋",有燕子进屋筑巢,是大富大贵气象,求都求不到咧。可是,自三十多年前她出嫁后,就再没见过了。

"鳝鱼没有了,燕子也没有了。"她摇了摇头。

我不知道鳝鱼钻到哪里去了,也不知道金腰燕到哪儿筑巢了。实际上,金腰燕在湘南地区是夏候鸟,每年春天来秋天去,气候与食物决定了它们迁徙的基因。它们在这里繁殖,对人类有天生的依赖感,喜欢与人居住在一起,借人类来抵御天敌,比如老鼠、蛇、鹰、黄鼠狼等的袭击。而人们喜欢金腰燕,也并不是因为金腰燕长得好看,穿着条纹花衣,有一个金色的小蛮腰。像金腰燕这种颜值的鸟,比它漂亮的,湘南地区多了去了。我在吴山村的村头就看到了画眉鸟、寿带鸟,还有黑枕黄鹂,它们随便扯一根羽毛都比金腰燕漂亮十倍。人们独独允许金腰燕住在一个屋檐下,只是因为它们的食物全部是昆虫。当人与鸟有着高度相同的愿景时,双方就能世代友好合作。现在看来,古村还在,金腰燕却不再进来筑巢,我猜还是古村缺乏人气。

我问她古村现在还有多少人住,她说只有为数不多的几个老人。村里人都在外面建了新房。更多的是在县城,甚至省城买了房的,都不再回来了。

"你为什么回来住?""我?我是回来照顾我妈的。"她指了指旁边的厢房。原来她七十多岁的妈妈前段时间摔伤了,摔得挺厉害,只能躺在床上,由她来照顾。我说你真孝顺啊,她低下头,黑长发甩到胸前,双手捏摸着发梢,耳朵根都红了。

"哪里哟,孝顺不是儿女应尽的本分嘛。"

"我妈在床上躺快一个月了,不知道什么时候会好。"她又小声叹了口气。

我们这样聊着的时候,旁边的厢房又出来一个背小皮箱、穿白短T恤的男子,胸前印着"曹氏宗族"四个字。嘿,这不是村头碰到的那个人吗?原来他是本地的医生,来给屋里老人看病的。我记起最初想问他的那个问题,金腰燕的巢到底筑在哪儿。因为我在村里转了一圈,没有看到一座老屋里有鸟巢。他说老屋都没人了,有些还倒塌了,金腰燕还来干什么呢?它们都跟人搬新家了,搬到新房子里去了。金腰燕要是能回老屋筑巢,就证明这老屋有救了。

他开了个处方递给黑长发妇女,嘱咐一番,便走出门去。我跟在他后面,黑长发妇女送我们到门外。

刚一出门,一只金腰燕幼鸟飞到她家的户对上,脑袋左右转动着,大眼睛好奇地打量我们。

"你妈很快就会好的。你看,燕子要进你家门了。"医生说。

"对,这是幼鸟。只要你家的门常年打开,说不定这只燕子往后就会把巢筑在你家了。你的家人也都会好的。医生,您说有道理吗?"我向医生眨了眨眼睛。

"是的咧,这位客人说得有道理。"医生连连点头。

"妈,妈,燕子回来了。"黑长发妇女一脚跨过高高的青石门槛,一边喊,一边朝厢房跑去。

门槛外,掉了一只红塑料拖鞋。

三三两两的游客(实际上是采风的人)开始在巷子里穿梭,巷子上空也聚集了越来越多的金腰燕。先是一群五十五只,它们擦着马头墙低飞,在小青瓦屋面聚成一个黑色的大漩涡。漩涡不停地旋转,也不停地欢叫。随后,另一群金腰燕,三十六只,也加入这个流动的盛宴。最后,整个屋面聚集了一百五十六只金腰燕，我估计所有在古村上空游荡的金腰燕都来了。在这个金腰燕群里，约有一大半今年的幼鸟。爸爸妈妈抓了蚊虫呼唤它们，它们扑棱着翅膀，张开嘴在空中迎接。这时候细雨变成了大雨，金腰燕的欢叫并没有减弱。父母的呼唤，幼鸟的应答，愈来愈清亮，整个古村都塞满了它们得意的歌声。再加上雨水打在小青瓦上、滴落在青石巷里、扫过马头墙的声音，所有这些自然的声音，汇成一曲吴山交响曲，激活了古村的天空。那些在古村里低头行走的游客，在老屋前面搭的雨棚下剥玉米的老妇，在老妇脚下啄玉米粒的母鸡，看老妇剥玉米的五个老汉，甚至躺在屋檐下打瞌睡的几只老狗，全都抬头望向古村的天空。

天空的深处，传来了悠久岁月的回声。遥远的八百年前，当曹氏的祖先骑马带兵来到此地安居乐业，那些喜欢跟着马蹄抓蚊虫的金腰燕，便也在此安营扎寨。年复一年，古村守着一代又一代人成长。年复一年，古村迎接一拨又一拨金腰燕的到来。如今，金腰燕还在信守对先祖的承诺，对基因的坚持，向古村诉说着它们的思念，歌唱这片土地对它们慷慨的馈赠。而在这片土地上长大，曾以血缘、宗族来维系、来传承的人们，不知是否还能听到那古老的召唤。

二

白云挂在汝城沙洲瑶族古村的上空，几只金腰燕在云里一起一落。

一群当地村妇站在古村巷子里叫卖。这是湘南地区一系列古村落里，我看到的最有商业气息的地方。我们有很多理由要反对商业化，反思现代化。不过，现代化的滚滚车轮把古村的人带到外面去的同时，也把外面的人带到村里来，由此，也留下了一些当地人。

这些村妇大多三十出头的样子，其中一个还戴着眼镜，这让她平添了一些文化气息。她们的肤色，就像她们门前摆的水果，天然，透着阳光的色泽，不像我们，全都被防腐剂——防腐剂浸染的化妆品包装着。那些水果，黄桃、油桃、奈李、梅子，因为是本地出产的原因，散发着新鲜而成熟的香气。我拿了一个黄桃，还只拿在手里，我的鼻翼就不自觉地翕动，我的肚子就不争气地咕咕响，我不得不暗暗吞咽自己流出的汩汩唾液。那种成熟的芬芳，是如此的浓郁，好像已经孕育了上百年。这是沙洲古村土地上独特的芬芳啊。

在每个水果摊的上面，都有一副木雕大花窗，大多设计成中间凹两边凸出的三开窗形式，沿巷子一长溜排列，就像敞开的双臂，迎接着每一个客人。窗户上面雕满了蝙蝠、盘龙、梅花鹿、莲花、寿桃、金元宝等图案。这些寓意福禄寿喜的雕刻实在太精细了，你甚至可以看到蝙蝠的小眼睛里带着笑意，盘龙的每一根胡须都带着得意。而每一朵莲花开放的程度还不一样，半开、全开、含苞待放。花瓣的样式也多种多样，重瓣、单瓣的都有。总之，没有两朵花是一样的，而每一扇窗户都有多达数十朵莲花。它们作为窗户的生命已然老去，而作为艺术作品，却焕发着持久而永恒的生命力。来来往往的游客中，总是有几双有鉴赏力的眼睛，定格在窗前。

金腰燕擦着木窗，擦着游人的脑袋鸣叫，好像在喊："喂，让开让开，让开让开，我要过身。"然后侧身消失在迷宫一般的巷子里。

看着金腰燕消失的身影，我对它们将要发生的事情有了某种莫名的期盼。

巷子依然是青石巷，但不再是寂寞的巷子。排水沟里有了清浅的水流，一缕阳光挤进巷子，抚摸着它，就像一条流淌的白丝带。这水流充满了活力，顽童似的在沟里蹦跳着前行，还时不时跳起来与两边的石墙和青石板路面打招呼。它一路上呼朋唤友，从各家各户的天井排水口中聚拢同伴，手牵手一起奔向前方。如果你能蹲下身子，你甚至能听到它的嬉笑声，还有蟋蟀站在它身旁弹琴的声音。金腰燕时不时也会闪到水沟里，嘴尖擦着一点儿水，或叉住某只在水边玩耍的蜻蜓的翅膀，闪身而去。在中国成千上万条水沟中，也许这条水沟根本不值一提。但它拥有潺潺的活水，拥有金腰燕的热情亲吻，便拥有了永不枯竭的生命力。

水沟两边丛生着一些植物。一簇簇银灰色的地衣就像泼洒的颜料，贴附在水沟紧靠的墙根上。而那些绿色的苔藓，紧靠在地衣后面，将墙根再刷上一层闪亮的绿漆。东一朵西一朵的蕨类植物，则将墙根镶上高高低低的花边。我抚摸了一下墙根，地衣和苔藓就像羊毛地毯一样，有一点点硬，但更多的是柔软、富有弹性。而蕨类植物则像是古村的守卫者，个个身怀刺刀。只要碰一碰它的叶片，你的手心就要留下一道刺痕。除了水、空气、石头墙根，以及偶尔光顾的阳光，这些水沟边的生物便不再需要任何东西，它们向我透露着古村的蓬勃生命力。

金腰燕还在古村巷子里穿梭，游人拥向中间地段的一座房子。

房子大门顶上写着"半条被子故事发生地旧址"的字样，门口贴着一副对联：红军赠被温暖华夏，鱼水深情护佑神州。横批："福泽千秋"。堂屋靠里的四方桌旁，坐着一个老人。

老人便是"半条被子"的主角——红军房东徐解秀的小儿子朱中雄老人。老人坐在长板凳上，将八十多年前三个女红军战士剪下半条被子给他母亲的故事，一遍又一遍地向游客讲述。

"你们一定要跟着共产党走啊，自己只有一条被子，也要剪下半条给老百姓啊。"老人八十多岁，他的声音并没有因岁月流逝而沧桑，而是像他那张红润的脸膛一样，饱满而深情。

他的母亲，徐解秀老人的遗像摆在堂屋正中间的神龛里，下面的香炉上插着两面小红旗。神龛上雕着龙、麒麟、金元宝和财神模样的人，分别寓意望子成龙、麒麟献书、财源滚滚、天官赐福。

游客围着老人，争着和他合影，握手。每个人都有一堆的问题问他，他有时候得同时回答四五个人。在老人回答问题时，一只金腰燕从大门外闪进来，飞到屋顶的横梁上。我方才发现，就在老人头顶，垒着一个大大的金腰燕巢。

寒露籽，霜降籽

◎ 简　心

一

　　秋风在山坡田垄间蜷卧下来，孵出大片大片金灿灿的稻黄。没等稻香浓透，群山，已是即将临盆的产妇，安静，不着一点儿风色。岭下的人家，箩箪、扁篓生动起来。平日里这些东西沉默在屋子一角，被零打滴扣地使唤着，终于到了隆重登场的时刻。木梓桃要下山了！之后是连绵的晚稻收割，这些灰头土脸的篾器，不养足精神不行。篾匠被东家西家地请了去，水酒一热，几块棋子团肉下肚，小篾便剥得哗哗起飞……筐筐篓篓，簸箕笟篱，篾皮稍微走上几圈，再顶上几根篾骨，便可以再用上一年半载。毛竹好的东家，还可织上几张晒簟。晒簟厅子般大，但凡有几亩谷田和木梓岭，谁不巴望织上几张呢？天晴辣日，山坡上，屋坪前，晒簟当阳一摊，谷物呀，木梓呀，烫皮呀，还有番薯片，见什么晒什么，一个冬天铺上去，日子便有干酥酥的香味。天上云起堆时，掀起晒簟对角一兜，木梓桃哗哗哗地滚堆，再一笞箕一笞箕撮进箩箪里，晒簟一卷驮进仓房，雨星子都打不着。木梓桃是一种榨油的干果，我们上犹山区盛产。密麻密塞的木梓林，配上天高云淡的山脊线条，没有一点儿放荡之气。木梓树硬达，叶片沓亮，随便往哪道坎坡上一站，哪道坎坡就有精神。榨的油叫木油，进嘴一种淡青味，用来煎炒炸都不容易上火。实在没菜下饭，挖一汤匙木油浇在米饭上，再淋圈酱油，撒几粒盐一拌，这种油盐饭也能把人吃得眉头发亮。遇个高烧头痛，脑门手脚心抹几滴木油，歇上一晚兴许就不碍事了。奶奶当家的年代，据说山上是照不见人影的,杉树松树长得饭甑筒般粗,芦箕铺天盖地,木梓岭一片溜青。那时我一个叫姑奶的到外婆家替父亲说媒,底气最足的一句话便是:"咱这坑头的后生多好,能打会算,木梓棍一样精实,山是山了点,可你说那木梓多好啊,抵得你家十亩禾田!还有那满山的柴草,啧啧,你三辈子也砍不完!""人世过日子,油盐柴米,白白先占着三样,你还挑个什么?嫌远?也不过爬个坳拐几个山坑就到了。"这样的话来来回回说个十几遍,外婆家便动了心肠。母亲家在社溪梨子岗,算是江边人家,大畈大畈的沙坝田不说,光那条清凌凌的寺下河,就可以淹了我们这小山坑子。水塘里的螺呀蚌呀,不是用手拣,而是用畚箕往泥里撮,往往一撮就是一碗荤腥。可惜这么肥美的地方,山上全部茅草剃下来也不够几天烧,全是一岗岗光溜溜的猪肝石。不说木梓,煮饭要把芦箕引火都是大工程,得驮着茅镰带上饭菜走十多里路外去割,这样来回一天工夫不算,嘴巴还难打几滴油花子。两相对比,柴火近、油水足自然就成了我们坑头人对外生存的资本。

二

　　浓雾像米浆一般,将山褶子洗得澄明透亮。木梓桃青郁郁地挂在山坡野谷里,禁不住阳光一瞥,脸涩涩地泛光,直涨得青一阵,红一阵。风追着林梢毕剥毕剥而下,一些向光的木梓桃微微开了口子,露出乌黑的梓仁。阳光稍舔一舔,桃壳"噼啪"开了,桃花般的四瓣,梓仁便落了地。这时再不上山收梓,便迟了。鹤堂的木梓林大都集中在一个叫湖洋坑的山坳窝里,一直到坑子底部。雨水把岭上的山皮一年一年冲刷下来,山坳里的阴泥肥嘟嘟的,直把木梓林养得灵光乌黑。越往山顶走,木梓树越长得硬气,这样出落的木梓桃,虽比不得山窝里的硕大,却一粒是一粒,颗颗精实得很。一片山岭,只要有一家人开摘,各户会不约而同山山壑壑地跟上来。一来长山大坑,同阵搭伴图个热闹;二来,木梓岭是划山为界的,隔山摘空了,陆续便有外村人上去捡木梓,坳深坑远,山上树嗬嗬的,谁晓得他钻哪儿去?

借这名头,顺手捞一把的事不是没有,不如一起扫空,任他天南地北捡去。寒露前后开山的木梓桃叫寒露籽,蒴果小,皮却薄得很,出油率高。半月过去是霜降,那时开摘的就叫霜降籽了。天总是很高,特别干净,偶尔几朵碎云,把天擦得没一点儿痕迹。我们系紧草鞋,抓一根长长的竹钩,跟着挑箩篼的大人们长驱直入进山去。山的沉静被搅碎了,大家"哗哗"钻进木梓林里,枝丫被沉沉地钩下去,木梓桃大把大把地丢进扁篓里,野鸡们惊得扑棱棱从这个山头飞向那个山头。母亲拗起脖子,先将够得着手的枝丫环树摘一圈,然后探长身,双手一拔上树,扁篓往树杈一挂,骑住树丫,一枝一枝地摘过去。木梓桃冰雹似的砸下来,我们满地捡,一会儿就是满满一篓子。风吹过来,母亲那朱砂红卫生衣,还有湖蓝色洗得发白的裤子,一身衣衫裤管连同木梓树一起哗哗抖动,头上的红黄蓝格子巾芒花般翻卷。妇娘子毕竟力气差点,木梓结得严实,往往有好些荡不下来。母亲跳下树,遗憾地拍拍身子:没用,等你爸来摘吧。稍大些,我们也跟着母亲沿山坡一排排摘过去。梓叶绿得发黑,有些寒露籽孵在叶底很难发现,等你摘到下一棵树去了,才探头探脑地出来。母亲看见了,就会折回去,一边一枝一叶细细盘扒,一边温柔地训斥我们:别贪快,摘干净点,三颗木梓一滴油哪!摘了半篓,怕我们背不动,她会笑盈盈地夸奖:哎呀——蛮崽真能干!摘了这么多,来来!倒我这来!我们听后脑子上油似的,本来累得打软的脊背骨,立马就挺得笔直了。小惊喜常从木梓林中蹦出来。山稔子、吊茄、米筛籽……这些紫黑的小浆果躲在芦箕丛里,哥哥动不动捋上一把,一闪身塞进我们嘴里,我们就眯眯地笑了。还有一种小藤蔓上的果子,一簇一簇地长在叶下,像一朵朵伞状小花。捉一颗放在舌下,抿一抿,皮蜕了,米浆般,灌着小饭粒似的果肉,我们叫它"饭安团"。"饭安团"攀在箸蓬蒺藜上,也有爬上木梓树的,母亲一藤一蔓地扯下来,我们缠成藤链挂在脖子上,或者戴在手腕、头顶,不时撮几粒进嘴里,可以美上好一阵子。分产到户时,太窝里的木梓山被划分成五大块,堂伯、细爷、鬏毛太公,还有老庵口一位叫爷爷的,他们的木梓山都在那里,界线标志是从岭顶到山底挖下的一条尺把深的长山沟。新挖的泥沟红鲜鲜的,人们望着隔壁结团的木梓桃,心里再怎么打小鼓,终究是不越线半步的。天光日照的,同宗兄弟子叔,谁敢拿自己名声开玩笑?偶尔有棵压在界线上,往往会两家叫到一起,你让我我让你,最后一家摘一半,谁都不占便宜。这都是明地里,日子久后,芦箕芦芒半米高,到处打蓬打堆,谁一眼还看得出那条界沟?于是每摘到边界了,母亲总忘不了叮咛:看着点,别摘过了界,别人家东西再好,哪怕会唱歌跳舞,咱手指甲弹都不要弹一下。山上翻滚着好闻的草木香味,混在土腥气里,让人感到秋风的浩大与深阔,母亲穿梭在木梓林里,这些话轻轻打过来,芦芒划了一般,说不出是痛还是痒。人与人是有疆界的,母亲的声气和表情,让我感到鹤堂做人的本分与安守。秋风四通八达,那条长满芦箕的木梓山沟,是那样深刻地挂在我的记忆里。

三

　　算起来,鹤堂就数细爷和堂伯跟我家最亲了。堂伯在陡水镇帮人剃头,一年到头少有在家。细爷和我家共一个屋子,我家住前厅,他家住后厅。他子女多,加上媳妇孙子,山上坎下,田头地角,一标人马拉出去,没几下就可早早收工。实在忙不过来,唯有细爷家可能上前相帮。他有个儿子叫小钱,排行老三,个子单单削削的,眼睛却寒露籽似的溜转。田土之外,小钱叔爱猫在沟渠河汉里盘泥鳅捞虾公。他家的木梓摘得快,摘得差不多了,就绕到我家山脚:"嫂!还剩哪些?可要帮你摘几棵?""让你讨累多不好意思!"母亲自然要客气几声。小钱叔也不多说什么,背起扁篓就上树去。如果日头快下山,小钱叔就驮起扁担帮忙挑木梓回家,一担一担的,直到月亮爬上来,夜色裹着雾气将整个山坑填得看不清人影。回屋后,细爷家灶房往往已经在炒菜了。小钱叔总是舀水洗了澡,然后趿双拖鞋,卷根喇叭烟叼嘴上,一屁股坐到我家饭间里。母亲这会儿才刚刚丢下箩筐,这边寻鸡赶鸭进窝，这边捞柴挑水起火做饭，总不忘了叫弟弟泡茶，又让我到暗间舀壶酒娘出来筛给他喝。酒娘有个把多月吧，日子不老不嫩，酒糟迷迷的。喝完一碗，又给他满一碗。如果父亲回屋，灶头恰巧又忙得过来，母亲就会叫我从柜里摸两个鸡蛋出来，或者抓把泥鳅干辣椒干什么的，这就是留小钱叔吃饭的意思了。小钱叔一听起身要走，父亲手一拦："饭好了！没个像样菜，不过加个碗添双筷子罢了！"红辣椒炒鸡蛋或泥鳅干都是下饭菜，挺消油的，平日不舍得吃。但关键时候会上前搭把手，除了自己人，谁有那份实心？许多东西不是钱买得来的。小钱叔也不再客气，喝酒吃菜不多说话，一副淡定享受的样子。

四

十天半月下来，木梓林渐渐摘空了。山上的芦箕和斑茅，像被野猪刨过一般，倒伏得七零八落。木梓树们直起汗涔涔的身子，长长地舒着气。这时的木梓山，有点像刚生过崽的月婆子，衣服松松垮垮，歪系着扣子，一头蓬松的头发，脸上却挂着瀑布般的微笑。阳光透明，将村子漆成金色。家家门口坪上铺着巨大的晒簟，上面趴满了新摘的木梓桃。最大的快乐还在深山里，有人拾得几枚野鸡蛋，有人在老坟里掏出了一窝小崖婆，更有的捉得了一对斑鸠，还有人捉得了一只穿山甲……这些人一定为村里做了许多好事，木梓山在无声地奖励着他们。今年收成怎样？路上见着，带个嘴问问是少不了的。妒忌和遗憾都是一眨眼的事。当家佬自有谱尺：你不见人家耘田铲岭下了多大气力？铲过岭的木梓树，一棵棵血气方刚的，寒露籽也好，霜降籽也好，没有哪棵不结个子孙满堂。山田地也是讲实诚的，和人一样，你花了多少气力下多大心血，终归就和自己黏肉亲。大半秋累脱一身皮，终于可歇口气了。难为亲戚子叔帮忙，总该斫几斤猪肉热两壶水酒安置一下肚囊吧——伙食是淡薄不得的。最好，杀只狗崽补一补。"狗肉滚三滚，神仙都坐不稳。"到了秋尾子，就得靠这东西壮骨提膘了，几钵头红烧狗肉下去，一个冬天脚下像长了个火炉子。红芽芋在秋风里一煮，粉包包的，勾点肥亮的饭汤，总有一种寒暑相浸的泥香味。时新的板薯是少不了的，刨了皮，用擦子擦成薯浆，和上米粉，炸上一团箕薯包，大快朵颐不算，临走还裹上一包，让舅爷表嫂捎回家给老小尝尝鲜。鹤堂人永远用"吃"来释放自己绷紧的情绪和神经。为了吃得理所当然，就取个好听的名目吧，比如"洗扁篓"啦，"洗禾镰"啦，"洗扁担"啦等等，一年盼到了头，不管心愿了还是未了，时间都翻过去了，大有洗手不干好自珍惜的满足与快乐。所有这一切都煞尾，日子也就短了，这才发现，那些摘下的寒露籽和霜降籽早已晒得干老，就像老人脱落的牙齿，一颗一颗炸裂开来，籽仁掉了一地。

五

日头一天天凉薄下去，人们陆续转移到晒场，等最后一粒番稻进了仓，霜风下来，地里的红薯叶子开始发紫打蔫，一天天乌黑下去，鹤堂人又驮着镢头泥耙挑着箩筐开始挖红薯了。母亲趁着日头好，将大个儿的红薯一部分洗净打浆晒粉，一部分擦成片、丝或者番薯粒子摊晒作干粮，剩下那些小个儿的，带黄泥摊楼板上北风吹一阵，直到吹得皮起皱，糖分沉淀下来，挑河坝里洗净，大火上甑蒸透，然后码在晒箪上翻晒。这样蒸了晒，晒了蒸，反反复复，等到甑脚下泅出一片稠糖卤子，日子就一身乌黑透明了。冬夜，人们终于闲了下来。一家老小围坐在大簸篮边，一边剥着木梓仁，一边悠悠和和地听大人说些家史和村里村外的野闻奇事——谁家崽子赚大钱盖大屋了，谁家崽子出国留学了？谁家妹子开发廊按摩店去了，谁家男子佬半夜将自己妇娘劈死了，谁家祖坟爬出了一条大蟒蛇……于是有人满面风光地放鞭炮作酒，有人掖在肚里说不出的酸咸苦辣，也有人吃饭睡觉抓抓挠挠的——是不是老祖宗没衣穿没钱花了？或者是哪里没服侍好得罪了哪方鬼怪？社官老爷也好，打石鬼也好，老树精也好，还是备份纸钱烧香敬烛祭拜吧，还愿祈福，避邪消灾，总得求他老人家保佑开道给后人一个安康吧。父亲说，打个屁自己唬自己！山坟里住的都是咱的老祖宗，保佑还来不及，又怎会变着法子戕害自己的骨血呢？要提防的往往是大活人。你看这田地里高高吊在竹竿上的假崖婆，不过是人扎的一把棕丝稻草，风一吹，晃晃悠悠的，那些鸡鸭们就被唬得远远的。什么山长什么树，什么树结什么籽，天道无所不在，这后代怎样，看看家道门风就明白了。母亲拨拉着箩筐，感叹木梓收得越来越少。十几年过去，也不知奶奶在那边过得怎样了？由于家里窘困，加之时风不许，以致当年奶奶匆匆下葬落土，坟地就在爷爷的右上方向，连块碑石都没有。算起来，鹤堂的木梓林也种下几百年了。中华人民共和国成立到现在，六十一甲子，多少人事轮回，多少兴衰翻转。日子就像榨油坊那架水车，当年行时的如今走下坡路了，当年背时的又晃过了神。你看这山场，一会儿生产队一会儿分产到户，从公到私也转了几下手，二十世纪八十年代到处乱砍滥伐，许多山上的老杉老松都倒光了，唯有这吊着油盘子的木梓山场，却贴了符似的保存了下来。寒露籽，霜降籽，也在用自己的惨烈，默默繁衍生息吧。想想奶奶临终落气时交代的话，是不是这样呢？我们之所以争，其实是为了不争；我们之所以死，其实是为了不死……或许这就是支撑鹤堂人子孙罔替的终极意义？某种程度上，我们鹤堂的祖先们都是死而不亡的，就像木梓林，一口气一口气地活在后人的血脉版图里。脱去梓壳的梓仁，像上了漆般油亮。或许，这就是鹤堂人的眼睛？这些眼睛被扫拢成堆，装进箩筐里，一担一担挑到榨油坊，最后，变成了青菜汤里的小油花。山上的木梓林又开出了大片大片雪白的花朵。木梓山，一年一年，隐瞒了鹤堂人所有的秘密。

种子

◎ 廖辉军

冬眠过后,种子渐渐苏醒。此刻,农人用无比温柔的眼神,一遍又一遍抚摸种子,心中盘算着新一年的美好憧憬。

开仓,起盖,那些深藏已久的种子被农人小心翼翼地装进箩筐,再次接受明媚春光的洗礼。谷子、玉米、花生、小麦,还有不知名的蔬果菜籽,它们羞涩地躺在暖阳下舒展身子,尽情褪去一冬的湿气,显得越发精神抖擞,每一颗都散发着金色光芒,芳香扑鼻。

一年之计在于春。对于农人而言,这意味着最要紧的播种季节到了。不仅仅是农人,那时的我对种子同样充满浓厚兴趣——我不明白为何平日里难寻它们的踪迹,此刻却仿佛惊喜地发现了一道道香喷喷的美味佳肴。看见我目光专注,守候一旁的奶奶从怀里掏出硬邦邦的粗糠粑,对我说:"孩子,饿了就吃这个吧。记住,再凉不烤灯头火,再饿不吃播种粮。"

然后,她以近乎匍匐的姿态,用手轻轻地拨弄种子,试图找出当中那些外表虚浮的"另类",再一粒粒分开,从未感到半点麻烦,也不觉得累。从奶奶虔诚的眼神中,我读出了非同寻常的敬畏,不由自主地想起父亲播种时的情景。

浸泡,发酵,出芽,翻土,下田……那时候最多的种子莫过于稻谷。父亲先撸起一把谷种,放在手心掂了又掂,用鼻子嗅了又嗅,横看竖看左看右看,观察谷粒大小和成色;然后,再俯身查看稻秆、稻叶和稻根的生长是否正常,判断它们能否长成真正的种苗。接下来,种子就要历经春夏秋冬的涅槃重生,印证着自然万物周而复始、生生不息的古老谚语。其实,每个人又何尝不是一颗种子,在生命的赓续中心怀梦想,向阳而生?

其实,在大千世界,还有太多种子不需要人们格外恩宠,风、昆虫、飞鸟等自然媒介都可扮演农人的角色,带着它们随遇而安、自然生长,虽然远离喧嚣繁华,却选择默默无闻、义无反顾地与大地母亲融为一体。

记得小学课本里有一篇童话故事《小白兔和小灰兔》,里面讲"只有自己种,才有吃不完的菜"。可见,种子不仅需要深入土壤亲近大地,更要靠农人勤劳持家。

从某种意义上讲,种子的历史就是人类的进化史。放在乡下,种子的多少和优劣,往往决定了农户或家族的兴衰存亡。在农人眼中,种子更是为人处世的品德象征。儿时的我特别调皮,经常惹是生非。爷爷就告诫我:"宁要硬种子,不做坏壳子。"无论岁月如何更替、世事如何变迁,种子从内至外依然保持那份素朴,心胸饱满而容不下半点虚华,因为它的身上蕴含了先人的辛勤汗水,寄托着祖辈的殷切期望。

年保玉则的拒绝

◎ 贾志红

八月的年保玉则，天空瓦蓝，白云低垂，红花、黄花、紫花摇曳得灿烂生辉。我和我的背包客朋友大林、小华在雪山下徒步。年保玉则就在前方，冰雪的寒意扑面而来。西木措湖畔的花丛，一片片姹紫嫣红，湖水清冽。高原湖泊鱼是水中的精灵，无鳞的身躯在清澈见底的水中灵活游动。

大林走在前面，橘红色冲锋衣在高山杜鹃丛中时隐时现。我和小华落在后面，我们常常在大片野花闯入视野时出现发呆的神态。让我们的大脑呈现空白状态的元凶不仅是高原缺氧的空气，还有美。

西木措被当地藏民称作"仙女湖"，听名称就知道准有女性故事和这个湖泊相伴。传说青年猎人从恶老雕爪下救出山神的女儿，又帮助山神打败了恶魔黑牦牛，英雄和仙女终成眷属，繁衍子子孙孙，成为果洛诸部落的发祥地，果洛草原从此生生不息。仙女湖是整个年保玉则最神性也最绚丽的地方。湖畔的野花不能论朵，要论簇论片，有风吹过时，花儿们还能荡起花浪，如彩色的花海，难怪猎人和山神女儿选择这里为蜜月之所。至今这里仍是藏民们的祈福之地，他们常将银币和风马抛洒湖中，祈求神仙帮助祛除病痛，获得安康。湖边的池台四周经幡飘动，像彩色的花朵延续到了空中。

我和小华像花海中的两叶小舟追赶着大林。花丛中隐约有个橘红色的身影，总是在我们快要接近时又无影无踪。他像一个诱惑。其实在那个八月的年保玉则，山是诱惑，水是诱惑，遍地的鲜花也是诱惑，我们注定要在重重的诱惑中沦陷。

记不清走了多久，只觉得腿越来越沉重，似乎不是走累了的那种沉重，而是一种被什么东西羁绊住的沉重。追赶上大林的愿望急切而渺茫，他像一朵云，早已不知飘到了哪里。我和小华在停下脚步喘气时常常莫名地发愣，无边的色彩能让人意识涣散，陷入虚幻。睁开眼睛是花潮翻滚，闭上眼睛是色彩暗涌，有时候不想再继续往前走了，只想把自己埋在这片花海里。但清醒过来后，还是加快了步伐追赶大林，因为几乎全部的装备和干粮都在他的背包里，若是追不上他，我们将饥饿地挨过高原的寒夜。

一个骑马的藏民老乡朝着我们奔来，他像从天边而来或者从花海里生长出来的。见到我们，他勒住缰绳，看了看我紫色的抓绒衣，问我们是不是在追赶一个穿橙色衣服的人，然后他说，一个穿橙色衣服的高个儿男人也在找我们，那男人嘱咐他，若是见到穿紫衣服、戴红框眼镜的女人，就捎个口信说在垭口的营地会合。他说完这个布满颜色的口信，长长地舒了一口气，像卸下一个包袱，然后打马而去，遁入颜色的深处。他的声音从花海深处传了过来："你们当心迷路啊。"

这声音和马蹄声在静谧的湖边像梦境一样显得不真实，也像童话一样充满想象。我猜想他一路上都在念叨着颜色，橙色、紫色、红色，颜色纠缠着他，就像野花缠绕着湖。

我们大概就是在这片花海陷入迷途的，那会儿，我发现自己影子的方向有了略微的改变，风突然有了明显的凉意。小华警惕地问，你感觉到了凉意吗？我抬头看天，高原的天空，依然是那种惯有的能把人融化的瓦蓝色，一朵朵的白云轻盈从容，像天空中的贵妇闲人。但是，有一块乌云从冰川的背后一点一点地挪了过来，像个贼，悄无声息接近它想要抵达的目标。起先乌云走走停停，行动诡异。后来，它放开了步子也放开了胆量，肆无忌惮地朝着太阳压来。周围的白云触到乌云，像被恐吓、挟持了一样，立刻也缴了械变了节，满天都是乌云的世界了，浓黑、沉重。我和小华料到不妙，赶紧把冲锋衣的帽子戴好，手忙脚乱地还没有套好背包罩，小石子一样的冰雹就劈头盖脸地砸了下来。我们站在半坡的一片花海里，倚着一块刻着六字真言的大石头，用背包护住头，听见冰雹砸在石头上发出噼噼啪啪的声响。顷刻间，我们落入了冰窖，也像进入一个枪林弹雨的战场。天空翻脸、动怒，令人疑惑这天地间是不是有了窦娥式的巨大冤屈。

冷、痛是初始的体感，然后是无边的惊慌，而当内心的慌恐袭来，外部的体感反而突然不知去向。好在过于密集猛烈的炮火总是不能持久，大冰雹也是天空短暂的发泄，砸着砸着，噼噼啪啪的声音渐渐变成哗哗啦啦，冰雹化作了雨，倾盆大雨。雨比冰雹缓和但却持久得多，乌云需要时间来消释它积聚的怒气。我们在那块大石头旁站了很久，天地一片雾蒙蒙、水淋淋。雨势并没有减弱的迹象，八月的高原被风雨打回冬天，而云层依然很厚，不知道还有多少水被云噙着，云还要喷吐多久。年保玉则向我们展示它变幻莫测的天气，来势迅猛，我甚至怀疑是传说中的邪恶黑牦牛来兴风作浪了。

山峰、湖泊在冰雹和暴雨的袭击中保持着惯有的姿势和颜色，山的一条条筋骨冷峻静默，雪也岿然不动，湖面没有起浪，静水流深。一场风雨不会撼动具有亿万年历史的山川湖泊。

就连那些茎秆十分纤细的小花，也没有在风暴中折腰低头，这一岁一枯荣的植物是自然界弱小的生命，比人弱小得多，但花朵没有惊慌失颜，似乎只有人在风雨中不堪一击。

我和小华，我们双腿沉重、浑身颤抖。小华喘息着用手捋了捋额前的湿发，张了张因缺氧而发乌的嘴唇。她脸色苍白，湿漉漉的头发贴着头皮，有汗水也有雨水顺着脸颊往下淌。我和她一样，我看不见自己的苍白，但我能感到自己的虚弱，我们是彼此的镜子，在镜子里把自己看得一清二楚。

镜子里的景象令我们惶恐。更惶恐的是我们不知道离垭口营地还有多远，甚至不知道垭口的方向在哪里，我们早已被花海静静悄悄地夺走了方向感,绕着湖泊转了一圈又一圈,沉迷而不知。

站在一片泥沼中,我们往前望望,往后望望,沉默着。雨终于渐渐减弱了气势。在连着打了几个寒战之后,我们决定返回,趁着还有一些残余的体力,返回上午经过的一个小山谷,安营扎帐。那里狭小、避风,想必也安全。我们想休整一夜,次日再找去垭口的路。

撤退的念头在心里一闪,仿佛有感应一般,太阳竟然露脸了。它也做出了决定,奋力挣脱云层的包围,夺回了天空之上君王的地位,草甸顷刻间恢复了安静,花草摇曳,一弯彩虹一端连着花海,一端探进湖泊。眼前的世界如童话的背景,像从来就没有被冰雹、暴雨袭击过,像已宁静了千百年并将无始无终再永续安宁下去。年保玉则不动声色,它像一个高超的魔术师,除了两个湿透的人,一切被掩盖得像没有发生过一样。

我们站着,摸着能拧出水的衣服,陷入虚幻。我问小华,你不觉得今天像一场梦境吗?从一开始徒步,就像跨入一个梦境。一向稳妥的大林竟然不顾我们和他体力上的差异,像一朵橙色的云飘得不知去向;后来牧民从天而降,捎来如魔幻般充满颜色的口信,而和牧民分别后,我们就再也没有遇到任何人,在八月的年保玉则没有遇到任何徒步者,这几乎是不可能的;那场冰雹也来得迅猛,真如黑牦牛突然现身,而太阳跳出云层的那一刻则更突然,更像是一个暗示。

小华呆呆地听着,眼珠转了一下。她木讷地转动眼珠的样子像一个梦游的人。我看着她,我知道此刻的她,依然还是我的镜子。

而记忆中的小山谷又在哪里呢?我们能重新找到它吗?它是真的存在还是另一个虚幻?我们灰头土脸地盘算着我们背包里的小帐篷、薄睡袋以及几块压缩饼干,能不能帮我们抵御一夜的寒冷和饥饿。两个梦游者对自己失去信心,直到看见一个人向我们走来,才猛然发现我们已经身处一个小山谷,有不知名的小河汩汩流淌,声音像泉水从地下涌出,透着终见天日的欢喜。

那人走几步停几步，停下来时就呜里哇啦地喊着什么。听声音是个男性长者。走近了，果然是个老人，脸膛黑红，皱纹密实，穿着暗红色的旧藏袍。他走到我们跟前，摘下也是暗红色的毡帽，露出一头白发。老人操着生硬的汉语连带着手势，极力想告诉我们什么。他用干瘦黝黑的手轻轻地拍着我的肩膀，另一只手指着远方，嘴里模仿着动物的嗥叫。我们明白了，老人是想告诉我们，这个河谷是不能扎营的，有狼。见我们懂了他的话，老人的表情不再紧张，他笑了一下，笑起来很和善，脸上所有的皱纹也跟着放松，如霜打后的菊花花瓣，柔软、下垂。年长者天然使人信任。跟着老人，我们翻过了一个小山包，看见一顶白色的毡毛帐篷，支在避风的两个山包之间。在不远处的崖壁上，有凿刻了一半的藏文字符，字的轮廓和笔画被白色的线条描摹清晰，前几个字符已经深深地嵌进石头。老人的帐篷门口，散落地放着各种工具，锤子、凿子、铲子、刀具。他指着崖壁上的字，口中念着六字真言"唵嘛呢叭咪吽"的藏语发音。这是一个修佛的老人，他叫巴桑，已经在这里住了三个月，他要在冬天封山前把六字真言凿刻完毕，并把它们涂上鲜艳的色彩。

我们把小帐篷扎在老人的大帐篷旁边，喝了他小铁锅里的酥油茶，热食令我的胃舒坦，也使思维恢复清晰。我们坐在草地上，太阳正用一天中最后一点儿力量来烘烤我们的睡袋，它热度衰退了，光泽却是一天中最柔美的时刻。我爬上帐篷旁边一块高耸的大石头，朝着我们来的那个方向张望。起伏的群峰在渐渐褪去光芒的夕阳里，变得朦胧而温柔，山风有了更多的凛冽，吹皱了静谧的河水。小河割破草地，蜿蜒远去，淙淙的流水声传得很远很远。

一对土拨鼠直直地站在我旁边的另一块石头上，瞪着溜圆的眼睛和我朝着同一个方向张望。它们并不躲避我，看来它们还没有经历过来自人类的伤害。我看向它们时，它们没有改变张望的姿势，但其中的一只哆嗦了一下，靠紧了另一只，它们依偎得更加紧密了。

我这么朝着一个方向看，心里是有念想的，我猜测大林在垭口的营地等不到我们，大概会回来找我们吧？我不知道土拨鼠在望什么，这是一种天生警惕的小动物，它们有洞察危险的能力。或许，还有一只或几只土拨鼠外出觅食未归，它们在等待同伴回家。

　　在夕阳快要散去最后一丝光芒的时候，我终于看到一个橘红色的小点在杜鹃丛中时隐时现。小华没有往那个方向看，但她突然扔下手中正在整理的东西，站起身，迎着那个橘红色的点，迎着大林来的方向飞奔而去。晚上，山谷里有三顶帐篷，还有天空的十万颗星星。没有听见狼嚎，隔壁土拨鼠一家也没什么动静，它们钻进石头下的洞穴中睡觉去了。整个山谷，只听见流水声，叮叮、哗哗、淙淙，像河流和大地的窃窃低语。

　　我们和巴桑老人闲聊，他说他小儿子每个月骑马来给他送干粮，他在果洛草原修了一辈子的佛，从没有离开过果洛草原，将来也不会离开。

　　第二天清晨，叮叮当当凿石头的声音从崖壁传来，巴桑老人在干活儿了，穿暗红色藏袍的身影在崖壁下的平台上晃来晃去。老人戴着旧毡帽，还戴了一副墨镜。他的作品，正以缓慢的进度在崖壁上扩展。若是在下雪之前完不成，巴桑老人就必须先回家过冬，等到来年的春天再继续。

　　我们再没有往年保玉则的深处走，没有按原计划去日干措，没有去格萨尔王的古战场，也没有去阿尔加措看雄鹰翱翔。我们跟着巴桑老人修了几天佛，把他所有的工具都用上了。我没有戴墨镜，老人说，你要戴上，当心石头碎末飞到眼睛里。在大林的建议下，我们没有在画好白线轮廓的区域内东一榔头西一斧子地开凿，而是合力凿一个字符中的一根线条，我们商量着就选那个笔画最直的线条吧，把它凿好之后再离开老人，作为我们留给这面崖壁的纪念。

　　白天锤子、凿子叮叮当当，夜晚小河汩汩流淌。

　　一轮太阳和十万颗星星交替而来。

　　几天以后完工了，我们决定返回。我们把包里剩余的食品留给老人，其实这几天我们一直在吃老人的粮食，喝老人的酥油茶。大林将一路捡拾的垃圾装进背包。我们是结伴走过许多山山水水的挚友，我知道大林有捡垃圾的习惯，塑料袋、液化气炉的空罐，一切不可降解的垃圾，都是大林捡拾的对象。他带着垃圾，一直走，带出大山，带到有人能处理的地方。

我心存愧疚，若不是我和小华迷路、遭遇冰雹袭击，或许我们不会连累大林，凭借他的体力，他能完成最初的心愿。但大林不这么想，他说，这是山神拒绝了我们，我们应该离开。

从此，我再没有踏入年保玉则半步，大林亦是，小华亦是。后来的十几年间，年保玉则声名鹊起，越来越多的人知晓它，走进它。有一天我听说，作为三江源保护区核心区域的年保玉则因严重污染而宣布无限期关闭，草场退化，垃圾遍野，湖畔鲜花被践踏，湖中游鱼被捕食。关闭了，关闭吧，也许再也不会开放，秘境终将成为秘境，这是山神永远的拒绝。

迷路者返回他们的来处。能回到来处或者说有来处可回，是迷路者的幸运。

滚滚红尘中，无可避免，我们终将会陷入新的迷途。

棉花，不是一朵花

◎ 周吉敏

穿过风雪，弹响古老的棉花谣

楠溪江，是瓯江下游北侧的一条支流。这个有着两千多平方公里的区域，像一个布袋，只有南端向瓯江敞开一个口子，隶属于永嘉县。

"澄碧浓蓝夹路回，崎岖迢递入岩隈。人家隔树参差看，野径当山次第开。"走进楠溪江，还是清人陈遇春《楠溪道中》的情境。那些叫苍坡、芙蓉、岩头、枫林、花坦的村子古貌苍颜，有着时光沉淀下来的温厚。

我就是在楠溪江中游的岩头村遇见他的。当时村子的公园里正在举办文化活动，熙熙攘攘地热闹着。一块大型的"爵士乐 VS 弹棉花"的广告牌醒目地竖立在草地上，老手艺与现代音乐的比拼产生的新鲜感，让许多人驻足。"琴山"戏台上，爵士乐队正在调音，耳朵里灌满了音乐碎片。在戏台的斜对面，一块铺着蓝印花布的木板上堆着雪白的棉絮，像一座积雪的孤岛。他就站在"徐晓兵弹棉花"广告牌旁，我看着他做上场前的准备。

—— 一根细细的牛筋线，像一条攀缘时光而来的藤蔓缠绕弓木而上，越过半月形的弓头，被手拉扯着，竭力与弓尾的一截牛筋线相扣。就在连接的那一瞬间，他手上的筋脉像老树根拱出地面。提起的那一口气落回去后，一个指头钩了一下弦，发出"噔，噔"两声，像调试乐器。只有主人的手和耳朵能听出这根弦是高一度，或是低半度，是松了，还是紧了。

他拉好了弓，然后系上一根宽腰带，拿起背竹竿反手往背后腰带上一插，食指挑起腰带上一截线，在竹竿末端绕了三圈后绑定。这是一根弓形的小竹竿,高出头顶半尺,像钓鱼竿,下垂的线扣在弓木中间的位置,分担了手持棉花弓的一部分力。一根小竹竿、两根线、一根木头,这几样简陋的材料组成的工具,仿佛某种装置,浮在空气中,而人则被这几根线擒住了似的。

他左手持棉花弓,右手举起棉花槌,往牛筋弦上一敲,"噔"的一声,阳光晃了一下,所有在场人的影子仿佛也扭了几下。声音在空气中漾开,仿佛一枚石头子丢进湖中,泛起的涟漪推着他走向湖中央那个积雪的岛屿。

弹棉开始了。

孤弦沉入,花槌敲落。那一堆雪似被一阵风吹散,扬了起来。"咚咚咚铮……咚咚咚铮……"声音有两种:弦在棉花里,是吃进去的,声音沉闷,是"咚"的音色;棉花缠弦上提起后,是吐出来的,声音清远,是"铮"的音色。弦音单调,却音在弦外。从棉花床的这一边移到另一边,从这个角挪到另一个角,棉絮似云海向前翻滚,又蓬松如云山高耸。

爵士乐和人群的嘈杂声仿佛都被蓬松的棉花吸附了似的,耳边只有弹棉花的声音,由远及近,又由近及远,我嗅到了母亲、故乡、童年的气息。

——天光透过木板窗的缝隙,落在被面上那朵大红的牡丹花上。母亲推门进来给我穿好衣服,随后把被子一卷,抱出去放在院子里早已架好的竹帘子上,然后拆线,抽走被单和被面,赶紧浸泡清洗。棉胎裸露在阳光下,像一块积雪的田野,我扑上去,把脸埋在棉胎里。下午三四点光景,阳光威力减弱,母亲又赶紧穿针引线,用一条淡绿色的长条细格子被单和一条绿孔雀被面,裱一幅画似的,把棉胎细致地缝合起来。晒过的棉被柔软而温暖,盖在身上,呼吸间都是阳光的香气。

人世间那些轰轰烈烈的事情,都被时光的河流悄无声息地裹挟而去。家里那条棉花被在何时不见了,就如童年的时光何时结束,母亲的第一条皱纹何时爬上眼角,等等,都没有感知到而记下具体的时间。但在时光的流逝中,我们才认识到那些失去之物的意义。

"咚咚咚，咚咚咚，咚咚咚……"突然间，弦音从八分音符突然变成了十六分音符。这是一次变奏，也是唯一的一次。棉花弹松后，要再弹平。此时，弓要放平，弦要压着棉絮。人随棉花弓一起倾下，一口气从这头连着弹到那一头。此时的弦音跳脱，恍若一群小鹿跑过水洼，又似忽来的一阵山雨扫过屋檐，弥漫起一层薄薄的水雾。他说："这是花弓。"这样炫技式的弹法实在迷人，摆脱了"技"旁边的那只手，拨动的是一条心弦。老子说的"大巧若拙"就是如此吧。先人发明弹棉弓，应是受到弦琴的启迪，不然发出的音响怎会抚慰人心呢？

这个操持四尺棉花弓的弹棉匠，实在显得太瘦小了。他的瘦小不是瘦弱，而是精瘦。如果要形容这种瘦，似乎只有悬崖石头罅隙中长出来的那种枝干曲折、饱经风霜的树木可比拟了。他的一双手，却是出奇的粗壮，手臂肌肉突起，手掌宽大，每个指关节树瘤般突起，这与他瘦小的身材极不相称。他看了我一眼。成年人很少有这样一双清亮而柔软的眼睛。

他与千余年来所有的弹棉匠一样，不同的是他成为时光的选择，弹响古老的棉花谣。再看他时，身上已落了一层疏疏的白，仿佛穿过一场风雪而来。

烟火深处，目睹一条棉花被的形成

沿江路，是楠溪江下游上塘镇上一条狭窄的巷子，挤挤挨挨的商店，五花八门的货物，铺陈出小镇的烟火底色。

"徐晓兵弹棉店"在这条巷子的中段，门口充塞着一卷卷棉花筒和已经做好的棉被。弹棉店一共两间，一间放置一架现代破棉机，另一间放置一架布纱磨棉的机器。两间房被机器几乎填满，人只能侧身而过。此时弹棉机正在工作，后面的滚筒传送出一层层薄薄的棉絮，卷到前面的滚筒上，不多时就叠了厚厚的一层，而后吐出一条"粗坯"。

"机器就是速度快，手工弹棉一天弹两条，机器一天可以弹十五条，但核心技术仍然是古代技术。"穿着一身青色对襟棉布衫的徐晓兵，一边说着，一边兴冲冲地带着我们上二楼，要给我们揭开什么机密似的。

看见一把弹棉弓像一枚弦月挂在白粉墙上，一张木板床上铺着雪白的棉花。门框上有楹联"三尺冰弦弹秋月，一天飞絮舞春风"，横批"弦舞飞花"。写联的人应是一个与我一样追寻一条棉花被的人吧，联语写出了徐晓兵弹棉的情境。

"弹棉最费时，为了缩减时间，让你们看到后面的程序，我已经弹好了。"徐晓兵说着就忙活开来。

徐晓兵用一块长方形的竹篾把蓬松的棉花轻轻地压出棉胎的雏形。这是"压棉"，这叫"竹拿"，压好的粗坯叫"花坯"……这些行业称呼从徐晓兵的口里说出来，有山野草木之气。

"花坯"上是真有花的。徐晓兵躬着身，低着头，把一团染了红和绿两种颜色的棉絮，慢慢地扯出一个"囍"字粘在"花坯"正中央。此时，我看清楚了他那双手，除了关节粗大，皮肤粗糙龟裂，还浮着一层白粉，而上半截的手指苍白，是在水里长时间浸泡过的那种。难道棉花也有水性吗？徐晓兵可以扯出花草、鱼、鸳鸯等花样。弹棉郎没有学过美术，但总有办法，比如粘出一条鱼，就用脚在棉胎上踩出一个印，然后按着印迹编出一条鱼来。

接着是"牵纱"。徐晓兵叫来自己的妻子谢晓薇作"对手"。先要布红纱。徐晓兵手里的一条竹竿挑着一根红线，引给对面的妻子。"对手"接住后，两人把线的两头往棉胎上一按，几乎同时竹竿迅速返回来，第二根线抛过去。如此反复。红线斜着拉五条，横着拉九条，竖着拉七条，都是单数。单数是阳。红线落在雪白的棉胎上，瞬间活起来，像一条条血脉。第二步拉绿纱，是双数，与红线构成棋盘式的图案。红男配绿女，生动和谐。最后才拉白纱，密密地布线，像一张网，横一层竖一层，再横一层竖一层，网住棉花。牵纱的动作不能以个论，所有的动作仿佛就是一个，不可分解，一气呵成，形随意至，舒展流畅，简直就是一套无懈可击的剑术。

其实这一根根顺着引竿过来的纱线是一把刀。徐晓兵说："特别是冬天，手心被割开一道一道血痕，钻心地疼，但也要伸出手去，由不得片刻犹豫，弹棉的学徒，接不住那根凌空而来的细线，师傅手中的竹竿就狠狠地打下来。"

"也是不打不成器，有本事的师傅，一手可以拉两根、三根、四根，甚至六根、八根的纱线。"牵纱不仅仅凭眼疾手快，是长年累月锻炼出来的技巧。那一来一去的流畅，是两人从身到心的默契。能牵好了纱，做徒弟的才有资格拿起那张弹棉弓。

接着要磨棉。磨盘叫"花盘"。徐晓兵身体前倾，双手推压着花盘走。徐晓兵说："主人家担心弹棉师傅不够卖力，抱了自家的孩子坐在'花盘'上，孩子笑成一朵花，而弹棉老司已累得气喘吁吁。"

弹棉郎的"花盘"是乌桕木做的。做"花盘"的乌桕也有讲究，要选泥土以上三十厘米至八十厘米，一尺到两尺五之间这一段，其横切面上，布满针尖一样的洞孔。这一段上下，越往上重量越轻，越往下则越重，独这一节刚好。晾干后，要先用砂纸打磨，再放在麻袋上磨上几小时，而后还要在旧棉胎上磨几次。然后看纱线与棉胎起的疙瘩，不粗不细，像一层鸡皮疙瘩，就是一个标准的"花盘"了。

"花盘"是弹棉郎的命。弹棉郎在一个地方遇到同行"夹排"（竞争的意思），往往去偷生意好的那个弹棉郎的"花盘"。没有"花弓"，还可以就地取材做一张应急，没有"花盘"就是捏住弹棉人的命脉，一时半会儿哪来那么大的乌桕木做磨盘？枕着"花盘"睡就成了每个弹棉郎的习惯。

"都说棉胎四个角，弹棉不用学，怎么不用学呢？"徐晓兵说："我的师傅是我的父亲，我们徐家弹棉是四代父子直系传承。这个花盘是我太爷爷留下来的，大家看到有这么一个黝黑发亮的大花盘，就知道这个弹棉郎不是新手。"徐晓兵说着就脱了鞋子，双脚站到花盘上，扭动腰，双脚像长了吸盘似的，带动花盘在棉胎上走。他微笑着，衣摆翻飞，在雪白的棉胎上像一个优雅的舞星。

　　花盘走过的地方,渐渐地结出一粒粒小棉球,像一层鸡皮疙瘩。这些小疙瘩把纱线和棉花紧紧地粘连在一起,那个大红的"囍"字,让人不由眉开眼笑。目睹一条棉被的形成,感受到一种传统与时间对抗的力量,以及蕴含其中的无限可能。

草原生灵

◎ 安　宁

一

夜色已经完全降临辽阔的呼伦贝尔草原。

借着月光，我看到许多奶牛安卧在路边，可能已经睡着了，对周边的声响没有一点儿反应。月亮在蓝墨色的云层中，散发出清幽的光。星星像是被谁擦亮的眼睛，一颗一颗晶莹透亮。空气中闻得到新鲜牛粪和花朵的味道，我伸出手去，试图握一下可以洗去身体尘埃的空气，如此清凉，仿佛泉水一样浸润过我的皮肤。

晨起后我们去摘丑李子。沿着公路向前，见锡尼河与伊敏河在草原上交汇，蜿蜒着流向远方。奶牛在河的两岸，低头边走边吃。也有吃饱了的，在河水里沐浴，或者甩着尾巴唱歌。有时候小牛与母牛会被人为地分到河的两岸，因为主人们担心小牛会喝光了母牛的奶，晚归时便没有了能换来自家需要的糖块或者烟酒的奶汁。但若是看到了自己的孩子，母牛自有办法涉过河水，到对岸去喂养它们。不过更多的时候，它们寻不到自己的孩子，而牛犊们也只好学着习惯离开母亲，低头吃草，或者闻草中夹杂着的花朵的香味。

阿妈隔着河岸朝我们大喊。我听不懂她说的蒙古语，贺什格图也没有翻译给我，我猜测她大约还是想让我回家，等她采摘回去，因为贺什格图很快就对我说：你的凉鞋估计上山不行，走不了多远就报废了。

贺什格图带我去了最近的地方采摘丑李子。只不过那棵树因为孤单，

265

也不肯在烈日下成熟，果实吃起来有些酸涩。但我在树下的阴凉里看到了许多只青蛙，小如指肚般的青蛙。它们的身体软而潮湿，又带着青草的香味。彩蝶和蜜蜂在草丛里飞来飞去，忙着采蜜。还有黑蓝相间的貌似蜻蜓的飞虫，伏在草叶上栖息，或者做白日的小梦。而石头们则散落在草丛里，静默不语。

我还看到一只"大眼贼"从洞穴里钻出来。这是一种类似于田鼠的小动物，学名叫"草原黄鼠"，有圆而大的眼睛，爱偷吃地里的粮食，见到人，不仅不会躲，还大胆地朝我走过来，到我跟前又站起身，与我对视，似乎在向我作揖问好。它们有比田鼠肥硕浑圆的身体，看上去并不讨厌，甚至在抬起前爪时，还十分可爱。

在等待阿妈采摘回来的时间里，我没有午休，一个人带了相机去伊敏河边，在清凉的河水里站了很久，又给水中的奶牛们拍了许多张照片，这才踩着那些长在淤泥里的蘑菇一样的草堆，走回家去。那些草堆下的淤泥，弄脏了我刚刚被河水冲刷干净的双脚，还差一点儿将我的鞋子吸了进去。这一片原本是宽阔的水域，在水面渐渐缩小之后，便培育出了茂密的草堆。它们吸纳着地下的水源，高高地向天空生长。很少有人会踩着它们经过，除非是奶牛，所以草滩上可以看见大而深的牛蹄印，却完全不见人的脚印。只有我这样不了解草滩地貌的游客，才会误闯这片安静的天地。

我花了不少时间，才走出了那片草滩。阿妈和小狗花花早已站在草滩边等我，看到我脚上的淤泥，阿妈立刻大笑说：回去冲个澡就好啦！阿妈说的冲澡，是在院子露天的简易"浴室"里，四个柱子一立，塑料薄膜围起来，借助于太阳能，便成了热水浴。我想起电影《天浴》中那个在野外浴池里洗澡的知青女孩，便觉得这样可以看到狗狗扒着薄膜想要进来一起冲澡的"天浴"，比我在城市里花费不菲所去的温泉浴，要美好得多。因为，我可以看得到蓝天，听得到鸟鸣，还可以窥到一只田鼠从"浴室"旁大摇大摆地穿过。

冲澡后我睡了一个长长的午觉，没有梦，起来后有些恍惚。此时的草原上，奶牛们犹如刚刚放学的小孩子，排队陆续回到各自的家。阿妈在忙着挤奶，被拴着的小牛几次想挣脱绳子过来吃母亲的奶。挤了一阵，阿妈才放开小牛，让它帮忙吮吸一下，而后再次牵走它，蹲下身快速地将剩下的奶汁挤净。小牛有些焦虑，不停地用脑袋使劲拱着母亲；被拱疼的母亲只是怜爱地回头看小牛一眼，没有丝毫的埋怨。

阿爸在阿妈挤奶的时候，在院子里吸饭后的第一支烟。小狗花花凑过头来，深情地蹭着阿爸的裤腿，又站起身试图亲吻他的手心。阿爸逗它一阵，而后对我说：小狗是最重情义的，你就是这次走了，再过十几年回来，它也还是会记得你。我轻轻"嗯"了一声，什么也没有说。

二

这个暑假到草原上来，发现家里多了一只大黑狗。

问起阿妈，才知小狗花花在年后的某一天，再也没有回来，不知是它自己走丢了家，还是被车在马路上轧死了。但我们都猜测应该是后者，因为花花许多年来从未迷失过方向。这只大黑狗，其实才生下来三四个月，却已经长得很魁梧，一看便知，是那种身强体壮的牧羊犬。这是花花走失后，贺什格图从邻居家抱来的，看它如此健壮，便知道喜欢小狗的阿妈对它喂养得非常用心。我问凤霞它叫什么名字，凤霞说没名。我知道凤霞不喜欢小狗，便转问阿妈，果然它不是无名氏，而是有自己的蒙古语名字："朗塔"，汉语意为"敦实的，体格强壮的，惹人喜爱的"。这个名字大约是阿妈随口起的，据说是朗塔刚被抱来时，圆滚滚肉嘟嘟的，特别招阿妈喜欢。我下意识地拍了拍朗塔的脑袋，它竟然很听话地没有躲开。贺什格图说，真奇怪，它以前见了陌生人就狂叫不止。我将这视为它对我的欢迎，想着这几天有空，一定带它出去散步，就像曾经带着花花在河边肆意奔跑一样。

邻居家的牛犊不知何故忽然胃胀而死，贺什格图拿来一些分割的牛肉给朗塔吃。朗塔是一只害羞的大狗，它对任何事情都不怎么热情，犹如一个看透一切的老者，所以贺什格图几次唤他过去吃肉，他都站在栅栏边上无动于衷。嗅觉敏锐的它，肯定已经闻到了肉的味道，可是，它却没有人们想象的那样，对一块新鲜的牛肉发生兴趣，而是只嗅了一下，便走开了。我只能猜测，它嗅出了悲伤的死亡的气息，所以不肯吃这只不幸死去的一头牛犊的肉。

此后的两个小时，朗塔一直躺在阿妈的门口，像一个忠实的卫士守护着家园，不论我怎样逗引，它都不肯跟我出去散步。对于我试探性的爱抚，它也没有拒绝，它的眼睛一直深沉地注视着某个地方，像在思念，又像在思考着什么。我觉得它应该是一个哲学家，否则，在一块新鲜的带着血液的牛肉面前，不会敬畏到不肯食用。

中午去附近的辉河繁育中心，看到许多大雁、丹顶鹤、白琵鹭，还有五只从小养大还没有放生的狼。繁育中心很大，只有五个工作人员，看我们进来，其中一个年轻的蒙古族小伙子很热情地用摩托车给我们带路。

来到狼的居住地时，其中的一只明显有些紧张，不停地在笼中走来走去。我问饲养员它怎么了？饲养员说，它害怕你们。我不解，又问：狼怎么会害怕人呢，一向都是我们人类害怕它们的啊？饲养员很亲密地拍拍其中一只狼的脑袋，任它用舌头舔舐着自己的掌心，而后淡淡道：很多时候，人比狼更可怕。

在辉河的对面，隔着一条小路，是一座孤零零的蒙古包。他们家养了几百只羊，几十头奶牛，男主人骑马看管着羊群，一只大狗跟在马后奔跑，另有一黑一白两只小狗，穿过木桩做的大门，嬉闹着奔跑出来。

我问贺什格图，如果他们病了，这么偏远，他们如何看病呢？平时他们又和谁说话？贺什格图说，他们过得挺好，不需要和谁说话，如果病了，很难及时送到医院，不过，住在这样水草丰美的地方，应该很少得病吧。

我们并没有在辉河上看到太多的水鸟或者大雁，时值正午，它们正躲在芦苇荡里避暑。放眼望去，只看到粼粼的波光，和一丛一丛茂密的芦苇，在蓝天下静默无声。

回来的路上,见公路一侧,有上百匹高头大马,在草原上自由地奔驰,它们绸缎一样闪亮的毛发,在水洗过一样透明的阳光下,闪烁着耀眼的光泽。而公路的另一侧,则见无数白色的水鸟,在伊敏河的上空尽情地翱翔,仿若大地的精灵。

草原在这一刻,充满生命之美,让人沉醉。

三

沿着大道在草原小镇走上一圈,也见不到几个人。仿佛人在连日的阴雨里全部消失,化为湿漉漉的大地的一个部分。只有家家户户的院子里,野草兀自开花,蔬菜赶着生长,玉米在阳光下发出啪啪拔节的声响。

我和阿尔姗娜、查斯娜,还有朗塔,像流浪汉一样的闲散,漫无目的地在大道上走走停停。孩子们时而奔跑到篱笆下,看一朵探出头来随风张望的野花,时而好奇地研究一会"哈拉盖"一碰就会皮肤红肿的奇怪的叶子,时而数一数天空变幻莫测的云朵,时而聆听草丛里昆虫的歌唱。她们永远都会有无穷的新发现,好像这条大道的两边,是童话里神秘的魔法城堡。

阿尔姗娜还发现了一只青蛙,它已被汽车轧死在马路上风干掉了,只剩下干枯的皮囊,以永恒奔跑的姿态,定格在大地上。我们蹲下身去看了好久,感慨着这只可怜的青蛙,生前曾经怎样每日在庭院里歌唱。原本,它要穿过马路,去对面的菜园里寻找美味的食物,也许去参加一场盛大的舞会,于是,它怀着对远方幸福的憧憬,穿过危机四伏的大道,却被飞奔而来的汽车,瞬间带离了人间。

马路上时不时地冲出一两只大狗,朝着朗塔凶猛地吼叫。朗塔胆小,不想惹是生非,只溜着墙根快步地走,并用低沉压抑的吼声,表达着内心的愤怒。也或许,它知道自己已是暮年,牙齿松动,毛发灰白,在尘世活不太久,所以就尽可能地节约体力,为主人再多尽一日看家护院的义务。阿尔姗娜和查斯娜不管走到哪儿,朗塔也都像老仆人一样忠心耿耿地跟着,守护着她们。

可是,再老实善良的狗,也会有发飙的时候。经过一家商店时,一只等待已久的高大黄狗,和另外一只身材矮小的土狗,忽然冲过来,朝着朗塔恶狠狠地咬下去。朗塔被激怒了,扑上去便跟两只恶狗厮咬在一起。黄狗被朗塔的气势镇住了,掉头想要逃走,朗塔趁机一口咬住他的脖颈。黄狗大惊失色,迅速挣脱朗塔的利齿。朗塔却早已咬红了眼,再次发动猛攻。三只狗于是发疯般厮咬在一起,任由阿妈怎么恐吓驱赶,都无济于事。阿尔姗娜早已吓得躲到我的身后,惊恐地注视着这一场突如其来的战斗,并为朗塔担着心,不停地问我,朗塔会不会被它们咬死?

还好,朗塔打赢了这场战争,两只狗夹起尾巴,灰溜溜地回到自己的地盘。它们嘤嘤地哼叫着,大口地喘着粗气,甩着一身凌乱的毛发,又用舌头舔舐着被咬伤的腿脚,眼睛则警惕地朝朗塔看过来,提防它再次发起攻击。但朗塔并不恋战,它总是见好就收,瞥一眼两只垂头丧气蹲伏在地上的狗,便英姿勃发地快跑几步,紧跟上我们。显然,它依然被刚刚的一场混战激励着,浑身散发出年轻时威猛的气息,仿佛它又回到多年以前意气风发的时光。

妈妈,你觉得那只青蛙可怜,还是朗塔可怜?阿尔姗娜忽然问我。

青蛙更可怜吧,它已经死了,至少朗塔还活在世上。我这样回答她。

不,妈妈,我觉得朗塔更可怜。因为它太老了,跟爷爷一样老。阿尔姗娜说。

唉,它们都很可怜,所以我们要爱护小动物,永远不要伤害它们。我叹息道。

像保护大自然一样吗?阿尔姗娜追问。

是的。我注视着满天被夕阳燃烧着的火红的云朵,和辽阔苍凉的草原,轻声地说。

270

四

　　在树木稀少的草原上，温度一上三十摄氏度，又没有风，就会酷热难当。以至于我觉得心里憋闷，喘息困难。还好有雪糕，可以缓解这难熬的酷暑。于是我和查斯娜、阿尔姗娜一人抱着一个雪糕，以慵懒的姿势半躺在沙发上吃。吃完之后，才觉得世界又恢复了一丝清凉，于是搬个马扎，坐在门口，看着庭院里的野草发一会儿呆。

　　我猜测院子里大约有不下五十种野草。除了我所熟悉的灰灰菜、苋菜、地肤、燕麦、狗牙草、马蜂菜、蒲公英、马兰花，还有更多我根本叫不出名字的野草。今天通过"识花君"软件，得知蒙古语中的野草"哈拉盖"，原来在汉语中的"麻叶荨麻"，又称"蝎子草"，刺毛有毒，碰触到身体，即刻会产生类似荨麻疹一样的剧烈疼痛。今天穿过院子去厕所时，就被蜇了一下，脚踝处立刻肿了起来。

　　阿尔姗娜和查斯娜也对野草产生了兴趣，不断地拔下一棵又一棵草，让我拿手机软件识别。可惜软件并不是万能的，有些根本识别不了。

　　因为我们即将离去，晚饭时凤霞决定将那只有着墨绿色油亮尾羽的公鸡杀掉。杀鸡是凤霞的专业，家里的男人们都不敢碰，凤霞抓住鸡的翅膀，提刀在脖子上一割，鲜血立刻喷出，鸡在地上挣扎着扑腾两下，很快便解脱了人间的痛苦，停止了呼吸。

　　饭后，再次深情地注视这个杂草丛生的庭院，心里竟涌起不舍。夕阳将每株草一一照亮，草茎上细小的茸毛，便在一天最后的光里，努力散发出微芒。仿佛它们正站在明亮的舞台上，进行着一场盛大的星光熠熠的演出。每一株草茎，都是这个世界的焦点，都有着动人心魄的呼吸。

　　这是草原的夏天，无数生灵生机勃勃的夏天。而我，即将离去。

高地风景

◎ 沉　洲

野性湿地

在闽东屏南县，听说其南部有处叫天湖顶的高山泥炭湿地，兴奋之余，执意要去一睹。起因是近些年我对青藏高原异常迷恋，五年里四次西进，而"高山""天湖""湿地"这些地理书籍里常见的词汇，恰恰是组构青藏高原的寻常部件。热衷的核心是自然奥秘，湿地属于地球重要生命支持系统之一，零距离感受这种地貌，或许还能梳理一下它的前世今生。毕竟高山自然湿地在东南沿海地区不易碰到。

那天下午，我们驱车从县城南行至与古田县接壤的甘棠乡，换了辆底盘高的"皮卡"，走村道一路向东爬高，在天湖山山腰的新田村接上向导——村里的文书老李，然后沿着近些年开辟的崎岖便道，再颠到山间的一块开阔洼地。天湖顶海拔上升到一千二百四十米，从专业角度讲已经进入山的序列了。福建人嘴里的高山，只是对山的一种泛称。

我们从北边进入，西向隆起的是天湖山海拔一千四百一十三米的主峰。举目尽是针阔叶混交林，初夏的艳阳下，草木蓊郁葱茏，一派绿意盎然，难觅一块巉岩和裸土的山体。那一道舒缓而温柔的山脊线，像是大山闲适自得的心电图，泄露了它无拘无束而且富足的心态。

老李轻车熟路朝西边拐去，从野草堆里往下蹚，眼前是两米来高的喜湿植物水竹林，密匝匝得让人无以插足，很快，我的运动鞋进水了。湿地生机勃发，水竹疯长，涓涓山泉水汇集形成湖面，湿地难以进入。老李领着我

272

们反方向绕回，不久便看到一道小水坝，蓄积起近千平方米的湖面，能看到水底包裹着黄泥的枯枝像珊瑚一般。貌似清澈的水体，罩着一层赭黄色，后来知道，这全属水底黑褐泥炭土使然。不远处的水面，两棵枯死水松虬枝乱舞，挣扎出水面，岁月已经把柔嫩部分彻底腐蚀，余下的像金属一样亮着光斑。对面湖边，水竹从湖面拔地而起，密集的细枝碎叶砌起一堵绿墙。老李告诉我们，往常这里有很多水鸭和睡莲。也许季节不对，除了湖面一群捕食飞虫盘旋不歇的雨燕，我们没看到其他水禽飞鸟以及艳丽的莲花。

我们沿着湖边森林行进，黄土小径时常浸泡在山坡流淌下来的泉水里，当地村民在上面垫上杂木棍，湿滑且易滚动。老李告诉我们，二十世纪五十年代，当地人砍树种食用菌，这里基本成了秃山。到了六十年代，飞机播种马尾松，杉树和阔叶树也逐渐形成次生林。老李小时候就经常跟父亲到这里植树。也许因为湿地周边土壤肥沃、空气湿润的缘故，四五十年的时间里，马尾松和杉树都茁壮成电线杆粗，一棵棵挺拔得好似桅杆。置身空旷的林下，遇着繁茂枝叶阻隔天日时，我们俨然身陷湖底，常常把下午两点误当成黄昏；树木舒朗时，阳光被筛成斑块贴在众人身上，营造出一种梦幻的氛围；若有道阳光在明晃晃泊上树蔸，便见石绿色的苔藓恣意蔓延。遍地尽是橘红色的落叶，踩上去发出酥脆细响。偶尔一阵风流窜过来，空气中马上被灌满了原始森林的野性气息。

二十多分钟后，大家跟着老李往坡下的水竹丛拱去，尽头豁然开朗，零星杜鹃丛后现出宽阔的山间洼地。这回长见识了，湿地，望文生义就是土壤过湿形成的一种地貌，岂有不脱鞋走入之理。山泉水爬过一道道浅浅的水沟，汇聚处露出一块黑褐地表和水汪，枯树遗骸散落一地，残败裸根仿佛遒劲龙爪那样死死抓紧黑土。低头细辨，黄绿色的藻类植物探出水汪，湿汪汪地停泊着阳光；灰黄苔藓的微型细叶抱团成簇，而后四下开疆拓土，隆起一团团毛茸茸的球面。立马有黑蛙受惊弹进草丛。足底弹性感十足,脚趾头趁机抠下去,出现密麻麻褐红色的植物细根,这显然是泥炭湿地特有的草根盘结层。

　　缓坡上,举着小竹叶一样的青草丛生成垫状,上部一蓬蓬长得葳蕤茂盛,下部死亡后堆起厚厚枯叶,呈现出团块状草丘的样子。少年时拔兔草,小伙伴们无师自通地将之命名为竹草,它是兔子喜爱的食物。果然便在枯草堆里发现左一撮右一摊兔屎丸,看样子,种群已成一定规模,这里堪称它们的福地天堂。老李告诉我,天湖顶曾经出现过小牛那么大的三只野羊,棕红色的毛,非常漂亮,后来被邻县人偷猎了。

　　用脚掌从侧面压下竹草,我们亦步亦趋向前蹚了十多米,湿地上不时出现团团簇簇的蕨类植物,也叫作羊齿状蕨类植物,它们在平整草滩上不甘寂寞地立起,像极了非洲原住民头顶的羽冠。很难想象,这样的羽状叶片曾经见证了遥远的恐龙时代。如今,人们还把它紧紧卷曲的嫩芽头部视为纯天然食材。

　　湿地生物的多样性已经尽呈眼前,单就植物形态看,藻类植物、苔藓植物、蕨类植物和种子植物四个主要类群一个不落。与森林和海洋一样,众多植物、鸟类、哺乳动物、两栖类以及无脊椎动物都依赖湿地生存。科研结果表明,湿地生态系统不仅是多种濒危动植物的栖息地,还是改善人类生态环境、保障经济和社会可持续发展的重要因素。

　　前方山脊线下拦着一线水竹,它的尽头估计就是此前无法进入的那片湿地。清代乾隆年间的《屏南县志》里有这样的记载:"山顶有平湖,广三里,内有水如池,大旱不绝。"想当年,四周群山环抱,开阔洼地潴水成湖,形成八爪鱼形状的湖面,我们立足之地便是伸进山岬的一条触角。该县资料介绍,十多年前天湖顶还残留有五个湖面。由于死亡植物不断堆积,在缺氧条件下,缓慢分解,湖底植物残体逐年累积形成泥炭。随着泥炭层增厚,湖水变浅,湖面缩小,最后泥炭堆满湖盆,水面消失,整个湖泊水草丛生,演化为沼泽。这种进程是自然演替的必然结果,它标志着湖泊涅槃成了湿地。

我们继续南进,森林越来越茂密,但见树干林立。林子里不见一点儿砍伐痕迹,草木都长得很放肆。物竞天择、优胜劣汰是延续自然种群蓬勃的丛林法则,经常发现体弱多病的松树遭虫蛀后拦腰折断,退出生命序列。因为鲜有人迹,断续的小路已淹没于厚厚的枯叶里。老李孩提时几乎每天在此放牛,对山里的地形、方位了如指掌,他折了一段树枝走在前,拂去树干间没完没了的蜘蛛网,一会儿爬坡一会儿跨坎,还涉水沟过独木桥。老李不无自豪地介绍,这就是一座宝山,清明前后漫山遍野是蕨菜,春夏雨后的名贵野生菌味道鲜美,水竹嫩笋还特别甜。行走说话中,他居然听到棘胸蛙的叫声,循声涉入前面的水沟,双手就在水里的石下、土洞掏摸起来,还笑道:"这东西现在金贵,捉到一只就是近百块钱呢。"

老李还告诉我们,不久前有外地人下了一万块钱订金,想挖取泥炭湿地里村民的自留田土壤,后来不知何因未遂。

我再次为这片湿地捏了一把汗。我想,挽留住天湖山泥炭湿地的最好方式,就是任由它狂野生长,减少人类活动的痕迹,不去改变一点儿目前已经完整的生态系统,任何的添加都可能成为多余的败笔。

半小时后,我们钻出森林,天色大亮。面前一派开朗,两侧低缓山冈夹持起纯一色的青茅草,浩浩荡荡向坡下铺排而去。青茅草是福建中低山草甸常见的植物类型,也是牛羊适口性好的一种牧草。午后热风吹来,青茅草柔软地荡漾开来,很有点湖面的模样。草丛里不时冲出一只只筷子粗细的草本绿茎,挑起一串黄芯素花,从下往上次第绽放。在青藏高原的草甸、草原常见这种类型的花朵,它应该是山地特有的植物种类。意识忽然联通起来,记得十多年前,我曾帮助该县策划过一本宣传画册,其中就有天湖山泥炭湿地内容,那些照片是秋天拍摄的,除了飘扬的芦苇花,脚下的青草可是一派金灿灿。现在,即便从脑海里仓促调出来,也依旧楚楚动人。

我们继续往湿地深处去，深一脚浅一脚的，草甸之间渐渐露出一汪汪水坑，蓝天白云跌坐其上，这是沼泽化湿地的特点，被科学工作者形象地比喻为湖窗。我一不留神，脚板从草滩滑到小水洼里，倏忽间下陷到膝关节，赶忙踩上实地，双腿发力蹬了几下，周遭一米见方的湿地跟着便颤抖起来。这是孩提时攒积的经验，二十世纪七十年代的闽西农民，会在这种土话叫"胖浮田"下面垫上松木，把它改造成农田种水稻。那时我们人小，陷进去就到了胸口，大意可能危及生命。为了下田捉泥鳅，我们都是通过如此方法来判别烂泥田的深浅。再遥想红军两万五千里过川西北若尔盖草地，遇到的就是这种"人陷不见头，马陷不见颈"的超级沼泽地带，六七天时间里的非战斗减员居然达万余人，堪称长征中最艰难的日子。

大家一起打了退堂鼓，从侧面弃水登岸。这里，水竹鞭已经探到湿地边，编织起一排疏密有致的新竹。这竹长得有意思，单茎直耸，分蘖处只长出一片绿叶，画意十足。前行不远，出现一道石坝，那沧桑模样和此前残败寺庙一个品性：年深月久。湿地里汇聚成汪的水，从石坝底坍塌孔洞泄将出去，在黑幽幽的石面上白花花奔泻。尾随水流往下十来步，前方是天湖山南端的一处悬崖绝壁，几乎无立足之地。我用肩膀撑在树干上，斜着身体，终于拍成了几张照片。

老李说，下面就是古田县，瀑布有九叠，往下更好看。在天光幽暗的密林里，默默看着瀑布白练一般，喷珠溅玉飞落，真真切切地感受到经泥炭湿地净化的水源汩汩流进我们的生活里，它惠及了千千万万的民生。

奇崛地貌

有一年的六月间，与三位朋友自驾阿里小北线去狮泉河。印象尤深的是，在往日喀则的西进途中，219国道离开宽广的雅鲁藏布江河谷地带，穿行于喜马拉雅山脉与冈底斯山脉之间谷地时的所见。

与横断山脉相比，这里已经属于青藏高原腹地的夷平面。同为夷平面，这里与藏北一望无垠的波状草原、戈壁又有不同。满目岭谷相间，国道两旁的山岭时常就贴着车窗。经高原罡风年复一年磨蚀的山岭，轮廓柔缓，在海拔四千多米的极地气候条件下，土层厚的地方附着一层枯黄的野草和苔藓，偶有丛丛簇簇贴地矮灌墨晕那样点缀其间，山岭石壁基岩裸露，石骨棱棱，青筋毕现，一派焦黄黯涩。天光下摊展的地层露头尽皆破碎凌乱，形状古怪，甚至可以用面目狰狞可怖来形容。

大家惊叹于自然造化子遗的神奇笔触，纷纷停车拍摄。

此情此景，让我想起很久以前看过的一部纪录片，北冰洋坚冰消融胀裂，洋流涌动中彼此碰撞、挤对，冰块就是这样横七竖八地被掀翻起来，上天无力，平卧亦无容身之处。将这个场景无限放大后，就有了点地壳板块运动的雏形了。

地壳板块超强的水平挤压，把陆地拱成一道道褶皱与断裂，这就是造山运动。岩层在压力和热熔作用下变形重塑，有的被挤压隆起，现出巨大的弧形，有的还被生生折成了直角、锐角，甚至复杂的 Z 字形，仅从外形推想过去，当年的现场相当惨烈。千万年以后，地球第三极呈现于我们眼前的岩层，只是有点窘迫地翻了个身，然后什么事都没发生过一样，挟持着山势扬长而去。

在平坦谷地，碰巧还能邂逅史前巨兽。孤零零的一座山体被风雨剥蚀后，长条面包状一般滚圆的坡脊上，残余着一排质地硬挺、焦黑的嶙峋石骨，垂直节理发育，酷似趴着爬行的远古怪兽，耸起高低错落的粗粝甲脊，外形很是夸张。

留神的话，在越野车行进中，还能看到一列列山冈，岩层走向错位相背，复又线性交缠，呈现纷繁复杂、乱麻无序的肌理。想象着千万年前，这些坚硬如铁的岩层似乎面团一样被随意搓揉着，反复揉动后又匀和一体，于是，大自然神奇的魔力便穿越时空，款款走到了台前。

在驱车赶赴珠穆朗玛峰的路途中，我们看到整座黄褐色山体有规律、有节奏排列着岩层纹理，细腻整体，几近一色，远望误以为层层叠叠的梯田，近看又似一波波浪涌，还宝书经卷一般可以翻阅。这是火山喷发后岩浆流溢，一次次冷凝重复的结果？抑或是叠加的沉积岩层抬升露头时，被扭曲的结果？

在这样的地质地貌奇观之处，如果也能像某些景点那样，立指示牌、设观景台介绍，那么，目击者们的思绪便可能通过文字引导，驰骋回千万年前，粗略感知形成眼前奇崛地貌的由来，甚至简约了解人类祖先在其间的位置。

和藏北草原、阿里高原一样，印度板块与亚欧板块相撞，地壳一次次抬升隆起的海枯石烂过后，千万年来，同样历经了无数次雨蚀风侵的夷平时期，因何偏偏只有珠峰以北、雅鲁藏布江河谷附近这片地域屡屡呈现触目惊心的地貌奇观呢？

耿耿于怀这样的问题，求教一位地质学院教授，他不假思索道：青藏高原的地质情况相当复杂，几句话很难概括，但肯定一点，雅鲁藏布江是板块撞击的一条缝合带，地质上再怎么千奇百怪都事出有因。

茫然无措时，路标简洁却指明了方向。

二十世纪初以来，陆续诞生了大陆漂移说、海底扩张说、板块构造学理论，中国科学家们通过这些理论溯本追源，逐一梳理清晰了青藏高原身世，初步勾勒出它的素描轮廓。

那一次次的海陆沉浮、沧海桑田，那一次次的山崩地裂、地火弥天，构筑起地球最撼人心魄的壮美奇观。从远古深处裹着一身冰火硝烟蹒跚走来，即便还经历了不知多少年的夷平时期，休养生息后，地球第三极在水与火的洗礼和熔炼中，脱胎换骨，涅槃重生，就是出现再惨烈骇人、再匪夷所思的情状，都不足奇不为过，它们像一枚枚金色的音符，奏响了我们这颗蓝色星球最为华丽的乐章。

喜马拉雅山脉的海陆变迁和崛起，在地球迄今为止的生命历程中仅仅是极为短暂的一瞬，有科学家做过一个趣味十足的比拟，假如观看一部两个小时的电影，从特提斯古海在地球上荡漾碧波开演，充斥眼球的画面始终是蔚蓝一色，景观单调无趣。喜马拉雅山脉脱海成陆、跃为世界屋脊仅仅用去了最后两分钟时间。那么人呢？遥望人类始祖，那些已经能直立行走、制造简单砾石工具的模糊身影，在地球舞台上被称为早期猿人的智能动物，大约也就是在这个时段粉墨登场的。如今的地球主宰者紧赶慢赶，也只不过匆匆见证了一下喜马拉雅山脉的隆起罢了。

　　人类无休止的物欲追求，注定是以巧取豪夺地球资源为前提的。摆在我们面前的是：全球气候变暖，臭氧层破坏，生物多样性减少，酸雨蔓延，森林锐减，土地荒漠化……与地球超强的再生机制相比，人类最终毁掉的极有可能仅仅是自以为是的自身。时光悠悠，向前再推移多少个代、多少个纪，说不准出现了另外一拨适应地球新环境的高智能生物，和今人第一次发现地层中奇形怪状的远古化石三叶虫一样，用毛刷在人类固化成石的胸廓上小心翼翼剥离去土屑，然后喜不自禁地宣告地球演化史上一个里程碑似的新发现。

六棵核桃树

◎ 傅　敏

　　在家乡,节气中的白露是庄稼、秋果成熟的分界线。说来也怪,白露前,秋野上的一些庄稼、瓜果还青嫩酸涩,口味欠佳;白露一过,色质口味截然有别。这其中有讲究。比如谷子,割早了浆液不够饱满,影响成色和口感,割晚了,拥挤的谷穗一遇风来便相互触碰,将谷粒散落一地,枉长一季。比如核桃,打早了浆液供养不足,晒干后只眼观外壳无二区别,一砸开即看到了虚实。为谋一个好的收成,村民把谷子、核桃等田园作物"认义"给了白露,让白露"领养"。村民们一过节气中的立秋就从心里数念,白露一来,谷子与核桃等作物就该出田、下树了。家乡常流传一句俗语:谷子上场,核桃满穰;谷子入囤,核桃挨棍。如此,倒也显露出谷子与核桃在村民心里的位置。

　　铜宝老人这些年的日子里填满了谷子和核桃。他在寺沟拥有六棵核桃树、二亩山地。核桃树支撑着他和老伴儿的日常花销,山地供着老两口的吃喝。

　　——还是生产队大集体解散时,社员们看着寺沟里歪歪扭扭、细瘦细瘦的几棵核桃树苗,没一个人肯收留。队长就把目光投向铜宝:"你老铜宝懂林业技术,用心管理管理,兴许还能成个故事。"那时铜宝还不老,也就四十岁光景,老就老在那个驼背上,村人习惯把背驼的人称"老",跟年龄没多大关系。他还没同意,人家都早已经这么叫了。

　　该着那六棵核桃树时来运转。打从被老铜宝接管后,它们一季一个状态,相互较着劲往上长,一两年工夫就挂上了果。隔着垄沟种地的邻人就私下议论:"他老铜宝传孙接代软一腿,种树管树还真有一手。"这话他们也只是背着老铜宝说说,人家只生了个闺女早已嫁入外乡,话说重些他这叫"绝户"。邻人的话要让老铜宝听见,他一准儿会跟他们急。

起先,每到白露,核桃树上零零星星结出的核桃,老铜宝没太在意。谁嘴馋了顺手打了半篮子一筐子,只管拿去;就是沟里那些上蹿下跳的猫圪羚(学名松鼠),老铜宝也纵容它们把那六棵核桃树当作嬉戏欢娱的场所,由着它们将核桃一个一个往窝里藏。

一个小贩打听到老铜宝在寺沟有六棵核桃树,大爷长大爷短地要买他的核桃。谈到价格时,老铜宝一脸狐疑:"咋?你要五块钱一斤买俺的核桃?小贩赶紧补充:"你要觉着价格低,还可以商量。"还商量啥?他老铜宝这几年下树的核桃,从没卖过这样的上等价格。那一年,老铜宝得了小贩三千多块核桃钱,这还不算那小贩给他和村里几个汉子从山里往外挑运核桃的脚步费。之后,那小贩每到白露过后不久就过来收购核桃,老铜宝的小日子靠着核桃钱的补贴,还算能过得去。

然而,老铜宝顺当的小日子让老伴儿的一场病给挡隔住。医生盯着 X 光片不自觉"啧"了一下:"该早些过来看看,你瞧瞧,肺部这个空洞很明显。"老铜宝看不懂,问医生咋整。医生说这病不能再拖了,赶紧住院手术治疗。月余时间,老伴儿的病大有好转,但身体状况不如从前。那两亩山地,那六棵核桃树,恐怕再也指望不上老伴儿帮忙料理了。关键是,老伴儿这一场病花掉了家里两万多块钱。虽然合作医疗给报销了一部分,但积攒了几年的卖核桃钱还是花去了大半。老铜宝心里有些慌了,觉得家里像被掏空了一样,缺了底气。那六棵核桃树这几年没明没夜地生花结果,全都让老伴儿的这场病给吞了,他从内心里觉得对不住核桃树。老铜宝叹息一声——今年没指望了。说这话时,寺沟的那六棵核桃树正逢白露,他因为老伴儿住院顾不上打理,那些个浆液饱满的核桃,熟得把不住了从枝上落下来，"啪嗒啪嗒"的落地声惊扰了在窝里睡懒觉的猫圪羚，它们争相出窝，替老铜宝收获着；一些嘴馋的村民，也趁势来凑热闹。老铜宝在医院走廊一角偷偷抽烟时，想到那六棵核桃树和那些贪婪的猫圪羚，嘟囔一句："狗日的，今年让你们捡了便宜。"

老铜宝把老伴儿从医院接回家，粗略收拾了一下丢在田里的庄稼，还有那六棵核桃树上遗留的品相不太好的核桃。那些日子他就两件事：伺候老伴，种管核桃树。六棵核桃树被他修剪得神清气爽，他还准备来年春季给它们施草肥；他还在自家地里挖了一地的坑。这让隔着垄沟种地的邻人有些看不懂。等来年早春，他把一棵棵核桃树苗栽到坑里，邻人们依然不解——他老铜宝这是与核桃树较上劲了，连口粮地都不种了？

老伴儿还在做手术时，老铜宝就听同病房一个吃公家饭的人在发感慨："现在市场上能买到货真价实的东西可真难！"这位病友说，前些日子到街上买了十斤核桃，回去连续敲了十来个，不是没仁就是被虫蛀，没几个能吃的。病友说着话，气就顶了上来："我这一百多块钱买的哪是核桃，简直是一袋子气团团！"

铜宝老人就忙安慰人家："十来斤核桃也不是啥大事，把身体气坏了不划算，回头我给你弄些正宗的。"

病友质疑地看了看老铜宝："你能弄上正宗的？质量有保证？"老伴儿在一旁憋不住了，就补了一句："俺家就有核桃树。"病友就抓住老铜宝不放了，硬缠着老铜宝给他寻正宗的质量好的，价钱不用担心，病友说，只要质量好，货正宗，有多少要多少。

老铜宝在地里新栽核桃树时就常想起那个病友的话，每想起来就觉着这几年卖给那个商贩的核桃亏得慌。又转念想，人家商贩从山下"呼哧呼哧"爬上来，图啥哩？这山上山下差些啥，不就差了个对信息知道的迟早？现在知道了也不晚。再说了，那六棵核桃树也不是千年松万年柏，该续续后了。

二〇一六年冬季的一个清晨，老铜宝还在热被窝里暖着梦哩，突然一阵炮声震得窗上玻璃"轰隆"作响，这沉寂的山旮旯里已长时没这样作响过。之前，是小日本扫荡遇到八路军时，还是早些年"农业学大寨"开山劈田时，老铜宝也说不清，但这次炮的方向他听得清晰，是寺沟的方向。老铜宝躺不住了，他起身穿衣，棉鞋都顾不得系上鞋带，径直去了寺沟。

一地的核桃树还在，那六棵核桃树安然挺立，像是没听到炮声，无一点儿被惊扰的意思。老铜宝在核桃树下来回走了两圈，看到核桃树无恙，才放心地走上岸头。这时，刚上任没多久的支书带着几个男劳力从不远处的坡地上走下来，看到老铜宝，大老远就喊："铜宝叔，这大清早来寺沟里寻啥哩？又结记（牵挂）您的核桃树哩。"老铜宝说："这起五八更，谁弄的山炮惊了我的好觉？"支书走近老铜宝："铜宝叔，这炮可比过年放的鞭炮要喜庆。"

旁边一个年轻人凑过来："老叔，您这片核桃林要值钱啦！"

"咋说？"老铜宝不解。

支书递给老铜宝一根香烟："您从那六棵核桃树向西看不足一百米，那儿不是有条通往山西的小路吗？再过几个月那条路就通汽车了！"

老铜宝听着支书语气里的喜庆劲儿，往那六棵核桃树的西面望了望："它通它的，跟咱有啥关系？"

"老叔，您这就孤陋寡闻了。"支书进一步说，"路修通后，这附近要建一个高速公路服务站，专供汽车加油、人吃饭、买东西，到时候您这一年生产的原生态核桃，恐怕不出门就能卖个好价钱。"

支书最后的几句话点在了老铜宝的心坎上，他环了环已经成形的核桃林，呆愣了一清早的脸上有了表情。

大巴山：一段生活史的返场

◎ 蔡 淼

河流

故乡在大巴山深处，它有一个颇具绿意的名字：松树庙。

故乡还有一个名字，几乎被年轻的一代所遗忘：白沙。最早叫白沙乡，乡政府的驻地就在松树庙，乡里原本只有河的两岸聚居着不到百户人家，有银行、学校、商店、卫生室。撤乡以后只保留了松树庙村，村前有一河名叫白沙河，可以捞出白沙，松树庙村以此闻名。白沙河汇入岚河，注入汉江，若干年以后南水北调的核心涵养地段就是安康市的汉江。

白沙河在我父母那个年代算得上是一条大河。那时河道有五六米宽，最浅处水流齐腰深，捉鱼、钓鱼是他们童年最愉快的记忆。夏天在水中嬉戏，大家用撮箕和石灰"浑水摸鱼"，甚至随便用塑料水桶在河里一提，小小的鱼苗就钻到桶里来了。按照俗约是不能捕鱼苗的，除非是带回家里的池塘养。这种原始的俗约让一条河活得潇洒，它清清爽爽地投入汉江的怀抱。十几年以后，在白沙河的上游，人们挖掘到一种重要的矿产——硫黄。硫黄具有强烈的刺激气味，硫黄矿的开采因此遭到了村民们的强烈反对。村民们跑到矿上闹事，但矿上各种手续齐全，加上老百姓总归要忙于农活，况且往返路途遥远，也就不了了之了。但很快，人们就发现了问题：先是河水变浅了，河床裸露出来；接着是河里的鱼变少了，以前三天就能吃一条鱼，现在是半个月才能吃一条，后来干脆就看不见鱼了。于是一些恶劣的捕鱼手段开始兴起，雷管炸鱼、电鱼、毒鱼，无所不用其极。在很短的时间里,除了少量生命力顽强的钢鳅鱼外,其他鱼种基本绝迹。

白沙河的上游有两条支流,它们在白沙小学院墙拐弯处相遇。硫黄矿开采一个月后,两条小河泾渭分明,右侧是浊黄色的河水,左侧依旧清绿如玉。父亲辍学后就在硫黄矿上工,他的任务是将矿渣从矿洞里背出来,倒在河里。仅半天时间,河水就变得混浊不堪。第二天人们醒来的时候,都被眼前的景象给吓傻了。特别是下游松树庙村的那些人,他们大大小小的房屋依河而建,生活用水都是直接提壶到河里打,妇人们三五成群在河里浣衣,放学后口渴的孩子可以直接用双手捧起河水牛饮。右河沿岸的村民开始到左岸去取水,那条充满了硫黄气息的河流在一夜之间被人们抛弃。硫黄矿为村民们的廉价劳动力提供了"舞台",越来越多的人加入矿产开采的队伍中。人们白天对硫黄矿感恩戴德,看到被玷污的河流时又开始骂娘。大概在我十岁的时候,我从土墙房的楼顶找出了一块黄色的硫黄,上面密布着细小的缝隙,像是癞蛤蟆一般的怪物。

当最初的秩序惨遭破坏之后,就无法再回到起点。一条河的命运也似乎开始走上了不归之路。我已经无法从母亲的叙述中看到它曾经健壮的证据,河道还是那么宽,但齐腰深的河水已经成为历史。流经硫黄矿的河流变得更加瘦小,就连青苔也成了暗红色,像是开过刀的人,总能从他的疤痕中看到模糊的血肉。我在白沙小学寄宿时,每到放学,河对岸的同学总是踩着搭石,涉水而过,轻盈飘逸,如幼时用扁平的石子打水漂一样。

从学校后门出去,穿过马路,沿着大理石铺的台阶,就能下到河里。寄宿的男同学在夏日的夜晚总喜欢穿着凉鞋到河里嬉戏,那时候的水还能盖过我的膝盖。但从桥上往下看,"娃哈哈"瓶子、烧透的煤渣、塑料袋等分散在河道两侧,更有甚者将病死的牲畜也扔进河中……靠岸的一侧,堆满了校园里清出的垃圾,那个时候人们还没有很强的环保意识。校园里每天也会产生不少的垃圾,被我们搬运到河道旁,堆成一个小斜坡。

大学毕业前夕,我从新疆回到故乡,在安康市坐客运班车到白沙河口下车。所谓白沙河口就是一个三岔路口，白沙河在这里和从镇上下来的河水一起汇入岚河。路上，持续的轰鸣让人感到陌生，过村的省道堆满了巨石。车子无法通过，我要走十公里的山路才能到家。放眼望去沿途如废墟一般，按照规划，公路要拓宽重建，施工队只能保证每天一个小时的通车时间，其余全线封闭。我徒步向前走去，原先的路已被掩盖或已变道。沿途的耕地残缺不全，一些山体被炸药夷为平地……

人的器官总是会带着某种记忆的功能，一路，我总感觉少了些什么。很快便明白了，是河水。看不见河水，进村的路全是山崖，那些石头和残渣堆在河谷中，把流水的声音给捂住了。走在这样的路上极费脚力，有的地方只能容下一只脚，汗水很快就浸透了我的后背。前面的路走不通了，三台挖掘机正马不停蹄地作业……等我赶到家的时候，月亮已经爬到了群山之上。

又过了五年，我回乡办婚礼。十月份，我提前回来做一些准备工作，路已经修好，走在路面上很舒服。只是，站在高高的堤坝上我为一条河流感到悲伤，它们已经瘦弱得像是山间的一条小溪了，俨然失去了一条河应有的体态与尊严。现在的松树庙村是周边六个村合并后形成的，政府在此修建了搬迁后的安居房，改变了原来危房遍布和散居的局面。河道先是被公路的地基侵占了一部分，后来由于土地有限，两岸新修的房屋，也从河道里开始垒起来，河身便只有原来的三分之一宽了，似乎没有人担心一条河流会走丢。河流是宽容的，它拖着疲弩之躯无声地流淌着。汉江依旧维持着它的浩大和美誉，但似乎每一条河流都不愿意重新回到源头。大河的声音变得嘶哑，流水声穿过瓦缝进入梦乡已经成了记忆。缺了水声，这一夜我彻底失眠了。

我再次站在河堤上，从硫黄矿方向流下来的河水已经变得清澈了，很少有人知道这次"洗白"它用了多少年。

清晨，又见到了熟悉的炊烟，幽寂的大地让人感到茫然。曾经的熟悉在村庄中逐渐变为陌生,时间在年轻人的身上加速前进,新生面孔把故乡推得很远。让人安心的是老人们在时间面前保持了足够的定力,他们的面目依旧慈祥,隔着老远,看着背影便能认出这是谁家的老人。他们在耄耋之年回忆起白沙河的模样时,仍然滔滔不绝,然而,宽阔深远只停留在记忆深处,面对从门前经过的河流,他们只剩下叹息,似乎是时间给予的最后答词。他们不会像孔夫子那样发出"逝者如斯夫"的慨叹,更多的是用说话漏风的牙床给后人讲述一条河曾经的壮阔。

我忽然发现,那些老人不是别人,正是自己,言语中掺杂着萧瑟过后的悲壮。

路

在乡村,路是一种奇特的存在。对于"要致富,先修路"的说法,我是持保留意见的。路的存在,新老交替,有的路是修出来的,有的路则是走出来的。山间盘绕的小路,蜿蜒灵秀;柏油路坚挺宽阔。虽然柏油路给我们的生活带来了巨大的便利,但我更喜欢山间的小路。怎么说呢,山间的小路更加接地气,一个在乡下生活的人如果失去了地气,就意味着他将会失去一切。在乡间从来没有一个人不是脚踏黄土、双手沾满泥浆的。

我们散居在山间,路把我们和土地、森林连接在一起。在乡村生活了十八年,我从来没有觉得谁会刻意地去修一条路。当然,在那十八年间也不曾有一条路荒芜。路,就像是我们的血管和神经一样,一条路牵着另一条路,也连接着乡村的乡俗和乡礼。

我很小的时候,跟着大人们从山上到松树庙去买东西。所有人都背着背篓,因为庙沟在山上,松树庙在山下,而白沙河又经过那里,所以从山上下来买东西,方言为其造就了一个词语:下河。那时,半路的人家碰到从山上下来的人,都会热情地出来打招呼:

"这是要下河去呀,到屋喝口水哈。"

如果下山的人不仅仅是要到松树庙，还要到镇上去办事，如购物、看病、访友，则会这样答复好客的人家："麻烦你了，下一趟河，顺便上一趟街。"

这里的"上"就是相对于松树庙而言的，因为镇政府的驻地在狮坪村，因此又或者说"上狮坪街"。特别是"街"的尾音拖得长长的，带着一份"傲娇"的味道。"上"和"下"在乡间体现了一种语言的自觉，它们遵从了广大劳动人民的意愿，准确、生动、得体。

"那好，那好，回来的时候到屋喝水。"

我们就这样一趟趟地上山、下山，那路日渐变得宽阔结实，蹚出来了一条大路。大路，好走，因为走的人多。这貌似是一句废话，却又有内在的哲理性在支撑。请相信我，这并非是我故意说教。有大路就有小路，从形态上看小路就没有大路那么开阔了，小路往往会避开沿途的人家，但小路虽小，也是颇受喜爱的，小路往往是捷径。

小时候，我们常跟随大人们下河。下河一般都以购物为主，下河的人，笑容和喜悦都是挂在脸上的。回来的时候，背篓里塞得满满的。下河的路全是下坡路，跟着地势，一溜烟的工夫就走完了。甚至是带着助跑的气势，都不需要你自己加速，似乎是一种类似于在北京早高峰挤地铁的体验——人站在那里，随着人群的涌动而被动发生位移。到了上山时就是另一番体验了，人的双脚开始吃力，速度也降下来了。沿途有专门歇脚的地方，一般是大石头，或靠近山体一侧有固定的一个小截面，这个截面不大不小，刚好能够解困背上的背篓。人背着背篓靠在截面上，背篓便稳稳地立在一侧。这时候，人便会找个地方坐下来换口气或者抽一支烟，要是找不到适合坐的位置，也无妨，就一屁股落在地上。这样的位置一般都会选到岔路口，几条小路或者大路在此会合，碰上个熟人，还能谝一阵张家长李家短。说到精彩处，往往哈哈大笑。上山的人仿佛获得了一种力量，趁着高兴，刚刚疲惫的那股劲儿荡然无存，背起背篓大步大步地向山上走去。站在低处往上看，一个背篓很快就爬上了山顶，再一看，没了踪影。等到家的时候,虽然肩膀上全是竹条的印子,仍非常高兴。

路是什么时候遭到破坏的呢?

我六岁的时候,庙沟上的人开始到松树庙修路。修了一年,路通到了糖坊里。

灾难是从修完路开始的,先是一个姓张的人,骑车从山上下来,下坡路上为了省油挂空挡(实际上并不省油),到盘道拐的时候,车子带着人冲下了悬崖。这个地方在阴坡,平时走的人也少。头天晚上不见人回去,女人也没多想,以为男人是跑出去赌博或者喝酒去了。过了三日,仍然不见人回来,女人就感到心慌了,沿途寻人去了。走到盘道拐下面就看见一个人和一辆摩托车倒在路面两侧,石子上有一摊血,黑得像上了一层漆。女人看清黄色车牌上的号码,瘫倒在地,醒转过来,连滚带爬,哭声撼天。过路的人平时不走公路,听见声音跑过去一看,吓了一大跳,于是帮着在村里喊人,一起料理了后事。此事之后,村民们赶紧请人在盘道拐那里打了几个水泥墩子。

过了一阵子,到了腊月间。糖坊里的那位商家,开始囤订大量的年货。那次我随父亲去糖坊里背尿素,商家接了一个镇上打来的电话,对方谈及狮坪街的辣子价格又涨了。刚挂了电话,商家便宣布辣子的价格再上调两元。院子里的邻里叫苦不迭,前一人还是原价购买,而他仅仅是手慢一会儿,菜都已经称好,只未结算而已,就有多付钱。这一年,南方碰到了数年不遇的大雪灾,运输和电力遭到破坏,恶劣的天气导致物价上涨,商家囤积的物资价格水涨船高。后又因商家们频繁运货,进山的那座土木桥被一辆严重超载的货车压垮,一车货全都倒在了河里,司机被连夜送到了医院,那次事故致使村中交通中断数日。

十多年以后,村庄又发生了一些变化。易地搬迁,山上的村民走了一大半。那条公路也日渐荒芜,前年我回老家结婚,偕妻子一块儿上山看母亲。我担心妻子走不惯山路,便选择了公路。沿途杂草遍生,山石横卧,深陷的车辙辘印被草木覆盖,路似乎正在以它自己的方式回到从前。

土地

土地是农村最大的生态圈。

庙沟属于山地,且有着一定的海拔。一年只能套种一季洋芋和苞谷,收获仅够养活一家人的口粮。特别是大集体时,按出工算工分,捉襟见肘是常有的事。

包产到户以后,贫瘠且有限的土地依然不能满足需求,父辈们开始拓荒。我曾经和他们一起开垦过两亩地。先用斧子和镰刀将丛林中的树木、藤蔓、杂草等全部伐掉,再用锄头将地翻一遍,这活最费精力,手掌不脱一层皮很难完成,尤其是锄断地下盘绕交错的树根这项活计极为难缠。完工后还须将地里的大石子悉数拣出。头一年的地,没有肥力,要烧荒。将枯草、苞谷秆、树根盖上一层土浅埋地下,点燃,青烟直蹿云天。三五天后再将土扒开,燃过的灰烬便是上等的肥料,种出来的洋芋光泽亮丽、苞谷饱满结实。

有一年七月,我回到故乡,走小路上山。我看到成片的耕地上不再是熟悉的庄稼,而是密密麻麻的烟草,它们的叶子肥硕宽大,就像是无数个黑洞在吞噬着脚下的这片土地。我突然间感到异常害怕,如同走在长满尖刀的土地上。二伯和二伯娘也是异常繁忙,吃完饭碗都来不及洗就下地了。原本沉寂的公路日渐在轰鸣的汽车声中沸腾了起来,我站在山梁上看清了,是寨子上的王家从镇上拉了一车的玉米用于喂猪。原来村里人早就不种庄稼了,一门心思全在烟草上,这些人家都在心里面铆着劲儿希望能超过别人。我一时有点恍惚,当土地不再种植粮食时,危险就会靠近,这想法的产生或许跟我小时候家里穷吃不饱肚子有关系。

我一个人在山上转来转去,却感到眼前越来越陌生。水井路那边有一户人家以前房前屋后都是果树,每到夏季把人馋得不行,如今早都被砍完了。或许在他们的心中，外面拉来的水果又大又甜，比自己种下的强得多。想到这里我有点哭笑不得，仿佛看见一个人守着绿色天然的财富却不要，非要吃城里的添加剂。朴素善良的人们呀，他们又怎么会知道，那些运来的食品和水果有着农药和防腐剂的功劳呢。这并不怪他们，穷困多年的生活使得他们每看见一束光的时候，就难以自持地陷进了欲望的深渊，这本身无可厚非。

晚上二伯从地里回来，一屁股坐在门槛上抽烟。我问他："三家的地你一个人种得完吗？"和二伯对谈，我才知道我对烟草的认识浮于表面。烟草对土地的破坏巨大，每亩地要施大量的化肥才能让烟草长得茂盛。为了养地，种完烟草的地第二年就不能再种了，要把家里的农家肥放到地里去，即使这样，长出来的草也都是黄苗子。二伯把三家的地集在一起，循环着种。在山上待了两天，我大致摸清了整个过程。烟草对土壤的危害确实超出了我的想象，大量的化肥进入土地，还会破坏土层结构。我们家过去有一块肥地，每年挖洋芋的时候，总能翻出一些蚂蚁、蚯蚓、蛴螬等，种过烟草的地翻过来时这些物种基本绝迹。阴坡下有一块地，地旁边有一棵大核桃树，靠近山根的地方有一方小小的沁水坝，一股烟粗的水流，种过烟草后那水便变成了浑黄的，里面像是谁泡了吸剩的烟头，再一看，核桃树叶子也都打着卷。在这块地的前方是李家的茶园，这个茶园比我父亲的年龄还大，一个冬季过后就再没返青。记得有一年冬天，冷得出奇，茶园里却开着白色的花朵。

烟草公司要等人把烟叶炕干了以后才过来收货，家家户户门前都装了一个蓝色的铁皮房，用来炕烟。山中无煤，炕烟用的柴火二十四小时不能间断，家家都是两口子一个守在地里，一个去山上砍柴，一个守前半夜，一个守后半夜。从院坝里朝南看，那片树林像是脱了外套，皮肤全露出来了。因为炕烟需要大量的柴火，先辈留下来的砍柴传统被彻底击溃，原先到林子里只能砍坏死的树和枝丫，但显然树木枯死的速度无法满足炕烟叶的需要。"哦,那户人家的果树应该是炕烟用了。"我想。

土地对所有人开放,但种烟的节奏会慢下来吗?

相较于城市,乡村是自然属性更强更周密的生态系统。河流、道路、土地并不会在朝夕之间发生改变。其实我们认识自然、改造自然的能力很低,但对生态环境的依赖性却又是不言而喻的。当河流、道路、土地回到它们本初的模样,当我们节制世俗的欲望时,良好的生态才会从荒野中走出。

日渐残破的土地,正在一声声地唤醒那逝去的灵魂,可它又真的能唤醒那些人吗?

落地生根

◎ 陶　灵

一

罗志军家住在钢厂的平房宿舍,旁边有一棵又老又大的黄桷树,他两三岁时,工人师傅把树连根挖起来,锯成截运走了,说是做钢炉用的扒渣板。挖走的黄桷树根系发达,最远窜到前面岩石缝里钻出来,有二三十米的距离。母树被挖走后,从石缝钻出来的根又生出一棵儿树,巴在岩石上长大。罗志军十来岁时,儿黄桷树已有大瓷碗口粗了,它的许多条根又盘根错节地紧紧扎进了石缝里。

有一天,罗志军放学回来,正好老汉儿下班也拢屋,喊道:"罗罗,去砍几根树丫巴来栽起。"罗志军像只小猴几下子就爬上儿黄桷树,砍了三根一米多长的枝丫。他家住端头,房前、屋后和侧墙边各栽了一根。栽之前,他把枝丫底部破成十字口,卡上一颗小石子。大人摆龙门阵时,他听"隔壁戏",说这样容易发根、成活。

树丫果然活了,几年后长得比大人手臂还粗。平房的厨房都在后屋,罗志军的老汉儿把后门外的空地平整了出来,夏天傍晚时,相邻的几户人都在黄桷树下摆上小桌凳,边吃饭边歇凉。夜晚,又在树下搭起凉床睡觉。

这三棵黄桷树长到合围粗的时候,罗志军已大学毕业当了两年老师,家也搬进了楼房。原先的平房宿舍拆除,建起钢厂职工医院的新门诊部,三棵黄桷树留在了门诊部门前,如今,树干粗到两人拉手才可合抱,枝繁叶茂,绿荫如盖。

我去过嘉陵江中游的沿口古镇,是武胜县老城,江边解放街旁有一坡石梯,与新城相连。石梯入口处两边有房,大约只有三米宽,而上面那四十多步梯道竟然宽达三十米,看起来有点气势。县城完全往外发展后,老街逐渐冷清下来,石梯上偶尔有一两个行人上下。梯道中间挺立一棵粗壮的黄桷树,枝叶扶疏,给四周带来了灵动,看上去这里不但不显荒凉,反而透露出一份时光积淀后的成熟与淡然。

"这棵树好看哈!"不知什么时候旁边站了一位大姐,穿着淡粉色的短袖T恤,T恤被身体塞得满满的。我一直专心拍摄,没留意,赶忙搭话:"确实好看。"

"那次电视上说,这棵黄桷树有一百多年了,其实,才栽二十几年。"胖大姐纠正道。我在网上看到介绍,也说这是百年老树,于是反问:"你啷个晓得才二十几年?"胖大姐挺认真:"这树是邱孃孃栽的,有四棵。"她指给我看,东面梯边还有三棵。其实我早已看到,那三棵比中间这棵小得多,树干只有它三分之一粗。

"这坡石梯子以前是农贸市场,该邱孃孃管,她住那上面的平房里。"梯道上面是有几间破旧平房,看样子已久无人居住。胖大姐怕我不相信,讲述了事情的来龙去脉——

"我家就在梯子下面,一九九三年搬来的。大概是一九九六年的样子,邱孃孃说没得地方晾衣服,就砍来几根树棒棒插起,绷上绳子好晾衣服。我也来晾了铺盖的。没想到这几根棒棒活了,长这么大了。"

二

"落地生根,黄桷树肯长得很。"小时候听姑爷这么说。

姑爷家门前有一条山沟流过,左边人户院坝沟边生长着一棵大黄桷树,树冠几乎遮盖了整个坝子。清道光时的一年,春夏大旱无雨,入冬前,姑爷祖上两个老辈子背一包税盐去山里换粮食。第三天回来时,豌豆、胡

294

豆、苞谷、米等一大挑,在路上砍了根黄桷树棒当打杵,天黑到家,顺手插在院坝边边上,没管它。第二年,树棒发了芽……

姑爷说,这故事是一辈一辈传下来的,传到他这代时,黄桷树仍在,更大更老了,但树前的房子却已改了姓。姑爷的爷爷和妈、老汉儿都抽大烟,败了家,搬到旁边的"偏偏房"住。买房的罗家在镇上盐灶房占"股子",家里殷实。

"这树是'活'的,它每天都把我们盯到起的。"陆陆续续听到姑爷说过很多这树的故事。

"我老汉儿在的时候说,每隔六十年,夜深人静时,它都要哼一声,像牛的叫声那么大。祖祖、爷爷都听到过,老汉儿也听到一次,按他们说的时间一算,确实隔的是六十年。"姑爷的爷爷把房子卖给罗家前,想把黄桷树先卖给湛记铁厂,他们生产熬盐的大铁锅。化铁水时,须用木棒搅拌,捞出渣滓,其他木棒一入铁水马上就要燃起来,唯用黄桷树棒不燃。罗志军也说过,钢厂用黄桷树做扒渣板。砍树前,按规矩请了一位私塾先生代写契约。先生磨好墨、铺开纸,正准备动笔,突然眼镜掉在地上,镜片摔得粉碎。先生受到惊吓,认为是老天在警告自己,这个契约不能写。黄桷树保存了下来。

我感冒咳嗽时,如果是初夏,姑姑会从这棵黄桷树干上扯下一些白须须,熬了水给我喝。没白须须的季节,就剥点根或树皮熬水,喝一两天就好。自从这棵树有人上吊死后,我就再也不敢喝它须根皮熬的水了,等姑姑一转身就吐出来。罗家另一面隔壁住的徐家,男主人是工矿贸易公司布店营业员。大概是一九七三年的冬天,一个半夜,徐营业员从"学习班"回家,没进屋,直接走到这棵黄桷树下,用一根绳子拴在枝丫上吊死了,地上丢有十多个烟屁股。我稍大一点后弄清原因,徐营业员耍流氓,摸了别的女人奶子,单位办他的"学习班",他害怕了。"摸奶子"事件是送货下乡时发生的,生产队队长老婆热情,要给徐营业员"烧开水"喝,他慌了,伸出双手制止："莫去烧，莫去烧，不喝！不喝！"他高度近视，没掌握好距离，两手正好按在队长老婆的胸部。"烧开水"这点小事，用得着如此大的动作吗？各位有所不知，过去农村"烧开水"是客气话，实为煮碗荷包蛋的意思，且起码要打三个鸡蛋，多的甚至五到八个，这看每户的家庭条件说话。那时候农民穷得叮当响，平时买盐和煤油的钱主要靠鸡蛋换，徐营业员心善，不忍心喝"烧开水"。"摸奶子"的行为，被同行的人回去报告了单位，据说此人想喝，没能如愿，心里不舒服。

我记事时，靠近姑爷家屋梁的一根枝丫是断头的，断头处有一个枯洞，常有雀鸟在此啄着什么。罗家小儿子年轻时在部队当军官，有一年探亲回家，树上麻雀叽叽喳喳吵了他午觉，很生气，掏出手枪打麻雀，砰砰几下把枝丫打断了。居委会借此写信告发到部队，并检举他父亲曾是盐厂的资本家。罗家小儿子被处理复员，回家后在盐厂装配车间打散工，背盐包上车。他老婆是个小学老师，也被清退回来，受不了刺激，疯了。人虽疯，却从不打人砸东西，只骂人，我从没听懂一句。回想小时候看到的罗家小儿子，每天微笑着进出，身材高瘦，颇有风流倜傥的感觉。

有一天在黄桷树下歇凉时，一堆大人坐在一起摆龙门阵。罗家小儿子说，从前的从前，有一年，这棵黄桷树的叶子掉光了，枝丫也枯了，大家都说老死了。腊月里的一天，有一户在院坝杀年猪，地灶锅里炖着猪骨、猪下水，不知哪儿来的一个叫花子讨骨头啃。年关叫花子特别多，正忙着的杀猪匠见他连讨饭碗都不拿一个，没好气地"杵"了一句："骨头没得！汤要不要？"这叫花子当真："要！"便提起脏兮兮的衣襟接汤。杀猪匠也缺德，硬是舀了一瓢汤倒在他衣襟里。但他当时就傻了，汤竟一滴不漏。他目瞪口呆地看着叫花子一步一步走到枯黄桷树下，把汤倒在树根。"轰"的一声，黄桷树着了火，火苗从下到上舔了个遍，就熄了。第二年开春，被烤得黢黑的枝丫发出嫩芽，黄桷树活了过来。

部队后来有人来，宣布罗家小儿子按转业对待，县里又安排他去镇上粮站当文书。

三

漫步重庆城,随处可见一棵棵苍劲的黄桷树,根系紧紧扎进石缝,屹然挺立在城墙、堡坎、石壁上。初春时,一片新绿悦目;盛夏,如一把把遮阳的巨伞;秋冬,他树凋零,黄桷树依然郁郁葱葱地昂扬。这是重庆人特别引以为自豪的一道风景。

从前,西南一带的黄桷树普遍栽种在寺庙里,老百姓对寺庙既敬畏又惧怕,认为是躲藏鬼神的地方,而黄桷树会招来牛鬼蛇神。第一个把轮船开到重庆的英国商人立德,一八八三年第一次来重庆时,看到城郊大路沿途都有庞大的黄桷树遮荫,树的根部通常建有神龛,供人敬香、祈祷。一九二八年,重庆建市在即,选择本地良好的阔叶浓荫植物栽种行道树,但规定"唯禁用黄桷树",因它根系发达,把马路、房屋、堡坎都顶破了。所以,六七十年前的重庆城少有黄桷树。

夏天的重庆城像火炉,黄桷树树干分枝多,树冠大,遮荫效果非常好,如果不能利用,实属可惜。一九五八年的时候,重庆城路树队试着在长江路栽种黄桷树,并进行多方考证,认为虽有一定的破坏性,但只要栽种得当,还能有效保护房屋和堡坎,于是将黄桷树纳入行道树种之列,计划栽种四千八百多株。但因种树缺乏,没能实现,两年内仅栽十五棵。

很多人,甚至园林部门的同志,对栽种黄桷树也有抵触情绪。然而,有一个人却出声力挺,他说:"黄桷树树身宏伟,枝叶茂密,覆盖面大,完全适合山城遮荫降温的需要……"这人名叫任白戈,时任重庆市委书记,他要求园林部门"大栽黄桷树,迅速解决遮荫问题"。分管园林绿化工作的副市长邓垦,也与任白戈的观点一致:"垭口、码头、车站……只要有黄桷树就有群众来歇凉休息,因此,黄桷树应成为群众树、乡土树……"任白戈和邓垦是重庆近邻川东北人,了解黄桷树的习性。

二十世纪七十年代末,重庆城行道树中已有黄桷树两千三百多棵,一九八五年年底,近万棵。一九八六年七月,黄桷树被确定为重庆市市树。

重庆城建在山上,山又在城中,道路两旁,过去建有很多挡土石堡坎,或在岩石上敷一层三合土护面,夏天辐射热大,平时看上去也不美观。二十世纪五十年代末,园林绿化部门在朝天门城墙和北区路岩壁上进行垂直绿化试点,栽种爬壁虎、夹竹桃等植物。但因人为践踏、土层瘠薄,以及养护管理没跟上,植物几乎全部死亡。后来,园林工人从几公里外运来新土,腰上拴绳子,吊在石壁、堡坎上打洞、填土、垒石做窝子,再次栽种迎春花、爬壁虎、七姊妹等藤蔓植物十来万株,并栽种三千二百多棵黄桷树。三年中,藤蔓植物因各种原因损坏、死亡殆尽,唯有大量的黄桷树成活下来。

黄桷树的种子比蒲公英种子还细小,随风飘飞,或由鸟粪携带,落地生根。重庆城石多土少,黄桷树又正好属于"气生根"植物,只要有少量的根系置身土壤中,它裸露的根须能直接从空气中吸收水分,就可生长。

这种种原因,形成了我们今天看到的重庆城黄桷树奇特景观。

溺水的人

◎ 昂　桦

我爱用坐标来形容少年时的处境，左边是湖，右边是江，江湖之间，心灵如坐标里的抛物线，早已向江湖之外；日复一日的憧憬与羁绊串联成珠，就像江湖的本意一样，架构了少年的心。

我始终以码头为原点，它就处在插湖锁江的上下石钟山之间。初中毕业时，码头载走了我的伙伴，一位情窦初开的漂亮少女。她去南昌后，不断写信诉说她家庭的不幸：她的父母离婚了，她的情绪极度低落。我写信劝导她，发誓要保护她，改变她的状况。我过早陷入困顿，有时愣在课堂上，像个满腹心思的人，心里藏着不快，整日郁郁寡欢，把自己的学习弄得一片狼藉。写信耗费了我的课余时间。石钟山上有晚清名将彭玉麟的浣香别墅，我在书上看到他的古老爱情，又在石钟山上看到他作的梅花碑刻，落款处有"一生知己是梅花"，不禁心头一紧，竟然落下泪来。

我就读高中的县城中学离码头不远，去湖口轮渡码头看人、看车、看热闹，是经常的事。贩夫走卒在等渡的车边停停走走，提篮携桶，叫卖食品。其中有一个叫卖鸡腿的，白色纱布下，盖着一只只摆放整齐的洋鸡腿，让人垂涎欲滴。拿渔叉的，身穿防水服，叫卖土鳖，像一个刚从水里上岸的人。游手好闲的青年，专门在货车边找好欺负的软柿子捏，司机大多忍气吞声。雨雪天气，长长的等候车队，从东岭排到西门，各色人物像是从地下冒出来，聚集在庞大的车队旁，犹如庞德诗歌的意象，湿漉漉的黑色枝条上面孔忽隐忽现。卖艺人大声吆喝着套红绳的把戏，明明套住铅笔杆，一

299

得劲,转眼从笔杆里出来,丝毫无损。在围拢的一群人中,一名坐庄的男子在地上放了三个圆形橡胶片,双手快速地移动着橡胶片。"中了,中了,我赢钱了!"一名男子兴奋地喊着。好奇心驱使下的看客,便从凑热闹者,变成参与者。走近点看,其中一个橡胶片的正面中间有一个红点。坐庄的人称,只要下注十元到二十元,就可以猜红点,猜中了翻倍赢钱,猜不中下注钱归庄家所有。不时有路人下注,并猜中赢钱。不明就里的看客觉得赢钱非常容易,心痒痒的,在几名赢钱者的怂恿下跟着压上几把。然而,不到十分钟,就输了近百元,众人也随之一哄而散。看客这才意识到情况不妙,但也无奈。好心者说赢钱者是"托",看客才恍然大悟。码头每天都在上演类似的鬼把戏。我后来在异乡的街头也遇见过,心头闪过输钱者的窘相,暗暗发笑,从不驻足。

码头开渡时,人流涌向渡轮。此时的西门码头,船只来来往往,湖上的驳船拖着砂石穿插在渡船行驶的空当间往江心驶去,高大的江上客轮笛声长鸣。我喜欢这种繁忙景象,只是过早切入这种宏大的场景让人多了痴心妄想,仿佛这种气氛正好可以消弭往日的落魄,又把心头的目标抬高了几寸。摆渡船一次可以装载十几辆汽车,只收汽车摆渡费,不收散客费用,对面的码头上有去九江的公交车,乘船过渡的人摩肩接踵,塞满了渡船的角角落落。

也有汽车开到水里去,不知是不是刹车失灵,还没等到渡轮靠岸,汽车直奔江面,扑腾一下跌入水中,前一秒还露个头,后一秒就无影无踪。我看见吊车从码头吊起落水的车辆,潜水人把钢绳在水下穿好,吊车的长臂吊起水中的汽车,刚露出水面,吊车的车身却像中风一样倒在水中;接着又来了一辆大吊车,大吊车吊出小吊车,小吊车像个溺水的人被吊上来,湿淋淋的,口中直吐水。往日这些庞杂的人和事,已经从码头消失,或者说,它们转移了地方,在别处重复码头的故事。

从码头往回走,拐到县城的街道,好像回归了井然的秩序。茶叶蛋五毛钱两个，码头却翻倍在卖。街道的商铺都在做着细水长流的生意，不紧不慢，小商贩们在码头做一锤子买卖，也能如鱼得水；急急忙忙的赶路人只在稳定的频率里提着劲，不像码头船开前的脚步慌乱；街边吃早点的胖子就着饺子喝酒，吃得满头大汗；菜场吆喝和其他嘈杂声，不绝于耳，但在午后也冷清下来，好像菜场大棚顶上的阳光抖落了包袱，显出热闹之后的空寂。

县城里也闹过离婚的大动静。我记得是个中年男人，身材微胖，面目和善，在外找了新欢，媳妇想不开，投水自尽。男人漂亮的居室，被喷了红漆，家具东倒西歪，油缸的油横流一地，门口里三层外三层地围拢了看客。好歹有警察过来劝说，随着夜色降临，一切都在夜色里得到休息。

轮渡上人来车往，往往忽略了江面的游泳者，与波浪里破浪前进的渡轮比，他们像个蚍蜉一样。岸边的孩子被大湖大江吸引后，缠住大人要学游泳。水边上的人家总在吓唬孩子们，但拗不过苦苦哀求，就带了孩子下水，岸边的浅水里人声鼎沸，水花飞溅。也有一些执拗的父母，不让孩子下水，任凭小孩哭闹，毫不动摇。小孩只有偷了空隙，趁大人不注意跑出来下水。

于是在码头的水边，总能看到一些匆匆的行人在岸边大声呼唤某个名字，水里的赖着不上岸，岸上的急得亲自下水去揪。

"旱鸭子下水，飞不能飞，游不能游，只有上岸打酱油。"打趣的话让被揪上岸的孩子丢尽颜面。

我是看着别人学会游泳的，没有人教无师自通。水喜欢爱水的人，它教你反作用力，用手划水，身体就可向前，仰面浮水也需要手往下按，保证身体不沉下去。水欺生，一个完全不近水的人，碰到水就吃亏。一个学会泅水的人，在水上轻盈的身姿，压得水也喘不过气，只得服服帖帖驮着一个戏水的人。也有不幸者，太过自信，还没横渡到对面的梅家洲，在一个浪头里说没就没了，在呼天抢地的救人声里，人很快就被浪花覆盖，微微挣扎几下，消失得像江湖里的泡沫。

　　每年的夏天，总有不少人被江湖之口吞噬。

　　父亲年年叮嘱我不要游泳。我哪里是个听话的少年，学了几年游泳，横渡码头的愿望非常强烈。有一年，我跟着一个叫王立国的同学横渡码头，身后系了一条小汽车内胎，从码头下水，顶着湖里的流水斜着逆行。湖水的推力，很快就把我推正了方向，向渡口中心游了将近一千米，身后的尼龙绳松了绑，轮胎向下游漂去。我心慌意乱，赶紧转身去追，真正感到害怕的，是身体不听使唤，脚下好像有东西在拉。追赶中已经有下沉的迹象，腿部完全僵直，不得动弹，手上虽然能够划动，但乱了方寸。不知道是不是因为口鼻开始进水了，我惊慌失措，开始剧烈挣扎。我张开嘴想呼吸，喉咙肌肉却开始收缩。我的身体以一种尴尬的姿势弯曲着，身体向前弯成弓形，四肢向后，睁大眼睛却看不到任何东西。三秒后，我开始拼命挥舞手臂和腿，头脑中唯一的想法是：憋住气，往上游。我张开嘴，呼出尽可能少的空气，尽可能多地争取时间。我能感觉自己的身体慢慢向上移动。我必须活下来，我不想死。又过了几秒，我快没气了。我试着抬头看阳光，但什么也看不见。我突然意识到我可能上不去了。我呼出了最后一口气，身体开始瘫软无力，头脑一片空白，我放弃了所有挣扎。又过了几秒钟，莫名其妙我的体内突然有了一股巨大的能量爆发，求生的意志再次出现，和之前绝望的挣扎不一样，可以明显感觉到自己上升得更快，力量更大。也许我能做到，也许我能成功。浮出水面后我才意识到，这股能量的爆发是因为同学终于找到了我，缺氧的大脑却以为是自己做到的。

　　之后我什么也感觉不到了，记不起来了，好像我从来不存在一样。几秒钟后（其实我也不知道多长时间），所有东西都变成刺眼的白色，这是我无法想象的最纯洁的颜色。我看到一个身影靠近我，慈爱地说了些什么。在这个特殊的时刻，我感到非常愉快，就像一切都很美好。我被拖出水面。所有人都对我说话，拍我的背，推我的肚子和胸部，把肺和肚子里的水挤出来。

　　原来,我的同学立国,看我往下漂游,赶紧把他的轮胎推过来,让我抱住,我已经没有一点力气,连抓住的可能都没有,他在水底托了我一下,使我有了呼吸的机会,求生的本能让我勉强把头钻进车胎,好不容易露出头来。靠着立国的不断鼓励,我抓住轮胎,被他推上岸,以逃离死亡之地。我们瘫在岸边,时间像凝住,待了漫长的一个下午,直到身上的元气慢慢恢复才离开。

　　我不知大湖入江口到底有多深,这是太平军曾用锁链锁过的咽喉,在如今看来依然宽阔而深邃。那些英魂似乎依然游荡在一条看不见的锁链边,昔日的惨烈厮杀,都被掩盖在波涛之下。我是无事生非的落水者,因为轻狂和无知差点送了小命。不敢想象战争条件下的体验,面对江湖快把你吞噬时,茫然失措的惊恐中,好像有满腹的话要说,但一句话也说不出口,只有任江湖之水灌进嘴里、肺里;你要挣脱,它置之不理,其实只要奋力划水,就能摆脱水做的绳套,可惜我做不到,如果没有救助,或许我已是江湖消失的一串泡沫。曹植诗写得悲伤,"之子在万里,江湖迥且深",恐怕只有当事者才有共鸣。

　　命运似乎也垂青我的救命恩人。立国去舟山群岛海军服役,退伍后到码头做了一名水手。从宁波带来漂亮的妻子,走在街上,一个英姿飒爽,一个小鸟依人。宁波人天生的生意基因,也给立国的小家带来无穷的活力,他们在街上开了服装店,店里服装款式新颖,价格合理,生意做得如鱼得水。后来他在轮渡上当了大副,驾驶摆渡船。我在他高大的驾驶窗里,眺望鄱阳湖口,心旷神怡,看他轻松驾驶轮渡船,鸣响长笛,羡慕不已。

　　另一位同学比立国晚一年入伍,是海军陆战队队员,泅渡训练游个三千米是家常便饭,有着超过常人的体质,在部队立了三等功。不幸的是退伍不久,下水冬泳,溺水身亡。谁也没料到这样的结局。他也许死于古训:淹死的都是会游泳的。

前不久，与一位长者陈石俊交谈，他告诉我他曾是冬泳爱好者，冬天里的每天早晨七点在刺骨的江里游半个钟头，雷打不动。下水不到十五分钟，身体就开始发热，像打了鸡血，精神抖擞；九点上班后，却开始犯困打盹，他一直想弄清楚这是怎么回事。后来经人指点，知道是激烈活动后心脏受刺激，会自觉进入休眠状态，人的海马体感到疲惫就会自我调整，长期这样会让心脏受到损害。我把他与那位海军陆战队队员联系到一起，可惜这些我认为有用的警告于他无用，他们互不相识。

立国在两岸来来回回，过的渡比走的路多，他会在下班后在码头做义务救生员，他知道水的触须有如张狂的八爪鱼，他在喇叭里警告那些不谙水性的戏水者回到浅水区。事实上还是有人从码头游向对岸，消失在他的眼皮底下。

每逢忌日，码头边总有人来点香烧纸，浅浅的只看见烧到根部的一茬茬香立在石头缝里，火点已被某种仪式割了去，被人收了回家。一堆灰烬在岸边被吹得四散，不仔细看不知道是有人祭奠过的现场，忙碌的江湖边，没有人在意这些飘散的灵魂。捞尸的人只在惊心动魄之后粉墨登场，他们都是渔民出身，平时撒网捕鱼，应急时被召来捞人。沉入水底的人，一般都被水流带离一二公里，水底是平坦的，捞人用的是两寸长的排钩，在水底铺排开来，尸首被锋利的排钩挂上，不会轻易脱掉。偶尔还挂到鱼儿，长江里的鱼成群到鄱阳湖觅食，犹如手无寸铁的百姓，遇到中世纪瑞士长戟，束手待擒。冷兵器的冷血。尤其是身上披挂漂亮暗纹的大鲇鱼，让我时常泛起恻隐之心。那些被打捞上来的溺水者，完全没有鲇鱼的傲气，只是一具被剔除灵魂的尸体。我高二的一个同学，从水底被打捞上来，身体僵直，面皮肿胀，已认不出原来脸相。挂钩之处，没有一丝血迹。伤心的失孤人往往没有心情讨价还价，都会依了捕捞者报出的数字。靠着溺水者的不断出现，排钩坐地起价，乘人之危，竟然也成了一门生意。

我高中复读时，为了省钱和清静，和同桌租住到一个因溺水失孤的家庭。房子离学校不远,依山而建,有个独立的院子。刚开始我们并不知道他们家的事,整天忙于复习,晚上很晚回来。后来才注意到屋里老式八仙桌的案头上摆着一个男孩的画框,每月固定的日子他们会在屋前的空地插香烧纸,我这才真正走入这个因溺水而失孤的家庭,把岸边微细的香火与之联系起来。我发现苦苦寻觅的江边点香人,就在我的身边。我在学校经常听到昨天某某溺水,今天某某溺水,都像与自己无关,直到不经意遇到这个家庭,我突然有一种不祥之感,没想到溺水的人在县城有这么多,似乎每个家庭都在防着厄运降临。

我要是在那年的夏天沉入江底,我的母亲应该也会天天以泪洗面。可怜的房东,与我的父母年龄相仿,走起路来耸着肩膀,整个头缩在衣领里,从不与我们说起半点他们儿子的过去。他们只收我们很少的房租,提供的早餐我们不忍享用,用餐的气氛非常压抑,我不得不快速扒完饭离开,走上很远,心情才有点舒畅。他们的孩子睡在我们的床上,这场景在我的睡梦中时常出现。我与他一起在水中挣扎,有时醒来,身上吓出汗来。半夜的老鼠在梁上跑来跑去的声音,伴着隔壁女人呜呜的哭声,让一个熟悉《聊斋志异》里鬼哭的人多了许多联想,更让我晚上自习完回家不敢一个人独行。这个女人的脸相因悲伤而过度拉长,上唇很厚,人中深长,算命先生说人中长是吉相,我没有读出半点吉来,夜半窸窸窣窣的声音,与那张脸叠在一起,让人无法入睡。

女主人经常家暴男人,抓得男人遍体鳞伤,男人只有出去躲,夜晚睡觉时才回来。女人满世界游荡,开始成为流浪人,穿捡来的衣服,头发一绺一绺散在脸上,明眼人一看就知道她精神失常。她曾在夜深人静的时候贴在房门上听我们的鼾声,她曾因思念过度,把碰面的人假想成她的儿子,伸手去摸,遭到人唾弃和拳脚相加,她还时常蜷缩在臭烘烘的垃圾桶边乱翻,对飞舞的苍蝇熟视无睹。我在回家的路上猛然看到她却不敢打招呼。她站在原地,我也停下来,一会儿看她,一会儿又不敢看她。她似乎认出我,丢下手中的洋娃娃,向我迈动脚步。我只有后退,我不知道她是把我看成是她的儿子,还是想拉我回家。四周无人,我的心一阵紧缩,怦怦直跳。黄昏里我看不清她手里的东西,她急急忙忙要塞给我。

也不知她真正的目的是什么,口里叫着她儿子的名字,还没到我身边,一股与腐烂、汗渍和鱼臭相似的味道先她而来。我刚想避让,她的手已准确无误地把东西塞到我手上。一辆大货车呼啸而过,我受了惊吓,鬼使神差地接下她的物品,转身跑进夜色中。我跑了好远才发现是两只发黑的香蕉,赶紧扔到路边的沟里,身后是她喊儿的兴奋的声音。我替她悲伤起来:你要是悲哀于这一生没有了孩子,你要是不能自拔于无尽的寂静,不妨想想,这世上曾经本就没有你儿子,他只是在你的肚子里偶然而来,那只是一具偶然的肉体,且放过他吧。在那样的思索里,我与远在省城的女孩断了联系,考上大学是当务之急。

我只在她家住了一个学期就搬走了。

溺水的人带走了他自己的全部人生,而留在世间的家人大气难喘。

我七岁时,我的叔叔在湖边的湾流里溺亡,当时他的大儿子四岁,小儿子才两岁,留下孤儿寡母,生活艰难;婶婶改嫁后,两个孩子过早地承担起生活的重担,大的只读完小学,小的也只勉强读完初中。现在他们已过中年,溺亡的气息仿佛还罩在他们头上,结婚,生子,建房屋,为儿子讨亲,为儿子带孩子。种田养不活一家人,又不想背井离乡,我为大堂兄在县化工厂谋了一份烧煤的工作,美其名曰司炉工。刚开始他受不了这刻板的工作,闹死闹活要换,烧锅炉耗费体力,使力气不说,红红的炉膛闷热难耐;大堂兄没有多少文化,换了一圈工作,换来换去还只有司炉合适,慢慢也适应下来。小堂兄种田之余,常年在县城打零工,他发现了一个秘密,一头栽进他发现的良机里——县城的人不干粗活,需要他这样卖力气的人。县城汽车站的门口,聚集了上街谋生的脚夫,找零工的主顾都来这里喊人干活,挑砂石、水泥、瓷砖,送电视、冰箱、家具,帮人去太平间抬尸,在送葬队伍里充数,卖力气不卖力气的都干。要价低廉,他们很容易满足,反正不要本钱,出点汗,干完活就拿现钱,这钱来得多么容易。中午在小店炒一份菜,一大碗米饭下肚,又不亏待肚皮。靠着一双粗大的手,每天清晨从乡下推个板车上街找活干,傍晚摸黑回家,在家里的饭桌上把一天赚来的钞票的卷角理平,然后数一遍、两遍,甚至三遍。我记得在县城偶遇小堂兄在街头拉板车时他低头向前的样子,侧影非常熟悉,喊他时,他抬头微笑露出雪白的牙齿看我。前些天,大堂兄打电话告诉我,自己刚从化工厂退休,高血压,糖尿病,不能再找活干;小堂兄胃息肉囊肿破裂,口腔吐血,差点送了命。我从电话里头的只言碎语中听出他的无奈,他已到了信天由命的地步。我在键盘上打着这些文字时,像夹着尾巴的狗,思绪飞到了家乡的上空,与那里星星点点的渔歌汇合,成为茫茫水上的失魄者。县城被水漫灌的场景历历在目:杂货店的货品被浸湿,生意人茫然无措,深一脚浅一脚行走在水中;大人愁容满面,孩子却满心欢喜;屋里家具快浮起来,水漫到了学校,在夜晚接通了月光,空旷的校园瞬间通灵似的明亮起来。

我在月亮下四顾张望,不知谁喊了一声"水鬼来了",安静的水面仿佛随时可以升起白浪席卷一切,吓得我与伙伴一哄而散。

幸好第二年我捧着录取通知书逃离开了县城。

我很多年来走南闯北,走得越来越远,渐行渐远中码头却越发清晰,成为我出发的原点。江湖两色始终没有融为一体,像两个倔强的人,互不相让,我也只是在复盘人间两个角色的存在。在成长的过程里,我越来越感受到溺水的经历对我人生的重要,我在细密的阅读里记下那些溺水的人。屈原、李白、王勃、陆秀夫、聂耳、陈天华、老舍、王国维等等。这些溺亡者中,聂耳的死,是个意外。有时在听《义勇军进行曲》之后,会想到一个英年早逝的人,他把生命的庄严融进了曲中。王国维自沉昆明湖,留下《人间词话》,境界一说,别开生面。端午那天,不能不想起屈原之死。我替有关单位装修审讯室的软墙时,想到有些撞墙求死的人,情不自禁用头在上面试了两下，没有疼痛，还是溺水的感受最接近死亡。溺亡的只是肉体，殉于道德的勇气，是需要一个洁净的身体的。这些年，经历一个书生向生意人的过渡，又从生意的蝇营狗苟里倒向做一个埋首书堆的人，与其说是对残酷现实的抗争，不如说是对自身的重新建构。我的母亲，曾在早秋的落叶中吐出最后一口气，她问我她的病有没有治的时候，多像一个溺在水中的人向我伸出手，我却无能为力。而此时我也在水中，不知向谁求救。

当一个人溺水时，据说他的一生历历在目。我现在写下这些文字，仿佛是在打捞自己沉到江底的支离破碎的生活。海明威说，一个人并不是生来就要被打败的。熟悉水性，与水过招，驾驭水，才能胜似闲庭漫步。

我若干年前在回乡的高速收费窗口见过立国，简单的交流中，他羡慕我是个溺过水的人，我知道他的一语双关，含着关切。我在十年前遭受了生意的重大失败，财富一夜归零，我的助理甚至替我挨过一刀，至今脸上还留有疤痕，妻子儿女与我一起受罪，我甚至在夜深人静时走到赣江边，想一头扎进水里。与他此后再无会面，一闪而过的影像更让我对他难以忘怀。码头停用后，作为轮渡的职工，转岗到高速管理局做收费员，他曾天真地以为是一件大好事，敲锣打鼓与同事庆祝过。在收费站工作后，他才感到有些单调和乏味。后来收费站招了一批年轻人，他提前下岗。我回乡过收费站时习惯性往收费窗里看，没再看到他。大概率是很难见到，我懊悔当时没有互留电话号码。后来我的车安装了 ETC，收费窗口变成了无人值守，再也没在过闸的车流里停留过。

湖泊的四季·冬春

◎ 陈元武

冬之湖境

　　秋后的山林,已经不见一片红叶,该落的都已经落下,连山柿子也落尽最后一枚果子。早晨,地上铺着厚厚的霜华。喜鹊和红嘴松鸦最早出现,红腹鸫和秋沙鸭在晨雾散去后,成群结队地飞掠过湖面。湖面灰蓝色,冒着腾腾雾气,对岸的山在厚厚的霜华中凝成淡紫的一抹定色。一阵冷空气过境后,一切都改变了。云舍里已经凝寒难耐了,需要燃火助暖,暄熹从炭炉里徐徐传遍周室。门紧紧掩着,风的呼啸让门一阵阵地抖动。感觉那股刺骨的寒气还是从某处钻了进来,不时被冷得一哆嗦。炭炉架上烧着热水,不时用来点茶。茶是普洱,放在一大器中,等待沸水浇沃。茶洇开后,满室的茶香,微苦,也微甜。茶汤酽如酱色,有人说是红酒的颜色,其实不对。隔着玻璃杯能够看到茶水的颜色,微红微紫,但总是深褐色的,在素瓷杯里,则浮着一层氤氲。

　　正午在外面的平台上晒会儿太阳。此时雾气大散,远远地望着湖面,水波潋滟,秋沙鸭在欢快地嬉逐,划破湖面的宁静,惊起一串串水花。呷——呷——尾音是尖而收紧的。风依旧带着砭骨的寒意,只是被阳光抿去了不少的清寒。隔壁的一对年轻人在露台上烧烤,烟气缭绕,那种刺鼻的烧烤烟在空气中飘得很远,不时撩拨一下我的神经。他们放着大声的音乐,似乎是流行歌曲。在酒精的刺激下,小伙子竟然脱去外套,只穿着健身衣,在露台上且歌且舞。我便又回到屋里,我实在不喜欢这样的喧嚣。也许我的精神境界太过严肃和宁静了，古板的神经容不得这样激扬的乐曲。于是我又到湖畔走了一段，直到那小木屋逐渐消失在山后，我坐在一片枯苇芒地上。四周没有一丝绿意，远山有一些松树，但那绿色也大打折扣了。

榛树和白蜡木，漆树或者是黄栌、壳斗科的树是常绿乔木。一半稀疏一半浓密的山林，让冬天的感觉变得错综复杂。榛树和白蜡木的枝梢光秃秃的，疏简成线描画。树在眼底下隐隐有些绿意，芽苞也在日渐圆满中，突起在枝梢，成为生命的特征之一。但很快，一场大雪不经意就来了。漆树是不耐冻的，冻过，枝梢就枯死了，芽苞也随着枯枝凋殒。不久，冻死的树枝脆断，一阵风过，断枝纷纷落下。夜里在云舍中听雪落的声音，唯美而动人。雪夜前，天阴郁了终日。灰黑色的天空里，看不出丝毫下雪的迹象，但雪还是在后半夜下了。起初窸窸窣窣的，越来越大地敲在铁皮瓦的车棚顶上，发出明显的声音。外边渐渐变亮了，向窗外望去，天地间一片灰茫茫，看不清天在哪儿地在哪儿山在哪儿湖在哪儿，只有混沌的一片，让人感觉，这才是冬天最美好的样子。想起过去玩雪的夜晚，在竹林里追逐着雪霰，漫天飞舞的雪似乎在跟人默契地互动。一片片鹅毛大雪，轻舞飞扬，但在撞向大地的瞬间，忽然就刹住了脚步，最后一瞬竟然是轻轻着地。

绍兴到嵊州距离并不短。乘夜舟赏雪酌酒，本兴已尽矣，故折返可也。想起古人的雅兴，率性天真，实可羡慕。而我却不需要在雪夜去访谁，我和故我同在，一室之内，是天地往来的自由，是天马行空的奔放。雪自在彼，我自在此，互不相干。我饮酒，品茶，拥炉而读诗，观雪而静思，我在我思，我思也因我在。想起有个禅宗公案。洪州新兴齐禅师曾与众人一起赏雪，说道："诸上坐还见雪么？见即有眼，不见无眼。有眼即常，无眼即断。怎么会得，佛身充满。"牛头法融禅师在讲《法华经》时，素雪满阶，法流不觉。庞蕴居士则说："好雪片片，不落别处。"在禅师们眼里，有雪与无雪是一样。有雪，则见明，无雪，则见空，这本是境外的心，与禅不禅的并无关系。仍然还在于一个心动。心动则喜，生分别心，喜好憎恶，这就不对了。所以，对于雪的态度，只是冷眼观之，浑茫无处，有雪即无雪，无雪方有雪。因暗而显明，因白而显黑。像雪中竹，无不黑白分明，而竹子明明不是白也不是黑，这就是所谓的错觉。观察与体验，是不相同的，体验是反思观察的现象，观察则看到表面的迹象。所以才说有有眼与无眼之别，无眼用心，也能体验雪的乐趣，察幽微于毫末，明棕绳于乱麻。一根线头抽剥到底，水落石出了。

所以说，"练得身形似鹤形，千株松下两函经。我来问道无余说，云在青天水在瓶"（李翱《赠药山高僧惟严二首》）。两不相干的事，无内在的关联。心是心，物是物。形不为心役，则心必旷达而圆满。形也得到解放，身与心俱欣欣然。于是再视，炉非炉，火非火，茶非茶，我非我，雪非雪，山非山。大地天然，无一觅处，天地之间本是一体，湖非湖，何处觅得胜景？原来处处在心。迤逦的远山，近处的山林、竹篁、草径、草舍和云台，俱一时不见，唯见心内湛明，如明月悬，彼此阒寂无闻，雪自下它雪，竹还是我竹，两不相干。想想，再想想，世上万物，可不就是这般道理吗？何有湖泊，何见其四季？是夜不复眠，静坐茫然，顾四壁皆空。

春天花瓣里的湖水

不知道从何时起，这个湖泊就存在了，但偶尔也消失一阵子。在秋冬干旱的季节，湖面缩成一痕细瘦的蓝，像镶嵌在大地上的一弯金属。不，微微带着点绿，但肯定不是块宝石。船横七竖八地躺在干涸的湖岸边，船桅折断，船帮被风吹得龟裂，油漆斑驳脱落。船底下长出稀疏的野草，因为有船压着，或者有一些湿润的气息，而风没有将那抹绿色带走。我决定在湖边小住数月，但后来竟然延宕到年底，也就有了一年多的时光。我决定将湖泊的日常写成日记，并记录下其随四季的变化。于是我留心起周边的一切。这个村已经空无一人，一些年轻人在这里搞了民宿，往东数公里就是石岙村，骅坪村在更西的罗公岭后。这湖是石岙村的地界，民宿的房子自然也是这个村的，山间的村多如此松散拖沓，像山上的石头似的散布着。

湖泊边是一围矮山丘陵，再往远处就是连绵的群山，湖泊夹在山间，在低洼处汇集了山间的溪水。四五条溪各自沿着山的缝隙游走而去，像血脉或者根系一样扎向群山。夕阳西下或者朝旭初现时，站在高处看远处的山，那些仿佛皮肤褶皱般的细节让我相信，湖泊是长在大地胸膛里的一颗躁动的心脏。随着连绵起伏的群山看到湖泊之上的世界，竟然和湖泊倒影里的天空错乱重叠，而太阳，就像启动这个伟岸身躯的马达一般。当清晨的光斜照进湖岸的森林，雾岚隐隐约约地浮起，似乎注定要成为湖岸清晨的一景。梭罗在瓦尔登湖畔生活了数年，详细记录下每一天的湖岸生活。我想，世界上优美的风景都如此相似，因此，感受湖畔生活的文字也应有相似之处。美，是由心生出的感觉，心则随着身，体验那种美和宁静。生命也有相似之处，就像树叶和草叶，或者昆虫以及树底下的菌类，从微处来，到著处尽。美是无形的，而风景是有形的，具体到每一片树叶、每一棵树、每一块石头。风中抖动的蛛丝，沾着夜露的晶莹，偶尔碰到一只早起的松鼠，会很高兴地问候它，而松鼠蹦跳在树间，并不太在意我的好奇。早起的雀子很多，蓝鸦雀、红嘴鸫、白头鹎、红腹雀鹛、幻彩蓝鹟、鹩鸪、斑鸠和松鸦。叫声混杂成一片，在雾里构成静中的一动。大地有脉动而无形，这鸟声就算是大地脉动的一种。松树间跳跃着松鼠和花栗鼠，红腹小松鼠和巨尾褐松鼠并不能相安无事，彼此追逐斯打，抢夺领地和果实。立冬后，松塔开始绽开鳞甲，一枚枚油褐色的松子半露出来，在空气中散发馥郁的香气。松塔无一例外都被松鼠收入囊中。巨松鼠通常将窝做在岩石缝里，但这样同样存在风险，就是容易遇到黄喉貂或者猪獾，也同样容易被山上的金钱猫发现。但巨松鼠并不惧怕它们，它的秘密武器是它巨大的尾巴和独特的腺臭。它尾巴的顶端，有一个开放的腺口，平常只分泌些油脂用来润滑毛皮，遇到危险时，就喷出难闻的腺臭，将天敌击败，连最不讲究的猪獾也不得不放弃这样的猎物。然而巨松鼠却从不对另一只松鼠使用这样的化学武器，红腹小松鼠因此能够平静地与其分享果实和领地。红腹小松鼠的巢穴通常在树洞里,离地十数米高。松树的节疤通常会演变成一个合适的树洞,或者是由松鼠掏出来,或者是野鸭遗弃的旧巢。松针是天然的床垫和保暖物。当然,它也会扯下许多身上的毛发来做一个温暖而舒适的窝。通常,这样的窝很多,到处都有,它也在其中随便堆放着松子或者其他的坚果。榛子是不错的坚果,橡子也是。更美味的是板栗和锥栗,壳斗科的锥栗多半是野生的,分布于山间土壤和腐叶堆积的地方。山间缓坡地,临近湖岸的山坡间,还有一种落叶木质藤蔓——三叶木通,俗称"八月炸""狗腰藤",往往攀附在高大的乔木和低矮的榛树和白蜡木之上,搭出一片藤蔓架。

　　春天是从何时开始的?大约是春分后。山里的冬天往往一直反复,比平原的冬天更加漫长些。立春前后,往往还出现大雪纷飞的天气。只是这雪已经显得不那么执着,只是一转瞬的工夫,就化得无影无踪。春分前后,雪就变成了淅沥的雨,一下就是十天半月,整个湖区就陷入了令人绝望的潮湿之中。雨后起雾,是山区春天最显著的特征之一,这种现象一直延续到深秋。白蜡木的嫩芽很迟才出现,而三叶木通的叶子更早就长成了。榛树的叶子和三叶木通的叶子纠缠在一起,大小相似,彼此难以辨别。直到花开各表,落花成果,彼此才分别出来。春分后第十五日,榉树花开,同时开放的还有山桃。木姜子花早一些开放,现在已经累实满枝。此时的湖边,泥土松软潮湿,脚步越来越容易深陷入泥泞,因此此时并不太适合在湖边散步。湖岸边的山桃花,粉红微白,大花瓣,绿萼蒂,枝节粗硕,有一层紫红色的树皮,花骨朵儿并不在同一时间开放,而更迟些的山奈花则与李花一样,白得让人浮想联翩。花朵白瓣绿萼簇集成密集的一大团,往往看不到树枝。李花开的时候,离清明就近了,山里人喜欢李花饼,蒸成花馍,或者包成花馅饼,面团上贴李花,蒸过后,花呈半透明状,紧贴着馍皮,或者深陷馍中。团成花饼就简单了,和面时下了李花碎瓣,揉成面团,或者剁成碎馅,加上桂花干、砂糖、橘皮细条,那饼可以炸也可煎。怀揣几只李花饼在湖岸走，不时撞见低飞的鹭鸟，远处的岙山角，浓雾笼罩，看不清山的形状。雾气在树叶上凝结成露水，沆瀣在地上铺成水泽。草叶湿漉漉的，树枝湿漉漉的，擦着身体，濡湿了衣袖，在前胸后背渍出一种莫名的情绪。此时的湖水有一股树叶的清香味，捎带还有些苔藓的微腥气。春天的湖水时常变化颜色，多半时候是灰绿的，明媚的波光，潋滟一片，特别是惠风和畅的晴日上午。湖面上有出渔的渔排，这里的人还沿用着中世纪的捕鱼方法：撒网和放带钩钓鱼。带钩也叫排钩，几百米上千米的长线上串了许多鱼钩，放上饵，浮一叶轻舟，趁着天未大亮，就将带钩放下去，到午后来收线。带钩两头系一浮标，远远就看见了。收线时，大大小小的各种鱼也随线收上来，这种捕鱼法简单，收获却颇丰厚。撒网捕鱼，则要一个高手，将罩网撒成一圆荷叶，袅袅地铺展开，缓缓落水，须臾收网，大大小小的鱼随网收上来，在轻舟的浅舱内蹦跶，那叫一个热闹。白鹭在水面上低回，伺机偷渔船上的鱼。

白云生处，是山村。山岙间，浓密的树林几乎将湖边遮个严实。风景往往是死的、固定的，但湖光倒影不是，天上的白云更不是，它们是动的，是游走着的风景。白云随着太阳升起，从雾岚状态升华，袅袅飞举。在半空中集聚，变成大的云团，或者被风吹散，倏忽无踪。古人诗中的白云，是浪漫主义的坐骑。人间的苦，未必人人可见，但人间的美，却处处可遇，有时发现它的是眼睛，有时候则要靠心去知觉。人是苦难的集合体，同时也是孤独的化身。人的许多心事是不可让人知晓的，也有许多小欢喜在内心深处销魂蚀骨，仿佛大渊里的雾，看似浓郁，但走到跟前却一无所有。人的心事是多变而复杂的，所以人才会有智的需求，也有倾诉的愿望。大造化境里，有悲喜欢忤，如天地有阴晴雨雪。"文偃问禅于睦州，州才见来，便闭却门，师乃叩门，问：'谁？'师曰：'某甲。'州问：'作甚么？'师曰：'己事未明，乞师指示。'州开门一见便闭却。师于是连三日叩门，至第三日，州开门，师乃拶入。州便擒住曰：'道！道！'师拟议，州便推出曰：'秦时车度轹钻。'遂掩门，损师一足。师从此悟入。"（《五灯会元》）。这睦州，也是个惜语如金的人。两个"道"字，一前一后，一有一无，前者道为有，后者复道为无。其实哪有什么禅机啊，就是寻常的道理，像开门和掩门。急掩门则伤足，过犹不及。常开门则多余，一身侧入，门何须常开？遂创"云门宗"，所谓"函盖乾坤，截断众流，随波逐浪"。万物具细纤微，作纷纭相，但总是只有一相，那就是无定形、无定势、无定性。天地万物如此，仅睹其一细节，那就是"有明"，无明与有明是相对的，理解上也各人有各人的看法。像镜子的正反面一样，人在镜前，影在镜后，一虚一实，但从镜子角度，其实是既没有影，也没有实，镜子在那里，并没有沾惹半点人影。看到影的还是人自己，而内心是决定的因素。影子有与无，对于镜子是没有明确答案的，但对于观镜的人还是有有影和无影的区别的，这区别的原因还是内心，心生菩提，就是这个道理。

湖水无所谓春夏秋冬，变化的只是水线高低，周边山林的变化是外在的，对于湖水本身，并无多大意义。鱼在湖中，是四季的参与者，也是表演者之一。轻舟、渔网、排钩、鹭鸶、天光云影、流岚回风，一切都不过是转瞬须臾的事情。梭罗说的那种密宗式的生活状态，大概指的就是生活本身并无波澜，却处处让人隐忧和思考。湖水究竟何味？我想，这也是没有答案的。湖水本无味，闻到味道的只是内心罢了，春光春花缤纷浪漫，毕竟只是一湖春水。拈一花对湖，湖便是内心，缤纷浪漫的是外在的世界，内心里仍然是死水枯潭般，并不泛起任何波澜。花在眼前，香在心间，湖在那里，心在湖中，并无花亦无春天。也许，我也并未曾感觉到花和春天，但确实已经内心湿漉漉的。

乌蒙草原重生记

◎ 卓　美

云的影子在侧面的草坡上跑过，一会儿跑一个，像时光。天空蓝得要兜不住它的蓝汁液，如果蓝汁液漏下来，有可能会漏进长海子湖，它们你中有我我中有你，是那么容易混淆。碗口粗的春风穿过矮杜鹃，穿过牛羊，穿过我们。牛羊正在收割还未泛青的草，草正在尽心尽力地喂养它们。远处的山抹着胭脂，矮杜鹃花做成的胭脂。我们身处的大山，胭脂又浓又厚。真的，我形容不出来，这数万亩在群山之巅、在罡风中决绝怒放的矮杜鹃花，它们所带来的热闹和苍凉。这种热闹跟苍凉让我恍惚——山是假山，花是假花，天空是假天空，我们身处之地，是不真实的故乡。我们在花山上走，像走进了另一种光阴，也像走出了另一种光阴。我有一种重生的豁然，尽管我晓得，真正重生的不是我，是乌蒙草原的草与花，是曾经在草原上开荒薅堆刨生活的乡亲。

父亲看哪里都新鲜得很，就像我们来的地儿不是他放了四十年绵羊的山头山脑。在驼峰群景区，在一堆被人们唤作"驼峰"的苔藓堆前，他蹲下来，双手扒开厚厚的苔藓堆，就像当年扒开羊脊背上的毛并拢四个指头量厚度一样。草的队伍从我们的脚下绵延到天边，不是一般的浩荡。如我们所愿，阔阔的草，占据了这片群峰托举出的广袤土地，草原有了草原该有的样子。父亲讲："这块草原，真的活过来了。"我心头一暖，继而，脑海里冒出来乌蒙草原浓烟四起的场景，然后，有种名叫热泪的玩意儿在我眼眶里滚动。真的，只有亲眼见证这片草原死过的人，才会在活过来的草原上百感交集,涌出热泪。

　　乌蒙草原地处贵州盘州、贵州六盘水城区和云南宣威两省三地交界处。这是一片由乌蒙山脉家族中的众多山峰托举出来的高山草原。站在这片草原上,日出日落的华丽以及裙边般层叠无尽的远山,通通为低处的风物。因为相中这片高高在上的草原,一九五八年一月,"国营坡上畜牧场"落户于此,我的父母就是畜牧场的第一批工人。多年后,来自威宁以及异国他乡新西兰的优质绵羊,也将这片草原当成了家园。而对于坡上牧场周边,二十里地以内的村民而言,当时的乌蒙草原还属于谁开荒谁耕种的荒草野地,于是,到草原上开荒的人一年比一年多,成片成片的草皮被揭开,东一块西一块的泥土裸露在大风中。"衣衫褴褛"成了乌蒙草原的样貌。

　　年平均气温十一摄氏度的乌蒙草原,种别的庄稼是成不了大器的,只有荞麦跟燕麦才能长成人们想象中的样子。想象中的样子,就是稀稀拉拉的样子,是很低很低的收成。庄稼跟肥料是两口子,缺肥的土地,不可能长出苗壮的后代,于是,人们只能想办法烧荒增肥。在古代,烧荒是一种御敌方式:"每到秋天,守边的将士出塞纵火,尽烧枯草,以此防止敌人来牧马。"近代版乌蒙草原式的烧荒有两层意思:一是将草原烧上一片,然后开垦成庄稼地;二是在早春的大风天,将头年的荞麦地犁开,用钉耙将长满杂草跟荞麦秆的土坨薅成堆,放火焚烧。一块荞麦地,少说也有二三十个火堆,这种火堆看不见火苗,它们以煻的形式完成焚烧,以烟的形式宣告存在。点上火,烧荒人就回家去了,或者到另一块地里薅堆点火去了,任凭荒堆煻一天到黑,煻一夜到亮。放眼望去,成百上千堆冒着浓烟的荒堆,为乌蒙草原布置出一种宏大的场景——焚烧人世的场景。草原失火,更是冬末早春时段常有的事。夜晚在山坡上跳舞的一条火龙,等你第二天去看,一整座山都变成了老黑山。

　　浓烟让人流泪,也让牛羊流泪。父亲只好吆喝着一群羊,从浓烟的阵仗里逃出来,往别处逃去。别处,是翻过云裳口子、绕过三个大湾之后的贵州第二高峰牛棚梁子。牛棚梁子也有烧荒的烟,相对稀薄一些而已。转场途中,那些刚出生十天半个月的小羊羔最遭罪,它们边走边往母羊的胯下钻,一路未停止稚嫩的喊叫,一路绊着母羊的脚。迫于生存,乌蒙草原上的牛羊学会了岩羊的本事,尽往陡峭的沟坡上爬,去寻活命的草。父亲披着棕衣,孤寂地坐在半山腰的大石头上,像一只收拢翅膀的岩雕。而真正的岩雕也学着父亲的样子,缩着脖子歇在更高的石脑包上。你无法知道,它是不是已经决定放弃这片草原,以及与之对应的天空。"彝人靠家支,老鹰靠天空,青蛙靠水塘。"再过几年,这块草皮上的牛羊就彻底没靠头了。彝族史诗般的谚语,被父亲给盘了出来。大风猛劲刮,群山,被忧郁的眼睛一遍遍梳理。

矮杜鹃蓬曾经是这片草原上折损过半的生命。矮杜鹃蓬被烧荒人连根刨起,晒干后成了村民做饭、煮猪食的柴火。长在山势稍缓地带的矮杜鹃蓬,被刨得只剩下坡顶的那几蓬,老远看去,山坡像一个光溜溜的人,头上顶着几丛乱发。矮杜鹃之所以匍匐大地而长,是为了适应风大雪大的生存环境,是为了尽可能地贴近温暖的大地。可在人与自然的生存命题面前,矮杜鹃的一切努力,败给了我们——一个集体的贫穷。"我请求寸草不生的三月/让杜鹃再站一百年/这是我们唯一的最后的出路。"(阿诺阿布《死去多年的杜鹃站在苍山上》)那时候的我,还没有读过这样的诗句,即使读过,除了给悲伤绝望抹上一点儿诗意的蜜糖,再无别的用处。

"山是骨骼,水是血脉,草木是发肤。""我们原本是天神放牧在草原上的绵羊,我们领略草原旷世的孤独。"在彝族的文化理念里,崇尚自然,是生而为人的起码底线。崇尚自然,是族人对自我灵魂的一种观照。在方圆几百里流传的彝族毕摩经书里,矗立于乌蒙草原上的牛棚梁子,是一座神鹰翱翔的圣山——大梭柏山。很久以前,每年的三月初三,周边的彝族先民在毕摩的带领下,聚集到牛棚梁子山下举行祭山仪式,向这座圣山献上祭品、祝词和歌舞,感谢大自然无私喂养大地上的一切生灵。在二十世纪的后几十年里，这种仪式一度中断。有客观原因，也有人的精神需求与生存现实之间的差距所衍生出的抓狂和浮躁，更或是在千疮百孔的圣山下，在草原的啜泣声里，我们羞于呈现这种仪式。我们吟诵不出诗意的祝词，我们唱不出想唱的颂歌。云裳口子的光芒，一次次显现，放羊人与烧荒人，一次次双手合十，可福禄双至的生活，依旧是遥不可及的远方。

没有雄鹰翱翔的草原还能叫草原吗？矮杜鹃退居山顶的乌蒙草原还能叫乌蒙草原吗？没有草原的牧场，还有多少生存下去的盼头？羊吃不饱肚皮，你一个放羊人还称职吗？父亲习惯于用叶子烟明暗不定的烟火，来缓解他毫无用处的愁绪。从另一个角度讲，父亲毕竟是从农村出来的，对那些烧荒人，对跟他一样挣扎在大地上的布满虫洞的草芥生命，是抱以深刻理解的。尽管种下的荞麦收成极低，但再怎么低，总能解决烧荒人家三月两月的温饱。这已经很值得了，值得村民走上三个小时来山上开荒种地，值得村民将甜荞、苦荞和燕麦当成星星月亮来收割了。日子里的希望，不就是零星的生活的火星凑成的光芒吗？长风浩荡，四野苍凉。你看，土黄灰齐头贯耳的烧荒人，如果愣在地里，活生生就是一把站起来的脸上有泪痕的黄土。有一段贬打高山姑娘的段子是这样的："凉山姑娘大花鞋（音hai），大长辫子甩起来，羊皮口袋扛起来，苦荞粑粑滚出来。"有苦荞粑粑装在羊皮口袋里，已是万幸。放眼望去，在这块土地上刨食的，没有一个不是饿怕了的人。在这样的光景里，让村民们停止开荒，保住乌蒙草原，保住水土，困难可想而知。

二〇〇二年一月，有一场意义深远的春风从遥远的北京吹来，吹过乌蒙山脉的沟沟梁梁。国家全面启动的退耕还林工程，不是这绿汪汪的几千丈春风，还能是什么？当年，盘县县委就将"建成珠江上游重要生态屏障"作为了盘县经济社会可持续发展"三大战略目标"之一，退耕还林、退耕还草工程，在盘县全境开始实施。从此，盘县走上了生态与全域旅游并肩发展的全新征程。毫不夸张地说，以国家出资补贴促进退耕还林、还草的政策,实在是一种釜底抽薪式的生态环境治理方式。有国家补贴,把土地还给草原,村民还得心甘情愿。

就在这年的早春,乌蒙草原上的烧荒节气还未结束,无数的烧荒堆还未被村民扒散,甚至在烧荒堆冒着的滚滚浓烟里,春雷落地了,春雨疏疏而下,春风日夜奔走相告,青草玩命儿长,从每一把消停的泥土里。让烧荒人没有想到的是,他们亲手薅拢的那些个荒堆,因为自身为肥,堆上生长的苔藓或杂草总比其他地方的壮硕。每到秋冬季节,这种比地面高出一尺多的驼色的草堆子,就成了乌蒙草原上的特别风景——"驼峰群"。停止开垦,烧荒的人成了大自然的画匠。

二十年的生态恢复,让乌蒙草原的元气恢复了大半。草皮变厚,矮杜鹃慢慢往山下扩张领地。今天的乌蒙草原,成了国家 4A 级旅游景区,成了花草的天堂。而身居乌蒙草原腹地的坡上牧场,悄然退出了历史的舞台。除却在外工作打拼的,第二代、第三代牧场人基本都成为景区的员工。曾经的放羊人,成了草原的守护者。

对于草原周边的村民而言,致富的目标有多条道路可以抵达。下排村的杨三哥,也是曾经的烧荒人。现如今,在乌蒙草原景区,他家有一间固定的餐屋。每天早上九点,他家的小轿车一准开进景区,小轿车的后备厢里,全是牛肉羊肉、洋芋豆腐和瓜瓜菜菜。我们进餐屋吃饭,他们两口子边跟我们讲话边干活儿,忙过来忙过去的,脚底生风。我问杨三哥一年能挣多少,他只是告诉我,现在一年辛苦得来的钱,抵得过原来一二十年的收入,"在景区,只要人不懒,即使是卖风筝、卖烤洋芋和烤鸡蛋,小打小闹地也能把日子过活泛了"。在杨三哥看来,只要勤劳,依靠景区致富,并不是什么大难事儿。乌蒙草原周边的村庄——落机壳村、下排村、海子村、坡上村、洼泥沟村,这些村庄的名字,是刻在我骨子里的名字。再次走进这些村庄,可以说,是我的身体跟精神的同路抵达。我很欣慰,欣慰我走进的是活着的村庄。活着的村庄,就是当你走进它的时候没有空寂感,当你走进某栋漂亮的小楼,进去的是一个家而不是一栋生冷的建筑;活着的村庄,是通过种乌洋芋、养蜜蜂、养土鸡、开民宿、开餐馆、在景区就业等多种途径致富的村庄。

鸟群从空中落下来,像一把种子。牛羊或吃草,或半卧打盹儿,它们居然在矮杜鹃花的汪洋里打盹儿。三月初三,牛棚梁子山下旌旗猎猎、锣鼓喧天,我和我的族人在经师毕摩的带领下,举行了一场规模空前的祭山仪式。我们以万分的虔诚为圣山拜献祭品、祝词和歌舞。关于祭品,我想,曾经消失的花草树木,也应当是一种祭品。它们,是国家发展所承受的疼痛,它们是为今天的蓬勃付出的生态代价。万幸的是,我们懂得了忏悔,我们将天空还给了白云和岩雕,将树木还给了森林,将秀水还给了江河,将草原还给了草原。祭山仪式,除却感谢自然绵延不绝的奉献,还有一层重要的意义——感恩我们有幸见证的"绿水青山就是金山银山"的伟大时代。

山江安澜

◎ 罗　铮

去三百山，伴着微雨。初秋，暑气渐消。此季爬山的最佳伴侣莫过于微雨，雨点淅沥，斜斜地拍在脸上，为天地间挂上了一道珠帘。往往还夹带着薄雾，雾气忽明忽暗，宛若仙境。

一块巨石撞入眼帘。"一定要保护好东江源头水"十一个大字，映衬着周恩来总理对三百山和东江源的关切与期许。六十年前，香港遭受历史罕见大旱，每四天供一次水，一次只供四小时，致使三百五十万人陷入饮用水困境。危急时刻，经过反复比选，人们把目光投向了离香港最近、水量最充沛的东江。一九六三年年底，周恩来总理特批中央财政拨款三千八百万元，修筑"东江—深圳供水工程"。但是，这个工程难度极大，关键点在于要将五十点五公里的支流石马河逆流回调，从海拔两米一级级提升至四十六米。尽管如此，一向善于创造奇迹的中国人民还是啃下了这块"硬骨头"。短短一年时间，施工装备十分简陋的工人们攻下了无数难题，克服了多次水灾、台风等极端天气，建成了八十三公里河道、八个抽水站、六个拦河大坝，硬是把东江水逐级提高至四十六米，越山倒流进深圳水库，再经三点五公里的输水涵管传入香港，彻底解决了香港人民的饮水之困。

忽然间，籍籍无名的东江走到聚光灯下，家喻户晓。尽管东江与孕育它的赣南土地一样低调内敛，但它却实实在在有着一段令人崇敬的历史。早在公元前二二一年，秦始皇派遣六十万兵马南征百越，大军就曾穿越赣鄱，饮马东江。西晋八王之乱、唐朝安史之乱、北宋靖康之难等数次战乱，

322

更是逼迫中原百姓挈妇将雏举家南迁。包括东江源区在内的赣南大地，以宽广的胸怀接纳了一拨又一拨颠沛流离的南迁客，渐渐成为客家人的主要聚居地和客家文化的发祥地。携带先进生产力而来的客家人也投桃报李，以惊人的勤劳勇毅伐木垦荒、筑坝造田，把苍莽的群山开垦得阡陌纵横，连陡坡狭隘、沟边坎下也充满生机，让赣南的吸引力愈发提升。随着南迁的民众越来越多，他们以赣南为中转地，继续沿东江南下，向粤北粤东扩散，开启了新的融合与传承。于是，东江流域逐渐成为多种文化的交汇地，闪耀着重教崇文、兼收并蓄、与时俱进的熠熠光辉。与此同时，热闹的东江还承载了从赣江转运而来的犀角、象牙、翡翠、珠玑等奇珍异宝和丝绸、瓷器、茶叶、铜器等精美商品，它们从全国的各个城市各大口岸集聚广州，再经由"通海夷道"远销海外。遥想东江当年，一艘艘满载货物的船舶扬帆远航，该是怎样的波澜壮阔。

"护源石"旁，一口清潭似未磨之镜。"这是福鳌塘，东江的正宗源头。"随行的朋友语气里充满自豪。我仿佛看见山间无数溪水泉流争相奔腾，一到福鳌塘就安静下来，感悟静水流深的奥义。正是这一方碧波，翻山越岭，川流不息，在广东省龙川县合河坝与寻乌水合流，玉成东江。这条充分汲取了红土地营养的大江，流经和平、河源、紫金、博罗、惠阳，在东莞的石龙与珠江汇合注入狮子洋，再由虎门流入南海，绵延一千余里，滋润着广袤的南粤大地。

雨渐停。沿福鳌塘进山，只见重峦叠嶂，处处奇峰异石，汩汩溪水声不绝于耳，树木藤蔓挤搡交缠。白雨跳珠后的片片青绿打在眼眸，世界瞬间透亮了许多。云雾湿湿的，升腾于悬崖峭壁间，婀娜多姿。狭窄的漫云栈道像一根纤细的腰带，蜿蜒缠绕在厚实的山腰间。朝山谷深处呼喊，回声阵阵。空气中每立方厘米负氧离子含量高达十万个，深吸一口，似乎有股淡淡的甜味。

"白鹇！"有人喊了一句。众人顺着她的手指望去，一只上体洁白、脸赤红、头戴羽冠的鸟儿在林间踱步。能让自古"尤难畜之"的白鹇闲庭信步，必定是无可争议的宝地。"不止白鹇，在这儿生存寄居的野生动物有一千三百六十一种，还有三十余种国家重点保护的高等动物。"向导见怪不怪。我不禁浮想联翩——那些藏在密林深处的蓝喉蜂虎、领鸺鹠、白眉山鹧鸪、凤头鹰、黑翅鸢、褐翅鸦鹃、赤腹鹰，究竟是何种模样？还有更加难得一见的白颈长尾雉、黄胸鹀、海南鳽等国家一级野生保护动物，会是何等的惊艳？

水瀑声骤然变大，"东江第一瀑"到了。青山叠翠间，汇集了福鳌塘和大小溪流的飞瀑翻滚着白色的浪花倾泻而下，直坠百米深潭，珠玑四溅，气势雄伟。

天生丽质的三百山，的确是涵养水源、保持水土、净化空气的福地。但光有天资是远远不够的，更重要的是后天的保养与呵护。半个多世纪以来，安远上下牢记东江源区的使命，在自身发展受限的情况下，仍然通过最严格的生态环境保护制度和措施，投入大量人力、物力、财力加强生态文明建设，植树造林、疏通河道、清除垃圾，全力保护生态环境和水质安全。

近六十年来，福鳌塘的源头活水连绵不绝，为流域沿岸、珠三角和香港等地输送了清冽的生产生活用水。"东江-深圳供水工程"的一代代勘探和运维人员将这条水源生命线的年供水能力由最初的零点六八亿立方米提升至二十四点二三亿立方米。广东和香港人民也饮水思源，一次次来到三百山，来到东江源区，或植树造林，或捐资助学，或投资兴业，表达对源区人民护水养水的崇高礼赞。

回到"护源石"，已云开雾散。巨石背面，东江浩浩汤汤的路线一览无余。我们更加理解了"护源"的重大意义，更加理解了设计者的良苦用心——石高五点二三米，与东江流域全长五百二十三公里相对应；宽三米，代表赣、粤、港三地；底座长四点六五米，缩微了三百山距香港的四百六十五公里；形似手掌，寓意"用手护源"。此时的福鳌塘，依然静如止水。

东江，这条质朴、纯粹的大江，给流域人民带去的不仅仅是水本身，更是一种历史悠久、源远流长的文化，是我住江之头、君住江之尾的守望与情谊。数千年来，它流得安静、深远。

轻风拂过，山江安澜。

循着流水的踪迹

◎ 草　白

大雪节气后的第一天，我来到这里。

黄岩，上垟乡，前岸村，白鹭湾湿地公园。黄岩位于浙江黄金海岸线中部，东部属温黄平原，西部是山区。西部永宁江上游境内有长潭水库，于高空俯瞰宛如一条碧玉丝带，库区四周林木繁茂、层峦叠嶂。白鹭湾湿地公园恰处于水库西南角，从黄岩市区出发，沿途山路蜿蜒，冬日的枇杷花缀满枝头，散发阵阵幽香。

下午四点光景抵达。天虽阴着，却透出温厚、连绵的暖意，宛如远山蜿蜒的轮廓线。此刻无风，气温适宜，不像深冬的肇始，倒似暮春骤临、大地回暖。大自然非常神奇，单是气温就能营造季节的错愕感，让人几日之内穿越四季。仅在三四天前，这片湿软的土地上还下过雪粒子，寒风像凛冽的刷子呼啸着刷过一遍后，又仓皇地逃离而去。

来这里是为了看红杉林，此前留下的图片及视频显示它们种在水里，火红的叶片宛如冬夜绚烂的烟花。可眼前没有水，所有的水瞬间退去、消失了，它们溜进石头缝里，被泥土里的深渊吸走，也有可能是被某种奇异的事物带走。水底成了旷野，成了一片铺着落叶的泥地，高低不平，坑坑洼洼，间或长着已呈枯索状态的狗牙根，根茎细长呈竹鞭状，匍匐着，却紧抓着泥土不放。由此，地面像是盖了暖软的大毯子，东一块，西一块，毛茸茸的，好似在传递土地深处的密语。几乎难以置信，脚下踏足之地原本是一片水乡泽国，可以种植睡莲，可以养鱼，水位上涨时甚至可以划船进入，从东边长潭水库漫溢过来的水流能将整个空间盈盈注满。

今年夏天罕见的干旱,降水量奇少,向阳坡地上的茶树被晒伤,桂花树一半黄绿一半焦枯,此地的池杉树也失去水的庇护。没了水,航拍镜头下的红杉林沦为普通的林地,少了水波与摇曳生姿之美。如此,却方便我穿过这片宛如旷野般的地面,深入原本只有水可以抵达的地方。

它们占地广阔,一眼望不到边。当初,流水退去,泥土和碎石一点点裸露出来时,最先占领这里的大概便是蒲公英、小蓬草、茵陈蒿、谷精草、酸模以及艾草等微不足道的植株,反正它们喜爱水田、溪沟、湿地,也喜温暖潮润的气候。那些草籽或随风而来,或原本就在泥里攒着,一俟得了机会,便见缝插针地附着在温软、湿润的地表,再也不肯分离。而角落的低凹处,以及裂缝的深处,还残留着流水来过的痕迹。当穿过红杉林,双脚踩在杂草织就的深褐色方阵里,那种感觉尤为强烈,这里曾经是河底的迹象也更为显著,被溪水冲刷过的卵石缝隙里夹杂着灰白色的螺蛳壳及贝类碎片,残留的木桩上布满青苔及被水濡湿后的黑色印痕。

库区里的水确实来过这里,并上涨到坡地及更高处,它漫过草皮和树枝的根部,并向着树干处攀爬而去。但不是所有树都像池杉或水杉,可一直浸种在水里,比如红枫,它就不耐深水淹浸,会因根须腐烂而死去。沿途,我看见一些倾倒在地的枯树,叶子早就没了,连树皮也剥落了,树身呈灰黑色,断茬处是乌黑,那是深度腐烂变质的颜色。我不知道那是不是红枫。作为一棵树,腐烂后也便失去了辨认的意义。

这曾经的河滩、如今的旷野上,还有很多这样的孑留物。流水来不及带走它们,它们暂且等在那里,慢慢地,便等成了旷野里的物质。假如你观察得够仔细,或许还能发现路边草丛里的叶片似向着同一方向奔逐而去,可能被疾驶的流水带着走了一程,终究被抛下了,或许是不愿随波逐流。那些蓄积的水应该是一点点小下去,它们往低处流去,往草丛和树的根部蜿蜒而去,当流水各自为政,四散而去,便是失踪的征兆。

此刻,空气中仍可见颤动的涟漪,那是晚风带来的。暮晚时分,眼睛看见什么便是什么,自然的纷呈是人类的感官所无法捕捉和企及的。

当我站在坡地上遥望这片广大、绵延的区域,心里忽然生出一股强烈的认同感,就像游客对异域沙漠的认同,它的亲切感基于精神层面而非感官表层。人文主义地理学之父段义孚曾在一篇文字里描述过这种感觉,他以为这种认可与日常的熟悉感无关,而来源于精神上的肯定。人对某个地域刹那涌现的情感,大概来自身体以及心灵所获得的呵护。

此前,我从未抵达过这片红杉林,但记忆里的某个黄昏一定在类似的河滩边行走过。那既是我一个人的河滩,也是一大群人的,以至当穿过红杉林望见这一片河滩湿地时,内心深处即刻响起类似"叮"的一声。熟悉,惊诧,人对自然的记忆会在某个瞬间忽然复苏。那一刻,我想起河滩,湿地那边肯定有一条大河,它通向水库,通向某个遥远的往昔。我和少年时期的朋友曾在某个河滩边度过许多时光,那些时光最终凝结成一个隐秘的小宇宙。我与这个世界的联系大概便在那时候建立,那时留下的气味、声音和影像,成为其后所有情感的源泉。

这个黄昏,当我穿过红杉林站到那片坡地上,眼前出现一潭碧色池水,像文物一样留在树、堤坝与坡地围拢而成的低洼处。它们倒映着淡墨色的树干、迎风摇曳的芦苇茅草以及一棵手指粗细的幼树,后者或许还是水流退后那段时间里迅速生长出来的。

那些沉默的池水,内向、拘谨,好似万事万物一旦停止流动和交换,也便将自己永久保存下来。我捡拾着四周散落的卵石,又白又干燥的石头,小而不规整的石头,这里的地貌很像堤岸的雏形。

安妮·迪拉德在《听客溪的朝圣》一书里写道,在她心里住着三个快乐的人,第一个收集石头,第二个看云,第三个网罗世界各地的海水。收集石头和看云,我都做过。而第三个采集海水的人,我也有幸结识。她不仅每到一地都要取水放入瓶中,还在瓶身上记录日期、气候、经纬度,并千里迢迢寄送回家。我不知道她的小屋里储存了多少海水，那肯定是世界上最大的屋子，不仅装着浩瀚的东海、南海，还有大西洋和太平洋，从此，大洋和大海定会在她的梦境里翻滚、掀起汹涌的风浪。

刚才，这一路上，我也捡了石头、树枝、禽类羽毛、池杉的果子，在与它们一一握过手后，又将它们放归原处。我总觉得它们还有机会再次流动起来，等大水来的时候——总会有那么一天的，大地不可能永远这样干涸下去。

因为有水的暗中庇护——这片土地如此丰富，似乎什么都有，继草坡、河道及水潭之后，视野里出现一片开裂的板块，湿软、黏糊，移步前往，脚下不断有水汁冒出。地表覆盖着蒲公英、车前草、地衣等绿植，有些还是从裂隙里长出。想起炎夏季节的水稻田，被太阳暴晒开裂，即使后面蓄了水，也很难短期愈合。

这开裂的板块，是缺水，也是水曾经来过的证据。我的脚踩到那裂痕上，双腿一颤，差点儿滑倒在地。底下还有水，水掉进裂隙深处，需要更多的水才能将它们拯救上来。曾经，我做过这样的事，不停地往一块濒临干涸的水田里注水，我们很怕田底出现裂隙，当裂痕越来越大……便再也无法拯救了。由此，我知道流水是不能中断的，那蓄水的容器更不容许出现裂缝。

即使河滩已成旷野，流水的踪迹仍隐约可见，它们来过，此刻还在这里，不过是隐匿和潜伏下来。我看见无比熟悉的鼠曲草长在艾草和小蓬草中间，开柠檬黄小花，其叶是清明粿子的原料，是我小时候经常采撷的。我熟悉每张叶片上的绒毛和灰尘，也闻过焯水后好闻的青草味。没想到它们也在这里。注目的瞬间有时光倒流之感。越来越多熟悉的事物出现在眼前，我不知道前面还有什么，只一味走着，看个不停。我看见一艘废弃的木船，船舱里灌满泥浆。木船边上，落着沾满尘土的渔网，箩筐似的叠成一堆。与自然界的生机勃勃比，人类活动留下的痕迹显得暗淡而突兀，毫无美感可言。

那一刻，我似乎听见水声。当循着那片开紫花的藿香蓟径直走去，果然看到一条约半米宽的溪流，它欢快地流淌着，就像一条浅褐色绸带在风中自由地扭动身姿，可声音如此微弱，很像叹息。无疑，它充满活力，一刻不停地流着，将漩涡和动荡藏起，将战栗和激情掩藏，呈现出一副舒缓、从容的模样。终于，它在流经一个低处的坑洞时，甩出了漩涡和水花，同时将涟漪扩散至下游，以至整条溪上都闪着水的皱褶、潋滟以及波纹。声音也在那一刻出现。水的声音，该怎么形容它呢？它们真是美好，就像小鹿饮水发出的声响，就像溪的喃喃自语，也像风的呓语，它根本不想被别人听见，只要自己听见就够了。可那个声音，只要耳朵听过一次，便再也无法忘记。

　　什么时候，我在别处也听过那样的声音？然后又忘却了。我一路走，一路听着似有若无的水声，想着很久以前听过的声音，它们还在我的耳边回响——有时通过风声，有时通过冥想或音乐回来。这片河滩忽然变大了，无限地扩张，囊括了所有，什么都可看见，什么都可听到。我只想一直走下去，好像如此便能走到与童年接壤的地方，走到某个熟悉的角落里。

　　很多年前，那个春天，我住在一个山谷里。房间对着一条进山的小路，芳草幽美，落英缤纷。白天，空气中洋溢着透明而馥郁的馨香，到了夜里，它们躲进一个个房间里唱歌，歌声飞到很远的地方，在山谷里萦绕、回荡，吸足水后又返回我的窗下。来自远方的声音，比花朵、石头、风还要遥远。除了歌声，天地变得无比静谧，好像我拥有在山下时所没有的感觉器官，与别人不同的鼻子、眼睛和耳朵，世间万物都落入其中，无一遗漏。我并不知道山谷里那些草木的命名，也不想一一分辨和知晓，但我能感觉到它们的存在，一种神秘的能量因我而来，聚集在我身边。

　　此刻，暮色笼罩下的这片湿地，也予我这种感觉。与身处人群之中迥然不同的感觉。在我面前，世界在原有的基础上变得更为开阔了，此时此刻出现在眼前的事物，这些石子滩、草甸、芦苇荡、池塘、红树林，这片漫无边际的湿地，就像那山谷里的事物，被置于不同的时空维度里，从而获得另一种观看和感受方式。

　　在此过程中，肯定有什么东西被隐藏起来了。只有水以不同面貌呈现，整个世界都在水里，都将获得水的滋润，也有可能是侵扰。越往湿地深处走去，越是如此。小溪到处流着，早已远离原先的溪床，无拘束、无障碍地奔流，或戛然而止，或忽地藏进地底深处，隔一片草甸、一块坡地，又汩汩冒出来。

　　那么多水，无穷无尽的水。浙江因地处东南沿海，又河网密布，七大水系贯穿全省，湿地面积占比远多于内陆地区；而湿地作为水生和陆生系统之间的过渡性地带，天然蕴藏着无限可能性，好比人体的肾脏，它主水、主骨、主纳气，是整个生命的原动力。

　　白鹭湾湿地公园位于库区，山林那头就是长潭水库，虽目力不能及，却时刻感知到浩大水源的存在。脚下盛开的野花与丛生的灌木便是对此的呼应，它们顺着水迹蔓延，以不同状貌交替出现，逼着我去一一辨认，随着暮色一点点从低处漫浸上来，我再次发现鼠曲草、蒲公英、艾草和酸模的踪影，或寥寥几株散淡地现身，或呈单一规模的聚集状态。最多的是蓼子草，紫红色叶片，花蕾也为紫红色，铺满一地，像软垫。据说，蓼子草蜜质浓稠，色香味类似荞麦的蜜，是群蜂过冬的好食物。

　　我出现在那片蓼子草身边的时候，并未发现蜜蜂的踪迹。这种半冬眠的动物大概还躲在蜂巢里取暖。有一次，在都市的马路边，我蹲在一丛三色堇前，看蜜蜂在不同的花瓣间飞舞，选择性地进行类似"吮吸"的动作，发现它绝不在刚刚盛开或含苞待放的花蕾上工作，它的对象是处于全盛期的花朵，第一次明白什么叫"博采众长"，这个成语是对蜜蜂工作的最好注脚。

菖蒲与茶

◎ 储劲松

云上蒲谷记

云上蒲谷,雅草菖蒲的居所,深藏于古皖国潜山塔畈乡。

乡中多高山深涧,溪涧中多石菖蒲,古人谓之"尧韭"。尧是上古贤帝王,也是神祇化了的原始宗教领袖,菖蒲形似韭菜,尧韭之名,想当然由此来。

壬寅秋七月,我携新书《草木朴素》穿山越河访问云上蒲谷。扉页题曰:

> 凌双全先生性喜菖蒲,虽未一谋面,而心实慕之。以为山林之同道,俗世之知己也。尧世嘉草,蔚茂于塔畈之蒲谷;神仙所珍,集萃于青山之陬隅,良可思恋也。

钤一闲章:山水清音。

云上蒲谷的主人凌双全,自号"江北草痴",又号"尧韭涧散人",半生甘作尧韭侍者,痴爱菖蒲甚于性命。我也喜菖蒲风雅,清供有年,曾以《菖蒲月令》为题写此草万余字。凌双全偶然见到这篇文章,以为正合其心意,由是微信上结缘,且以菖蒲的名义,再三邀请我到云上蒲谷晤面。

三年大疫,行止处处受限,心间常积悒悒,今夏又兼久旱不雨,酷热难逃,闻说塔畈山高水凉,人情朴美,与我仅有数山之隔,于是驱车过访。潜山文化旅游协会秘书长李五四,潇洒文士也,是我的旧知,也来赶赴菖蒲之会。

大别山中处处奇花瑶草,溪流乱石之间菖蒲遍生,土著之民习见,不以为宝。山民所宝者，崖柏、岩松、大别山五针松、幽兰、石斛、灵芝、美玉、奇石、野菌之类，往往搜山索谷苦苦寻觅，对菖蒲则视而无睹。殊不知，草中"四雅"之一的菖蒲，在往古之世，连天上神明也备加爱重，所谓"菖蒲九节，仙家所珍"。中国古代文人，必置菖蒲于几案之上，与纸笔墨砚同列，有"无菖蒲，不文人"之说。不知也好，人性往往贪婪，若知此草风月故实，必竭泽而采之，以为奇货，以为方物，持之献媚或求利。世间事物，往往顺逆荣枯如此。

初见凌双全，他刚从地里翻山芋藤归来，满头满身汗水。怕我不懂，他弓腰垂臂比画劳作姿势。其实我生于山中蓬门，岂有不明白之理。山芋藤匍匐于地上，沿藤生根结实，若不适时翻检一遍，结出的山芋比蜗牛大不了多少。年少时，我也曾跟着家祖父，在雨后骄阳下翻过山芋藤，其时山芋初花，紫艳可爱。

"江北草痴"是真痴，"尧韭涧散人"未必真萧散。

长年在田地里劳作，凌双全的脸膛晒得红黑。与菖蒲为伍多年，他的心间一片碧绿。农作是根本，菖蒲是雅好，二者难兼而他兼之。这个外貌粗犷的山里汉子，骨子里是雅的，就像他抄写古今菖蒲诗词文章的字。大先生鲁迅曾说："雅要地位，也要钱，古今并不两样的。"显然，地位和钱，凌双全暂时都还没有。事实上，他正面临着生存的困境，菖蒲和农活一左一右把他扯得生疼。如他自己所言，一个起早摸黑兴田种地、整日为柴米油盐操心的人，连坐在工作台前的时间都难得，焉能安心从事菖蒲文创？

凌双全在苏州待过多年，以创作菖蒲盆景为业，六年前携原籍苏北的妻子回到故乡，志在建设菖蒲盆景园。鼎盛时，其菖蒲文创作品有两千余件，但凡山石、古青砖、陶罐、瓦片、油灯、砚台、粗瓷大碗、树桩、竹根、炭篼、筷子箩之属，皆信手拈来，无不成创作素材。一丛菖蒲数寸青苔点缀其间，作品又古朴又清幽，深得古人遗意。他的艺术感觉是很好的，参品物，法自然，心手相契，颇多佳作。作品在网上一展示，随即被菖蒲爱好者抢去。这一两年,受疫情和诸多因素影响,文创产品市场不太景气,他为生计所迫,农务之余,与邻里人家合作开办云上蒲谷民宿,作品数量有所减少,加上菖蒲盆景园的建设用地迟迟未批下来,信心也稍稍受挫。此次他邀我和五四兄来,也是想听听我们的意见。

理想又高又远,是轻盈的;生活又低又重,是实沉的。我并无高见,无非劝其坚持、忍耐,等待时机。劝勉之语貌似无用,甚至轻飘,但古今以艺名家者,无不历经百千磨难,矢志不渝,穷而后工,这也是事实。痴迷于物者固然为物所役,却是心甘情愿的,不畏道途艰难的追梦者,最终又必然得到神灵的护佑和加持。有慧根又痴迷于蒲艺的凌双全,其实根本无须相劝,他是不可能舍弃菖蒲的,那是他生命的意义所在。

茶叙之后,凌双全领我和五四兄欣赏他的作品,参观他选中做菖蒲盆景园的那片竹林,谈他设想中的园中仙景,手指脚画,言语滔滔。这样的人需要劝吗?他的"执",怕是九头象也拉不回来吧。久执必破,破的是艺术之局,也是生存之局,这是道理之常。

是夜,田蛙击鼓,草虫作歌,山风摇松竹,溪水奏清曲,与李五四、凌双全夫妻和村中几位老妇人,团团坐在凌家老屋里喝高粱醇酒。先贤说:"酒为欢伯,除忧来乐。"岂不然乎?几杯老酒下肚,凌双全全然忘却俗世之忧,敞开心扉,畅谈屋后的白崖古寨,谈村中峡谷里残存的宋代黄庐古道,谈乡村旅游,谈理想中集菖蒲艺术、康养、民宿为一体的云上蒲谷康养艺术村,眸如星转,话如急雨,意气风发似少年。

酒后,几个人在乡野漫步。溪中的月影星光、路旁的瓜架豆棚、半空里提灯飞舞的萤火虫也似酒醉,趔趄踉跄,东歪西倒。斜眼望天上月,如藤上扁豆,被风吹得来回晃荡。它是紫色的,如山芋的繁花。

进入塔畈乡以来,我一直在想:塔畈塔畈,有塔之畈,以塔为名的畈,怎么能没有塔呢?据说原先是有古塔的,塔名"大圣",数十年前毁于人祸。真是可惜。

回转途中,忽然望见溪流中的巨大青石,一块接一块地飞起来,在凌家老屋前方的田畈上一层层无声而迅速地累积,几秒钟后,一座高塔耸然屹立,直指明月苍穹。塔顶之上,簇生一蓬巨大的石菖蒲,叶片峻嶒如剑丛,又萧疏如图画。

岳西翠兰记

无事喝茶,有事也喝茶。清晨喝茶,良夜也喝茶。独处喝茶,群聚也喝茶。居乡喝茶,行旅也喝茶。晴天喝茶,阴天喝茶,雨天喝茶,雪天喝茶。梦中逍遥于太虚幻境,离恨天上也不忘喝一杯清香四溢的茶。于嗜茶人而言,茶无日不宜,无时不宜,无地不宜;喝茶是享清福,清香之福,清爽之福,清贵之福。

肉身本浊,以清茶浇之,胸中山川丘壑历历,可抵十年尘梦,造化特别钟情者,甚至可以羽化而登仙班。

喝的多是故乡茶,岳西翠兰。

翠兰说:我从山中来,带着兰花香。

天下茶品何其多,绿茶、红茶、黑茶、白茶、黄茶、乌龙茶,品品有好茶。南方千里峰峦深谷逶迤,谷谷生嘉木,山山产佳茗。他乡茶未必不好,只可惜多数时候嘴不够长,够不着。偶尔得着一点,煮、煎、点、泡自然不得良法,接近暴殄天物。最可恨的是,尚未品咂出幽微妙处,茶筒已然见底也,好不懊恼惆怅。其情态,一如天蓬元帅食人参果。家乡茶则不会,冲泡技艺纯熟,也不愁来路。

人人都说故乡好,人人都说乡茶香,情结使之然也。故乡是根,是本,是来处也是归宿。一个人无论如何高车驷马富贵荣华,假若厌弃故乡,必被人所不齿。猫狗尚且不嫌。故乡风物天生地长,是最亲切也最顽固的记忆,无论如何粗陋如何卑微,也无可替代。比记忆更可靠的,是舌头和胃,儿时的一饮一啄,对饮食、味道的偏好,伴随终生。于茶,我最钟爱的还是岳西翠兰。

南人居山者，秉性多朴野，多好客，山家待客一杯茶。

昔年家境贫寒，幸而生在茶乡，茶是有得喝的。母亲天麻麻亮时起来，洗了手脸收拾妥帖，头一件事就是烧水泡茶。水是屋后的山泉水，茶是自家采制的炒青。一大把炒青放到茶瓶中，灌满开水，盖上瓶塞，半刻后倒出来，黄而亮，酽而香，喝起来先苦后甜，极是解渴消乏。有客登门，无论贵贱亲疏，不管识与不识，哪怕是走江湖的杂耍人、货郎、匠人、托钵僧、风水先生、逃荒者，父母必以袖抹凳，笑盈盈招呼落座，随即从竹碗柜中取出一只蓝边粗瓷老海碗，倒上一碗茶，双手递到客人手中。一碗茶里，有人间最美好最恳切最朴素的情意。

奉茶之外，还留饭。乡人常说："大门楼子是筷子撑的。"意思是说，青砖红墙、石狮旗杆、门当户对撑不起门户，但竹筷子可以，填饱客人肚子，是最基本的待客之道。二十世纪七十年代，山里人家日子过得清苦，日常多以山芋和园蔬为食。客人来了，主妇倒柜翻坛，把珍藏多时的鸡蛋、挂面和腊肉找出来，做一海碗硬笃笃的葱花瘦肉面，碗底还卧着两只荷包蛋。客人吃得闷饱，嘴唇油滋滋的，头面热乎乎的，身上香喷喷的，临别打着饱嗝，三致意焉。自家孩子也跟着沾光，得着小半碗面汤，里面有七八根面条、三两朵油花，抹抹嘴巴，欢喜雀跃四处宣扬。这样的慷慨人家，家道必旺，后代多出人物。反之，后裔多潦倒于本村，或落魄于他乡。

多年以后想来，人生并不复杂，茶饭而已。

岳西的茶，其源远矣，至迟可以追溯到先秦两汉，唐宋时代誉满天下，记载见于《桐君录》《茶经》诸典籍。宋朝设六榷务十三场，专事东南榷茶，岳西罗源场是十三场之一，足见当时本地茶事之盛。茶香缥缈两千余年，绵历至今更加光大。二十世纪八十年代，本地茶人苦心孤诣创制新品岳西翠兰，其形如兰，其色如兰，其香如兰，其味也如兰。仿佛古越国句无苎萝村的小女子西施初长成，无双品貌天下羡。仿佛元稹诗"锦江滑腻蛾眉秀，幻出文君与薛涛",皖西南的青绿山水,幻化出茶中上品岳西翠兰。以翠兰为代表的岳西茶,再次饮誉四方。

翠兰,山里纯良人家及笄小女儿的名字,叫起来亲切,听起来悦耳。每每念起,就想起苏东坡的绝妙好辞:"戏作小诗君勿笑,从来佳茗似佳人。"古今以佳人作喻体的比喻,可装几箩筐,大多俗不可耐。苏子以之比茶,却是神来之笔。味之咏之,可抵百年尘梦、千年尘梦。窃以为,诗中佳茗若是翠兰,更是绝妙。

这也是一点私心作怪,然而私心谁没有呢,诸君且宽宥之。

古人远行,常携一抔故乡的泥土,仿佛把井栏和田畴随时背负在身上。思念乡园时,捧出来望一望,闻一闻,故乡的山川屋宇、白衣苍狗、桃花人面尽在眼前。肠胃不适的时候,拈一指肚泥土,送到舌尖上舔一舔,周身表里顿时通泰。今人如我出远门,不带泥土,带一筒岳西翠兰。故乡茶可以止渴,可以怡神,可以慰乡思,还可以医治水土不服。故乡的茶与故乡的泥土一样,也有神奇功效。

若是能再带一瓦罐故乡的山泉水就更妙了。

古代雅士善识水质,所谓"能辨渑淄"。唐人陆羽说,山水上、江水中、井水下,又把天下的水分为二十等。宋人欧阳修、苏轼、黄庭坚、秦观最爱无锡惠山泉。明末闵老子与张岱在秦淮河边的桃叶渡斗茶,说:"诸水到口,实实易辨。"诸贤学问淹博,叫今人有望尘之叹。这些年我走过一些地方,喝过很多地方的水,没有辨水之技,但于水质清浊、水味甘苦是约略知道一些的。窃以为冲泡岳西翠兰,故家的泠泠山泉是天下第一佳水。这么说不全然是私心,就如湖水煮湖鱼,一地风物,相生相克,相互成就,亦理之常也。